www.spica-verlag.de

© Spica Verlag GmbH
3. Auflage, 2023

Alle Rechte vorbehalten. Das Werk darf – auch teilweise –
nur mit Genehmigung des Verlages wiedergegeben werden.

Autorin: Carolyn Srugies
Für den Inhalt des Werkes zeichnet die Autorin selbst verantwortlich.
Die Handlung und die handelnden Personen sind frei erfunden.
Ähnlichkeiten mit lebenden Personen wären zufällig und unbeabsichtigt.

Gesamtherstellung: Spica Verlag GmbH

Printed in Europe
ISBN 978-3-98503-035-4

Carolyn Srugies

Tod am Wockersee

HENRI MARTENSEN ERMITTELT

Kriminalroman

SPICA
VERLAG GMBH

Prolog

„Ich gehe in acht Wochen nach Berlin. Dann sind Sie mich los."

Gerald wiegte den Kopf. „Je eher, desto besser."

Er saß in einem der beiden Sessel in der Dachwohnung seiner verstorbenen Haushälterin Tilly Puvogel. Seine Blicke schweiften durch das gemütliche Zimmer mit einem runden Tisch, zwei Sesseln, einem Sofa für zwei Personen und einem Schrank, auf dem sich ein kleiner Fernseher befand. Auf der Seite gegenüber dem Fenster stand ein altmodisches Buffet aus Nussbaumholz mit einer Uhr, deren Uhrwerk mit einem winzigen Schlüssel aufgezogen werden musste. Die Zeiger waren stehen geblieben und gaben eine falsche Zeit an. Lürßmanns Blick glitt nach links, ein Paravent verdeckte die Sicht auf das dahinter verborgene Bett. Wer hatte darin geschlafen? Seine verstorbene Haushaltshilfe oder der Bengel? Lürßmann hatte fast vergessen, dass Hinnerk ebenfalls im Zimmer war und ihn gelassen ansah. Er räusperte sich. „Der Tod deiner Großmutter tut mir leid, Junge, aber du musst verstehen, ich brauche die Wohnung für meine neue Haushaltshilfe."

Der junge Mann vor ihm musterte ihn mit zusammengekniffenen Augen. „Sie haben doch noch niemanden für die Stelle. Ich kann Ihnen für die beiden Monate auch Miete zahlen."

Das fehlte noch. Je eher dieser renitente Bengel verschwand, desto besser. Er hatte Lust, Hinnerk eine Abreibung zu verpassen. Erst vor kurzem hatte er herausgefunden, dass dieser Bursche, der Sohn einer Versagerin, eines Flittchens, einer stadtbekannten Säuferin, mit seiner Tochter schlief. Mit seiner schönen, kultivierten und klugen Ina. „Woher willst du wissen, ob die Stelle besetzt ist?"

„Weil Ina es mir erzählt hätte."

„Ina ist bei ihrer Tante in Quedlinburg, wie du weißt. Sie hat noch nichts von der neuen Haushälterin erfahren. Ich muss auch noch renovieren." Sein Blick glitt über die Einrichtung. Eine leichte Staubschicht hatte sich auf die Möbel gelegt. Feine Partikel tanzten im Sommerlicht durch den Raum.

„Du könntest mal durchwischen. Die Pflanzen könnten auch wieder Wasser vertragen."

„Ich soll verschwinden, aber vorher noch durchwischen, Herr Lürßmann?"

„Für dich immer noch Herr *Dr.* Lürßmann, so viel Zeit muss sein." Er musterte den Jungen, der selbstbewusst vor ihm stand, als sähe er ihn zum ersten Mal. Doch der Enkel seiner Wirtschafterin lebte seit sechs Jahren hier bei seiner Großmutter in der kleinen Dachwohnung. Eigentlich sah der Bursche einnehmend aus mit den dunkelblonden Haaren, den dichten ausdrucksstarken Brauen und den grünen Augen. Zehn Kilo weniger auf den Rippen täten ihm trotzdem ganz gut. Seine Umgangsformen hatten nie etwas zu wünschen übriggelassen. Sogar den Rasen hatte er ohne Aufforderung gemäht und seiner Großmutter bei der Pflege des Lürßmannschen Schrebergartens geholfen. Ina hatte ihn oft begleitet. Gerald wurde schlecht, wenn er daran dachte, was die beiden in seiner Laube getrieben haben konnten. Er gestand sich ein, dass der Junge ihm immer außerordentlich höflich begegnete; nur redete er ihn nie mit seinem Titel an. Lürßmann hatte gedacht, der Junge wäre ein wenig einfältig. Er hatte oft beobachtet, wie Ina und er gemeinsam im Wohnzimmer oder auf der Terrasse gelernt hatten. Gerald war immer der Ansicht gewesen, Ina würde ihn mit durchschleifen. Zu seinem Erstaunen hatte der Bengel jedoch ein hervorragendes Abitur abgelegt, das beste des kompletten Jahrganges. Irgendwie empfand er es als ungerecht, dass jemand mit diesem Erbgut so intelligent war. So eine Verschwendung. Der Bursche war einen Kopf kleiner als er und kniff die Augen zusammen wie jemand, der eine Brille benötigte. Die geballten Fäuste waren in den Hosentaschen versenkt.

Lürßmann räusperte sich. Er musste ihn anders knacken. „Wie dem auch sei. Ina und ich wären dankbar, wenn du dich räumlich umorientieren würdest." Er erhob sich und bemühte sich um einen gütigen, mitleidigen Blick.

„Ina?"

Lürßmann schmunzelte in sich hinein. „Es tut mir leid, dir das zu sagen", er machte eine kunstvolle Pause. „Ina hat dir nicht gesagt, dass sie einen Freund hat?"

„Ich bin Inas Freund! Schon lange! Ob es Ihnen passt oder nicht!"

Es passte ihm natürlich nicht. Gerald wiegte den Kopf. „Tja, tut mir leid, dich enttäuschen zu müssen. Ina hat mich gebeten, dir zu sagen, dass sie einen Freund hat. Mit ihm ist es ernst."

Der junge Mann vor ihm starrte ihn ungläubig an. „Ich glaube Ihnen kein Wort. Ina liebt mich. Und ich liebe Ina. Wenn sie Freitag zurück ist, packen wir unsere Sachen und trampen vier Wochen durch Schweden. Im Oktober gehen wir beide nach Berlin und studieren Veterinärmedizin. Wir sind beide volljährig!"

Trampen! Hatte der Knabe den Verstand verloren? Gerald würde Ina nicht mit diesem Habenichts an der Seite durch die mückenverseuchte Landschaft Schwedens laufen lassen. Obwohl: Vier Wochen ein leeres Haus zu haben und ungestört die Gesellschaft seiner neuen Freundin zu genießen, erschien ihm reizvoll. Er stellte sich ihren Körper vor, wie sie nackt vor ihm durch das ganze Haus lief und er sie ... Kurz schloss er die Augen.

„Wer soll überhaupt dieser ominöse Freund sein?"

Gerald triumphierte innerlich. Ein Teilsieg! Schnell dachte er nach. Wie hieß dieser lange Lulatsch, dieser introvertierte Medizinstudent noch? „Raik von Irgendwas. Er studiert Medizin. Ina will nun auch Humanmedizin studieren. Sie hat den

Numerus clausus." Stolz schwang in seiner Stimme mit, bis ihm einfiel, dass Hinnerk, was das anging, Ina in nichts nachstand.

„Ich kenne Inas Durchschnitt. Sie will Tierärztin werden. Humanmedizin liegt ihr nicht. Und Raik hat sie nicht mal von der Seite angesehen. Der steht auf Diane Schuster."

Lürßmann erhob sich und legte seinem Gegenüber besänftigend eine Hand auf die Schulter. Verärgert bemerkte er, dass der Junge zusammenzuckte.

„Ich glaube Ihnen kein Wort." Die Stimme klang leicht verunsichert. „Ina kommt Freitag wieder. Sie wird Ihnen sagen, dass sie mich liebt."

„Mein Junge! In eurem Alter weiß man nicht, was Liebe ist. Fakt ist: Ich brauche die Wohnung. Ina möchte nicht mehr mit dir zusammen sein. Du hast doch einen klugen Kopf. Wenn du schlau bist, verschwindest du, bevor sie wiederkommt. Wenn du sie wirklich magst, ersparst du ihr einen peinlichen Auftritt. Sie und Raik passen gut zusammen. Seine Eltern sind auch Mediziner. Vielleicht bin ich ein Snob, aber zu Ina passt jemand aus einem Akademikerhaushalt nun einmal besser als jemand aus einem Domestikenmilieu."

Der junge Mann zuckte zusammen. „Wollen Sie Oma schlechtmachen?"

„Deine Großmutter war eine patente fleißige Frau. Sieh zu, dass du ihr nachschlägst und nicht deiner Mutter."

In den Augen des Jüngeren glänzte es verdächtig. Gerald holte erneut aus. „Du solltest es euch beiden leichtmachen. Sieh mal, Ina wollte dich so kurz nach dem Tod deiner Großmutter nicht verletzen, aber was soll sie machen? Ist dir nicht aufgefallen, wie sehr sie sich verändert hat?" Er beglückwünschte sich selbst zu diesem Einfall, denn Ina hatte sich wirklich verändert. Nach der Abiturfeier war sie noch fröhlich, aufgekratzt und voller Pläne für die Zukunft gewesen. Dann, ein paar Tage vor ihrer Abreise, war sie merklich stiller geworden. Introvertierter. Sie schlich nur noch mit gesenktem Kopf durch das Haus. Oft schien es ihm, als hätte sie heimlich geweint. Erst hatte er frohlockt, in der Auffassung, sie hätte sich mit ihrem Freund gestritten. Leider musste er feststellen, dass dem nicht so war. Nach dem Tod seiner Mutter hatte der Junge die letzten sechs Jahre in der Dachkammer seiner Großmutter gelebt. Lürßmann hatte damals überrumpelt zugestimmt, als seine Wirtschafterin ihm mit einer ungewohnten Festigkeit in der Stimme mitgeteilt hatte, dass sie ab sofort ihren zwölfjährigen Enkel bei sich aufnehmen würde. Lürßmann hatte nur noch genickt. Tilly Puvogel war eine exzellente Haushälterin und Köchin. Er hatte nicht auf sie verzichten wollen. Auch nicht, wenn er dafür diesen Jungen als Mitbewohner akzeptieren musste. Erst in den letzten Wochen war ihm der Kerl lästig geworden. Gerald hatte sich damit getröstet, dass der Junge mit dem beginnenden Semester nach Berlin verschwinden würde. Vor ein paar Wochen war Tilly überraschend einem Herzinfarkt erlegen. Ihr Enkel hatte sich trotz seiner Trauer tapfer gehalten. Auch Ina hatte sich verändert. Ihre sonst so fröhliche Art war verschwunden und sie ging nur noch in gedrückter Stimmung und mit gesenktem Kopf durch das Haus. Die Wesensveränderung seiner Tochter schrieb Gerald dem Tod der Wirtschafterin zu. Zwischen ihr und Ina hatte ein inniges Verhältnis bestanden. Schließlich war seine Tochter ohne Mutter groß geworden. Er hatte Tilly als Haushaltshilfe und zur Betreuung ins Haus geholt, nachdem seine Frau plötzlich verstorben war. Aus den Augen des Jungen lösten sich erste Tränen. Er gab keinen Laut von sich. Gerald wusste nicht, ob er Mitleid empfinden sollte oder Schadenfreude. Der Kerl musste verschwinden. „Und dann diese Idee mit Schweden. Da gibt es doch nichts. Die Mauer ist seit fast zwei Jahren weg. Ina will etwas Anderes sehen als Elche und Seen. Leider muss ich es dir direkt sagen: Du kannst ihr nichts bieten."

„Ina und ich träumen seit Jahren von Schweden. Wir werden nächste Woche reisen. Außerdem kann ich ihr in ein paar Jahren vieles bieten." Hinnerk reckte sich.

Himmel, war der Knabe hartnäckig. Und was sollte „seit Jahren" heißen? „Du träumst vielleicht vom Trampen durch Schweden, aber doch nicht Ina! Sie hat mir da etwas Anderes gesagt. Aber bitte, hol dir die Abfuhr eben selbst von ihr. Denk drüber nach." Er legte wohlwollend die Hand auf die Schulter des Jungen und ging die steile Treppe hinab.

Ein paar Stunden später trat Lürßmann in sein stilles Haus. „Hinnerk?", rief er die Treppe hinauf. Keine Antwort. Gerald stieg die Stufen ins Dachgeschoss hinauf. Er war erst 46 Jahre alt, trotzdem strengte ihn jeder Schritt die steile Treppe hinauf an. Kurz fragte er sich, wie seine Wirtschafterin das mehrmals am Tag geschafft hatte. Er verdrängte den Gedanken. Ohne zu klopfen, betrat er die kleine Dachwohnung. „Hinnerk?"

Das Wohnzimmer war leer. Er öffnete die Tür zum Schlafzimmer. Hier hauste der Junge, während dessen Oma hinter dem Paravent im Wohnzimmer geschlafen hatte. Ein Tisch mit Schreibutensilien befand sich unter dem kleinen Fenster, dicht gedrängt neben dem Kleiderschrank. Auf der anderen Seite sah er ein schmales Bett. Die Schranktüren standen offen, das ganze Zimmer wirkte unordentlich. Gerald trat an den Schrank. Der Junge hatte bereits die Sachen seiner Großmutter in Säcke für das Rote Kreuz und in Müllbeutel verteilt. Trotzdem war der Schrank zu leer. Kein Zweifel, der Knabe war weg. Gerald grinste. Das lief ja besser als gedacht. Gut, Ina würde vielleicht schmollen oder traurig sein, aber das würde sich legen. Sie würde drüber hinwegkommen. Er wollte sich schon abwenden, als er einen geschlossenen Briefumschlag auf dem Schreibtisch bemerkte. „Ina" stand darauf. Lürßmann nahm ihn an sich, zerriss ihn ungelesen und steckte die Fetzen in seine Hosentasche. Er sah sich kurz in den Zimmern um. Wie klein und eng alles war. Es würde schwierig werden, eine neue Hilfe zu finden, die mit dieser Puppenstube und der steilen Stiege einverstanden wäre. Zumal momentan jeder, der konnte, in den Westen abwanderte. Da würde er wohl ein paar Scheinchen mit dem Gehalt raufgehen müssen. Die nächste Hilfe würde mehr verlangen als Tilly Puvogel. Er sah sich wieder um. Wer sollte diesen Saustall aufräumen? Das würde sich finden. Eines wusste er aber schon jetzt. Seine neue Wirtschafterin würde keine Familie haben.

Kapitel 1

Dienstag, 07. August 2018

Endlich konnte er wieder das Gaspedal durchdrücken und beschleunigen. Noch hatte er die Sonne hinter sich. Bevor sie ihn blenden würde, hätte er die Reise längst beendet. Er schaute nach links und rechts. Ebene Flächen, Getreidefelder und Wälder wechselten sich zu beiden Seiten ab. Diese stille Landschaft war ihm vertraut. Er wollte nicht nachdenken, zu nahe waren sie dem Ort bereits gekommen. Seine Hände krampften sich um das Lenkrad. Der Name seines Geburtsorts stand weiß auf Blau auf dem Autobahnschild und schien ihn zu verhöhnen. Lang verdrängte Erinnerungen wallten in ihm auf. Emotionen kochten in ihm hoch. Trauer, Liebe, Wut und Enttäuschung. Seine Knöchel traten weiß hervor.

„Papa, Fiete würgt schon wieder so komisch. Ich glaube, er muss gleich kotzen!"

Henri umfasste das Lenkrad noch ein wenig fester und stellte den Scheibenwischer an, um die Frontscheibe zu reinigen. Quietschend wischten sie das Sprühwasser von der Windschutzscheibe. Ich kotze auch gleich, dachte er und blickte in den Rückspiegel. Die Mädchen hatten sich nach hinten gedreht, um den unruhigen Fiete durch das Netz zu streicheln. Sogar Jesper hatte seine Aufmerksamkeit von seinem Handy auf den ungarischen Hirtenhund gewandt. Mehr noch als die Würgegeräusche des Hundes beunruhigte Henri das immer lauter werdende Gerassel des Motors, das seit einiger Zeit Besorgnis erregend lauter wurde. Er betrachtete erneut die Schilder am Rande der Autobahn. „Bitte nicht hier", murmelte er. „Halt bitte noch eine Stunde durch." Er streichelte das Lenkrad ebenso zart wie die Mädchen den Hund. Wieder warf er einen Blick in den Rückspiegel. Dabei sah er, dass seine Älteste sich abgeschnallt hatte und den Hund durch das Netz zum Kofferraum hindurch tätschelte.

„Metke! Schnall dich sofort wieder an! Aber plötzlich!"

„Dann kann ich Fiete aber nicht streicheln!"

„Auf der Stelle!"

Murrend zog die Vierzehnjährige den Gurt wieder ins Schloss.

„Papa? Hörst du das? Das Auto macht so komische Geräusche!"

Henris und Jespers Augen trafen sich im Spiegel.

„Ja leider. Hoffentlich hält der Wagen noch bis Hamburg durch."

Henris Hände krampften sich erneut um das Lenkrad. Er biss die Zähne aufeinander. Überall auf der Welt können wir stranden, aber keinesfalls hier! Er sah zum Beifahrersitz. Marion schlief fest. Jedenfalls tat sie so. Bei dem Lärm der Kinder, dem Gedröhne des Motors und Fietes Keuchen konnte kein gesunder Mensch schlafen. Henri gönnte seiner Schwiegermutter die Auszeit. Obwohl es erst später Vormittag war, waren sie bereits seit Stunden unterwegs. Ein umgekippter Laster hatte für einen Stau gesorgt. Schließlich konnten sie die Autobahn verlassen und hatten den riesigen Umweg über die A 24 genommen. Marion hatte etwas Besseres verdient, als nach einem Urlaub auf Rügen in einem altersschwachen Auto mit Schwiegersohn, drei pubertierenden Enkeln und einem Hund zu sitzen.

„Papa, gehst du zu Hause sofort mit Fiete zu Dr. Kassner?"

„Nein, Metke, ihr seid ja wohl alt genug!"

„Oma, kommst du mit?"

„Lass Oma schlafen!"

„Oma schläft ja gar nicht!"

Marion öffnete seufzend die Augen. „Das Geräusch gefällt mir gar nicht."

„Fiete ist schlecht."

„Ich meine das Auto. Henri, vielleicht solltest du lieber abfahren und eine Werkstatt aufsuchen!"

„Nicht hier. Ich versuche nach Hause zu kommen."

„Wieso nicht hier?" Marion kniff die Augen zusammen und fixierte das näherkommende blaue Schild mit den Hinweisen über die Abfahrten. „Oh", sagte sie.

„Ja, oh."

Fiete würgte erneut. Im Auto breitete sich ein säuerlicher Geruch aus.

„Scheiße!" Henri warf den Blinker an, riss das Lenkrad herum und nahm im letzten Moment die Ausfahrt.

Marion sah ihn besorgt an. „Soll ich etwas ins Navi eingeben?"

„Nein danke, ich kenne mich hier aus." Besser als mir lieb ist, fügte er in Gedanken hinzu. „Hier wollte ich nie wieder hin."

„Weiß ich doch, aber wenn wir nicht an der Autobahn stranden wollen …"

Der Radau des Autos wurde nur von Fietes jämmerlichem Gefiepe übertönt. Henri ließ das Fahrerfenster herab. Frische sommerwarme Luft drang hinein.

„Ihr könnt euch gerne mal nützlich machen. Metke, du suchst nach Werkstätten, Jesper, du nach Tierärzten."

„Ich habe keinen Akku mehr!", wandte sein Sohn ein.

„Und du, Katje?"

Sie zog ihr Handy aus der Hülle. Im Gegensatz zu ihrer älteren Schwester und ihrem jüngeren Bruder hing sie nicht ununterbrochen am Smartphone.

„Wie heißt der Ort?"

„Parchim", knurrte Henri. „Von den Einheimischen gerne liebevoll Pütt genannt."

Das Klopfen des Motors wurde lauter, dafür war das Gefiepe des Hundes verstummt.

„Es wäre schön, wenn Werkstatt und Tierarzt zentral und nahe beieinanderlägen. Bitte lies mir die Namen der Tierärzte vor, Kati."

„Dr. Andreas Meier, Dr. Enrico Schwabe, Dr. Malm, Elisabeth Dümmer, Dr. I. Luft."

„Wohnt einer davon in der Buchholzallee?"

Katje sah auf das Handy. „Ja. Dr. I. Luft. Ich habe Durst! Wir haben nichts mehr zu trinken!"

Henri atmete tief ein. Konnte sie es sein? Wohnte sie noch immer in der Straße? Ina Luft, dachte er. Dann hast du geheiratet und heißt nun Ina Luft. Hast du doch nicht den Mönckhagen genommen?

„Den in der Buchholzallee möchte ich nicht. Sag mir die Adressen der anderen."

Katje ratterte die Anschriften runter.

„Und nun die Werkstätten. Metke?"

Metke nannte ebenfalls die Angaben.

„Gut. Die Straßen von Dr. Malm und der Werkstatt S. Pingel liegen nah beieinander."

„Woher weißt du das?"

Marion antwortete für Henri. „Papa kommt ursprünglich aus Parchim."

„Ja, stimmt!" Metke hauchte es fast. „Da wolltest du doch nie wieder hin!"

„Das Auto und Fiete wollen es anders. Wir lassen beide auf Trab bringen und verschwinden hier."

Sie fuhren durch bewaldete Anhöhen. Frische Waldluft strömte durch das Fenster und verdrängte den säuerlichen Geruch im Wagen. Die Sonne warf helle Flecken auf die Straße.

„Schön", meinte Marion.

„Ja. Das ist der Sonnenberg. Der Räuber Vieting treibt hier sein Unwesen. Hier habe ich mit meinen Großeltern Pilze gesammelt."

Das gelbe Ortsschild tauchte vor ihnen auf. Er atmete tief durch. Sei ein Mann, dachte er. Du bist kein schüchterner 18-Jähriger mehr. Mit etwas Glück wirst du niemandem von früher begegnen. Zu Hause in Harvestehude konnte er oft wochenlang morgens und abends durch das Treppenhaus gehen, ohne einen Nachbarn zu treffen. Und in der Nähe von Parchim? Seit 1991 war er nicht mehr hier gewesen, er war ein gestandener Mann von Mitte vierzig, alleinerziehender Vater von drei meistens wunderbaren Kindern. Er blickte kurz in den Spiegel. Würde ihn jemand erkennen?

„Was ist denn so schrecklich an dem Ort?"

Henri suchte Jespers Blick im Rückspiegel und räusperte sich, bevor er antwortete. „Unliebsame Erinnerungen. Das erzähle ich dir später mal. Es lebt auch niemand dort, den ich wiedersehen möchte." Sein Blick fiel erneut in den Spiegel. Du lügst, ohne rot zu werden, dachte er. Ina, Jan, Karsten. Namen zogen durch sein Gedächtnis. Vor seinen inneren Augen sah er die Gesichter dazu. Wenn er ehrlich zu sich war ... Er verwischte diese Gedanken.

„Was können wir da machen, bis das Auto repariert ist?"

„Keine Ahnung. Da gibt es nichts. Schwimmen gehen vielleicht. Parchim hat den Wockersee. Ich bin im Sommer bei schönem Wetter immer da gewesen."

„Gibt es kein Kino?", fragte Metke.

„Doch, in der Langen Straße gibt es die Schauburg. Ob diese Flohkiste noch existiert? Meist gab es alte DEFA-Filme. Da war ich häufig mit ... Freunden. Für einen ausgiebigen Kinobesuch wird die Zeit hoffentlich nicht reichen. Wenn das Auto und Fiete wieder fit sind, geht es ab nach Hause."

Jesper hatte Katje das Handy aus der Hand genommen. „Es gibt doch was. Parchim hat ein großes Kino. Nix Flohkiste, Papa! Im November ist auch immer was los, dann veranstalten sie dort einen großen Jahrmarkt im Ort."

„Den Martinimarkt gibt es immer noch?" Warum hätte es das jährliche Vergnügen mit Buden und Karussells nicht mehr geben sollen? Nur weil er fortgegangen war?

Jesper fuhr fort. „Ein Lehrer ist ermordet worden. Sie haben ihn tot aus dem See gezogen. Vorher wurde er erschlagen."

Metke wandte die Aufmerksamkeit kurzfristig vom keuchenden Hund zu ihrem Bruder. „Da hat sich wohl jemand für eine miese Zensur gerächt." Sie kicherte.

Henri schüttelte mahnend den Kopf. „Wie hieß dieser Lehrer und wann war das?"

Jesper gähnte. „Der Tote hieß Sören P. Viel mehr steht da nicht. Das ist im August 1991 geschehen."

Henri spürte, wie sich die Härchen auf seinen Armen aufstellten. Er grübelte kurz, wann genau er Parchim verlassen hatte. „Das war in der Zeit, in der ich gegangen bin. Der Name meines Mathelehrers begann mit P, Palmberg, aber ich erinnere mich nicht an seinen Vornamen. Falls ich ihn jemals wusste." Henri atmete tief durch und versuchte, sich an den Pädagogen zu erinnern. Bei Palmberg hatte es sich um einen sehr jungen, mittelgroßen und braunhaarigen Mann gehandelt. Er war nett gewesen und hatte die Schüler fair behandelt. Ohnehin hatte Henri schon wegen seiner guten Leistungen mit keiner Lehrkraft Probleme gehabt. Außer dem Sport- und Englischlehrer vielleicht. Die englische Sprache hatte ihm damals weniger als Russisch gelegen. Wenn er an den Sportunterricht mit Ringen, Kästen, muffigen Bodenmatten und die Trillerpfeife des Lehrers dachte, drehte ihm sich heute noch der Magen um.

Jesper unterbrach den Gedankengang. „Und dann ist da mal ein Kinderheim abgebrannt. Komplett. Das ist Brandstiftung gewesen."

Henri suchte Jespers Blick im Rückspiegel. „Hieß das Heim Tannenhof?" Er sah, wie Jesper nickte, und fuhr fort. „Wann war das?"

„Am 22. August 1991."

Henri verriss ein wenig das Lenkrad. Der Spurhalterassistent leuchtete rot auf. „Mein Gott! Ein Freund und ein paar Bekannte haben dort gelebt. Ist jemand bei dem Brand ums Leben gekommen? Oder gab es Verletzte?"

Jesper starrte wieder auf das Handydisplay. „Nö. Das war ein reiner Sachschaden. Keine Toten. Nur ein paar Erwachsene mit Rauchvergiftungen, weil sie das brennende Haus durchsucht hatten. Aber das Gebäude war hinüber."

Henri atmete tief ein und dachte an seinen Klassenkameraden Jörg.

Mensch, Jörg, was hast du alles mitgemacht? Was war bloß in Pütt passiert? Unmittelbar nach seiner Flucht waren ein Mord und ein Brand geschehen? Er räusperte sich und versuchte, sich auf den Verkehr zu konzentrieren.

Die vielen neuen Einbahnstraßen verwirrten ihn. Das war früher anders gewesen. Aber das ehemalige Wallhotel zur Rechten und das Standbild Graf Moltkes zur Linken befanden sich an ihren Plätzen. Das Kopfsteinpflaster war noch immer vorhanden. Oder war es durch ein neueres ersetzt worden? Er passierte den Stadtkrug, ein Hotel mit Restaurant, das es schon unter diesem Namen gegeben hatte, solange er denken konnte. Hier hatte sein Großvater sonntags mit Freunden Skat gekloppt. Henri hatte als kleiner Junge damals zugesehen und sich gelangweilt. Die gelbe oder weiße Brause, die ihm der Opa gekauft hatte, war trotzdem der wöchentliche Höhepunkt für ihn und die Langeweile wert gewesen. An seinen Großvater hatte er schon ewig nicht mehr gedacht. Er fühlte ein leichtes Ziehen in der Brust. Vor ihm lagen das Rathaus und die Georgenkirche. Das Rathaus war renoviert und mit bunten Blumenkästen geschmückt. Die gotische Kirche ragte trutzig wie seit 700 Jahren in die Höhe. Die Kirchenglocke schlug. Den Klang hätte er überall erkannt. Henri räusperte sich und sah auf das Navi, das Marion doch angestellt hatte, und bemerkte, dass die ehemalige „Straße des Friedens" ihren alten Namen „Lange Straße" wiedererhalten hatte, so wie sie vor dem Krieg geheißen hatte. Die Anwohner hatten sie sowieso nie anders genannt. Das Einbiegen in die „Lange Straße" war jedoch nicht möglich. Henri betrachtete das Navi und fuhr in den Wiesenweg. Aus der Werkstatt von S. Pingel war ein Klopfen zu hören. Trotzdem bekam man ihre Ankunft mit; kein Wunder, der Motor jammerte zwischenzeitlich in den höchsten Tönen. Ein Mechaniker wischte sich die Hände mit einem Tuch ab und trat auf sie zu. Henri ließ den Motor laufen, stieg aus und unterdrückte den Impuls sich zu recken.

Der Mechaniker steckte den Lappen in die Tasche seiner Latzhose. „Oje!"

Henri nickte. „Sie sagen es: Oje."

Zum Glück konnten sie den Wagen in der Werkstatt lassen. Der Inhaber der Werkstatt versprach, sich sofort um das Auto zu kümmern. Metke fasste Fietes Leine und wurde mit Katje zum Tierarzt geschickt. Anhand der Adresse wusste Henri, dass die Mädchen keine fünf Minuten zu gehen hatten. Er selbst packte mit Marion und Jesper aus den vier Koffern einige Kleidungsstücke und Waschzeug in eine Reisetasche. Er machte sich nichts vor. Heute Nacht würden sie bleiben müssen.

Im Stadtkrug nahmen sie drei Zimmer. Ein Einzelzimmer für Marion, ein Doppelzimmer für die Mädchen und eins für Jesper und ihn. Marion setzte sich vor das Restaurant auf die Terrasse. Sie zerstreute Henris Bedenken und bat ihn, er solle sich keine Gedanken machen. Der Ort gefiele ihr. Sie winkte den Kellner heran und bat um ein Glas Weißwein.

Henri betrachtete einige liebevoll renovierte Fassaden. Da haben Bund und Land einiges investiert, dachte er. Sein Blick schweifte auf die benachbarten Gebäude, die grau, verwittert und baufällig aussahen wie zu DDR-Zeiten. Sicherlich waren hier die Besitzverhältnisse ungeklärt. Der Schuhmarkt hatte sich verändert. Überall standen gepflegte Blumenkübel mit blühenden Pflanzen. Parchim war eindeutig bunter geworden. Er drehte sich langsam um seine eigene Achse. „Hier findet der Martinimarkt statt. Jedenfalls war das früher der Fall."

Ein plätschernder Brunnen vor der alten Post zog spielende Kinder an. Aus dem Gebäude war ein Restaurant mit Hotelbetrieb geworden. Henri zeigte auf das kleine Türmchen. „Sieh mal, Jesper, als Kind wollte ich immer mal dort im Turm arbeiten! Da war das Gebäude noch ein Postamt."

In der Blutstraße waren Geschäfte der Handelsketten, die man in jeder Stadt findet. Das ehemalige Stadtcafé war ebenfalls einem dieser Läden gewichen. Jemand tippte Henri auf die Schulter. „Hinnerk? Ich glaube das nicht!" Henri erkannte die Stimme des Mannes sofort. Er wandte sich um und blickte in rundes Gesicht mit zusammengekniffenen Augen. Bevor Henri etwas sagen konnte, fuhr der Mann fort. „Du bist es wirklich! Du traust dich nach all den Jahren wieder hierher, du Arsch?"

Bevor Henri reagieren konnte, spürte er einen brennenden Schmerz im Gesicht und sah rotierende Sonnen. Fast wäre er in die Knie gegangen, konnte sich jedoch im letzten Moment abfangen. Jesper stieß neben ihm einen Schreckenslaut aus. Henri fasste ihn beruhigend an die Schulter, während er dem dunkelhaarigen, breit gebauten Mann nachsah, der weiterging, ohne sich nur einmal umzudrehen. Henri fasste sich ans schmerzende Jochbein. Du hast immer noch einen guten Schlag. Fett bist du geworden, dachte er. Jesper und er blickten dem Mann nach, der seinen Weg fortsetzte. Henri betastete erneut sein Gesicht. „Ich muss kurz in die Apotheke. Ich hole mir etwas zum Kühlen." Er drückte den entsetzt blickenden Jesper an sich. „Nicht so schlimm, Schatz. Alles wird gut."

Sein Sohn hatte sich wieder gefasst. „Wer war das denn, Papa? Wollen wir die Polizei holen? Ich kann ihm nachgehen, dann kann ich feststellen, wer der Mann ist."

Henri lächelte über den eifrigen Ausdruck in den Augen seines Sohnes.

„Das ist nicht nötig, Jesper. Ich kenne seinen Namen. Das ist Jan Hartmann, mein bester Freund."

Jesper wollte etwas erwidern, aber Henris Telefon klingelte. Henri lächelte seinem Sohn beruhigend zu, während er sich meldete. „Na, Metke, was gibt es Neues von unserem Fiete?"

Jesper sah verwirrt zu, wie Henris freundlicher Gesichtsausdruck einem bestürzten wich. Er hörte reglos zu, sagte nur: „Ich komme sofort", und schaltete das Handy aus. „Komm, Jesper, wir müssen uns beeilen, schnell in die Apotheke und dann nichts wie zum Tierarzt."

Sein Sohn sah ihn erschrocken an. „Ist was mit Fiete? Was hat Metke gesagt?"

„Nein, mit Kati stimmt etwas nicht."

Eine Stunde zuvor hatten die Mädchen das Haus der Tierarztpraxis Malm gefunden. Frau Dr. Malm sortierte Medikamente, als sie die Mädchen mit dem Hund bemerkte. Beide sahen vorsichtig durch die offene Tür im Souterrain. „Was kann ich für euch tun?"

Metke zog Fiete, der nur noch ein kümmerliches Etwas mit eingekniffenem Schwanz war, hinter sich her. Die Tierärztin lächelte. „Euer Hund ist nicht zum ersten Mal beim Tierarzt. Er kennt den Geruch." Sie ging in die Knie und streichelte ihn. „Ein Kuvasz. Meine Lieblingsrasse. Ich mag sie, weil sie ein wenig eigen sind. Ich habe auch einen."

„Papa hat gesagt, wenn überhaupt einen Hund, dann einen Kuvasz. Eine Freundin von ihm hat behauptet, schönere Hunde gebe es nicht, auch wenn sie eigen sind. So, wie Sie das gesagt haben." Metke lächelte die Tierärztin an.

Ina atmete tief ein. „Wie heißt ihr mit Nachnamen?"

„Martensen."

Das war nicht der Name, mit dem sie gerechnet hatte.

Ina musterte die Mädchen eingehend. Besonders an Katje blieb ihr Blick hängen.

„Ihr seid nicht von hier, oder?"

„Nein. Wir wollen wieder nach Hamburg. Aber Fiete hat nur gewürgt, und das Auto ist irgendwie kaputt."

Sie wandte sich dem Hund zu. „Na, dann komm mal rein, Fiete."

Der Hund verlangte ihre gesamte Aufmerksamkeit. Daher entging ihr zunächst, wie das ältere der Mädchen ihre Schwester besorgt fragte: „Was ist denn los mit dir, Kati? Geht es dir nicht gut?"

Das jüngere Mädchen hielt sich am Behandlungstisch fest. Ina musterte abwechselnd den Kuvasz und die Jugendliche. Der Hund würde sich vermutlich die nächste Zeit nicht rühren. Das junge Mädchen hatte den Vorrang.

„Kommt mal mit nach oben." Katje ließ sich bereitwillig von ihr in das obere Stockwerk führen und sich einem Blutzuckertest unterziehen. Besorgt schaute Ina auf den Wert, den das Messgerät anzeigte. In der Schublade fand sie etwas Traubenzucker und reichte es der blassen Katje. Sie forderte das Mädchen auf, es sich auf der Couch bequem zu machen und sofort zwei Gläser Limonade zu trinken. Metke wurde ebenfalls mit einem Getränk versorgt.

Katje ging es schnell besser. Ina schaute sie prüfend an. Das blonde Mädchen hatte bemerkenswert grüne Augen. Seit vielen Jahren hatte Ina bei keiner Person, mit einer Ausnahme, in so waldseegrüne Augen geblickt. Sie sah das ältere Mädchen an. Dieses hatte dunkle, fast schwarze gelockte Haare und dunkelbraune Augen. Die Schwestern hatten keinerlei Ähnlichkeit miteinander.

„Ihr solltet besser eure Eltern informieren, damit sie euch abholen."

Während Metke mit ihrem Vater sprach, spitzte Ina die Ohren.

„Papa kommt gleich."

„Wie heißt euer Vater?" Ina hatte sich an den Namen erinnert, den die Mädchen genannt hatten, hoffte aber auf mehr Informationen. Diese grünen Augen. Waldseegrün. Und die Erwähnung des Kuvasz' als idealen Hund.

„Henri Martensen", erklärte die Jüngere.

Ina atmete durch. Es gab auch in anderen Familien Menschen mit grünen Augen, die Hirtenhunde liebten.

Die Ältere kicherte. „Eigentlich heißt er Heinrich, aber er kann den Namen nicht ausstehen."

„Sein Mädchenname", beide Mädchen lachten vergnügt, „ist noch schlimmer. Zum Glück hat er damals Mamas Namen angenommen."

Ina wurde blass. Also waren die grünen Augen kein Zufall. „Was macht euer Vater beruflich?", fragte sie wie nebenher. Wenn sie richtiglag, hätte die Antwort auch Tierarzt sein müssen, aber dann hätte er dem Hund doch selbst helfen können. Die Jüngere öffnete den Mund, doch die Ältere war schneller. Die Antwort des Mädchens überraschte und enttäuschte Ina. „Ich sehe mal eben nach eurem Hund. Wenn ihr was braucht, ruft bitte Linn. Das ist meine Tochter." Beim Hinausgehen fiel ihr Blick auf den Schrank mit den Familienfotos. Sie versuchte unauffällig, eins der Bilder in die Schublade zu schieben.

Kapitel 2

Henri konnte seinen Blick nicht vom Türschild lassen. Er schluckte. Dr. Ina Malm stand auf dem Schild an der Pforte. Den angegebenen Öffnungszeiten zufolge konnte die Tierärztin nicht überlastet sein. Ihre Arbeitszeit war sehr moderat. Die Praxis war montags bis donnerstags vormittags von 9–12 und nachmittags von 15–18 Uhr geöffnet. Freitags nur nach Absprache. Wahrscheinlich handelte es sich um eine reich verheiratete Hobby-Tierärztin, die täglich nur einige Stunden praktizierte. Henri sah auf seine Armbanduhr. Die Praxis war seit Kurzem geschlossen. Offensichtlich pflegte die Dame eine ausgedehnte Mittagspause zu genießen. Metke hatte aber diese Adresse bestätigt. Er sah an der Villa hoch. Sie hatte schon zu seiner Zeit hier gestanden, aber nie hatte ein Bekannter dort gewohnt. An der rechten Seite befand sich ein Anbau, erkennbar neueren Datums. Trotz der Asymmetrie der Villa verströmte das Gebäude den Charme eines Hauses, in dem gelebt und geliebt wurde. Er sah wieder auf das Praxisschild. Ina. Er wischte sich ein paar Tröpfchen von der Stirn.

„Papa? Ist was? Wollen wir nicht reingehen?"

Henri räusperte sich und legte Jesper die Hand auf die Schulter. Stärkte er ihn oder suchte er selbst Schutz? Der Plattenweg zum Haus war peinlich sauber gehalten, kein Unkraut wuchs durch die Ritzen der fleckenlosen Gehfläche. Henri betätigte den Klingelknopf und spürte, wie sich die Härchen auf seinem Arm langsam aufrichteten. Der Name Ina war nicht selten, versuchte er sich zu beruhigen. Der Name Malm kam seines Wissens aus Schweden. Hier wohnte eine schwedische Familie. Seine Ina hieß Luft oder von Mönckhagen und würde zweifellos das Leben einer gelangweilten Arztgattin führen und ihre Tage mit Golfspielen oder Champagnertrinken verbringen. Oder sie war mit dem Skilehrer durchgebrannt.

Er hörte die mehrtönige Klingelfolge im Innern des Hauses und atmete tief durch. Ein Mädchen in Metkes Alter öffnete. „Ja, bitte?"

Henris Hoffnungen brachen wie ein Kartenhaus zusammen. Das Mädchen hatte große Ähnlichkeit mit Ina. Sie war etwas blonder als Ina in dem Alter. Die großen blauen, leicht schrägen Augen, das rundliche Gesicht, die Sommersprossen, die Himmelfahrtsnase waren fast identisch mit dem Aussehen seiner Jugendliebe. Ina in Klein. Henri fühlte sich wie ein Fisch auf dem Trockenen. Das Mädchen sah ihn mit einem freundlichen Lächeln an. Als ihr Blick auf Jesper fiel, entwich ihr ein „Oh". Sie sah zu Henri; ein entgeisterter Mann und ein erstaunter Teenager musterten sich wortlos. Sie sah wieder zu Jesper.

„Oh", machte das Mädchen erneut.

„Was guckt ihr denn beide so komisch?" Jesper ließ die Blicke ebenfalls von einem zur anderen wandern. „Ist unser Hund hier? Er heißt Fiete."

Henri drückte Jesper an sich. „Sind meine Töchter bei euch? Katje und Metke?"

Das Mädchen nickte und öffnete die Tür für die Besucher. Sie führte sie in die Praxis. Frau Dr. Malm stand an einem Behandlungstisch und wandte ihnen den Rücken zu. Henri sah nicht seinen Hund unter dem grünen Laken, sondern starrte nur betroffen auf den Rücken der Tierärztin. Unter Tausenden hätte er sie erkannt. Nach all den Jahren.

„Ina." Er konnte nicht verhindern, dass seine Stimme kippte.

Ihre Schultern strafften sich. „Hinnerk", sagte sie, bevor sie sich umdrehte.

Sie musterten einander wortlos. Sie sah aus wie früher. Und doch anders, erwachsen. Natürlich war sie älter geworden, ebenso wie er. Ihre Haare, kürzer und blonder, wie ihm schien, waren noch immer in nachlässiger Weise mit einem Haargummi zusammengebunden. Impulsiv streckte er die Arme nach ihr aus. Mit einem unergründlichen Ausdruck ging sie auf ihn zu. Henri kannte sie gut genug, um zu wissen, was nun kam, aber er wehrte sich nicht. Sie holte aus und versetzte ihm eine schallende Ohrfeige.

„Aua", sagte er lakonisch. „Ich würde es begrüßen, wenn der oder die Nächste mich mit einem Tritt in den Hintern begrüßen würde. Aber doch nicht immer ins Gesicht." Er rieb sich die linke Wange und nahm die Sonnenbrille ab. Ina bemerkte das Veilchen und lachte freudlos auf. „Da hat sich schon jemand vor mir gefreut?"

„Jan."

„Herzlich willkommen in Parchim auch von mir!"

Wortlos trat Henri zu seinem Hund, der wie leblos auf dem Tisch lag. Er hob das grüne Tuch an und streichelte ihn. „Na, Fiete, mein Alter? Wie geht es dir?"

„Fiete ist noch sediert. Du kannst mir helfen, ihn in den Zwinger zu tragen. Sonst fällt er vom Tisch, wenn er wieder zu sich kommt. Es wird bald so weit sein. Über Nacht sollte er hierbleiben, morgen kannst du ihn abholen."

Henri nickte. Gemeinsam verfrachteten sie den Hund in einen geräumigen Zwinger im Nebenraum. Jesper hockte sich davor und sprach sanft auf den betäubten Hund ein.

„Dein Sohn sieht so aus wie du damals."

„Ja, Mama, und er sieht genauso aus wie …"

Ina drehte sich blitzschnell zu ihrer Tochter. „So, und nun zeig unserem Gast", sie spie das Wort fast aus, „den Weg ins Wohnzimmer. Der Herr möchte seine Töchter abholen."

„Der Herr möchte vor allem wissen, was es mit dem Anruf von Metke auf sich hat. Was ist mit Kati? Ist sie da?" Er rief die Namen der Mädchen, die sich prompt meldeten. Katje lag auf einer Couch, Metke saß im Sessel daneben. Auf dem Tisch vor ihnen standen eine Flasche Limonade und ein paar Gläser. Die Handys der beiden hingen an Ladekabeln. Henri musste unwillkürlich grinsen. Dieser Anblick fühlte sich nach Entwarnung an. Er setzte sich zu Katje und strich ihr über den Kopf. „Kindchen, was hast du denn?"

„Deine Tochter ist unterzuckert. Ihr wurde schwindelig, erst dachte ich, das sei die Aufregung wegen des Hundes, aber ihre Gesichtsfarbe und andere Symptome lassen auf etwas anderes schließen. Ihr BZ lag bei 1,8. Jetzt ist er fast wieder im Normalbereich."

Henri sah sie an. „Was heißt das? Was ist BZ?"

„BZ ist der Blutzuckerspiegel. Hat …"

„Katje", half Katje.

„Danke. Kann es sein, dass Katje an Diabetes leidet?"

„Diabetes? Sie ist ein Kind!"

„Ihr Blutzuckerspiegel ist viel zu niedrig. Sie gehört in ärztliche Behandlung!"

Henri betrachtete Katje mit offenem Mund. „Diabetes?"

„Ja, du Übervater, siehst du nicht, was mit deinem Kind los ist?"

„Woher willst du das wissen? Wieso hast du überhaupt so ein Ding? Du bist doch Tierärztin." Er zeigte auf das Messgerät, das noch auf dem Tisch lag.

„Ja, und? Auch Veterinäre sind nicht blöd." Ina drehte sich um und eilte aus dem Zimmer.

Katje richtete sich auf. „Papa, muss ich sterben?"

„Niemand stirbt hier. Du schon gar nicht." Henri war hin und her gerissen zwischen dem Impuls, Ina zu folgen, und dem Wunsch, Katje zu trösten. Er blieb bei seinen Kindern.

„Was ist passiert?"

Katje schilderte ihm von ihrem Unwohlsein und wie die Tierärztin ihr geholfen hatte. Jesper und Metke rangelten inzwischen um das Ladekabel, mit dem Metkes Handy gespeist wurde.

„Könnt ihr mal mit dem Lärm aufhören und euch benehmen?"

Katje setzte ihre Schilderungen fort, während Jesper triumphierend sein Handy anschloss.

„Die Frau ist sehr nett", schloss sie ihren Bericht ab.

„Sie hat Papa geohrfeigt! Das ist nicht nett. Ich finde sie blöd."

„Ach, aber ihren Strom nimmst du gerne!? Und die Limo?"

Jesper, der dabei war, sich ein Glas des hellgelben Getränks einzufüllen, sah seinen Vater unentschlossen an. „Willst du nicht wissen, warum sie dich geschlagen hat?"

„Ich weiß es."

Aus dem Untergeschoss erklang ein schauriges Heulen. „Fiete wird bald wach und würde sich über Besuch freuen."

Jesper und Metke folgten zögernd Inas Ruf. Katje setzte sich auf. „Papa, ich muss dir was Komisches zeigen. Nachdem wir ins Wohnzimmer kamen und ich mich hinlegen sollte, habe ich bemerkt, wie die Tierärztin ein Foto vom Schrank genommen und in eine Schublade gelegt hat." Sie sprang von der Couch auf und zog die Lade auf.

Henri protestierte, aber Katje gab ihm das gerahmte Foto. Henri schnappte nach Luft. Sein Herz pochte in seiner Brust. Ihm wurden die Knie weich, er ließ sich in einen Sessel fallen. Fassungslos musterte er das Foto. Auf dem Bild waren zwei Personen zu sehen, Ina, mit wehenden Haaren, lächelte einen Mann an. Ihn selbst, aber wie konnte das sein? Das Foto konnte erst kürzlich aufgenommen worden sein, Ina sah so aus, wie er sie eben gesehen hatte, der Mann jedoch war erst Anfang zwanzig, schätzte er. Er sah aus, wie Jesper in gut zehn Jahren aussehen würde, und so, wie er einmal selbst ausgesehen hatte. Henri fasste sich an die Stirn. Es gab keinen Zweifel. Stumm sah er Ina an, die bewegungslos mit verschränkten Armen im Türrahmen stand. In der Hand hielt sie etwas, das wie eine Salbentube aussah.

„Kramst du immer bei fremden Leuten in den Schubladen rum?"

„Ina, wer ist das?" Die Frage war überflüssig, er stellte sie trotzdem.

„Das ist mein Sohn." Sie nahm ihm das Foto weg und stellte es auf das Regal zu den anderen. Henri erhob sich, um es weiter zu betrachten, und wischte sich dabei seine Hände an der Jeans ab.

„Wie alt ist er?"

„Rechne doch selbst nach." Mit zusammengekniffenen Augen sah sie ihn an.

„Dann warst du schwanger, als ich gegangen bin?"

„Als du abgehauen bist? Dich verpisst hast? Mich sitzen gelassen hast?"

„Du hast dich von mir getrennt!"

„Das wüsste ich aber! Als ich dir die frohe Botschaft mitteilen wollte, warst du wie vom Erdboden verschluckt! Einfach so! Du warst nicht mehr aufzufinden, keiner wusste, wo du warst!" Sie hatte Zornestränen in den Augen.

„Aber Ina! Wir wollten doch nach Schweden, erinnerst du dich? Du hattest dich so verändert, und dein Vater hat mir gesagt, dass du dich von mir trennen, es mir aber nicht selbst sagen willst. Dass ich allein gehen soll. Du wärst mit Raik zusammen. Ich stünde deinem Glück im Weg."

„Halte meinen Vater da raus! Was für ein Unsinn! Das hat er nie gesagt. Mit Raik? Natürlich hatte ich mich verändert. Ich war schwanger. Mit achtzehn! Ich habe mich nicht getraut, es dir zu sagen."

Katje war neben Henri getreten. Beide sahen das Foto an.

„Wie alt ist er?", fragte sie.

„Sechsundzwanzig", antworteten Ina und Henri gleichzeitig.

„Und wie heißt er?"

Ina sah sie unentschlossen an. „Lasse Malm", sagte sie zögernd.

Mit grimmiger Freude bemerkte sie Henris Gesichtsausdruck. Das Blut war aus seinem Kopf gewichen. Weiß wie die Wand, dachte sie schadenfroh. Geschieht dir recht. Du hast uns im Stich gelassen.

Katje und er betrachteten das Bild. Katjes Blick war freundlich und interessiert, der ihres Vaters angespannt und traurig.

„Ich fasse das nicht. Ich habe einen erwachsenen Sohn. Wo ist er?" Seine Stimme glich mehr einem Stöhnen. Sein Blick wanderte durch das Zimmer, so, als ob sich der junge Mann im Raum verstecken würde. Er griff erneut nach dem Foto. Ina war schneller und nahm es an sich. Sie presste es an ihre Brust, mit der Rückseite zu ihm, als wolle sie ihren Sohn vor dem Vater schützen. Stumm streckte er die zitternde Hand aus. Zögernd legte Ina das Bild hinein. Behutsam, fast andächtig nahm er die Fotografie an sich und betrachtete es lange. „Ich fasse es nicht. Ina, wo ist er, wann kann ich ihn sehen?", wiederholte er und stellte das Bild sachte wieder auf seinen Platz.

„Wenn es nach mir geht, gar nicht. Er hat dich früher nicht gebraucht, er braucht dich heute erst recht nicht. Sein Vater heißt Torben Malm. Du stehst nicht mal in der Geburtsurkunde. Du hast nichts, aber rein gar nichts mit ihm zu tun. So kann es auch bleiben. Halte dich fern von ihm!"

Blass und mit hängenden Schultern stand er vor ihr. Er atmete tief ein, wandte Katje wieder seine Aufmerksamkeit zu und legte ihr seinen Arm um die Schulter. „Am besten, ich fahre dich ins Krankenhaus. Ina hat Recht. Du musst gründlich untersucht werden."

„Ist unser Auto wieder heil?"

Er fasste sich an die Stirn. „Nein. Ich rufe uns ein Taxi." Kopfschüttelnd zog er sein Handy aus der Tasche.

Ina hielt ihm die Tube entgegen. „Hier. Für dein Auge. Sonst wird es noch dicker. Hilft ausgezeichnet bei Hunden und Pferden. Meine Patienten haben sich jedenfalls noch nicht beschwert." Sie schlüpfte aus dem Kittel und nahm einen Schlüsselbund vom

Tisch. „Steck das Handy wieder ein, Hinnerk. Ich fahre euch. Das geht schneller."

„Wir haben einen Bruder."

Überrascht sah Marion von ihrem Salatteller zu Metke auf. „Ich weiß. Er ist elf, heißt Jesper und steht neben dir." Sie sah sich um. „Wo habt ihr Katje gelassen?"

„Im Krankenhaus. Unser Bruder heißt Lasse und ist sechsundzwanzig."

„Henri? Was ist mit Katje? Wieso ist sie im Krankenhaus? Was redet Metke da von einem Bruder?" Marion sprang vom Tisch auf. Das Weinglas fiel um und der Inhalt ergoss sich über den Salat.

Marion blickte ihren Schwiegersohn an, der sich wortlos auf einen Stuhl sinken ließ. Sie bemerkte sofort, wie niedergeschlagen und blass er war.

„Ich war eben bei ihr. Es geht ihr so weit gut. Beruhige dich. Es sieht so aus, als wenn Katje an Diabetes leidet, das arme Kind. Ina hat es sofort vermutet. Sie hat uns vor dem Krankenhaus abgesetzt. Katje ist stationär aufgenommen worden. Ich bringe ihr gleich noch ein paar Sachen vorbei." Er stellte Marions Glas wieder aufrecht.

„Wer ist Ina?" Marion wischte sich ein paar Weinflecken von der Jeans.

„Meine Ina, also meine Ina von früher." Henri lächelte die Kellnerin an, die heransprang, um den Schaden zu beheben. „Es scheint, dass ich tatsächlich einen erwachsenen Sohn habe, Marion. Ich habe ein Foto gesehen. Er sieht genauso aus wie Jesper und ich."

Marion setzte sich wieder, lehnte sich zurück und betrachtete Henri, der schweigend auf das Tischtuch starrte. „Jetzt bin ich platt. Wo kommt der auf einmal her?"

Henri legte die Brille auf den Tisch und rieb sich die Nasenwurzel. „Die Tierärztin, die Fiete behandelt, ist meine Jugendliebe."

„Diese Ina, von der du mir erzählt hast?"

„Ja. Sie hat mich mit einer Ohrfeige begrüßt, zu Recht, möchte ich sagen. Katje ist bei ihr umgekippt. Ina hat ihr geholfen und sie ins Wohnzimmer gelegt. Dabei ist Katje ein Foto von Lasse ins Auge gefallen. Da brauchte man nur zwei und zwei zusammenzuzählen. Anscheinend hat sie damals nie etwas von einem anderen Mann gewollt. Ihr Vater hat mich mit einer Lüge vergrault, und ich Idiot bin gegangen, ohne mit ihr zu sprechen. Unfassbar." Er schüttelte den Kopf und setzte die Brille wieder auf. Bei der Kellnerin orderte er ein Bier. Metke und Jesper bestellten sich etwas zu essen und zu trinken. Henri verzichtete. Seine Kehle war wie zugeschnürt.

Die Ladenglocke bimmelte, als Henri die Tür aufstieß. Er grüßte die vorwiegend ältere, weibliche Kundschaft und zog Jesper mit sich hinein. Hinter der Theke bedienten zwei Frauen. Die ältere der beiden erkannte er sofort: Sie war Jans Mutter. Mit geübten Bewegungen schlug sie Fleischstücke in das beschichtete Papier und tippte einige Beträge in die Kasse. Henri bedachte sie mit einem fast zärtlichen Blick. Diese etwas gebeugt stehende Frau mit den einst rötlichen, nun aber grauen Löckchen kam für ihn nach seiner Oma einer Mutter am nächsten. Wie oft hatte er bei Jan übernachtet? Und die Versorgung mit Fleischwaren in den DDR-Zeiten war bei den Hartmanns gewährleistet gewesen. Jan hatte damals oft halb im Scherz gefragt, ob er wegen ihm oder wegen seiner Mutter zu ihnen komme. Natürlich war er wegen Jan bei den Hartmanns gewesen, trotzdem hatte Henri Annes mütterliche Art genossen. Die zweite Person war brünett mit einem Pferdeschwanz, aus dem sich ein paar Strähnen vorwitzig hervor ringelten. Sie war in seinem und Jans Alter, hatte rote Wangen und eine, wie seine Oma gesagt hätte, stattliche Figur.

Julia, dachte Henri. Jans Schwester hatte sich so entwickelt, wie alle es ihr prophezeit hatten. „Rosa Schweinchen" hatten die Mädchen aus der Schule sie wegen des rötlichen Teints, der dicklichen Figur und der damals feuerroten Haare genannt. Henri erinnerte sich, dass Julia darüber oft bitterlich geweint hatte. Die erwachsene Frau hinter der Theke stand aufrecht, agierte sicher und geschickt und hatte für die Kundschaft freundliche Worte. Henri hätte sie auf der Straße nicht wiedererkannt.

„Was wollen wir hier?" Jesper hatte die Fäuste in den Hosentaschen geballt.

Henri schmunzelte und fasste Jesper an die Schulter. „Keine Angst, er wird nicht noch einmal zuschlagen. Außerdem sind wir zu zweit." Er zwinkerte seinem Sohn zu und betrachtete dann sein Spiegelbild in der tadellos sauberen Fensterscheibe. Er musterte sich selbst. Der Mann im Spiegelbild war hochgewachsen. Die dunkelblonden Haare waren mit silbernen Strähnen durchzogen. Die grünen Augen waren hinter einer Brille verborgen. Er war nicht mehr der 18-Jährige, der den Ort verlassen hatte. Als junger Mann war er mittelgroß und pummelig gewesen. Zu seiner Freude war er seit damals gut zehn Zentimeter in die Höhe geschossen und überragte seitdem die meisten Männer. Er strich sich über das bärtige Kinn, während er den Blick wieder den Frauen hinter dem Tresen zuwandte. Er musste sich unbedingt einen Rasierer kaufen.

Jan betrat den Laden aus einem Raum im Hintergrund. Man sah ihm die gute, eher zu gute Ernährung an. Viele Nackensteaks, Rollbraten und Leberwürste hatten sich auf seiner Hüfte und an seinem Bauch verewigt. Er trug ein silberfarbenes Tablett mit gemischtem Hack, das laut einem handgeschriebenen Schildchen in der Theke als „Knüller der Woche" angepriesen wurde. Jan blieb beim Anblick von Henri stehen und hielt mitten im Satz inne. Henri betrachtete den ehemals besten Freund und hielt der letzten Kundin höflich die Tür auf.

„Hinnerk", sagte Jan.

„Hinnerk?" Anne Hartmann wandte sich um, stutze und eilte ihm mit ausgebreiteten Armen entgegen.

„Der Hinnerk?", fragte die Brünette gedehnt.

„Papa, wieso sagen die alle Hinnerk zu dir?"

Jan nahm eine Mettwurst vom Haken und ging langsam auf ihn zu. „Du siehst scheiße aus, Hinnerk."

„Du hast mir ein Veilchen verpasst. Das war meiner Schönheit nicht gerade zuträglich. Verbringst du deine Mittagspausen immer so? Alte Freunde auf dem Schuhmarkt vermöbeln? Willst du mich jetzt mit einer Mettwurst erschlagen? Du hast das Geschäft deines Vaters übernommen? Ich wollte doch nur nach deiner Adresse fragen." Henri grinste und umarmte Jans Mutter, die bereits an seinem Hals hing. „Schön, Sie zu sehen. Sie sind die Erste, die mich bei meinem Anblick nicht schlägt. Gut sehen Sie aus."

„Hinnerk! Mein lieber Junge! Wie geht es dir? Wo kommst du denn her? Wo warst du die ganzen Jahre?" Anne Hartmann schob ihn ein Stück von sich und musterte ihn. „Hast du ein blaues Auge?"

„Das war ich, Mama."

„Ich weiß, warum du mich geschlagen hast. Können wir reden? Heute Abend? Oder morgen?"

Jan hielt noch immer die Wurst in der Hand. „Hast du schon mit Ina gesprochen?"

„Ja. Sie behandelt meinen Hund und meine Tochter. Erkläre ich dir später."

Jan betrachtete Jesper. „Wie kommst du nach all den Jahren mit Sohn, Tochter, Frau und Hund wieder nach Pütt?"

„Mit Sohn, zwei Töchtern, der Schwiegermutter und dem Hund. Das erzähle ich dir bei einem Bier. Das ist mein Jüngster."

Er schob Jesper zu Jan. Widerstrebend reichte der Junge dem Schlachter die Hand. Jan schlug Jesper jovial auf die Schulter. „Tut mir leid, dass du mich so kennen gelernt hast."

Anne ließ von Henri ab und wandte sich dem Jungen zu. „Mein Gott, Jan, sieh mal, er sieht genauso aus wie Lasse. Und wie du früher, Hinnerk."

Jan hielt noch immer die Wurst in der Hand. „Willst du sie haben?"

„Was hast du bloß mit deiner Wurst? Den Vater verprügeln und den Sohn bestechen? Wir wohnen im Hotel, da können wir nichts mit deinem Aufschnitt anfangen!"

„Aufschnitt? Die Wurst ist besser als die von meinem Vater und du warst verrückt danach." Er hängte die Wurst wieder an einen Haken und reichte Jesper ein Wiener Würstchen, das der Junge zögernd annahm.

„Kommt doch nachher zu uns nach Hause, ich koche euch was Schönes. In ein paar Minuten ist Ladenschluss. Ich weiß noch, was du früher gerne gegessen hast."

„Danke, Frau Hartmann, das kann ich nicht annehmen, wie gesagt, wir sind fünf Personen."

Jan stutzte. „Keine Frau?"

Henri schüttelte den Kopf. „Leider nicht. Steffi ist vor sechs Jahren gestorben."

„Oh", entfuhr es Mutter und Sohn zeitgleich. Jan winkte die Brünette heran, die Henri für Julia gehalten hatte, und stellte sie als seine Frau Doreen vor. Er hatte ihr eine Menge von Henri erzählt. Besonders viele Nettigkeiten schienen nicht dabei gewesen zu sein. Das erkannte Henri an ihrem Gesichtsausdruck und den hochgezogenen Brauen.

Kapitel 3

Zusammen mit Marion und den Kindern besuchte er wenig später Katje im Krankenhaus. Der behandelnde Arzt war niemand anderer als Raik von Mönckhagen, der Mann, den Inas Vater einst als neue Liebe seiner Tochter vorgeschoben hatte. Henri widerstand dem Impuls, Katje aus dem Bett zu ziehen und mitzunehmen. Raik erkannte Henri ebenfalls und begrüßte ihn mit mäßigem Interesse. Inas Verdacht erwies sich als richtig. Katje litt an Diabetes Typ 1. Diese Form des Diabetes kam bei Kindern und Jugendlichen häufiger vor als der Typ 2, der sich meistens im fortgeschrittenen Alter entwickelt. Sie würde um ein Leben mit Errechnen von Broteinheiten und Insulinspritzen nicht umhinkommen. Henri saß auf Katjes Bettrand, streichelte ihre Hand und hörte bestürzt Raiks Ausführungen zu. Katje selbst hingegen lauschte dem Arzt mit konzentriertem Interesse. Er drückte Henri nach einigen Erläuterungen noch Broschüren und anderes Informationsmaterial zum Thema Diabetes in die Hand. Katje nahm es sofort an sich und begann aufmerksam zu lesen. Raik erklärte, dass sie Katje mindestens für eine Nacht zur Beobachtung auf der Station behalten wollten und Henri sie bei sich zu Hause einem Diabetologen vorstellen sollte. Katje zugewandt sagte er: „Meine Frau kommt nachher noch zu dir. Sie ist auch Internistin." Er drehte sich leicht zu Henri. „Ihr Name ist Diane."

„Diane Schuster? Ihr habt geheiratet?"

„Vor zweiundzwanzig Jahren." Raik lächelte trüb. Henri fragte sich, ob er wegen der Diagnose so reagierte oder ob die Mönckhagensche Ehe nicht gut lief.

„Und ich glaubte ernsthaft, durch Parchim zu kommen, ohne ein bekanntes Gesicht zu sehen. Geht es euch gut? Habt ihr Kinder?"

Raik ließ seinen Blick über Henris Familie schweifen. „Nein", sagte er zögernd. „Leider sind wir kinderlos." Er gab Henri eine Visitenkarte und verabschiedete sich. Metke und Jesper gingen ebenfalls. Henri traute ihnen zu, den Weg in die Stadtmitte zum Hotel zu finden. Marion und er blieben noch an Katjes Bett sitzen, bis sie zu gähnen begann.

Eine halbe Stunde danach ging Henri mit Marion am Wockersee entlang. Er blieb stehen und sah über Wellen, die sich mit leisem Plätschern ans Ufer kräuselten.

„Es ist schön hier", bemerkte Marion.

„Ich hatte das vergessen und nur negative Gedanken an diesen Ort."

„Was willst du jetzt tun?"

Henri ahnte, was Marion meinte, stellte sich aber naiv. „Ich bestelle mir was zu essen. Nun habe ich doch einen Bärenhunger."

„Ich meinte, wegen deines Sohns Lasse."

„Ich muss erst einmal nachdenken, Marion. Das war heute etwas zu viel auf einmal." Er legte den Arm um seine Schwiegermutter und schlenderte mit ihr zum Hotel.

„Er ist nicht bei Facebook, Insta oder Twitter", rief Metke ihnen entgegen.

„Nicht so laut", sagte Henri und nahm neben den Kindern auf der Außenterrasse des Hotel-Restaurants Platz. Jesper blickte nicht einmal auf. Metke sah aufgeregt mit dem Handy in der Hand zu Henri und Marion.

„Wir finden nichts über ihn. Es gibt mehrere Lasse Malms, aber die passen alle nicht!"

Henri griff sich die Speisekarte. „Von mir wirst du auch nichts finden. Weder im Telefonbuch, Facebook oder sonstwo."

Metke grinste. „Du bist auch bei der Kripo. Kaum ein Polizist steht im Telefonbuch."

Ganz die Polizistentochter. Henri lächelte.

„Und du bist alt. Was willst du auf Facebook? Einige meiner Freunde müssen mit ihren Eltern befreundet sein, das ist so peinlich!"

„Danke mein Sohn für diese aufmunternden Worte. Die runden diesen Tag so richtig ab." Er klappte die Speisekarte zu und bestellte bei der Kellnerin einen Mecklenburger Rippenbraten und ein Spezi. Metke und Jesper fügten der Bestellung Eisbecher, Marion einen Wein hinzu.

„Versucht es mal unter Lasse Lürßmann." Er buchstabierte den Namen. „Ina hat gezögert, als sie den Namen nannte. Vielleicht hat er noch ihren Geburtsnamen."

„Hab ihn." Jesper drehte ihm triumphierend das Handy entgegen.

Henri betrachtete die Einträge. Die meisten waren auf Schwedisch. Er klickte auf die Übersetzungshilfe und begutachtete tief durchatmend einige Gruppenfotos mit Untertiteln. Lasse konnte auf Erfolge in einem Stockholmer Ruderverein und bei Segelregatten zurückblicken. Henri erkannte Lasse sofort in der Mitte der Sportkameraden. Sein Sohn war auch Mitglied im Fußballverein und in einem Reitclub gewesen. Henri war nie in einem Sportverein gewesen. Im Sommer schwamm er im See, ansonsten hatte er mit den anderen Jungs, vor allem mit Jan, auf den Straßen oder den Sportplätzen rumgebolzt. Manchmal hatte Ina ihn auf ihrem Pferd reiten lassen. Heute war er ein begeisterter Läufer und drehte gerne früh morgens mit Fiete seine Runde um die Alster. Dann gab es noch ein Foto einer Abiturfeier. Lasse befand sich zufrieden lächelnd inmitten einer Schülerschar. Auf einem letzten Foto stand er zwischen einer jüngeren, glücklich aussehenden Ina und einem Mann. Aufmerksam betrachtete er ihn. Anhand Inas Größe schätzte Henri, dass der Mann so groß war wie er. Er wirkte mindestens zehn Jahre älter als Ina, war leicht untersetzt, hatte einen lichten blonden Haarkranz und einen ebenso zufriedenen Gesichtsausdruck wie Lasse und Ina. Er hatte den Arm um Lasse gelegt und schaute ihn liebevoll an. Henris Blick fiel auf die Unterschrift, die lückenhaft aus dem Schwedischen übersetzt besagte, dass Lasse das beste Abiturzeugnis seines Jahrgangs der Schule erhalten hatte. Henri seufzte auf. Lasse war intelligent und ein vielseitig interessierter netter, junger Mann. Es tat ihm fast körperlich weh, wenn er darüber nachdachte, was er verpasst hatte. Sanft strich er mit dem Daumen über das Gesicht auf dem Foto. Dieser Mann war der gemeinsame Sohn von Ina und ihm. Er, Henri, hatte es verpasst, ein Teil der Familie zu sein. Was Lasse wohl beruflich machte?

Kapitel 4

Mittwoch, 08.08.2018

Metke und Jesper konnten es nicht erwarten, Fiete abzuholen. Henri durchschaute ihre Absichten. Es ging ihnen nicht um den Hund. Sie waren neugierig auf Ina und ihre Kinder. Henri suchte Inas Nummer aus dem Internet und wählte. Es klingelte mehrmals. Als der Anrufbeantworter ansprang, legte er auf. Er hätte nicht gewusst, was er sagen sollte. Er ließ die beiden losziehen, während er mit Marion zu Katje ging.

„Meine Ärztin sieht aus wie Cameron Diaz." Katje saß mit gekreuzten Beinen, bekleidet mit T-Shirt und Shorts auf ihrem Bett. Sie machte einen putzmunteren Eindruck.

„Ach du Scheiße", entfuhr es Henri. „Heißt sie Diane von Mönckhagen?"

„Ja. Sie kennt dich von früher. Ihr seid sehr befreundet gewesen."

„So sehr auch wieder nicht. Hat sie dich ausgefragt?"

„Sie wollte sich mit mir unterhalten, sie hat nach meinen Geschwistern gefragt und so. Ich fand sie ganz nett. Ich bin aber eingeschlafen. Echt peinlich. Ihr Mann ist mein Arzt. Der ist aber komisch, muffig und nicht so nett. Wo sind Meti und Jessi? Kann ich nach Hause? Ist das Auto wieder heil?"

„Deine Geschwister sind zu Ina – zu Frau Malm, der Tierärztin – gegangen. Sie wollen zu Fiete."

„Gut. Hoffentlich fragen sie sie nach Lasse aus. Hoffentlich sehen sie ihn und machen Fotos. Wie cool ist das denn?"

„Das findest du cool?"

„Klar."

„Er ist 26. Mit Sicherheit wohnt er nicht mehr bei seiner Mutter."

„Das weiß man nie", meinte Katje altklug.

Henri einigte sich mit Marion, dass sie Katje Gesellschaft leistete, während er sich um Auto und Hund kümmerte.

„Du solltest dir ein anderes Hemd anziehen, Henri. Willst du so zu dieser Ina gehen?" Marion sah ihren Schwiegersohn stirnrunzelnd an.

„Warum? Papa sieht doch gut aus."

Henri grinste und gab seiner Tochter einen Abschiedskuss. Zu Marion gewandt sagte er: „Bei Ina bin ich sowieso untendurch, auch wenn ich im Smoking erscheinen würde."

Der Mechaniker schüttelte bedauernd den Kopf. Der Wagen würde nicht vor übermorgen fertig werden. Ein Ersatzteil musste geliefert werden, vielleicht aus Berlin oder Hamburg. Eventuell sogar aus Frankreich. Misserfolg auf ganzer Linie. Henri atmete tief durch. Wie konnte man nur so ein Pech haben? Vor der Werkstatt nahm er sein Handy aus der Tasche und wählte erneut Inas Nummer. Diesmal achtete er auf den Ansagetext. Ina hatte den Anrufbeantworter besprochen. Sie sprach von der Praxis Malm, nicht von der Familie. Eventuell hatte sie noch eine Privatnummer. An der Stelle „Bitte sprechen Sie nach dem Ton und hinterlassen Sie Ihre Telefonnummer, ich rufe zurück" legte Henri auf und schlenderte zu ihrem Haus. Den Weg hätte er im Schlaf gefunden. Sein Blick wanderte die Fassaden entlang. Manche Gebäude waren liebevoll restauriert, einige Bauten wirkten hingegen verfallen. Sicherlich waren die Eigentumsverhältnisse dieser Häuser noch immer nicht geklärt. Er machte einen Umweg über die Schleuse. Auf der Brücke sah er ins Wasser. Als Junge hatte er immer an dieser Stelle in die Elde gespuckt. Gerne hätte er es wieder getan, aber es waren ihm zu viele Menschen unterwegs. Er sah an dem mächtigen gelben Klinkerbau am Fluss empor. Die Einschusslöcher aus dem Zweiten Weltkrieg waren bis heute im Mauerwerk vorhanden.

Er wandte den Blick. Die Aussicht auf die alten Kastanienbäume am Saum des Flusses bis hin zur Hohen Brücke war ihm vertraut. Er fragte sich, ob die Büsche mit den Kletten noch existierten. Mit denen hatten er und seine Freunde sich gerne gegenseitig beworfen. Besonders für die Mädchen mit den längeren Haaren war es schmerzhaft gewesen, die Biester zu entfernen. Er erinnerte sich, wie Ina ihn einmal geohrfeigt hatte, nachdem er ihre langen Zöpfe von ihr unbemerkt mit Kletten garniert hatte. Er hatte es nie wieder getan. Henri schmunzelte in sich hinein. Ob sie sich daran erinnerte? Vielleicht würde er sie fragen. Er löste sich vom Brückengeländer und bummelte die wenigen Schritte zur Marienkirche. Beim Umrunden des gotischen Baus bemerkte er doch die Veränderungen. Parchim roch anders. Nicht mehr nach dem Gemisch der Trabis. Auch die Geräusche hatten sich verändert. Das frühere Geknatter der Zweitaktmotoren auf Kopfsteinpflaster war verschwunden. Es trieb ihn kurz in die kleine Straße Wassergang. Früher durfte er nicht in diese Gasse gehen. Seine Oma hatte ihn gewarnt. Dort würde es nur seltsame Gestalten und Ratten geben. Henri war als Kind gerne heimlich hierhergekommen. Mit einem wohligen Schauer hatte er auf unheimliche Menschen und Ratten gewartet, aber nie hatte er etwas anderes bemerkt als auf den Nachbarstraßen. Er sah überrascht auf eine schöne kleine Straße, eher ein breiter Weg, an einem der vielen Seitenarme der Elde mit Blick auf die Plümper Wiesen. Die Häuser waren gepflegt, an den Balkonen hingen bunt bepflanzte Blumenkästen. Kleine Boote dümpelten sachte im Wasser. Es schien, als gehörte zu jedem Haus eine Anlegestelle. Wer hier wohnt, braucht nicht in den Urlaub zu fahren, dachte er und atmete tief ein. Ihm wurde bewusst, dass er die Begegnung mit Ina hinausschob, und er kehrte um. Wenige Minuten später erreichte er ihr Haus und hielt kurz inne. Ein schmiedeeiserner, brusthoher Zaun umschloss das Grundstück der Malms. Henri klingelte und wartete. Nach einer Weile drückte er die Klinke und öffnete die Pforte. Fröhlich bellend lief ihm ein Kuvasz entgegen.

„Fiete!" Erst als sich der Hund ihm näherte, fiel ihm der Unterschied auf. Er hatte helleres Fell und war größer als Fiete. Inas Hund. Henri streichelte den Hirtenhund, der freundlich an ihm hochsprang. „Du bist schlecht erzogen, mein Lieber. Frau Doktor hat wohl keine Zeit."

Es hatte wenig Sinn zu warten. Er ging ums Haus, hörte helle Stimmen und das Brummen eines elektrischen Geräts. Henri folgte den Stimmen zum Pferdestall. Dort fand er seine Tochter, die unter Linneas Anleitung ein Pferd striegelte. Metke strahlte ihn an. Auf ihrer Nase befand sich eine breite Dreckspur. Er begrüßte Linnea, die ihn unbefangen anlächelte, und fragte sie nach ihren Eltern.

„Papa ist seit fast vier Jahren tot. Deshalb wohnen wir jetzt hier und nicht mehr in Stockholm."

„Das tut mir leid, das ist wirklich traurig." Henri lächelte aufmunternd. „Wo ist deine Mutter?"

„Die ist mit ihrem besten Freund beschäftigt."

„Bitte was?" Henri spürte, wie ihm die Gesichtszüge entgleisten. Ina pflegte ja einen offenen Umgang mit ihren Kindern.

Sie deutete in die Richtung, aus der das gleichmäßige Brummen zu hören war.

„Mama arbeitet mit dem Hochdruckreiniger. Das macht sie immer, wenn sie traurig oder wütend ist."

Auf dem Weg zu ihr bemerkte Henri, wie sauber die Platten des Gehweges vom Stall zur Terrasse waren. Ina wandte ihm den Rücken zu. Er wartete, bis sie das Gerät ausstellte und einen Besen zur Hand nahm.

„Oh, der Herr Mar-ten-sen. Was willst du hier?" Ähnlich wie Metke hatte sie eine Schmutzspur im Gesicht, allerdings auf der Stirn. Henri hätte sie ihr gerne weggewischt, widerstand aber dem Impuls. Sie pustete sich eine Haarsträhne aus dem Gesicht. Ihr Blick war unfreundlich.

„Guten Morgen, Frau Doktor. Du hast meinen Hund. Und meine Kinder sind bei dir. Wo ist Jesper?"

Sie begann die Wasserlachen von der Terrasse zu fegen.

„Du hättest anrufen können."

„Das habe ich getan, es ist aber keiner rangegangen."

Sie sah ihn unentschlossen an. Dann nickte sie und drückte ihm den Besen in die Hand. „Du kannst dich nützlich machen. Ich hole deinen Hund und dann verschwindest du. Für immer! Das kannst du ja so gut."

Achselzuckend nahm Henri den Besen und fegte mit ein paar kräftigen Strichen das Wasser ins Beet. Dann stellte er den Feger an der Hauswand ab und sah sich um. Ina hatte die Terrassenmöbel an die Seite geschoben. Henri stellte den Tisch, die Bank und die Stühle so hin, wie es für ihn Sinn machte. Die Auflagen der Sommermöbel waren weiß-gelb gestreift, ebenso wie die herabgelassene Markise unter dem Terrassendach. Er betrachtete den Garten. An der sonnenbeschienenen Hauswand rankten grüne und rote Tomaten an einem Spalier. Zwischen der Terrasse und dem Rasen befanden sich ein kleines Kräuterbeet, einige Rosenbüsche, bunte Sommerblumen und mannshohe Sonnenblumen, die sich leicht in der Brise neigten. Der Garten war ganz nach Henris Geschmack. Der Rasen, gelb von der Sommerhitze, war ein wenig zu lang. Apfel- und Quittenbäume spendeten Schatten. Zwischen den Quitten war eine Hängematte gespannt. Unter einem der Apfelbäume standen eine Gartenbank und ein Tisch. Die dicken Sitzauflagen und die Tischdecke hatten die gleichen Blautöne. Ein Strandkorb, der schon bessere Zeiten gesehen hatte, lud zum Sitzen ein. In den Obstbäumen und in den Beeten hatte Ina Solarleuchten verteilt. Einige Gartenstühle standen wild auf dem Grundstück, so, als hätten sich mehrere Leute ihr Lieblingsplätzchen gesucht. Am Ende des Grundstücks befanden sich der Pferdestall mit einem angebauten Schuppen und eine Doppelschaukel. Hinter dem Gatter grenzte eine Weide. Am Zaun rankten pastellfarbene Winden und orangerote Kapuzinerkresse. Unmittelbar dahinter floss die Elde. Henri gefiel der ungezähmte Garten. Er konnte einem englischen Rasen und Kieswegen nichts abgewinnen. Sein Stadtgarten in Hamburg war nur klein, er schätzte es, wenn er tagsüber das Summen von Insekten und abends das Rascheln einer Igelfamilie hörte. Ein erfreutes Jaulen ließ ihn kurz darauf aufhorchen. Fiete rannte hektisch um ihn herum und konnte sich vor Wiedersehensfreude nicht mehr beruhigen.

„Na, Fiete, du alter Flokati? Du bist ja wie neu. Danke." Die letzte Bemerkung war an Ina gerichtet.

Sie zuckte mit der Schulter. „Dafür schreibe ich dir gleich die Rechnung. Komm mit." Fiete hatte ihn bereits vergessen. Von Inas Hund misstrauisch beobachtet, ging er schnüffelnd durch den Garten. Henri folgte Ina in die Praxis. Sie öffnete ihren Laptop und setzte eine Brille auf. Henri schmunzelte. Die wirren Haare und die schmutzige Stirn standen im Widerspruch zu ihrem strengen Gehabe.

„Also. Heinrich Mar-ten-sen. Heinrich ist doch wohl noch korrekt? Oder heißt du offiziell Henri?"

„Den Heinrich konnte ich leider mittels der Eheschließung nicht ablegen. Den Puvogel schon."

„Deine Frau hat sich sicherlich geweigert, den Namen anzunehmen."

Er lächelte noch immer. „Sicher. Du erinnerst dich bestimmt, wie sehr ich unter meinem Namen gelitten habe. Weder Vor- noch Nachname sind schön."

Sie richtete ihren Blick auf den Bildschirm. „Nein, ich erinnere mich nicht." Sie tippte emsig auf der Tastatur herum. Er wandte sich um und betrachtete die Urkunden an der Wand. Gelassen, mit den Händen in den Hosentaschen seiner verwaschenen

Jeans, wanderte er langsam weiter. Ina hatte sich auf Therapien von Hunden und Pferden spezialisiert.

„Dieser Tag muss der zweitschönste Tag im Leben deines Vaters gewesen sein. Der schönste Tag, seitdem er selbst promoviert hat."

Sie sah mit einem verwirrten Ausdruck hoch. „Was?"

Er tippte auf das Glas, hinter dem ihre Promotionsurkunde hing. „Dieser zehnte Mai. Der Tag, an dem du Frau Doktor Lürßmann wurdest. Der zweite Doktortitel in der Familie. Aus seiner Sicht sicher der Tag deiner Menschwerdung. Dein Vater muss vor Stolz geplatzt sein. Wo er doch immer so auf die Anrede mit Titel bestanden hat!"

Ein feines Lächeln huschte über ihre Züge. „Das tut er heute noch. Und du hattest ihn ja oft genug provoziert."

„Er lebt noch?"

Ihr Schmunzeln verschwand. „Ja. Zum Glück."

„Sicher nennt er dich Frau Doktor."

Der Drucker surrte. Sie riss den Ausdruck aus dem Fach. „Bitte. Wie zahlst du? Bar oder mit Karte?" Sie drückte ihm die Rechnung in die Hand und beobachtete seine Reaktion auf den gepfefferten Preis.

Henri sah auf die Rechnung. Anscheinend hatte Fiete die Nacht in einem Fünf-Sterne-Nobel-Resort verbracht. Gelassen zog er ein paar Scheine aus der Brieftasche. Prüfend hielt Ina sie gegen das Licht, als sei er ein Verbrecher.

„Ich danke dir nochmals. Du hast viel für Katje und Fiete getan. Es geht ihr übrigens ganz gut. Deine Diagnose mit dem Diabetes war korrekt. Wir werden lernen, damit umzugehen."

„Sicher. Katje scheint ein nettes intelligentes Mädchen zu sein. Ich habe die Freiheit besessen, heute Morgen bei Raik zu Hause anzurufen." Sie klappte den Laptop zu und bemerkte seinen erstaunten Blick. „Komm schon, wir kennen uns doch untereinander." Sie erhob sich. „Also, alles Gute für deine Familie und deinen Hund, Herr Mar-ten-sen, und nun au revoir. Oder besser: auf Nimmerwiedersehen."

Er konnte ihre Verbitterung verstehen. Er nahm Fietes Leine vom Haken. „Ich hole nur noch Metke und Jesper.". Er entnahm seiner Brieftasche eine Visitenkarte. „Ich kann dir nicht sagen, wie sehr ich alles bedaure. Ich wusste wirklich nichts von deiner Schwangerschaft. Ich hätte dich niemals verlassen."

Sie schob ihn aus der Praxis. „Hast du aber. Ich brauche deine Telefonnummer nicht. Sollte ich jemals, was ich nicht glaube, das Verlangen verspüren, mit dir zu sprechen, rufe ich die Auskunft an."

Er legte die Karte im Flur auf ein Schränkchen. „Du wirst mich nicht finden. Bitte gib sie Lasse. Ich überlasse es ihm, ob er Kontakt möchte oder nicht. Ich würde ihn sehr gerne kennenlernen, werde ihn aber nicht behelligen."

Ina gab einen abfälligen Pfiff von sich. „Wie edel, Heinrich."

„Darf ich dir die Hand geben?" Zögernd griff sie seine ausgestreckte Rechte.

„Danke, Ina. Ich werde jetzt meine Kinder einsammeln. Wo steckt Jesper bloß? Der kennt hier doch nichts." Er rief nach Metke, die ihn ignorierte. Er seufzte und ging Richtung Stall.

„Gänsekamp. Elde. In unserem alten Schrebergarten. Er ist mit Oscar zum Angeln gefahren. Ich habe es erlaubt. Jesper hat gesagt, dass er gut schwimmen kann. Ihr könnt heute schon wegen Katje nicht weg. Ich dachte, dann wäre er beschäftigt."

Henri nickte. „Dann klemme ich mir jetzt Metke unter den Arm."

„Lass sie doch hier. Sie und Linnea verstehen sich offenbar gut. Alleine würden sich beide langweilen." Sie musste über sein verdutztes Gesicht lächeln und musterte ihn. Von der Nase zogen sich zwei tiefe Falten wie Kerben zu den Mundwinkeln. Sein blondes, zu langes Haar war grau durchzogen. Die Fältchen um seine Augen zeugten davon, dass er gerne lächelte. Seine dunklen Augenbrauen bildeten einen interessanten Kontrast zu den blonden Haaren. Die Brille mit dem dunkelgrünen Gestell unterstrich das Grün seiner Augen. Er trug einen Bart, kein gepflegtes Bärtchen, sondern einen Bart, der seit mehreren Tagen ungehindert vor sich hin wucherte. Die Barthaare waren größtenteils grau meliert, der Rest war dunkler als sein Schopf. Ihr Blick wanderte zu seinen Händen. Er trug keinen Ring, aber das tat sie auch nicht. Die Kinder hatten nur von ihm und von Oma gesprochen. Zweifellos eine Schwiegermutter. Er hatte seine Mutter schon mit zwölf verloren und dann als Waise bei seiner Oma, der Haushälterin ihres Vaters, in ihrem Elternhaus gelebt. Sie hatten beide ihre Mütter verloren, das hatte sie als Kinder zusammengeschweißt.

„Wo ist bei dem Ganzen eigentlich die Frau Mar-ten-sen? Traut sie sich nicht zu der sitzengelassenen Ex-Freundin ihres Gatten?"

„Nein. Marion Mar-ten-sen", er sprach den Namen ebenso abgehackt aus wie sie, „ist die Großmutter der Kinder. Und sie ist entsetzt darüber, dass ich dich, wie du es nennst, sitzengelassen habe. Falls du aber Stefanie Mar-ten-sen meinst, die Mutter meiner anderen Kinder, die ist tot."

Sie wurde rot und senkte den Kopf. Er fasste sie an der Schulter. „Das konntest du nicht wissen, lange Geschichte. Also mach es gut und danke nochmals. Richte bitte Metke und Jesper aus, dass ich im Krankenhaus oder im Hotel bin." Er hob kurz die Hand zum Gruß und ging mit Fiete den akribisch sauberen Weg zur Pforte. Fast hoffte er, sie würde ihn zurückhalten.

Sie sah ihm nach. Er sah auf eine verwilderte Art gut aus. Aber das Hemd! Wie konnte man nur freiwillig ein in Gelb- und Orangetönen kariertes Hemd tragen? Hatte er einen so schlechten Geschmack? Kurz rang sie mit sich. Ihre Neugier gewann. Sie rief ihm nach: „Hinnerk? Trinkst du einen Kaffee mit mir? Dann kannst du mir die lange Geschichte erzählen."

Zu dem Kaffee hatte Henri trotz der frühen Stunde ein Stück Apfelkuchen mit Sahne bekommen. Henri sah hinauf in die Krone des Apfelbaums, unter dem er mit Ina saß. Rotbackige Äpfel glänzten im grünen Laub. Zwischen den sich leise im Wind bewegenden Ästen blinzelte perfektes Himmelblau.

„Schön hast du es hier, Frau Doktor."

„Hör jetzt mit dem Frau-Doktor-Unsinn auf. Du wolltest mir die lange Geschichte erzählen."

Wollte er das? Sicher nicht. Eben noch hatte sie ihn mit „Auf Nimmerwiedersehen" verabschiedet, nun fragte sie ihn nach seinem Leben aus. Manchmal waren Frauen ein Rätsel. Er seufzte. „Ich mache es kurz. Steffi und ich haben uns Hals über Kopf verliebt. Geheiratet haben wir erst nach Katjes Geburt. Die Kinder hatten schon Steffis Namen und ich war froh, meinen Namen ablegen zu können. Es ging schnell bergab mit der Liebe. Ich hätte es wissen müssen. Wir passten nicht zueinander. Sie hat nie etwas zu Ende bekommen, sie war flatterhaft. Sie war auch keine gute Mutter. Nicht, dass sie die Kinder nicht geliebt hat, aber andere Dinge waren wichtiger. Sie war eine von den Müttern, die die Kinderwagen vor den Geschäften stehen lassen oder ein Kind an der Raststätte vergessen. Metke hatte sie in einem Schnellrestaurant auf der Toilette sitzen gelassen. Steffi war schon wieder auf der Autobahn, als sie es bemerkte. Einmal hat sie den Müllbeutel in Katjes Kindersitz angeschnallt und wäre losgefahren, wenn Metke nicht protestiert hätte. Katje saß so lange auf dem Küchentisch und spielte mit dem Messerblock. Sie war damals nicht mal zwei Jahre alt. Das ist alles geschehen", fügte er auf Inas ungläubigen Blick zu. „Sie ist auch ausgegangen, um sich mit ihren Freundinnen zu treffen, und hat die Kinder allein im Bett gelassen, obwohl ich arbeiten musste. Natürlich waren es keine Freundinnen", fügte er bitter hinzu. „Sie hat sich mit anderen Männern getroffen. Nach Jespers Geburt wurde es noch schlimmer. Schon damals ist Marion oft eingesprungen.

Vor sieben Jahren ist sie allein in den Skiurlaub gefahren, sie musste sich angeblich dringend erholen. Sie ist nicht mehr wiedergekommen." Absichtlich ließ er ein Detail in seiner Erzählung aus. Was die Kinder nicht wussten, ging Ina nichts an. Mit der Kuchengabel zog er ein Muster durch die Schlagsahne. Es sah aus wie Skispuren im Schnee. Schnell verstrich er das Bild wieder. „Der Skilehrer, irgend so ein Wald-und-Wiesen-Toni, war dann doch attraktiver als ich. Das Schlimme ist, sie hat nicht nur mich verlassen, sondern auch die Kinder. Sie hat nicht einmal pro forma Anstalten gemacht, die Kinder zu bekommen. Ich hatte schon den Antrag auf das alleinige Sorgerecht gestellt, da ist sie bei einem Lawinenunglück ums Leben gekommen. Ich weiß nie, ob ich mich als geschieden oder verwitwet bezeichnen soll. Irgendwie bin ich beides in Einem."

Henri kraulte geistesabwesend den Hund an seiner Seite. „Was meinst du, Fiete, was machen wir jetzt?"

„Das ist mein Hund, Hinnerk, du streichelst meinen Otto."

„Wenigstens bin ich Otto sympathisch. Weder schlägt noch ignoriert er mich."

„Da brauchst du dir nichts drauf einzubilden", bemerkte Ina spitz. „Otto mag jeden. Er hat einfach keine Menschenkenntnis. Der würde sogar einen Einbrecher fröhlich begrüßen."

Er lächelte. „Magst du mir etwas über unseren Sohn erzählen?"

„Nein. Er ist mein Sohn, nicht deiner."

Sein Lächeln verschwand. „Schade. Die Kinder und ich sind neugierig."

„Ich habe Oscar und Linnea gesagt, dass sie nicht über Lasse sprechen sollen."

„Halten sie das durch?" Henri war enttäuscht.

Ina nickte. „Ganz bestimmt." Wieder musterte sie den Mann, der ihr gegenüber im Schatten des Apfelbaums saß und sie ebenfalls ansah. Ihr Blick wanderte über sein Gesicht mit den tiefen Falten in den Mundwinkeln, dem unkontrolliert wuchernden

Bart, das fürchterliche karierte Hemd in Gelb- und Orangetönen, das ihrer Meinung nach in die Altkleidersammlung gehörte. Die Hände hielten den Kaffeebecher umschlossen. Ihr prüfender Blick fiel auf seine breiten, großen Hände und die sauberen Fingernägel. Am Handgelenk trug er eine schöne Uhr. Wäre sie echt, hätte Ina sie auf Weißgold oder Platin geschätzt. Vermutlich ein Billigteil aus dem Urlaub im Süden, mutmaßte sie. Lieber hätte er sich ein vernünftiges Hemd kaufen sollen. Das Geld war bei den Martensens sicher nicht üppig, bei seinem Job verdiente er nicht so viel. Ein Gehalt und drei pubertierende Kinder, Ina wusste, wie kostenintensiv das Leben als Alleinerziehende war. Sie rief sich das Aussehen der Martensen-Kinder ins Gedächtnis. Jesper trug einen ähnlichen Haarschnitt wie Oscar. Hinnerks Töchter hatten lange gepflegte Haare. Die Kleidung der Teenies war Inas Meinung nach gut. Es hätten auch die Klamotten ihrer Kinder sein können. Vermutlich sparte er an sich. Ihr Blick wanderte wieder nach oben zu seinem Gesicht. Er grinste, hatte einen wissenden Ausdruck, so als könnte er ihre Gedanken lesen. So wie früher, nur schlanker, älter, mit Falten, Brille und Bart. Und einem hässlichen Hemd.

„Ich kann immer noch sehen, was du denkst."

„Quatsch!"

„Ich kann es förmlich hören. Du denkst: ‚Der Mann muss ohne Bart einfach nur umwerfend aussehen!'" Er lehnte sich entspannt zurück und hielt die Hände im Nacken verschränkt.

Wider Willen lachte sie auf. „Einbildung ist auch eine Bildung."

„Ich habe meinen Rasierer zu Hause vergessen. Der Trubel um Handyladekabel, WiFi Repeater, dringend notwendige neue Bikinis und uncoole alte Reisetaschen haben meine Angelegenheiten in den Hintergrund gerückt. Leider musste ich bis zur letzten Minute arbeiten. Was soll's? Dann war es einfach mal bequem, auf die tägliche Rasur zu verzichten. Ich werde mir einen neuen Rasierer kaufen, dann kannst du meine volle Schönheit bewundern."

Sie lächelten sich an.

„Und du denkst noch mehr." Er lehnte sich schmunzelnd zu ihr über den Tisch und schob den leeren Teller beiseite. „Du denkst: ‚Wer zur Hölle kauft ihm so ein Hemd?'" Er lehnte sich wieder zurück. „Es ist ein Geburtstagsgeschenk der Kinder. Im Winter was es zu kalt, um es zu tragen. Da bin ich mit meinen Ausreden durchgekommen. Ich hatte gehofft, sie hätten es vergessen. Metke hat es mir in den Koffer geschmuggelt. Im Urlaub konnte ich es vermeiden, es anzuziehen. Heute hatte ich keine Ausrede mehr. Und da ich es mir bei dir vermutlich verdorben habe bis in die Steinzeit, war alles egal. Ich frage mich aber, was ich meinen Kindern getan habe. Vermutlich werde ich heute Abend einen Unfall mit einem Glas Rotwein haben." Lächelnd blickte er an dem farbenfrohen Hemd hinunter.

Ina lachte und schenkte ihnen beiden Kaffee nach. „Von dem Teil bekommt man Sehstörungen, aber wenn es ein liebes Geschenk ist?"

„Der Schrebergarten von Oscar ist ganz toll, Papa. Die haben einen eigenen Badesteg an der Elbe."

„Elde", verbesserten Oscar und Henri gleichzeitig.

„Und stell dir vor, auf dem Nachbargrundstück hat ein nackter Mann den Rasen gemäht. Nackt!" Jesper blies empört die Backen auf.

Henri zerzauste Jespers Frisur und wandte sich zu Ina. „Meine Kinder sind Wessis. Die können mit Nacktheit nicht so gut umgehen."

„Im Gegensatz zu ihrem Vater." Ina schlug die Hand vor den Mund und sah betroffen von einem zum andern. Henri lachte. Ina schickte die Jungs in die Küche, wo sie sich über den Apfelkuchen hermachten.

„Warum hast du mich verlassen? Wieso hast du nicht wenigstens den Mumm gehabt, mir selbst zu sagen, warum du wegwillst? Was war so schlimm, dass du alles stehen und liegen gelassen hast?"

„Wenn ich könnte, würde ich es rückgängig machen. Dein Vater kam eines Abends zu mir und sagte, ich sollte zeitnah ausziehen. Er hat mich rausgeworfen. Die Wohnung brauche er für die nächste Hauswirtschafterin. Du warst für ein paar Tage bei deiner Tante in Quedlinburg. Ich war eben dabei, Omas Sachen zu sortieren. Dein Vater setzte sich in Omas Sessel, sah mir süffisant grinsend zu, wie ich heulend die Sachen in Müllbeutel füllte, und eröffnete mir, dass du mich nach deiner Rückkehr nicht mehr sehen wolltest. An unserer gemeinsamen Rucksacktour nach Schweden hättest du kein Interesse mehr. Du seist nur zu deiner Tante gereist, weil du es mir nicht selbst sagen wolltest. Außerdem wärst du mit Raik zusammen."

„Was für ein Unsinn! Warum sollte mein Vater so etwas gesagt haben! Mit Raik! An dem hatte ich noch nie Interesse und er nicht an mir. Der ist immer schon Diane hinterhergerannt. Und du bist nicht auf die Idee gekommen, bei mir anzurufen oder zu warten, bis ich komme?"

Er zuckte die Schultern. „Es waren andere Zeiten. Von uns hatte niemand ein Handy. Den Namen deiner Tante kannte ich nicht. Auf eine persönliche Abfuhr von dir war ich nicht scharf. Ich hatte dir einen Brief geschrieben, da stand alles drin. Dein toller Vater hat mich aus der Wohnung geworfen. Ich war ihm immer ein Dorn im Auge. Der Sohn einer Alkoholikerin und eines Unbekannten. Wie hätte ich mit dem wunderbaren Raik mithalten können? Der studierte damals schon Medizin und kam aus einem vermögenden akademischen Elternhaus. Der ideale Schwiegersohn für deinen eingebildeten Vater."

„Was für ein Brief?! Ich habe nie einen erhalten. Du hättest auf mich warten sollen."

„Ja. Heute hätte ich auch anders gehandelt. Aber meine Oma, mein einziger Halt neben dir, war gestorben und erst ein paar Tage vorher beerdigt worden. Dein skrupelloser Vater hat mir den Boden unter den Füßen weggerissen. Ich hatte nur mein Abizeugnis und das schmale Sparbuch von Oma. Da habe ich meinen Rucksack gepackt und bin nach Hamburg gegangen. Acht Wochen später war ich schon in Australien. Ich wollte nur weg. Weit weg."

Sie war aufgestanden und zupfte an einer Sonnenblume. Beide schwiegen.

„Ich kann das nicht glauben."

Er zuckte die Schultern. „Was macht das heute noch aus?" Er pfiff nach Fiete und wandte sich zum Gehen. „Danke für Kaffee, Kuchen und Kinderbetreuung. Sehe ich dich noch mal, bevor wir fahren?"

„Wann fahrt ihr denn?"

„Nicht vor morgen Nachmittag. Katje bleibt noch eine Nacht im Krankenhaus. Und was mit dem Auto ist, wissen die Götter. Danke, dass die Kinder bei dir bleiben dürfen. Wenn ich schon hier gestrandet bin, kann ich auch weitere alte Bande knüpfen. Dich und Jan habe ich getroffen. Hast du Kontakt zu Kaschi? Was ist mit Jörg nach dem Brand im Heim geschehen? Ich habe erst gestern davon gehört! Ist es ihm gut ergangen? Wohnen beide noch in Parchim?" Er steckte sein Handy ein und sah sie an. Ina betrachtete ihn mit einem unergründlichen Gesichtsausdruck.

„Jörg und Kaschi?", fragte sie gedehnt. „Wann hast du sie denn zuletzt gesehen?"

„Kurz bevor ich gegangen bin. Ein oder zwei Tage zuvor. Leider weiß ich nicht mehr genau, wann ich gegangen bin."

„Zufällig weiß ich das genau. Am Freitag, den 16. August, warst du unauffindbar. Ich bin damals mit zitternden Knien ins Dachgeschoss gegangen, um dir zu sagen, dass ich ein Kind erwarte. Rate mal, wer nicht da war. Dann hat mir mein Vater gesagt, dass er dich zuletzt am Montag gesehen hat." Sie pulte Kerne aus einer Sonnenblume. „Setz dich noch mal hin, Hinnerk. Ich glaube, ich muss dir was sagen."

Er seufzte und setze sich. Was konnte das schon sein? Um ein weiteres Kind würde es sich kaum handeln. Ina nahm ebenfalls Platz. „Erinnerst du dich noch an unseren Mathelehrer Palmberg?"

„Ja, was ist mit ihm?" „ Er wurde ermordet. Kurz bevor du dich verp…, bevor du gegangen bist."

Er richtete sich auf und zog sein Handy aus der Hemdtasche. „Wie bitte?" Schnell tippte er auf seinem Handy herum. „Jesper fand gestern eine Nachricht im Internet darüber, dass ein Lehrer ermordet worden war. Das ist Palmberg gewesen? Außerdem ist wenige Tage später der Tannenhof abgebrannt?"

Sie nickte. „Ich hatte das erst nicht so richtig mitbekommen, ich habe dich überall gesucht. Bei Kaschi, Jan und anderen Freunden. Bei Jörg konntest du nicht sein, der lebte noch im Waisenhaus Tannenhof. Aber selbst da war ich ein paar Mal. Das war unmittelbar vor dem Brand. Keiner wusste, wo du warst. Niemand hatte dich gesehen. Wie vom Erdboden verschluckt. Ein paar Tage später haben Angler Palmberg mit einer tödlichen Wunde im See gefunden. Er hatte bereits mehrere Tage im Wasser gelegen. Man hat nie herausgefunden, was geschehen ist."

Sie kratzte mit dem Fingernagel auf der Tischdecke herum. „Das Seltsame ist aber, dass Jörg und Karsten ebenfalls verschwunden sind, genau wie du. Die Polizei hat sie gesucht, aber beide sind nie wieder gesehen worden."

Er sprang auf und rannte im Garten umher. „Das gibt es doch nicht! Die können doch nicht spurlos verschwunden sein!"

„Wieso nicht? Du warst auch nicht auffindbar? Ich habe gedacht, ihr seid zusammen weg."

„Aber doch nicht Karsten! Der hatte ein gutes Elternhaus. Der hätte gar keinen Anlass gehabt. Ich hatte niemanden!"

Beide sahen sich stumm an.

„Ich muss nachdenken. Mir platzt sonst der Schädel", sagte er. „Du hattest nie etwas mit Raik. Lasse. Kaschi. Jörg. Palmberg. Meine Tochter ist chronisch krank." Er stand auf. Automatisch räumte er Teller und Becher zusammen. Ohne zu fragen, betrat er die Küche und stellte das Geschirr ab. Ina ging ihm staunend nach. Im Flur griff er nach Fietes Leine. Ina lachte laut, als er gespielt ratlos die Hunde musterte und sie scherzhaft fragte, welcher seiner sei. Beide standen bereitwillig für einen Spaziergang schwanzwedelnd an seiner Seite. Henri hakte Fiete an die Leine. Sie fragte, wohin er gehen würde. Mit einem wehmütigen Ausdruck in den Augen sagte er: „Zu Oma."

Sie sah ihm nach, dem Mann im unschönen Hemd mit dem Hund an seiner Seite. Er hob die Hand, ohne sich umzusehen. So, als wüsste er, dass sie ihm nachsah. Wie ertappt zog sie sich zurück.

Kapitel 5

Er kaufte einen Strauß Blumen und ging am See vorbei zum Neuen Friedhof. Die alten Bäume spendeten kühlen Schatten. Die Aussicht von der kleinen Anhöhe war grandios. Durch das Laub der Bäume glitzerte der See blausilbern. Vögel zwitscherten und ein Eichhörnchen huschte an einer alten Eiche empor. Einige wenige Besucher, meist betagte Leute mit Gießkannen, gingen grüßend an ihm vorbei. Er fand die Ruhestätte seiner Familie ohne Probleme. Zu seinem Erstaunen war das Grab noch vorhanden. Er hatte angenommen, die Grabstelle in einem verwahrlosten oder bereits wieder eingeebneten Zustand vorzufinden. Ein kleines Blechschild mit dem Aufdruck „Pflege" steckte vor ein paar rosafarbenen Begonien. Er betrachtete die verwitterte Inschrift des dunkelgrauen Steins. Den Namen seiner Mutter Susanne Puvogel streifte er kurz. Sie war nur 34 geworden. Kurz dachte er an Steffi, die nicht mal dieses Alter erreicht hatte. Sein Blick glitt weiter nach unten zur nächsten Gravur. Wie damals erschien es ihm makaber und beunruhigend, seinen eigenen Namen, der auch der seines Großvaters gewesen war, auf dem Stein zu sehen. Heinrich Puvogel mit Geburts- und Todesdaten. Er rechnete kurz nach. Sein Opa, der ältere Heinrich Puvogel, war gestorben, als er erst fünf gewesen war. Er hatte seine Großmutter oft zum Blumengießen begleitet. Im Sommer war er den Weg meist allein gegangen, um ihr die Anstrengung zu ersparen. Er erinnerte sich, mindestens zweimal in der Woche, in heißen Sommerwochen auch öfter, zum Grab gegangen zu sein, um die Pflanzen zu versorgen. Oft war Ina mitgekommen. Händchenhaltend waren sie den Weg gegangen. Sie hatten miteinander über alles reden können. Manchmal hatten sie aber auch geschwiegen und sich nur vertraut zugelächelt. Oft hatten sie sich auch zum Knutschen hinter einen der dicken knorrigen Bäume zurückgezogen. Sein Blick schweifte über die Widmung mit den Daten seiner Oma. Er hatte die Inschrift des grauen Steins noch in Auftrag gegeben, bevor er gegangen war, aber nie das Ergebnis gesehen. Ihn traf die Erkenntnis wie ein Schlag. Nur 66 Jahre hatte Ottilie Puvogel gelebt. Früh war sie Mutter geworden, früh verwitwet. Die Tochter, seine Mutter, hatte nicht viel getaugt. Dann hatte sie sich die letzten sechs Jahre um den Enkel kümmern müssen, weil ihr Kind nach einem Besäufnis mit einem ebenso betrunkenen Freund am Steuer auf dem Beifahrersitz tödlich verunglückt war. Henri war damals sofort zu seiner Großmutter gekommen, er hatte sich ohnehin lieber in der gemütlichen Mansarde in dem schönen Haus aufgehalten als in der ungepflegten kleinen Wohnung in der Weststadt. Henri strich sanft über die ehemals weiße Gravur ihres Namens. „Danke, Oma. Ich glaube, du wärst heute stolz auf mich", flüsterte er. Ob das stimmte? Er war sich plötzlich nicht sicher, immerhin hatte er Ina und Lasse im Stich gelassen. Wie hinter den meisten Grabsteinen waren hier eine Gießkanne, eine kleine angerostete Harke und eine grüne Plastikvase verborgen. Nachdem er mit der Kanne Wasser geholt hatte, steckte er die Blumen in die Vase und goss mit dem restlichen Kanneninhalt die Begonien. Er legte die Hand auf den Stein und machte sich auf den Weg zur Friedhofsverwaltung.

Nach dem Spaziergang vom Neuen Friedhof entlang am Wockersee stand Henri erhitzt und durstig bei Ina vor der Tür. Sie öffnete ihm stumm und ging in die Küche. Henri folgte ihr.

„Du lässt das Grab meiner Familie pflegen?"

Ina zuckte mit den Schultern und stellte einen gefüllten Wassernapf vor Fiete. Laut schlabbernd machte der sich über die Erfrischung her. Dann füllte sie ein Glas mit Leitungswasser und reichte es ihm.

„Warum nicht? Deine Großmutter stand mir nahe, sie war mir mehr als eine Hauswirtschafterin, eher wie eine Oma."

„Du hast sogar Oma Tilly zu ihr gesagt, bis dein Vater es dir verbot."

Sie seufzte. „Ich habe mich gekümmert, seitdem du abgehauen bist. Als ich nach Schweden ging, konnte ich es nicht mehr. Bei meinem ersten Urlaub hier habe ich Oma Tilly wieder besucht. Das Grab war verwildert, leider. Ich brachte es nicht über mich, es so zu belassen. Oma Tilly gehört zu meiner Familie. Genauso wie dein Opa und deine Mutter."

„Familie ist übertrieben, aber danke. Wir werden eine neue Reglung treffen."

Wütend sah sie ihn an. „Sie gehört zu meiner Familie. Sie und die anderen. Sie sind die Oma meines Sohnes und die Urgroßeltern!" Ihre Augen funkelten.

Betroffen blickte er sie an. „Darüber habe ich noch nicht nachgedacht."

Sie sah hinunter auf seine verblichenen roten Chucks und wieder hoch in sein Gesicht. „Überhaupt scheinst du dir das Denken in den letzten Jahren abgewöhnt zu haben. Lebt es sich so bequemer?"

Er sparte sich eine Antwort auf diese seltsame Bemerkung. Ina drehte sich zum Herd und rührte Hackklößchen in einer riesigen Pfanne. Henri fragte, für welche Kompanie sie kochen würde. Für ihre und seine Kinder, war die Antwort. Nach kurzem Zögern lud sie ihn ebenfalls ein. Er nahm dankend an und bot seine Hilfe an. Sie zeigte ihm, wo die Bestecke lagen, und er deckte den Tisch.

„Du kannst da mal aufräumen, sonst sitzen nicht so viele Personen am Tisch." Sie deutete auf die Eckbank und die drei Stühle.

Henri erkannte, dass zwei Personen, vermutlich die Kinder, auf der Eckbank saßen. Inas Platz war der auf einem Stuhl, der strategisch beste Sitz für denjenigen, der das Amt des Kochs innehatte. Er räumte Fachliteratur über Pferde, einige Ausgaben einer Veterinärzeitschrift und ungeöffnete Briefe zur Seite. Die Briefe legte er zuoberst. Von den Sitzflächen der beiden anderen Stühle räumte er Comics in deutscher und einen Roman in schwedischer Sprache beiseite. Das Cover zeigte ihm, dass es sich um einen Jungmädchenroman von Linnea handelte. Er sah sich um. Überall in dieser Wohnküche lagen Bücher herum. Er ging zur Tür, die ins Wohnzimmer führte, und sah hinein. Dort standen ein großes Ecksofa mit braunem Cordbezug, das von bunten Kissen übersät war, zwei Sessel, ein Tisch und eine Schrankwand. Die Möbel waren nicht wirklich verwohnt, machten aber den Eindruck, als hätten sie schon bessere Tage gesehen. Vermutlich hatte Ina diese Möbel aus Schweden mitgebracht. Einzig der Fernseher war riesig und wirkte brandneu. Auch hier lagen Zeitschriften und Bücher herum. Ein Anblick, der Henri gefiel. In diesem Haus fühlte er sich wohl. Alles strahlte Gemütlichkeit aus.

„Fiete habe ich schon gefüttert, ich hoffe, das ist okay für dich."

Er nickte und beobachtete sie, während sie ihm wieder den Rücken zudrehte und sich dem Herd widmete. Henri schickte Marion eine WhatsApp und informierte sie über den Verbleib von ihm und den Kindern. Er sah Ina beim Kochen zu. Mal rührte sie hektisch in der Pfanne herum, dann vernachlässigte sie ihre Tätigkeit und ließ die Klößchen fast anbrennen. Erneut bot Henri seine Hilfe an, die sie schroff ablehnte.

Seine Kinder zeigten sich bei Tisch von der besten Seite. An Inas Blicken erkannte Henri, dass es Ina mit ihren Kindern ebenso ging.

„Ich liebe diese Klößchen." Metke sah Ina freundlich an.

„Köttbullar. Typisch schwedisch. Mein Lieblingsessen", antwortete Linnea. „Sie schmecken noch besser, wenn sie nicht angebrannt sind."

Henri bemerkte, wie Ina rot anlief. Oscar schnitt bemüht unauffällig die angebrannten Teile des Fleischs ab.

„Du musst das nicht essen, ihr alle müsst das nicht", meinte Ina unwirsch.

„Wieso, mir schmeckt es doch", antwortete Metke friedfertig und zwinkerte ihrem Vater zu. Er wusste, was sie meinte: „Deine Köttbullar schmecken weitaus besser." Er zwinkerte zurück.

„Isst Lasse auch gerne Köttbullar?"

Henri musste bei dieser plumpen Nachfrage nach Lasse und seinen Vorlieben grinsen und sah wie unbeteiligt auf seinen Teller.

Oscar antwortete: „Lasse liebt Fisch, ganz besonders Fischfrikadellen."

„Genau wie ich." Metke strahlte.

Henri sah von seinem Teller auf. „Seit wann das denn? Wegen dir ist noch kein einziger Fisch gestorben. Jesper ist bei uns der Fischliebhaber. ‚Fische sind Freunde, kein Futter', ist doch deine Devise."

Ina lachte. „Ist das nicht aus ‚Findet Nemo'?"

Metke nickte. „Vielleicht liebe ich Fisch? Ich kann es nicht wissen, weil ich ihn nicht probiert habe."

Oscar fragte Henri, ob Jesper und Metke mit ihm und Linnea zum Baden gehen dürften, was er sofort bejahte.

„Möchten Sie noch Kartoffeln, Herr Martensen?"

„Ich heiße Henri, Linnea. Ich würde mich freuen, wenn ihr mich so nennt."

Inas abfälliges Schnauben ignorierte er. Die Neugierde ließ ihr dann doch keine Ruhe. „Seit wann heißt du bitte Henri?"

„Seit meinem Aufenthalt in Australien. Nachdem ich von hier fortging, bin ich nach Australien geflogen. Ich habe das gemacht, was man heute ‚work and travel' nennt."

Er spießte etwas rote Bete auf und schob sie sich in den Mund und kaute genüsslich. Ina ließ die Gabel sinken und schaute ihn verärgert an. „Das hast du schon geplant, während du noch hier warst?"

Er schüttelte den Kopf. „Nein. Ich saß tagelang in Hamburg in der Jugendherberge und habe gewartet." Prüfend sah er sie an. Sie sagte nichts und er fuhr fort. „Ich habe darüber gegrübelt, was ich tun soll, da kam mir die Idee mit Australien. Ich habe auf Schaffarmen gearbeitet, auf Weingütern und Melonenfeldern."

„Wie romantisch!"

Henri lachte Linnea an. „Das nun nicht grade. Ich musste hart arbeiten, habe aber viel gelernt. Vor allem Englisch."

„Und was hast du dann gemacht?"

Ina war froh über Oscars Frage. Es interessierte sie ebenfalls brennend, aber sie hätte sich lieber auf die Zunge gebissen, als diese Frage zu stellen.

„Dann bin ich nach Hamburg gegangen und habe mein Studium aufgenommen."

„Das kann ja nicht besonders hart gewesen sein", kommentierte Ina spitz und dachte dabei an seinen Beruf. Nach Metkes Auskunft den Beruf ihres Vaters betreffend, brauchte er kein Studium. Er sah sie mit gerunzelter Stirn an. Sein Gesichtsausdruck drückte Verwirrung aus. Ina schob sich ein Fleischbällchen auf die Gabel. Verdammt, warum brannten ihr die Dinger immer an? Sie hatte das Bedürfnis, ihn zu verletzen. „Mein Studentenleben war alles andere als lustig. Mit einem kleinen Kind. Zum Glück hat mich mein Vater finanziell großzügig unterstützt." Ihre Stimme war schärfer als gewollt. Die Kinder sahen sie alle betroffen an. Henris Blick war ruhig. Sie zuckte die Achseln. „Will noch jemand einen Joghurt hinterher?"

Henri half ihr beim Einräumen der Spülmaschine. Die Kinder waren zum See gefahren.

„Was machst du jetzt?"

Er musterte sie. „Gute Frage. Ich muss nachdenken über das, was du mir vorhin mitgeteilt hast. Kaschi, Jörg, Palmberg. Ich will zu Katje. Meine Schwiegermutter wird mich vermissen. Fiete muss auch mal vor die Tür."

Der Hund hatte seinen Namen gehört und kam schwanzwedelnd auf ihn zu.

„Fiete ist auch nicht mehr der Jüngste, oder? Er ist ungefähr sieben?"

Henri lächelte. „Gut geraten, Frau Doktor. Er ist knapp sieben."

„Ich rate nicht, ich bin Veterinärin!" An seinem amüsierten Lachen bemerkte sie, dass er sie aufgezogen hatte.

„Ich habe ihn angeschafft, nachdem Steffi uns verlassen hatte. Eigentlich war das keine gute Idee, Marion hatte danach noch mehr Arbeit. Er ist quasi der Trosthund. Aber der arme Fiete konnte die Mutter nicht ersetzen." Er streichelte seinen Hund.

„Wie alt ist dein Otto?"

„Knapp vier. Der Trosthund nach Torbens Tod. Vor allem Linn hat eine flauschige Seele zum Kuscheln gebraucht. Sie hat besonders innig an ihrem Vater gehangen." Sie seufzte. Er zögerte einen Augenblick und reichte ihr die Hand. „Danke für alles, Ina", sagte er warm. „Darf ich wiederkommen?"

Sie nickte. Er nahm die Leine in die Hand und wandte sich um.

„Hinnerk? Du kannst Otto mitnehmen. Der kann sich auch mal die Beine vertreten. Ich muss einen Hausbesuch bei einer Hündin machen, die vor einigen Tagen geworfen hat. Komm in zwei Stunden wieder und bring deine Schwiegermutter mit. Dann können wir zusammen Kaffee trinken. Ich habe noch genug Kuchen. Backen kann ich besser als kochen. Außerdem sitzt es sich bei mir im Garten besser als auf irgendeiner Hotelterrasse."

Er sah sie erstaunt an. Dann grinste er. „Damit ihr hemmungslos über mich lästern könnt? Sehr gerne." Er nahm Ottos Leine und klickte sie in das Halsband. „Dann komm mal mit, Otto Malm. Wir drei werden uns schon vertragen."

Marion hatte sich zunächst ein wenig gesträubt, aber das Interesse an der Vorgängerin ihrer Tochter war doch größer. Sie bestand darauf, Ina einen Blumenstrauß zu kaufen, was Henri überflüssig fand. Die beiden Frauen waren sich auf Anhieb sympathisch. Das Kaffeetrinken verlief harmonisch. Sie unterhielten sich über Hund, Kinder, das Wetter. Henri hörte wortlos zu und schmunzelte in seine Tasse. Marion lobte den gelungenen Kuchen, Ina würdigte die gute Erziehung der Martensenschen Kinder. Er spürte, wie die beiden sich wünschten, sich über ihn zu unterhalten, aber in seiner Gegenwart nicht trauten.

„Hinnerk? Du wolltest nachdenken! Leg dich in meine Hängematte. Da kannst du in dich gehen und ein Nickerchen machen!"

Er lehnte den Vorschlag ab. Lieber wollte er Katje besuchen und sehen, ob er einen Arzt erwischen konnte. Auf dem Weg ins Krankenhaus ging er zum Hotel und fragte nach einem Fahrrad, das man ihm problemlos zur Verfügung stellte.

Seine Tochter saß vor einem Tablett mit den Resten eines im Krankenhaus üblichen frühen Abendessens. Mit Erleichterung bemerkte er darauf normale Lebensmittel wie Brot, Aufschnitt, Käse und einen leeren Joghurtbecher. Er wusste nicht, was er erwartet hatte. Das Thema Diabetes war ihm bis dahin fremd gewesen. Katje unterhielt sich angeregt mit einer gleichaltrigen Bettnachbarin und fühlte sich eher von ihrem Vater gestört als über seine Anwesenheit erfreut. Henri verabschiedete sich bald und suchte einen diensthabenden Arzt. Zu seiner Erleichterung fand er keinen der Mönckhagens vor, sondern eine junge Ärztin, die seine Befürchtungen wegen Katjes Diabetes ein wenig zerstreuen konnte. Mit Diabetes könne man heutzutage uralt werden, versicherte sie ihm. Katje sei eine Musterpatientin und würde alle Vorgaben und Anweisungen aufsaugen und umsetzen.

„Die Gute ist etwas seltsam", befand Marion. „Sehr nett, aber sie wollte mir nichts über Lasse verraten. Ich habe sie nach einem Foto gefragt. Nicht mal das wollte sie mir anfangs zeigen. Der Junge ist dir wie aus dem Gesicht geschnitten. Sonst ist sie aber sehr nett. Und hübsch", fügte sie hinzu und grinste. „An deiner Stelle würde ich ihr nicht den Rücken zukehren. Sonst hast du schnell ein Messer zwischen den Rippen. Sie ist immer noch wütend auf dich, wollte aber auch alles über dich wissen. Ob du eine Lebensgefährtin hast und was du beruflich genau machst. Sie hat über verpasste Gelegenheiten, nicht genutztes Potential und vergebene Chancen sinniert. Ich habe das nicht ganz verstanden, Sie kann doch nicht dich gemeint haben? Wenn ja, scheint sie dich für eine ziemliche Niete zu halten. Ich habe daraufhin genauso wie sie die verschlossene Auster gespielt."

„Ina lebt aber noch?"

„Wieso nicht? Wir haben uns ausgezeichnet über Nichtigkeiten unterhalten. Und der Kuchen war sehr gut. Sie hat mir das Rezept verraten. Ich darf jederzeit vorbeikommen. Vielleicht mache ich das sogar. Wie geht es unserer Kati?"

Kapitel 6

Henri schwang sich nach dem Abendessen im Hotelrestaurant aufs Fahrrad. Fiete und er waren ein eingespieltes Team. Henri achtete darauf, nicht zu schnell zu fahren und den Hund nicht zu überlasten. Fiete seinerseits hatte die Unart abgelegt, bei interessanten Düften abrupt zu bremsen und Henri über den Lenker zu katapultieren.

Das Haus von Kaschis Eltern am Bostenberg war weiß getüncht. Es sah gepflegter aus als damals im Einheitsgrau der DDR-Zeiten. Das Dach wirkte, als sei es erst vor kurzem neu gedeckt worden. Der gepflasterte Weg war ebenso akribisch sauber gehalten wie Inas. Ein betagtes Paar arbeitete im Vorgarten. Der Mann harkte bedächtig die Beete, die Frau jätete Unkraut. Henri lehnt das Rad an den Zaun und befestigte Fietes Leine am Lenker. Beide drehten sich zu ihm, als er laut grüßend die Pforte öffnete.

„Wir kaufen nichts. Unser Dach ist gedeckt; Rollläden und einen Wintergarten haben wir auch schon. Sie bemühen sich umsonst, junger Mann."

„Ich sehe, bei Ihnen ist alles in Schuss. Ich will Ihnen nichts verkaufen. Ich bin Hinnerk Puvogel, ein Freund von Kaschi." Sein alter Name klang fremd in seinen Ohren. Er war das nicht mehr. Er war Henri Martensen.

Der alte Herr stützte sich auf die Harke. „Ein Freund von Karsten?" Skeptisch sah er ihn an. Henri nickte.

Die Frau eilte auf ihn zu. „Haben Sie Karsten gesehen? Wie geht es ihm?"

Ihre leuchtenden Augen bereiteten ihm ein schlechtes Gewissen. „Ich habe ihn leider seit dem Abitur nicht mehr gesehen. Ich würde mich aber gerne mit Ihnen unterhalten."

Der Funke in den Augen der Frau erlosch so schnell, wie er gekommen war.

„Sie sind sicher, dass Sie nicht von der Presse sind?" Mit erhobener Harke ging der Alte auf ihn zu.

Henri blieb gelassen stehen. „Ganz sicher, Herr Quandt."

„Wie heißen Sie noch mal?"

„Ich habe den Namen meiner Frau angenommen. Mein Name ist Martensen. Sie kennen mich noch als Hinnerk Puvogel."

„Das stimmt." Nach dem enttäuschten Moment sah ihn Frau Quandt aufmerksam an. „Der kleine Enkel von der Tilly, Günther, die den Lürßmanns den Haushalt geführt hat. Der kleine Pummel, der immer der Arzttochter hinterhergerannt ist. Sie haben doch oft bei uns zu Abend gegessen!"

Bloß nicht lachen. Henri biss sich auf die Lippe. Besser hätte es keiner auf den Punkt bringen können. „Stimmt, ich hatte vergessen, dass Sie Oma kannten."

Frau Quandt drückte ihn an sich. „Und ob. Sie war eine Freundin meiner Mutter."

„Was soll das heißen, den Namen von der Frau angenommen?", polterte der Alte und stützte sich auf die Harke. „Was sind das für Zeiten! Früher war der Mann der Herr im Haus. Und alle hießen wie der Mann! Heute macht jeder, was er will. Frauen leben mit Frauen zusammen, Männer heiraten Männer. Sodom und Gomorrha! Und was ist mit Ihnen, junger Mann mit dem Namen seiner Frau? Geschieden, was?"

„Ich bin verwitwet."

Der Ton des Alten änderte sich. „Das tut mir leid."

„Danke."

„Hast du Kinder?" Frau Quandt war ins Du verfallen, Henri störte es nicht.

„Drei." Hätte er nicht vier sagen sollen?

„Drei Kinder? Und wer kümmert sich um sie?" Frau Quandt hatte das Gartenwerkzeug aus der Hand gelegt und zog die

Handschuhe aus, die sie ordentlich gefaltet in der Schürzentasche verstaute. „Komm mit rein. Wir trinken etwas zusammen."

Henri holte Hund und Rad auf das Grundstück und band Fiete im Schatten an. Frau Quandt servierte Henri einen selbstgemachten Schlehenlikör, gebraut nach dem Rezept seiner Oma, wie ihm die Dame erklärte. Herr Quandt öffnete ihm ein Bier. Er fragte stirnrunzelnd, ob Henri etwa ein Glas benötige, was er ablehnte. Nicht dass Quandt ihn für ein Weichei hielt. Ein Mann, der den Namen der Frau annimmt und dann noch aus einem Glas trinkt. Nicht auszudenken! Trotz der Tragik empfand Henri Belustigung. Er lobte den Likör, den er als viel zu süß empfand, und spülte den Geschmack mit dem kalten Bier nach. Kaschis Eltern wussten nicht recht, was sie von Henris Fragen halten sollten. Während Quandt brummte, alles sei so lange her, konnte sich seine Frau präzise daran erinnern, wann sie ihren Sohn das letzte Mal gesehen hatte. Henri tastete automatisch nach seinem Notizheft, das er meistens bei sich trug. Nichts. Er würde sich eben alles merken müssen. Die Mutter hatte Karsten am 14. August 1991 zuletzt gesehen. Am nächsten Morgen hatte sie ihn wecken wollen, sein Bett war benutzt. Karsten war vermutlich am 15. morgens verschwunden.

Warum er das wissen wollte. Karsten sei tot, alles so lange her, befand Herr Quandt.

Seine Frau widersprach. Karsten hätte vielleicht das Gedächtnis verloren. Irgendwann würde er wiederkommen. Vielleicht sogar mit Frau und Kindern. Hoffnungsvoll sah sie Henri an. Er verzog bedauernd das Gesicht. Es war nicht seine Art, Hoffnungen zu wecken. Dass Kaschi eines Tages, wie von Geisterhand von Amnesie geheilt, umringt von einer glücklichen Familie, wieder vor den Eltern stehen würde, hielt er für ausgeschlossen. Er empfand Mitleid mit der trauernden Mutter.

„Wir hatten noch einen Freund, Jörg. Erinnern Sie sich an den? Der ist zum gleichen Zeitpunkt verschwunden."

„Ja. So wie du auch. Und du lebst. Und du hast sogar drei Kinder", fügte Frau Quandt fast trotzig hinzu.

„Wissen Sie noch, was Kaschi am 14. August getan hat? War etwas Ungewöhnliches geschehen? Hatte ihn etwas bedrückt? Was hatte er für eine Laune?"

„Karsten war ein gesunder junger Mann. Ein Kerl wie ein Baum. Er hatte sein Abitur in der Tasche und wollte Maschinenbau studieren." Stolz klang aus der Stimme des Vaters.

Ein Kerl wie ein Baum? Henri hatte Kaschi als eher schmächtig empfunden. Wo er selbst und Jan überflüssige Pfunde mit sich herumschleppten, hatte Jörg eine schlanke Figur. Kaschi hingegen war richtiggehend dünn gewesen.

Frau Quandt wollte etwas sagen, aber ihr Mann fuhr dazwischen. „So war es. Und nun lassen wir die alten Geschichten ruhen und trinken noch ein Bier. Dein Bonschewasser wollen wir nicht."

Er öffnete eine weitere Flasche und hielt sie Henri entgegen. Der hatte die erste Flasche nicht einmal zu Hälfte geleert. Plötzlich durchfuhr ihn eine Erinnerung. Quandts hatten noch ein Kind gehabt, Karstens jüngere Schwester. Wie hatte sie noch geheißen? Er erinnerte sich wieder.

„Ich möchte gern einmal mit Melanie sprechen. Wohnt sie noch in der Nähe? Ob Sie mir ihre Telefonnummer geben können?"

Erstaunt bemerkte Henri, wie sich Frau Quandts Schultern hoben. Sie drehte sich weg. Ihr Mann richtete sich im Sessel auf.

„Melanie? Was wollen Sie von ihr?"

Henri wunderte sich über die Reaktion der Eltern. War Melanie auch etwas zugestoßen? Sollte sie auch verschwunden sein? „Ich möchte mit ihr über Kaschis Verschwinden reden. Ist etwas mit ihr? Geht es ihr gut?"

Der Alte lachte. „Wir haben keinen Kontakt zu ihr. Wobei ich mir da bei meiner Frau nicht so sicher bin. Melanie ist jetzt verheiratet." Er lachte abfällig.

„Ich würde mich trotzdem gerne mit ihr unterhalten. Hat sie einen anderen Namen? Wohnt sie in der Nähe?" Er griff nach dem Handy und öffnete die Memo-Funktion. Abwartend sah er die Quandts abwechselnd an. Frau Quandt warf einen kurzen Seitenblick zu ihrem Mann und sah dann stumm auf den Tisch. Herr Quandt biss die Zähne zusammen. Die Muskeln an seinem Hals traten hervor. „Schneidewind. Slate." Er hielt die Bierflasche an die Lippen und trank sie in einem Zug leer. Die Flasche schepperte, als er sie heftig auf dem Holztisch aufsetzte. Er atmete tief ein und starrte an Henri vorbei aus dem Fenster.

Henri fragte sich, was die Atmosphäre so verändert hatte, und erhob sich. „Danke für Ihre Zeit. Ich hoffe, wir sehen uns wieder."

Er tätschelte Fiete, der um ihn herumsprang und freudige Töne ausstieß, als hätte er ihn wochenlang nicht gesehen, und schob das Fahrrad über den Gartenweg. Als er die Pforte ins Schloss zog, bemerkte er Frau Quandt, die auf ihn zueilte. Sie gab ihm einen Zettel. „Das sind Melanies Telefonnummer und ihre Adresse. Sie wohnt in Slate, wie mein Mann gesagt hat." Sie fasste Henri am Oberarm.

„Bitte finde ihn und bring ihn nach Hause. Und bitte urteile nicht so hart über Günther. Nicht zu wissen, was mit Kaschi geschehen ist, hat uns alle verändert. Dazu der Bruch mit Melanie. Ich treffe sie nur heimlich. Wenn wir wenigstens Enkel hätten." Sie hatte Tränen in den Augen. Henri küsste sie sanft auf die Wange. Was hätte er sagen sollen?

Ein Blick auf die Uhr zeigte ihm, dass er den Besuch bei Melanie noch zu einer zivilen Zeit schaffen konnte. „Na los, Fiete, dann wollen wir mal."

Er wollte bereits Richtung Slate fahren, überlegte es sich aber anders.

Oscar öffnete ihm die Tür. Seine Mutter sei noch mal weggefahren, werde aber jeden Moment wiederkommen, teilte ihm der Junge mit. Henri bat ihn, Fiete für die nächsten Stunden aufzunehmen, da die Radtour nach Slate für den Hund nach der gestrigen Behandlung zu anstrengend sei. Der Junge stimmte nach kurzem Zögern zu. Henri dankte ihm und schwang sich auf das Fahrrad.

Schneidewind stand auf dem Türschild, das wie selbst getöpfert wirkte. Im ungepflegten Garten lagerten Holzskulpturen in verschiedenen Stadien der Vollendung. Sie erinnerten ihn an die Figuren der Osterinseln. Einige waren über drei Meter hoch. Ein paar wirkten wie frisch angefertigt, andere trugen Zeichen von Verwitterung. Staunend betrachtete er die groben Holzarbeiten. Er rätselte, wofür die Dinger nützlich waren. Vermutlich handelte es sich um Kunst. Henri hielt sich selbst für einen Banausen. Wer war der Künstler? Melanies Mann? Oder sie selbst? Er hatte Kaschis Schwester als zartes Püppchen in Erinnerung, ein freundliches Mädchen, drei Jahre jünger als er, mit hüftlangen goldblonden Haaren. Henri erinnerte sich, dass alle Quandts sie Püppi gerufen hatten. Der alte Quandt hatte seine Kinder vorhin im Gespräch nicht mehr Kaschi und Püppi, sondern Karsten und Melanie genannt. Auf sein wiederholtes Klingeln hin öffnete ihm eine gereizt aussehende Frau von Mitte vierzig. Sie trug ein buntes Tuch um den Kopf geschlungen, aus dem kurze graue Haare ragten. Zusammen mit dem knielangen, offenen grauen Kittel und der fleckigen Jeans wirkte ihr Aufzug bohèmehaft. In der Hand hielt sie einen in mehreren Farben befleckten Lappen. Entweder die Putzfrau oder die Künstlerin, schoss es ihm durch den Kopf.

Er stellte sich vor und bat darum, Melanie sprechen zu dürfen. Die Frau musterte ihn unfreundlich. Sie rief über die Schulter nach hinten. „Melanie? Da ist jemand für dich an der Tür. Ein Mann."

Sie erschien prompt hinter ihr. Henri hätte sie nicht wiedererkannt. Die goldblonden Haare und das beständige sanfte Lächeln waren einer Kurzhaarfrisur und heruntergezogenen Mundwinkeln gewichen. Die Frisur stand ihr. Trotzdem wirkte Melanie leicht verhärmt und älter, als sie tatsächlich war.

Sie erkannte ihn sofort. „Hinnerk? Bist du es?" Sie öffnete die Tür weiter. Henri bemerkte, dass dies der anderen Frau nicht passte.

„Hoffentlich komme ich nicht ungelegen. Ich wollte mein Anliegen nicht telefonisch vorbringen."

Die andere Frau musterte ihn unfreundlich. Melanie warf ihr einen schnellen Blick zu und wandte sich wieder an Henri. „Ich weiß, was du willst. Meine Mutter hat mich eben angerufen. Willst du nicht reinkommen?"

„Du hast mit deiner Mutter telefoniert? Wann denn?" Breitbeinig blieb die Frau mit dem Kopftuch in der Tür stehen. Melanie schob sie zur Seite. „Komm bitte rein, Hinnerk."

Melanie führte ihn erst durch einen engen Flur, dann in ein geräumiges Wohnzimmer, das sich in einen großzügigen Wintergarten öffnete. Die Möblierung bestand aus einer Couch und Sesseln mit orangeroten Überwürfen. Im Wintergarten lagen Sitzkissen in üppigen Rot, Gold- und Orangetönen. Die Wände waren orangerot gestrichen. Von der Decke hing ein Kronleuchter, der besser in den Ballsaal eines Schlosses gepasst hätte. Die leuchtendbunten Aquarelle an den Wänden zeigten Wüstenlandschaften und Szenen mit Kamelen und Zebras. Sie erinnerten ihn lebhaft an Katjes Malereien. Hier liebte man bunte Farben und afrikanisches Ambiente. Henri fühlte sich wie in einem Backofen.

„Setz dich doch. Magst du was trinken? Ich habe eben einen Smoothie gemacht. Vegan."

Er schüttelte den Kopf. „Ich will dich nicht lange aufhalten, ich will nur mit dir über Kaschi reden."

„Mama hat gesagt, du findest ihn."

„Ich wollte keine falschen Hoffnungen wecken. Das tut mir leid. Ich hätte zuerst zu dir kommen sollen."

„Wem soll das was nützen? Mellis Bruder ist seit mehr als 25 Jahren verschwunden. Sicher ist er tot. Wer sind Sie überhaupt?"

Konnte diese impertinente Putzfrau nicht einfach verschwinden? Hier gab es genug abzustauben. Vor allem die hässlichen Holzkameraden im Vorgarten.

„Melanie kennt mich. Ich war ein Freund von Kaschi. Ich bin oft bei den Quandts ein und aus gegangen."

„Er heißt Hinnerk Puvogel."

Henri stöhnte innerlich. „Mein Name ist jetzt Martensen. Du heißt ja auch nicht mehr Quandt, oder? Vielleicht lerne ich deinen Mann kennen?"

Die andere Frau fasste Melanie am Nacken und zog deren Kopf energisch zu sich heran. Ihre Lippen öffneten sich und Henri sah ihre leicht ausgestreckte Zungenspitze. Sie küsste Melanie fordernd, ließ dabei Henri nicht aus den Augen. Abrupt ließ sie Melanie los.

„Schockiert? Melli ist meine Frau!" Herausfordernd sah sie ihn an.

Ruhig begegnete er ihrem Blick. „Warum sollte ich schockiert sein? Herzlichen Glückwunsch." Dabei sah er die Frau an, nicht Melanie.

„Silvia und ich sind seit sechs Jahren verheiratet. Seit ebenso vielen Jahren will mein Vater keinen Kontakt zu uns. Mama sehe ich nur heimlich."

„Deine Mutter scheint sehr darunter zu leiden. Können wir kurz miteinander reden?"

Die beiden Frauen ließen sich in die Sessel fallen.

„Was soll das bitte für einen Sinn haben, die ganze Vergangenheit wieder aufzurühren? Melanies Bruder ist seit Ewigkeiten verschwunden. Woher kommt das plötzliche Interesse? Warum waren Sie nicht schon vor Jahren hier? Sind Sie heute Morgen mit dem Gedanken aufgestanden, so, nun finde ich mal heraus, was mit Karsten geschehen ist? Oder geilt Mellis Kummer Sie auf? Am besten ist, wenn Melli Karsten oder, noch besser, die ganze Familie Quandt vergisst."

Ruhig erklärte Henri seine Beweggründe und bat Melanie, über die letzten Tage mit Karsten nachzudenken.

„Was fangen Sie mit den Informationen an", höhnte Silvia, „spielen Sie Sherlock Holmes?"

„Ich bin Sherlock Holmes", er lächelte über ihre Gesichter. „Ich bin Polizist. Was machst du beruflich, Melanie?"

Sie öffnete den Mund zu einer Antwort, aber Silvia war schneller.

„Melli schreibt erfolgreich Kriminalromane. Außerdem übersetzt und lektoriert sie russische Literatur ins Deutsche." Sie reckte sich. „Ich bin Künstlerin."

Dann sorgt Melanie für den Unterhalt, während du kreativ an den Baumstämmen herumsäbelst und Aquarelle auf Siebtklässler-Niveau herstellst, dachte Henri.

„Ich würde gerne einen deiner Romane lesen. Schreibst du unter deinem Namen?"

„Warte kurz, ich schenke dir einen. Sogar mit Widmung." Melanie sprang auf und verließ den Raum. Henri stand auf und betrachtete die Bilder. Es war ihm ein Rätsel, wie man damit Geld verdienen konnte. Sein Blick schweifte erneut durch den Raum. Auf den zweiten Blick erkannte er, wie schäbig die Einrichtung war. Die vielen bunten Kissen und Decken dienten hauptsächlich dazu, den abgewohnten Zustand der Möbel zu verdecken. Weder er noch Silvia sprachen ein Wort.

Melanie kam zurück und reichte ihm ein Buch. Henri streckte den Arm aus und setzte zu einem Dank an. Silvia war schneller, nahm Melanie den Roman aus der Hand und las laut die Widmung: „Für Hinnerk." Darunter eine schwungvolle Unterschrift und das Datum.

„Und dafür hast du so lange gebraucht?" Silvia reichte das Buch an Henri weiter.

Behutsam nahm er das Buch entgegen und las den Titel. Er lautete: „Tod im Gebeinhaus" – Ein historischer Kriminalroman von Kassandra Quandt.

„Ich finde, Kassandra klingt geheimnisvoll und ein bisschen nach Karsten." Mellis Stimme bebte ein wenig.

„Eine schöne Idee." Henri hielt das Buch hoch. „Ich werde es in Ehren halten. Darf ich dich morgen anrufen? Vielleicht fällt dir was zu Karsten ein."

„Melanie fällt nichts mehr ein."

„Ich spreche mit Melanie, nicht mit Ihnen. Sie kann mir selbst antworten, oder nicht?"

Melanie warf ihm einen eindringlichen Blick zu. „Jetzt geh, Hinnerk, falls mir etwas einfallen sollte, werde ich mich melden. Und lies meinen Roman. Ich würde mich freuen, wenn er dir gefällt."

Grübelnd radelte Henri zurück zum Hotel. Die Familie Quandt war an Karstens Verschwinden zerbrochen. Der Vater hatte mit dem Thema abgeschlossen, die Mutter nicht. Anstatt dass sich die verbleibenden drei gegenseitig beistanden, kam der Bruch mit Melanie hinzu. Er fühlte tiefes Bedauern mit den Quandts. Das Nicht-Wissen, was mit einem Familienmitglied geschehen war, die Unsicherheit, das Unvermögen, mit dem Unglück abzuschließen, waren schlimmer, als sich mit einer tragischen Situation abzufinden. Kaschi war tot, das sagte ihm seine Erfahrung. Daran zweifelte Henri nicht einen Moment.

Er fand seine Familie auf der Terrasse des Hotel-Restaurants. Marion und die Kinder waren im Begriff, nach oben auf die Zimmer zu gehen. Er erzählte kurz von seinen Besuchen bei den Quandts.

„Ich hole noch Fiete von Ina ab, ich komme gleich nach." Er reichte Jesper Melanies Roman. Jesper schlug das Buch auf und las laut die Widmung vor. Ein Zettel fiel dabei hinaus. Er hob ihn auf und studierte ihn. Stumm gab er ihn seinem Vater. Es war die Hälfte eines durchgerissenen Briefumschlags. „Bitte triff dich mit mir. Morgen 11 Uhr, Eisdiele Mönchhof. M."

„Von Melanie?" Jesper sah erneut auf den Zettel.

„Oder von dieser Silvia? Vielleicht ist das eine Falle." Metke entwand ihm den Wisch aus der Hand. Henri nahm ihn zurück. „Ihr seht zu viele Krimis."

Kapitel 7

Ina öffnete ihm die Tür. Wortlos sah sie ihn an.

„Ich wollte Fiete abholen. Wie ist es? Habt du und Otto Lust, mit Fiete und mir eine Runde zu gehen?"

„Um diese Uhrzeit? Warum hast du ihn hier abgegeben? Du hättest ihn auch bei deiner Familie lassen können."

„Ich habe einen Vorwand gebraucht, um wieder herzukommen. Kann ich ein Glas Wasser bekommen?" Henri lächelte versöhnlich. Ina musterte ihn mit gerunzelter Stirn und trat zur Seite. Henri trank in der Küche ein Glas Wasser, dankte ihr und nahm Fietes Leine vom Haken im Flur. „Also? Wie sieht es mit einer Gassirunde aus?"

Otto gab die Richtung vor und schlug den ihm vertrauten Weg ein. „Gehen wir Richtung Schrebergarten? Ich würde ihn mir gerne ansehen."

Ina sah ihn belustigt von der Seite an. „Um der alten Zeiten willen?" Wie oft hatten sie sich heimlich dort getroffen.

Er lachte. „Ja, auch das. Ist es da immer noch so idyllisch?"

„Jedenfalls muss man das Gießwasser nicht mehr kannenweise aus der Elde schöpfen. Auf diese Idylle konnte ich immer verzichten. Wir haben inzwischen eine Wasserleitung."

„Ich wundere mich, dass ihr den Garten noch habt. Du hast deinen Beruf, die Kinder, die Tiere, das Haus und das große Grundstück. Wozu brauchst du den Garten? Dein Vater ist doch auch nicht mehr in der Lage, sich darum zu kümmern, oder irre ich mich?"

Sie zuckte die Schultern. „Der Gärtner meines Vaters kümmert sich auch um den Schrebergarten."

Er lachte schallend. „Ein angestellter Gärtner kümmert sich um den Schrebergarten? Da hat jemand das Konzept des Herrn Schreber wohl nicht verstanden."

Ina musterte den amüsierten Mann, an den sie in den vergangenen Jahren abwechselnd voller Trauer, Sehnsucht, Wut und Hass gedacht hatte. In den letzten beiden Tagen war er ihr wieder vertraut und sympathisch geworden. Wäre er bloß bei ihr geblieben. Ihr fiel etwas ein. „Du hast vorhin etwas von deinem Studentenleben gesagt. Warum hast du es nicht zu Ende geführt?"

„Habe ich nicht? Wie kommst du darauf?" Er blieb stehen, da Fiete eine interessante Stelle zum Schnüffeln gefunden hatte. „Ebelings Grab. Da sind wir früher mit Jan gerodelt. Unfassbar, dass mir diese Mini-Anhöhe hoch erschien."

Er wechselt das Thema, dachte sie. Kein Wunder, es ist ihm peinlich. Beide betrachteten den Hügel des kleinen Parks, der einmal die Ruhestätte eines Stadtphysikus' gewesen war.

„Du warst nicht grade ein Draufgänger, sondern zurückhaltend und hast immer überlegt gehandelt."

„Nicht in jeder Hinsicht." Er lächelte sie an.

Sie knabberte an ihrer Lippe. „Das stimmt. Ich möchte meinen Lasse nicht missen. Was ist denn mit dir passiert?"

„Wie meinst du das?"

„Warum hast du nicht zu Ende studiert? Wir hatten uns doch beide in Berlin schon für Veterinärmedizin eingeschrieben. Ich hatte so sehr gehofft, dass du zum Semesterbeginn noch auftauchst."

„Da war ich schon in Sydney. Die Veterinärmedizin war dein Traum, nicht meiner. Ich wollte eigentlich nie Tierarzt werden, sondern immer nur in deiner Nähe sein und hätte alles getan oder studiert, um bei dir zu sein. Vermutlich hätte ich das Veterinärstudium nach ein paar Semestern geschmissen. In Australien ist mir klar geworden, welchen Weg ich einschlagen wollte. Ich habe nun einen Beruf, den ich meistens liebe und der mich ausfüllt."

Ina wusste keine Antwort. Enttäuscht zog sie an Ottos Leine. „Wenigstens hast du immer pünktlich Feierabend."

Erstaunt sah er sie an. „Ach, ja? Dann frage mal meine Kinder, an wie vielen Tagen sie mich nur morgens kurz zu Gesicht bekommen. Unser Austausch findet fast ausschließlich via WhatsApp und der Tafel in unserem Flur statt. Wenn ich nach Hause komme, sind sie oft schon im Bett."

Ina schüttelte den Kopf. „Macht das Geschäft so spät zu?"

Sie waren stehen geblieben und sahen sich beide mit leichter Verwirrung an.

„Geschäft? Kann es sein, dass wir beide aneinander vorbeireden?"

„Na, das Sportartikel-Geschäft, in dem du arbeitest. Das hat mir deine Tochter erzählt. Du bist Sportbekleidungs-Verkäufer mit Fachrichtung Sportschuhe. Oder wie heißt das?"

Er hatte sich von ihr abgewandt. Die Dunkelheit war nun vollkommen, sie sah nur, wie sein von der Straßenlaterne beleuchteter Rücken bebte. Tröstend legte sie ihre Hand auf seine Schulter. Er drehte sich zu ihr. Sie sah, dass er sein Amüsement unterdrückt hatte. Nun lachte er schallend. „Sportbekleidungs-Verkäufer mit Fachrichtung Sportschuhe, das kann nur von Metke gekommen sein, stimmt's?"

„Ja, es war Metke. Stimmt das nicht?"

„Metke hat eine ausschweifende Fantasie. Ich habe die Kinder gebeten, mit meinem Beruf nicht hausieren zu gehen. Das heißt aber nicht, dass sie Unsinn erzählen sollen. Metke hat das aber als Freifahrtschein für spannende Geschichten aufgefasst. Sie hat mich bereits öfter in peinliche Situationen gebracht. Man hat mich schon gefragt, ob ich die Erbtante zum Freundschaftspreis beerdigen könnte. Neulich bat mich der Vater ihrer Freundin, den Schornstein zu kehren. Die Mutter einer ihrer Klassenkameradinnen beauftragte mich, alle Schlösser ihrer Wohnung wegen des Ex-Freundes auszutauschen. Als Gegenleistung hätte ich einen Schlüssel behalten dürfen. Der Sportschuhverkäufer ist harmlos dagegen. Und eins muss man ihr lassen. Niemals erzählt sie eine Version doppelt." Henri schmunzelte. Die Hunde zerrten auffordernd an ihren Leinen.

„Und was machst du nun beruflich?" Was war so peinlich, dass er es nicht sagen wollte?

„Ich bin bei der Kripo. Ich bin Kriminalbeamter."

Ina blieb abrupt stehen und sah ihn an. „Unser Sohn ist auch bei der Kripo."

Fassungslos hörte Henri Ina zu, wie sie von Lasse berichtete. Lasse arbeitete in Berlin in einer Einheit, die sich mit Cyber-Kriminalität befasste. Gleichzeitig glücklich und traurig saugte er jedes Wort von Ina auf. Er hatte einen erwachsenen Sohn, der ihm nicht nur äußerlich, sondern offenbar auch vom Wesen unglaublich ähnelte.

Ina erzählte voller Stolz von Lasse. Von seiner Kindheit, wie sie mit ihm als Achtjährigen einen Trip nach Stockholm gemacht hatte. Lasse war erkrankt, das Hotel holte einen Arzt, Torben Malm. Torben hatte sich sofort in Ina verliebt. Sie schilderte ihren verstorbenen Mann als ruhigen, zuverlässigen Mann. Letztendlich hatte Ina den Schritt gewagt und war mit ihrem Kind zu Torben ausgewandert.

Henri und Ina waren stehen geblieben. Henri folgte ihren Ausführungen über ihr Leben in Schweden. Von ihren und Lasses Problemen mit der neuen Sprache und dem ruhigen gleichförmigen Leben an der Seite ihres 15 Jahre älteren Mannes. Das Lernen der Sprache fiel ihrem Sohn leichter als ihr. Es dauerte lange, ehe sie als Veterinärin am Stadtrand von Stockholm arbeiten konnte. Torbens Freunde nahmen sie mit offenen Armen auf, aber Gespräche liefen nur auf Englisch, mit dem Ina ihre Mühe hatte. Die Verwandten ihres Mannes, zwei sture ältere Schwestern, hatten ihr nur Ablehnung entgegengebracht. Später ging es besser, Lasse sprach akzentfrei Schwedisch, Ina war beruflich integriert, Linnea und Oscar wurden geboren. Inas Ehe mit Torben lief in ruhigen, unaufgeregten Fahrwassern. Nach Torbens Tod ging sie wieder nach Hause und kaufte sich das Haus. Lasse war bereits nach dem Schulabschluss nach Deutschland gegangen, um zu studieren. Er hatte immer schon Kriminalbeamter werden wollen. Als Ina nach Torbens tödlichem Herzinfarkt mit den beiden kleineren Kindern nach Deutschland kam, kämpften nun diese mit der neuen Situation in einem Land, das sie nur aus dem Urlaub kannten.

Den Rest des Wegs legten sie stumm zurück. Durch Henris Kopf rasten jedoch die Gedanken.

„Hier ist es." Ina stieß eine Gartenpforte auf. Er hätte das Grundstück nicht wiedergefunden. Die Hecken waren höher als früher, die alten Gartenlauben aus DDR-Zeiten waren durch schmucke Häuser ersetzt worden.

Henri schaltete das Handylicht ein und beleuchtete den Weg. Das erweiterte Haus war solide gebaut. Henri hatte keine Ahnung von Vorschriften in Gartenkolonien, wunderte sich allerdings, dass so ein großes Haus genehmigt worden war. Aber Dr. Lürßmann war in Parchim ein prominenter Mann, sicher wollte sich niemand mit ihm anlegen.

„Protzig, was?" Ina fingerte nach dem Schlüsselbund. Henri leuchtete das Schlüsselloch an. Ina versuchte vergeblich, den Schlüssel hineinzustecken. „Seltsam, da klemmt was. Ich bekomme die Tür nicht auf. Kannst du es mal versuchen?"

Henri gab ihr Fietes Leine und probierte es ebenfalls. Es gelang ihm ebenfalls nicht. Er leuchtete Schloss und Schlüssel an.

„Wann warst du das letzte Mal hier? Sieh mal, das Schloss ist neu. Es wurde kürzlich ausgetauscht."

„Mein Vater hat mir davon nichts gesagt. Ich glaube auch nicht, dass er in den letzten Jahren hier war."

Henri leuchtete durch das Fenster in das Innere des Hauses und spähte hinein. „Du bist sicher, dass du nicht öfter hier bist? Es sieht aus wie ein Liebesnest."

Empört rammte sie ihm den Ellenbogen in die Seite. „Ganz sicher! Der letzte Mann, mit dem ich hier drin war, warst du! Lass mal sehen." Sie drängte sich an ihn. Henri roch ihr zitroniges Parfum.

„Du hast Recht! Da sind Decken auf der Couch und eine leere Sektflasche liegt auf dem Boden."

„Das schließt deine Kinder hoffentlich aus. Dann bleiben noch dein Vater und der dubiose Gärtner."

Ina lachte. „Mein Vater! Ich stelle mir vor, wie er seine Villa verlässt, um sich hier zu vergnügen! Ich werde es mir morgen noch mal ansehen."

Auf dem Rückweg hing Henri stumm seinen Gedanken nach. Vor ihrer Gartenpforte reichte er ihr die Hand. Zögernd fragte sie ihn, ob er noch auf eine Tasse Kaffee reinkommen wollte. „Aber wirklich nur Kaffee, nicht das, was du denkst."

Er lächelte unbemerkt in die Dunkelheit über ihre aufgeregte Stimme. „Sehr gerne. Hast du auch noch was Stärkeres zu dem Kaffee? Ich könnte was brauchen."

Er saß auf ihrer Terrasse und sah durch das Fenster in die beleuchtete offene Wohnküche, wie sie Kaffee kochte und in die Becher füllte. Er ging hinein und nahm das Tablett mit den Bechern, einem Milchkännchen und zwei Gläser mit brauner Flüssigkeit an sich. Er hob ein Glas und schnupperte.

„Cognac. Angeblich ein guter. Ich verstehe nicht viel davon", meinte Ina.

Behutsam trug er das Tablett nach draußen. „Kaffee und Cognac. Ein guter Abschluss dieses aufregenden Tages. Danke." Henri nippte am Schwenker.

„Wie lange bleibt ihr noch hier?"

Er zuckte die Achseln. „Ehrlich gesagt, ich muss erst mal nachdenken. Katje wird morgen entlassen. Das Auto ist nicht vor übermorgen fertig. Das Vernünftigste wäre, mit der Bahn nach Hause zu fahren, und ich hole das Auto am Wochenende wieder ab. Aber da ist die Geschichte mit Jörg und Kaschi. Das möchte ich gerne hinterfragen. Wieso wurde da nicht ordentlich ermittelt? Haben sich alle so schnell damit zufriedengegeben, dass drei junge Männer innerhalb einer Woche verschwunden sind? Und der tote Lehrer hat auch niemand zu Nachfragen angeregt?"

„Es war kurz nach der Wiedervereinigung. Viele junge Männer haben in den Westen rübergemacht."

„Aber der schüchterne Jörg und Kaschi mit seiner netten Familie? Das hätte doch keiner glauben dürfen."

„Und was ist mit Hinnerk? Der hatte so eine nette schwangere Freundin. Und trotzdem ist er abgehauen und hat sie sitzen lassen."

Henri seufzte und nahm einen großen Schluck Cognac.

„Ich habe gelitten wie ein Hund."

„Was soll ich denn sagen?!"

Sie schwiegen. Ina knetete am weichen Wachs der brennenden der Kerze herum. Henri betrachtete sie. Ihm wurde bewusst, dass er dabei war, sich Hals über Kopf in sie zu verlieben. Wieder zu verlieben. „Verdammt", murmelte er.

„Was hast du gesagt?"

„Nichts." Nach einer Pause fuhr er fort. „Ich habe eben Kaschis Eltern besucht. Karstens Verschwinden hat die ganze Familie zerstört. Danach war ich bei Melanie." Er erzählte ihr von den Besuchen. Beide fielen in Schweigen. Henri trank seinen Kaffee. „Ich danke dir nochmals, Ina."

„Gibst du mir deine Handynummer, Hinnerk?"

Überrascht zog er das Telefon aus der Brusttasche. „Na klar, gerne."

Sie zögerte. „Ich will dir was sagen. Vielleicht bereue ich es morgen früh. Und es hat auch gar nichts mit dir zu tun."

Der flackernde Schein des Windlichts fiel auf ihr Gesicht. Sie kratzte mit dem Fingernagel am Holztisch herum, bevor sie weitersprach: „Willst du mit deiner Familie für die nächsten Tage bei mir wohnen?"

Henri richtete sich auf. „Wie bitte?"

Er hörte ihr aufgeregtes Atmen. „Im Hotel ist es teuer. Mit so vielen Personen. Und ich möchte gern, dass du herausfindest, was mit Kaschi und Jörg geschehen ist."

Henri blieb sprachlos.

Ina fuhr fort. „Deine Schwiegermutter kann ins Gästezimmer, die Mädchen zu Linnea und Jesper zu Oscar. Wenn ich etwas in rauen Mengen besitze, sind es Schlafsäcke und Isomatten."

„Und ich?"

Ina lachte. „Du gehst auf die Couch. Mach dir keine Hoffnungen. Lasse kommt übermorgen Abend. Er will dich kennenlernen. Was sagst du?"

„Ich brauche noch einen Cognac."

Eine halbe Stunde später verabschiedeten sie sich voneinander. Henri radelte mit Fiete an seiner Seite die Lange Straße entlang zum Hotel. Die Stadt schlief bereits. Nur ein Mann mit einem Hund und ein paar Halbwüchsige, die auf Rädern im halsbrecherischen Tempo die Straße hinabrasten, begegneten ihm. Am Stadtkrug war es ruhig und dunkel. Die Stühle vor dem Restaurant waren bereits miteinander verkettet. Alle, bis auf zwei. Auf einem saß Jan Hartmann und schlief. Sein Kopf lag auf seiner Brust, der Mund war leicht geöffnet. Bei jedem Atemzug gab er ein prustendes Geräusch von sich. Vor ihm auf dem Tisch standen zwei Gläser mit schaumlosem Bier. Henri grinste und fasste seinen ehemals besten Freund an die Schulter.

Kapitel 8

Donnerstag, 09.08.2018

„Bei dieser Ina wohnen?", fragte Marion gedehnt. „Warum denn das?" Sie schenkte sich und Henri Kaffee ein.

„Das habe ich doch eben erklärt", sagte Henri geduldig. „Und bevor du noch mal davon anfängst, sie hat Platz genug für uns. Es hat sie ja niemand zu dieser Einladung gezwungen."

Marion musterte Henri, enthielt sich aber einer Äußerung. Bei Metke und Jesper war die Ankündigung, bei Ina zu wohnen, auf ungeteilten Jubel gestoßen. Henri hinderte sie daran, ohne zu frühstücken aufzuspringen, aus dem Speiseraum des Hotels zu laufen und ihre Sachen zu packen. Beide waren sich einig, dass auch Katje begeistert sein würde, am nächsten Tag Lasse kennen zu lernen. Metke schwärmte von Pippilotta und Karlsson. Henris humorvolle Entgegnung, die Kinder würden Linnea und Oscar heißen, wurde mit Gelächter beantwortet. Die Namen der Pferde hätte Lasse ausgesucht, erklärte Metke. Henri kam mit Marion überein, dass er sich mit den Kindern und dem Gepäck von Ina abholen lassen würde. Marion wollte bis zu Katjes Entlassung am späten Vormittag bei ihr im Krankenhaus bleiben.

Henri checkte im Hotel aus und lud das Gepäck in Inas Auto. Marion machte sich auf den Weg zu Katje, während die anderen in den Wagen stiegen. Inas Auto war das gleiche Modell wie Henris. Auch sie fuhr einen Van. Als Tierärztin benötigte sie einen großen Kofferraum. Henri, der oft mit Marion, den Kindern und Fiete unterwegs war, schätzte seinen Siebensitzer ebenfalls. Er fragte Ina, ob auch sie wegen der vielen Sitze als Taxi gefragt war. Sie lachte und erklärte, bei Linns Auswärts-Handballspielen meist die halbe Mannschaft zu chauffieren.

„Ich glaube, deiner Schwiegermutter ist es nicht recht, bei mir zu übernachten."

Henri zuckte die Schultern. „Sie wird es überstehen. Morgen fährt sie mit dem Zug nach Hause, sie möchte heute nur sehen, wie es Kati geht. Marion möchte Kati mitnehmen, aber ich will das nicht. Ich will sie bei mir haben, sonst habe ich keine Ruhe."

Sie sah ihn kurz von der Seite an. „Das verstehe ich." Und fügte nach einer Pause hinzu: „Du bist ein guter Vater."

Er sah starr auf dem Fenster. „Ich habe mir immer Mühe gegeben. Leider war ich nicht für alle meine Kinder da. Das tut weh."

„Ina, darf ich auch mal reiten?" Metkes Kopf schob sich zwischen die Vordersitze. „Kannst du denn reiten?"

Metke verneinte.

„Linn oder Oscar können dich für den Anfang mal an der Longe über die Wiese führen. Dich natürlich auch, Jesper. Oder ihr fragt euren Vater, ob er euch das Reiten beibringt."

Ina und Henri wechselten einen Blick.

Ein Glucksen ertönte von der Rückbank. „Papa? Der kann doch nicht reiten!"

Ina blinkte und fuhr auf ihre Auffahrt. „Doch, das kann er. Wusstet ihr das nicht? Er würde kein Turnier gewinnen, aber er war ganz passabel."

Während Oscar laut lachte, schüttelte Metke ungläubig die dunklen Locken.

Während sie das Gepäck ausluden, erzählte Henri ihr von Jans abendlichem Besuch. Gemeinsam hatten sie auf der Restaurant-Terrasse gesessen, auf den menschenleeren Platz gesehen und sich bei dem schalen Bier wieder angenähert. Sie hatten nicht viel geredet; beide empfanden das Schweigen als wohltuend. Nach kurzer Zeit und einigen heftigen Gähn-Attacken von Jan hatten sie sich einvernehmlich getrennt. Henri hatte dem vor Müdigkeit schwankenden Jan nachgesehen, bis er um die Straßenecke bog.

„Er war mir immer eine große Hilfe und mein bester Freund. Mit ihm konnte ich über alles reden, vor allem über dich. Es war ja keiner weiter da."

Henri hielt beim Auspacken der Taschen aus dem Auto inne. Seine Kinder hatten sich nach dem Aussteigen in Luft aufgelöst, wie ihm schien.

„Wenn ich mich recht erinnere, hattest du nie so etwas wie eine beste Freundin."

Sie schlug die Fahrertür zu. „Fein beobachtet. Ich hatte mich immer auf dich konzentriert. Böser Fehler. Damals brauchte ich nur dich. Du warst mir beste Freundin, Liebhaber, Vertrauter, eben alles. Heute nennt man es soulmate, oder? Dein Weggang hat mir deshalb den Boden unter den Füßen weggerissen. Jan war der Einzige, der mir geholfen hat. Jedenfalls bis Doreen kam. Da musste Jan mehr Abstand halten." Sie lachte. „Doreen ist sehr eifersüchtig. Als ich mit Torben zusammenkam, hat sich unser Verhältnis wieder normalisiert. Komm, gib mir eine Tasche."

Sie führte ihn durch das Haus. Das untere Stockwerk kannte er bereits bis auf das geräumige, in Lavendelfarben gehaltene Gästezimmer. In der oberen Etage befanden sich zwei Bäder und die Schlafzimmer.

„Ein zweites Bad auf der Etage, Luxus!"

„Die Vorbesitzer hatten den Anbau gerade fertig, da haben sie sich getrennt. Somit habe ich die Annehmlichkeit eines eigenen Badezimmers. Deshalb kann ich über die Unordnung im Bad der Kinder besser hinwegsehen. Leider mögen sie mein Bad lieber als ihres."

„Tolle Dusche. Das passt man locker zu zweit rein."

Ina lachte und öffnete ihm nacheinander die Türen. Linneas Zimmer in Rosa und Oscars in Grün wiesen in den Garten.

„Im Herbst muss ich wohl an den Farbtopf. Dabei hasse ich Streichen so sehr." Ina seufzte. „Aber Linn ist vierzehn und will nicht mehr in einem rosa Zimmer leben. Jungs sind da genügsamer, stimmt's?"

Er nickte und wollte schon seine Hilfe für die Renovierungsarbeiten anbieten, überlegte es sich aber im letzten Moment anders. Er an ihrer Stelle hätte das Angebot abgelehnt. Das größte der Kinderzimmer ging zur Straße und gehörte Lasse. Er hatte nie hier im Haus gewohnt, kam jedoch oft zu Besuch, mal mit, mal ohne Freundin. Henri deutete auf die letzte Tür. „Da waren wir noch nicht."

Ina biss sich auf die Lippe. „Na gut, warum nicht? Sonst wirst du mein Schlafzimmer nicht zu Gesicht bekommen." Sie stieß die Tür auf. „Bitteschön. Hier ist mein Boudoir."

Der Raum war in zartrosa und hellgrauen Streifen gehalten. Die geblümten Gardinen blähten sich ein wenig im Wind. Die Bettwäsche trug ebenfalls ein Blumenmuster. Das Zimmer wirkte gemütlicher und mädchenhafter als Linneas. Ina betrachtet ihn mit zusammengekniffenen Augen. „Los, nun sag es schon."

„Was denn?"

„Man sieht, dass hier nie ein Mann ist. Die Blümchen vertreiben jeden Kerl. Das sagt meine Freundin Petra immer. Sie rät mir zu roten Wänden und schwarzer Bettwäsche. Das signalisiert Leidenschaft und Erotik, meint sie." Sie errötete ein wenig.

Er schmunzelte. „Deine Freundin irrt sich. Einem Mann sind die Farben der Bettwäsche gleichgültig. Wichtig ist die Frau, die im Bett liegt. Was dieses Zimmer angeht, die Dusche für zwei reißt es raus. Übrigens, was Leidenschaft und Erotik betrifft, da genügen im Sommer in trockenen Nächten der Sternenhimmel und bei Regen eine Gartenlaube. Du erinnerst dich?"

Ina lachte und schob ihn aus dem Raum.

Seine Reisetasche deponierte er im Heizraum im Keller, er wollte das Wohnzimmer nicht tagsüber belegen. Er sah sich hier ebenfalls um. Neben den Praxisräumen fand er Haushaltsraum, Vorratskammer und ein kleines Bad. Er ging durchs Haus wieder nach oben und trat aus der Terrassentür hinaus in den Garten, von wo er Stimmen hörte. Eine davon gehörte Ina, die andere kam ihm bekannt vor, er konnte sie aber nicht zuordnen. Bei näherem Herantreten erkannte er sie. Diane war schon als junge Frau schön gewesen. Nun war sie makellos. Katje hatte recht gehabt. Dianes feine Gesichtszüge ähnelten denen von Cameron Diaz. Ihre blonden Haare saßen vollendet, so, als käme sie direkt vom Friseur. Betonfrisur, dachte Henri. Dianes Figur betonendes Kostüm saß perfekt am Körper. Henri konnte sich nicht erinnern, wann er außerhalb einer förmlichen Veranstaltung eine Frau im Kostüm gesehen hatte. Er fragte sich, wie lange sie an dem Make-up gesessen hatte, sah aber auch etwas anderes. Die Stirn und die Augenwinkel waren zu frei von Fältchen für eine Frau von Mitte vierzig. In der blonden Frisur war kein graues Haar zu erkennen. Die Lippen wirkten ein wenig zu prall. Henri fand, sie sah aus wie eine Flugbegleiterin einer Linie, mit der man nicht fliegen möchte. Sein Blick glitt zu Ina, die stockstief und mit geballten Fäusten der Besucherin gegenüberstand. Ina trug ein kurzes gestreiftes Sommerkleid und hatte im Gegensatz zu den anderen Tagen ein leichtes Make-up aufgelegt. Aus ihrem Pferdeschwanz ragte ein Strohhalm, um Mund und Augen tanzten ein paar Lachfältchen, als sie ihn erblickte. So sieht eine schöne Frau aus, dachte er. Diane trat mit ausgestreckten Armen auf ihn zu. „Ich glaube es ja nicht! Dass ich den kleinen dicken Hinnerk noch einmal wiedersehe? Und das bei der lieben Ina!? Na ja, nun ist das alte Brautpaar wieder zusammen!" Sie legte ihm die Hände mit den langen, krallenartigen, pink lackierten Nägeln an den Hals und zog sein Gesicht an ihres. Henri roch ein schweres, blumiges Parfum. Diane hauchte ihm einen Kuss auf die Wange, ließ ihn wieder los, trat ein paar Schritte zurück und musterte ihn ungeniert. „Du siehst richtig gut aus! Du bist noch gewachsen, oder? Und schlank bist du geworden! Nur der Bart stört." Sie strich ihm übers Kinn.

„Hallo, Diane."

Sie lächelte. „Immer noch der alte, wortkarge Hinnerk! Jetzt wäre es an der Zeit, mir ebenfalls Komplimente zu machen."

„War ich mal wortkarg? Und ja, ich bin gewachsen und habe mein Übergewicht vor einem Vierteljahrhundert verloren."

„Du siehst wirklich gut aus! Die grauen Schläfen stehen Männern in deinem Alter. Das stimmt doch, oder Ina?" Diane strahlte beide an. „Ihr seid so ein süßes Paar. Ina sieht heute auch richtig nett aus! Was ein Kleid und ein bisschen Make-up doch ausmachen. Streifen machen wirklich schlank. Hast du das süße Kleid auf dem Wochenmarkt gekauft?"

„Immer noch so boshaft, Diane?"

Sie sah ihn gespielt verletzt an. „Boshaft, ich? Da ist aber einer empfindlich."

„Was willst du hier, Diane?" Ina verschränkte die Arme und betrachtete Diane ohne ein Lächeln.

Die Ärztin lachte kurz auf. „Ich wollte nur meine kleine Patientin besuchen." Sie wandte sich wieder an Henri. „Du hast ziemlich viele Kinder, oder?"

„Massenweise."

„Hast du Lasse mit eingerechnet?" Sie schlug sich erschrocken auf den Mund.

„Ich weiß von Lasse. Und du bist eine lausige Schauspielerin. Immer noch die gute alte Killerqueen."

Sie zwinkerte ihm zu. „Killerqueen, stimmt. So habt ihr mich immer genannt. Das habe ich schon lange nicht mehr gehört."

„Du hast dich selbst so genannt, nicht wir dich. Und du, Diane? Internistin? Verheiratet mit Raik?"

Diane drohte Ina mit dem Finger. „Als hättest du ihm das nicht erzählt."

Ina stand steif und stumm neben Henri. Er hatte das Bedürfnis, sie in den Arm zu nehmen und vor Dianes Heimtücke zu schützen.

Ruhig antwortete er: „Was hätte sie mir erzählen sollen? Wir haben nicht über dich gesprochen. Ich habe mich nur kurz mit Raik unterhalten. Meine Tochter Katje hat gemeint, ihre Ärztin sehe aus wie Cameron Diaz."

„Hat sie das? Was für ein süßes Kind. Kann ich sie sehen?"

„Ich muss mich wundern. Sie ist an deinem Arbeitsplatz im Krankenhaus. Ich bin eben auf dem Weg, um sie abzuholen."

Diane nickte. Sie ließ ihren Blick durch den Garten wandern. Ihre Aufmerksamkeit blieb an den Kindern hängen, die eine Leine zwischen zwei Bäumen gespannt hatten und Federball spielten. „Vier Stück und eins ist im Krankenhaus. So viele Kinder!" Sie zog die schmal gezupften Brauen hoch. „Respekt, Hinnerk. Hast du auch noch andere Hobbys?"

„Außer Kinder zu zeugen? Ich laufe gern. Und koche gern. Aber am liebsten zeuge ich Kinder."

„Was für eine absurde Frage, Diane! Du solltest meine Kinder eigentlich kennen, du hast sie schließlich oft genug gesehen!" Ina schüttelte den Kopf.

Diane kniff die Augen zusammen und musterte die spielenden Jugendlichen. „Mag sein. Mein Fehler."

Sie wandte sich Ina zu und fragte sie, ob sie so wie früher hin und wieder zum Reiten vorbeikommen dürfte. Den Einwand Inas, dass Diane seit Jahren nicht mehr geritten sei, wischte jene mit einem Kopfschütteln weg.

„Reiten verlernt man nicht, oder Hinnerk?"

„Ich denke schon, dass man das Reiten verlernen kann. Ich habe seit damals nie wieder auf einem Pferd gesessen."

Diane warf den Kopf in den Nacken und lachte hell. „Was meinst du, wollen wir beide zusammen ausreiten? Die liebe Ina hat sicher nichts dagegen."

„Die liebe Ina hat ganz entschieden was dagegen. Wenn ihr reiten wollt, geht in den Reitstall. Meine Pferde bekommt ihr nicht."

Diane verzog den Mund. „Na, du bist aber schlecht drauf."
Sie schob einen Arm unter Henris. „Wollen wir nicht mal einen Kaffee zusammen trinken und uns in Ruhe unterhalten? Um der alten Zeiten willen? Wie ist es, Ina? Machst du uns einen Kaffee? Hast du Sojamilch im Haus? Oder noch besser: Wie wäre es mit einem trockenen Weißwein zur Feier des Tages? Ein Chablis wäre schön."

Ina ballte die Fäuste und atmete tief durch.

„Ich möchte mich tatsächlich gerne mit dir unterhalten, Diane, aber nicht jetzt. Weder Ina noch ich haben im Moment Zeit." Henri sah auf seine Armbanduhr. „Wie wäre es heute Nachmittag? So gegen vier? Oder musst du arbeiten?"

Sie schüttelte überrumpelt den Kopf. „Nein, ich komme gerne wieder."

„Nicht hier." Henri konnte und wollte Ina Dianes Gegenwart ersparen. Außerdem wollte er die Bedingungen festlegen. „Treffen wir uns am Schuhmarkt. Da gibt es genug Lokale."

Diane hauchte ihm erneut einen Kuss auf die Wange und winkte Ina gönnerhaft zu.

Inas Fäuste entkrampften sich. „Ich dachte schon, ich störe hier", meinte sie spitz. „Oh Hinnerk, du siehst aber gut aus. Diese grauen Schläfen! Und so schlank! Wollen wir zusammen ausreiten? Ina sieht heute auch richtig nett aus in ihrem Kleid vom Wochenmarkt! Streifen machen wirklich schlank", zwitscherte sie und fügte im normalen Ton hinzu: „Da hast du eine Eroberung gemacht. Gratuliere!"

Er grinste angesichts ihrer Empörung. „Was für ein Weib! Ich habe das Gefühl, duschen zu müssen." Er lachte laut, als er Inas Blick über seine Hose wandern sah. „Nein, bestimmt nicht wegen akuter Erregung! Ich fühle mich besudelt. Die ganze Frau klebt, jedes Wort ist falsch. Als sie mit ihrem Fingernagel über meine Kehle ging, dachte ich, jetzt geht es mit mir zu Ende."

„Aber du willst dich mit ihr treffen."

„Ich habe vor, mich mit vielen Leuten zu treffen. Diane kann sich bestimmt noch an Ereignisse von damals erinnern."

„Das kann ich auch. Du kannst auch mit mir reden. Ich habe sowohl Weißwein als auch Sojamilch im Haus."

Er lächelte. „Wie wäre es mit heute Abend? Dann nehme ich den Weißwein."

Kapitel 9

Henri erkannte Raik von Mönckhagen schon von weitem und ging über den Parkplatz des Krankenhauses auf den Arzt zu. Raik befestigte ein schweres Bügelschloss an einem Rennrad.

„Ich habe ein ähnliches Modell", sagte Henri und musterte es anerkennend.

„Das ist eine meiner wenigen Leidenschaften. Meine Frau hasst es. Wir wohnen nur ein paar Minuten von hier entfernt, trotzdem soll ich ihrer Meinung nach das Auto nehmen. Das Rad ist nicht so prestigeträchtig."

Henri betrachtete den großen, hageren Arzt. „Ich finde schon. Dein Rad ist teuer. Dafür bekommt man einen Kleinwagen."

„Das erkennt aber keiner von Dianes Freunden. Ein Fahrrad ist ein Fahrrad." Raik seufzte, Henri schüttelte verständnislos den Kopf.

„Was hast du für weitere Leidenschaften?"

„Wie meinst du das?" Misstrauisch sah Raik ihn an.

„Sportliche Leidenschaften. Sprechen wir nicht davon?"

„Laufen. Ich jogge gern. Radfahren und joggen. Beides ist jederzeit durchführbar. Ich bin nicht der Vereinstyp. Beides kann man immer machen, ohne Terminplan. Sie versucht immer noch, mich zum Golfen zu überreden. Ein Oberarzt sollte, wenn er schon kein Tennis spielt, wenigstens golfen."

„Joggt Diane auch?"

Raik lachte hell auf. „Diane und joggen? Sie ist der geborene Vereinsmeier. Vorsitzende in sämtlichen Clubs, die du dir vorstellen kannst. Trotzdem gelingt es ihr immer, Vereinsarbeiten an andere Kollegen zu delegieren. Sie kann aber sehr schöne Weihnachtsfeiern organisieren. Und Maskeraden. Ihr Auftritt als Pippi Langstrumpf im letzten Jahr gilt als legendär. Man hat mir von allen Seiten zu meiner wunderbaren, wandelbaren Frau gratuliert."

„Du warst nicht dabei?"

„Nein. Komm mit nach oben. Ich ziehe mich um und mache die Dokumente für deine Tochter fertig. Nettes Mädel übrigens."

Raik überreichte Henri Entlassungspapiere und Medikamente für die nächsten Tage und empfahl ihm, Katje zeitnah einem Diabetologen vorzustellen. Henri dankte ihm. Das Gespräch mündete in einer Verabredung zum Joggen für den Abend. Raik nannte ihm seine Adresse.

„Das ist doch nicht unser Auto!"

„Ina fährt das gleiche Modell. Sie hat es mir geliehen."

„Der Arzt ist nett, dieser von Dingenskirchen." Katje schnallte sich an. „Erst mochte ich ihn nicht, aber er ist doch ganz freundlich. Ich glaube, er ist unglücklich. Er guckt immer so traurig. Cameron ist nicht so nett, wie sie aussieht. Sie hat schon wieder versucht, mich über dich auszufragen. Egal. Wo schlafe ich bei Ina?"

„Heute schlaft ihr beide, Meti und du, in Linneas Zimmer. Du auf einem Klappbett, Metke auf der Luftmatratze. Morgen zieht ihr ins Gästezimmer, wenn Oma nach Hause fährt. Das Bett da drin ist riesig. Oma fragt, ob du mit ihr fahren willst. Ich möchte dich lieber bei mir haben. Was willst du?"

„Bei euch bleiben, natürlich. Morgen kommt Lasse, hast du das vergessen? Was hast du über ihn rausgefunden?"

„Er ist Kriminalbeamter, wie ich. Er isst gerne Fisch. Er hat eine Freundin namens Sophie, sie leben in Berlin."

„Vielleicht lädt er uns ein."

„Überfordert ihn nicht gleich. Für ihn ist die Situation auch neu. Wir fahren einen kleinen Umweg. Ich zeige dir das Haus von Inas Vater."

Die Buchholzallee war eine Einbahnstraße geworden. Henri lenkte den Wagen durch kleine Nebenstraßen. Er hielt am Straßenrand an und deutete auf das große Haus zur Linken. „Da habe ich früher mit meiner Oma in der Mansarde gewohnt."

Er bat Katje, kurz im Auto sitzen zu bleiben, und stieg aus. Der alte morsche Jägerzaun war von einer dicken Thujahecke abgelöst worden. Am knorrigen Kastanienbaum hingen grüne Blätter mit schon braunem Rand und kleine stachlige Kugeln, aus denen in ein paar Wochen braunmarmorierte, glänzende Kastanien werden sollten. Er hatte als Kind gerne die Kastanien gesammelt und in den Jackentaschen behalten, bis sie ihren Glanz verloren hatten und klein und schrumpelig geworden waren. Henri sah an der Villa empor. Es war frisch gedeckt und hatte vor nicht allzu langer Zeit einen neuen Anstrich bekommen. Inas Vater lebte offensichtlich in einem finanziell gesicherten Rahmen. Das Haus der Lürßmanns war trotzdem auch seine, Henris, ehemalige Heimat. Er spürte ein leichtes Ziehen in der Brustgegend. Unter dem Spitzdach erkannte er das Fenster des Wohnzimmers, fast erwartete er, das Gesicht seiner Großmutter hinter der Scheibe zu sehen. Sie hatte ihm und Ina von dort gewunken, wenn sie zur Schule radelten. In dem Raum hatte sie auf der Klappcouch geschlafen. Es hatte immer ein wenig nach Blumen gerochen, nach dem Parfum seiner Großmutter. Das Bett im Schlafzimmer hatte er belegt, nachdem er nach dem Tod seiner Mutter zu ihr gekommen war. Erst als Erwachsener war ihm klar geworden, wie schwer es auch für sie gewesen sein musste. Die Tochter zu verlieren, den verstörten Zwölfjährigen zu trösten und sich selbst räumlich und finanziell einschränken zu müssen. Eine erneute Welle der Dankbarkeit überkam ihn. Er klingelte an der Tür. Inas Vater sah sich selbst noch sehr ähnlich. Hager, gepflegtes graues Haar, kalte blaue Augen, gestutztes Bärtchen. Zu Henris Überraschung war er jedoch kleiner, als er ihn in Erinnerung hatte. Er hatte ihn als riesengroß im Gedächtnis. Henri empfand

Freude bei der Erkenntnis, dass er Dr. Lürßmann ein wenig überragte. Inas Vater trug ein hellblaues Hemd und eine sandfarbene Hose, die von einem braunen Gürtel gehalten war. Henri hatte heute schon mehrere Männer in dieser Aufmachung gesehen. Anscheinend war das eine moderne Altherren-Uniform. Beide sahen sich an. Lürßmann brach das Schweigen.

„Der kleine Puvogel. Ich hörte schon, dass du da bist."

„Tja, da bin ich", meinte Henri unverbindlich.

„Was willst du, Hinnerk?"

„Was glaubst du, Gerald?"

Henri schmunzelte in sich hinein. Er konnte beobachten, wie seinem Gegenüber eine Ader an der Stirn schwoll. Das Gesicht des Älteren wurde rot, die Augen schmal. Henri kannte diesen Ausdruck. Früher hatte er ihm Angst bereitet, heute empfand er nur Verachtung für diesen Mann. Henri reckte sich in Vorfreude auf den kommenden Wortwechsel.

„Ich muss doch sehr bitten! Für dich immer noch Sie! Du hast mich nicht zu duzen!"

„Schade, ich dachte, wir hätten so viel gemeinsam. Dann bitte ich Sie ebenfalls, mich zu siezen. Ich bin keine zwölf mehr. Mein Name ist jetzt Martensen, aber das wissen Sie sicher."

Lürßmann sah auf Henris Schuhe. „Ich habe gehört, dass du jetzt anders heißt, aber was willst du hier?"

„Ich möchte gerne von Ihnen hören, warum Sie mich damals weggeschickt haben. Ich war ein emotional angeschlagener junger Mann, dessen einzige Verwandte gerade gestorben war. Sie hatten keine Skrupel, mir von jetzt auf gleich das Dach über dem Kopf zu nehmen. Mein einziger Halt war Ina. Und Sie haben sie instrumentalisiert und missbraucht. Uns beide unglücklich gemacht."

Lürßmann musterte noch immer Henris Füße. „Du bist mir zu viel um meine Ina herumscharwenzelt. Sie hätte sich nicht mit dir abgeben sollen. Ich hätte es nie zulassen sollen, dass du hier einziehst, mit uns unter einem Dach wohnst. Der Sohn einer Säuferin und eines Unbekannten. Aus der bildungsfernen Schicht. Dann hast du meine Ina auch noch geschwängert."

„Ich hatte leider nicht die Chance, das zu erfahren. Ich mache mir heute den Vorwurf, Ihnen geglaubt zu haben und nicht direkt zu Ina gegangen zu sein. Hat es Sie wenigstens befriedigt, Herr Lürßmann?"

„Herr Doktor Lürßmann, bitte, so viel Zeit muss sein."

Henri grinste ihn an. Dieser alte Mann war so berechenbar. „Ich habe nicht vergessen, wie sehr Sie auf dem Titel rumreiten, Herr Doktor." Wie alt war er eigentlich? Henri überschlug die Jahre, 72 müsste hinkommen.

„Bildungsneid?" Der Alte sah ihn verächtlich an, dann wieder auf die Schuhe.

Henri lächelte noch immer; dieses Spiel konnte er mitspielen. „Nein, nicht wirklich. Dann aber auch für Sie Herr Doktor Martensen, gleiches Recht für alle."

Lürßmann sah von Henris Schuhen überrascht in dessen Gesicht. „Doktor Martensen? Doktor? In was? Schuhe verkaufen?"

„Jura."

Lürßmann pfiff abfällig. „Das glaube ich nicht."

„Warum nicht? Mein Abitur war noch besser als Inas, Sie erinnern sich? Das hat Sie doch damals richtig fertig gemacht, dass der kleine Puvogel aus der bildungsfernen Schicht so schlau ist." Henri zog seine Brieftasche aus der Hosentasche. „Meine Promotionsurkunde habe ich nicht dabei, aber vielleicht reicht mein Personalausweis als Beweis. Und bitte beleidigen Sie nicht meine Intelligenz mit der Vermutung, es handle sich um eine Fälschung."

Lürßmann reichte widerwillig beeindruckt den Ausweis zurück. „Davon hat mir Ina gar nichts gesagt."

„Ich habe es Ina auch noch nicht erzählt. Das erschien mir nicht so wichtig. Wir hatten bisher so viel anderen, interessanteren Gesprächsstoff. Zum Beispiel das Wetter, die politische Lage und, ach ja, die Tatsache, dass ich einen Sohn habe, von dem ich leider nichts wusste. Das führt mich zurück zu meiner Frage. Warum?" Henri hielt sein Gesicht dicht vor das seines Gegenübers. Das wich zurück.

„Du warst nicht gut genug für meine Ina. Du nicht. Ina hat einen guten Mann gehabt. Torben war ein guter Mann", fügte er fast trotzig hinzu.

„Den hatte sie aber erst fast zehn Jahre später. Zehn Jahre Einsamkeit, allein mit dem Kind, das einen Vater hätte haben können. Der gut genug war. Für beide. Ich wollte es nur aus Ihrem Mund hören. Wenigstens geben Sie es zu."

„Ich werde es vor Ina abstreiten." Misstrauisch fügte er hinzu: „Oder hast du ein Aufnahmegerät mitlaufen?"

Henri sah ihn von oben bis unten an. „Nein. Ich begebe mich nicht auf Ihr Niveau."

Kopfschüttelnd drehte er sich um und ließ den alten Mann auf der Türschwelle stehen. Was hatte er erwartet? Dass Lürßmann sich bei ihm entschuldigen oder wenigstens Bedauern über seine Intrige zeigen würde?

Katje hatte das Beifahrerfenster runtergelassen. „Wer war das, Papa? Der Vater von Ina?"

„Ja. Inas Vater. Niemand, der für uns wichtig ist."

Er gab Katje bei Ina und Marion ab und machte sich auf den Weg zu seiner Verabredung mit Melanie. Ein paar Minuten nach elf erreichte er die Eisdiele. Melanie stand bereits an der Ecke und sah unruhig um sich. Sie lächelte unsicher, als er auf sie zuging. Schüchtern gab sie ihm die Hand. „Danke, dass du gekommen bist. Ich kann nicht lange bleiben, Silvia denkt, ich bin einkaufen."

Sie setzten sich. Das Eiscafé war leer, der Besitzer legte eben die Auflagen auf die Möbel im Außenbereich.

„Kein Problem für mich, aber stehst du so unter Beobachtung?"

„Das verstehst du nicht."

„Stimmt. Also machen wir es kurz. Was kann ich für dich tun? Zum Glück hat mein Sohn den Zettel im Buch gefunden. Deine Notiz klingt ziemlich dramatisch. Warum bist du so unruhig?"

„Ich fürchte, dass Silvia hier auftaucht. Sie hat da einen siebten Sinn. Immer erscheint sie, wenn ich mich mit jemandem treffe oder sie weiß, dass ich nicht ganz die Wahrheit gesagt habe. Manchmal fühle ich mich überwacht."

„Hm", machte Henri. „Ich glaube nicht an den siebten Sinn. Hat sie dir irgendwas geschenkt, eine Kette, eine Uhr, etwas, das du immer bei dir tragen sollst?"

Melanie sah ihn überrascht an. „Nein, wieso? Allerdings legt sie Wert darauf, dass ich mein Handy immer bei mir habe, sie ist um meine Sicherheit besorgt."

„Darf ich es mir mal ansehen?"

Zögernd reichte sie es ihm.

Henri scrollte sich durch die Menüs. „Hier ist es. Deine Silvia hat keinen siebten Sinn. Sie hat dir eine Spy-Software raufgeladen, dadurch sieht sie immer, wo du bist. Ziemlich mies, oder? Meine Kinder hatten so etwas auch, aber sie wussten es. Ich bin alleinerziehend. Ich habe es niemals missbraucht, es war für den Notfall Meine Kinder sind vierzehn, dreizehn und elf. Du bist aber erwachsen. Warum macht Silvia so etwas?"

Melanie sprang auf. Dunkle Flecken hatten sich auf ihren Wangen gebildet. Mit bebenden Händen strich sie sich durch die Haare.

„Setz dich wieder hin. Was ist denn dabei, wenn wir hier sitzen? Glaubt sie, wir würden übereinander herfallen?"

„Wir treffen uns besser morgen." Melanie sah panisch um sich. „Ich werde das Handy zu Hause liegen lassen!"

Henri sah aus den Augenwinkeln zwei Jungs mit zwei großen, wuscheligen Hunden. „Setz dich endlich wieder hin, Melanie!

Wie soll ich dir helfen, wenn du wegläufst? Unsere Rettung naht bereits." Er winkte Jesper und Oscar heran und wechselte ein paar Worte mit ihnen. Beide verstanden schnell. Melanie setzte sich zögernd.

Silvia erschien fünf Minuten später. Sie erblickte Melanie vor einem Cappuccino, Henri vor einem Espresso und zwei Jungs mit riesigen Eisbechern. Sie machte einen Bogen um die Hunde und wollte eine Bemerkung machen. Henri stand auf und begrüßte sie freundlich. „Was für ein Zufall. Erst begegnen wir Melanie, dann Ihnen. Darf ich Ihnen einen Kaffee bestellen? Oder ein Eis?"

„Ich kann mir selbst einen Kaffee kaufen. Melli, was machst du hier? Ich denke, du machst Besorgungen?"

„Und ich denke, du musst unbedingt an deinen Skulpturen arbeiten? Außerdem kaufe ich ein. Ich wollte in den Drogeriemarkt."

„Ach ja? Das kommt mir aber komisch vor. Sonst kaufst du alles im Supermarkt!"

„So werden Verhöre durchgeführt wie aus dem Lehrbuch", meinte Henri.

Silvia wandte sich Henri mit hochrotem Gesicht zu. „Ich mache mir Sorgen um Melli."

„Tatsächlich? Weil sie unbeaufsichtigt einkauft? Bist du krank, Melanie?" Ohne auf eine Antwort zu warten, fügte er hinzu: „Dann ist es mehr als erstaunlich, dass Sie sie hier gefunden haben, obwohl Sie Melli woanders vermuteten." Er lehnte sich lässig zurück und sah nachdenklich in den wolkenlosen Himmel. „Als ob Sie wüssten, wo sich Melanie aufhält. Ganz erstaunlich."

Ein paar Minuten später hatte Silvia wutentbrannt das Café verlassen. Die beiden Frauen hatten sich ein kleines Wortgefecht geliefert. Melanie hatte sich geweigert, sie zu begleiten. Die Jungs zogen mit den Hunden wieder ab.

Henri zahlte und schlug vor, sich ein wenig die Beine zu vertreten. Zögernd stimmte sie zu. Bedrückt ging sie neben Henri her. Der Weg führte sie zum See. Einträchtig spazierten beide am Ufer entlang. An einem Bootsverleih dümpelten die vertäuten Tret- und Ruderboote. Ein Tretboot hatte die Form eines riesigen Schwans, das Melanie ein Lächeln entlockte. Stumm setzten sie sich auf eine Bank unter einen großen Baum neben einem verwitterten Schild. Es zeigte die Arten der Fische auf, die der See beinhaltete.

„Du hast nette Söhne."

„Meiner ist der Dunkelblonde mit der Brille. Der Hellblonde ist Inas Sohn. Trotzdem danke. Jesper ist wirklich lieb und nett, aber ich traue dem Frieden nicht. Ich warte noch auf die unausweichliche Mutation, die die Pubertät hervorzaubern wird."

Melanie drehte den Ring an ihrem Finger. „Ich glaube, ich muss mich für Silvia entschuldigen. Sie ist manchmal etwas übergriffig wegen ihrer Eifersucht."

„Etwas? Ich wundere mich, dass du nicht vor Wut schäumst! Sie spioniert dir auf Schritt und Tritt nach! So ein Verhalten wird mit der Zeit schlimmer, nicht besser. Mangelndes Vertrauen hat schon viele Beziehungen zerstört."

Sie strich imaginäre Krümel von ihrer Hose. „Ich hoffe, dass sie es endlich lernt, mir zu vertrauen."

„Hast du noch Freundinnen, mit denen du dich triffst? Hobbys außerhalb deines Hauses? Hast du regelmäßige Termine ohne Silvia?"

Melanie biss sich auf die Lippen. „Wir gehen montags zusammen zum Yoga."

„Ich meinte, ob du etwas alleine unternimmst."

„Ich brauche das nicht, ich bin gerne mit Silvia zusammen."

„Wenn man einen Partner hat, ist das ganz selbstverständlich. Trotzdem braucht man Freiräume."

„Das verstehst du nicht."

„Erkläre es mir. Ich sehe nur, dass deine Silvia deine Kontakte zu anderen Menschen verhindert. Was ist mit deinen Eltern?"

„Mein Vater hasst mich, weil ich lesbisch bin."

„Bist du dir sicher? Er hasst dich nicht. Ich denke, er ist enttäuscht. Dein Vater gehört noch zur alten Garde. Aber hassen? Nein. Und was ist mit deiner Mutter?"

„Mama? Wir telefonieren heimlich, wenn Papa es nicht mitbekommt."

Henri erinnerte sich an das Gespräch mit ihren Eltern. „Dein Vater weiß, dass ihr Kontakt haltet. Im Grunde ist er bestimmt froh darüber. Es ist eher Silvia, die nicht will, dass du eine gute Beziehung zu deinen Eltern hast. Ich erinnere dich an die Spy-Software."

„Sprechen wir über Silvia oder über Kaschi?"

Henri hob entschuldigend die Hände. Er fasste die Ereignisse in chronologischer Reihenfolge zusammen. Er erwähnte, dass ihre Mutter meinte, Karsten sei im Laufe des frühen Donnerstagmorgens verschwunden.

„Erzähl mir einfach alles, was du weißt. Wann hast du ihn zuletzt gesehen? Wie war sein Gemütszustand? Ist dir etwas aufgefallen?"

Ermutigend sah er Melanie an. Die drehte am untersten Knopf der Bluse und atmete schwer.

„Das stimmt nicht."

„Was stimmt nicht?"

Sie sah ihn mit einem verzweifelten Blick an. In ihren Augen glitzerte es. „Es ist meine Schuld, wenn er tot ist", brach es aus ihr heraus. „Ich wollte ihn doch nur decken, ich bin seine Schwester. Ich habe unsere Eltern und die Polizei belogen." Sie weinte. Henri kramte in seiner Hosentasche und fand ein zerknülltes Taschentuch. „Hier bitte, Melli, es sieht nicht so ansprechend aus, aber ich versichere dir, es ist sauber. Ich habe immer eins in Reserve. Meine pubertierenden Töchter sprudeln manchmal wie hormongesteuerte Springbrunnen."

Melanie lächelte unter Tränen. Henri wartete geduldig, bis sie sich wieder gefasst hatte.

„Er war so glücklich, Hinnerk. Er war so verliebt in seine Freundin."

Henri war überrascht. „Kaschi hatte eine Freundin? Wen? Und seit wann?"

Sie zuckte die Schultern. „Es war wohl ziemlich frisch. Abends wollte er sich mit ihr treffen. Er tat so geheimnisvoll. Er hätte die schönste und klügste Freundin, die man sich wünschen könnte. Und sie hätte sich wegen ihm von ihrem Freund getrennt. Ihr Vater wäre gegen die Beziehung, sie sollte sich nach einem Freund mit Niveau und ohne Domestikenherkunft umsehen."

Henri lief es kalt den Rücken hinunter. „Domestikenherkunft? Er hat dieses Wort wirklich benutzt?"

Melanie sah erstaunt hoch. „Ja, warum? Ich habe ihn gelöchert und gefragt, wer diese Traumfrau wäre, wann ich sie kennenlernen würde. Er hat nur gelacht und meinte, ich würde Augen machen. Und du, Hinnerk, auch." Sie drehte erneut an dem Knopf. „Er schäumte über vor Glück und guter Laune, weil er für den Abend mit ihr verabredet war." Sie senkte den Kopf. „Er hatte sein Bett zerwühlt, damit meine Mutter dachte, er hätte die Nacht zu Hause verbracht. Am nächsten Tag habe ich meine Eltern belogen. Danach die Polizei. Erst dachte ich, er käme wieder zurück. Dann habe ich mich nicht mehr getraut, die Wahrheit zu sagen. Ich war feige. Wäre ich ehrlich gewesen, hätte man ihn vielleicht gefunden und er würde noch leben. Ich bin mir sicher, dass er tot ist. Papa denkt das auch. Nur Mama klammert sich an den Gedanken eines Gedächtnisverlusts." Tränen tropften auf ihre Jeans. Mit der einen Hand trocknete sie sich die Augenwinkel, die andere Hand drehte den Knopf, der plötzlich absprang und vor ihnen im Sand landete. Henri legte ihr den Arm um die Schulter. Melanie ließ es geschehen und lehnte sich an ihn.

„Du hast nicht richtig gehandelt, aber schuldig bist du auf keinen Fall. Wie alt warst du? Fünfzehn?" Sie nickte. „Du hast vertrauensvoll und solidarisch zu deinem Bruder gestanden."

„Glaubst du, er lebt noch?"

Er schüttelte den Kopf. „Nein, leider nicht. Ich sehe keinen Grund, warum er hätte weggehen sollen. Ihr seid beide in einer intakten Familie aufgewachsen. Mutter, Vater, zwei Kinder, ein liebevolles Zuhause. Er hat nie vom Weggehen gesprochen. Den gewünschten Studienplatz hatte er sicher. In seinem Leben lief alles wie geplant. Ich habe Kaschi deswegen immer ein wenig beneidet. Genau wie meinen Freund Jan."

Er stand auf, hob den Knopf auf und reichte ihn ihr. „Komm, wir gehen ein paar Schritte."

Schweigend gingen sie nebeneinander her. Melanie hatte sich wieder beruhigt.

„Was hat Karsten mitgenommen?"

„Wie meinst du das?"

„Wenn Kaschi freiwillig gegangen ist, wird er nicht ohne persönliche Dinge gegangen sein. Kleidung, Geld, liebste Gegenstände, Personalausweis. Besaß er eine Bankkarte? Wenn ja, hat die Polizei sicher Nachforschungen angestellt."

„Danach hat sie als Erstes gefragt. Nein, bis auf den Ausweis hat nichts gefehlt. Den trug er immer im Portemonnaie. Er ist in den Klamotten verschwunden, die er an dem Tag anhatte. Jeans, Turnschuhe und diese angeranzte Lederjacke, kannst du dich an die erinnern? Die trug er immer. Außer bei Minusgraden." Sie fuhr fort, als Henri nickte. „Der einzige Unterschied war, er hatte tagsüber ein gelbes T-Shirt getragen. Das lag im Wäschekorb. Mama meinte, sein neues hellblaues Hemd sei verschwunden."

„Er hat sich schick gemacht. Das passt zu deiner Theorie mit der neuen Freundin. Sonst fehlte keine Kleidung?"

Melli schüttelte den Kopf.

„Was ist weiterhin im Laufe des Donnerstags geschehen?"

„Da war noch etwas Komisches." Sie blieb stehen. „Kaschi war mit dir befreundet. Du bist doch öfter mal zum Abendbrot gekommen, oder?" Henri nickte. „Manchmal ist auch Jörg da gewesen, hin und wieder hat Kaschi den Hübschen mitgebracht, den mit den braunen Locken, der hatte einen spanischen oder italienischen Namen, erinnerst du dich? Der war auch in eurem Jahrgang."

„Italienischer Name? In meinem Jahrgang? Da gab es einen Enrico? Mit dem hatte ich aber nie was zu tun."

„Nicht Enrico! Nein. Irgendwas mit B. Der sah so toll aus mit seinen Locken. Mein Vater sagte, er hätte etwas Weibisches an sich. Papa war schon immer die Intoleranz in Person."

„Bernardo?"

Sie blieb stehen. „Genau. Bernardo!"

Henri lachte. „Der hieß schlicht Bernd. Er war ein Zimmergenosse von Jörg im Tannenhof. Was war mit ihm?"

Melanie blieb stehen und sah versonnen zum Eichberg auf der anderen Seite des Sees. „Ich wusste, dass Kaschi nachts nicht nach Hause gekommen war, und fing an, mir Sorgen zu machen. Meine Eltern dachten, er wäre spät heimgekommen und früh wieder gegangen. Ich werde mir deswegen ewig Vorwürfe machen. Jedenfalls war Kaschi nicht da, aber nacheinander tauchten mehrere von euch auf und fragten nach ihm."

„Nach Karsten? Wer denn?"

„Jörg kam am Vormittag. Er hat nach Kaschi gefragt und machte einen sehr beunruhigten Eindruck, als mein Bruder nicht da war. Ich weiß es noch so genau, weil ich mir selbst große Sorgen gemacht habe. Er bat darum, in Kaschis Zimmer zu dürfen, weil er ihm eine Musikkassette geliehen hätte, die er dringend wieder bräuchte."

„Habt ihr ihn reingelassen?"

„Ja. Mama fand ihn immer so nett und höflich. Sogar Papa meinte stets, Jörg hätte gutes Benehmen gehabt, man würde ihm nicht anmerken, dass er ein Heimkind sei." Melanie rümpfte unwillig die Nase. „Typisch Papa. Jörg war ein paar Minuten im Zimmer. Als er ging, hatte er einen Zettel in der Gesäßtasche. Es guckte da ein Zipfel raus wie aus einem Rechenheft. Ich weiß nicht, ob er ihn schon vorher hatte."

„Hatte Jörg eine Kassette bei sich?"

„Ich glaube nicht. Das fand ich damals so merkwürdig. Als er fort war, bin ich in Kaschis Zimmer gegangen und habe ein wenig rumgestöbert. Jörg hatte einen Zettel unter die Schreibunterlage gelegt." Sie setzte sich auf die nächste Bank und nestelte an ihrer Handtasche herum. „Ich hatte ihn an mich genommen und all die Jahre aufbewahrt. Bisher habe ich niemandem die Notiz gezeigt. Ich hätte sie der Polizei geben müssen, oder?" Sie reichte Henri einen Zettel. Beunruhigt faltete er das Blatt auseinander, das aus einem Rechenheft minderer Qualität zu stammen schien. Das Papier war so oft gefaltet und wieder geöffnet worden, dass es sich weich wie ein Stück Stoff anfühlte. Die Schrift war verblasst, aber lesbar.

„Karsten! Mach keinen Scheiß! Das ist die Sache nicht wert! Wie kannst du jemandem vertrauen, den du unter Druck setzt?! Komm zu mir in den Tannenhof und lass uns reden. Ich bin dein Freund! Wenn du nicht mit mir reden willst, sprich mit Hinnerk! J."

Die beiden Worte „dein Freund" waren unterstrichen.

„Worüber sollte Kaschi mit dir sprechen?"

Henri sah bestürzt auf das Blatt. „Ich habe keine Ahnung."

„Aber du musst doch etwas wissen."

Er faltete den Bogen und steckte ihn ein.

„Kannst du den Zettel nicht auf Fingerabdrücke untersuchen?"

„Das bringt nichts. Er ist von Jörg, das steht fest. Erzähl weiter. Was ist dann passiert?"

Sie erhoben sich und setzten den Spaziergang fort. „Jörg war kaum weg, da klingelte es wieder. Diane stand vor der Tür."

Überrascht hielt er inne. „Diane?! Und was wollte sie von Kaschi?"

„Nichts von Kaschi. Sie wollte angeblich zu mir. Papa machte die Tür auf und war ganz entzückt von ihr. Sie machte so ein liebliches Getue, weißt du?"

„Oh, ja, sie kann charmant sein, wenn sie will."

„Jedenfalls saß sie bei uns auf der Terrasse und hat mich zu ihrem Sommerfest eingeladen. Mich! Ich bin mindestens vier Jahre jünger als sie! Du weißt, in dem Alter sind das Welten. Sie hatte immer über mich hinweggesehen und das erschien mir normal. Und auf einmal bin ich ihr so wichtig, dass sie morgens um elf an einem Donnerstagmorgen in den Sommerferien bei uns auf der Terrasse Cola trinkt, mit Papa flirtet und mich einlädt?" Melli schüttelte den Kopf. „Nie im Leben. Irgendwann ist Papa aufgestanden. Diane fragte dann nach Kaschi und ob er auch da sei. Sie wollte in sein Zimmer und ihn ebenfalls einladen. Ich sagte ihr, er sei nicht da. Ob sie trotzdem mal in sein Zimmer dürfe, bat sie. Ich habe sie nicht gelassen. Sie wollte auf ihn warten, sie fände ihn so süß und wollte ihn unbedingt einladen. Ich sagte ihr, dass er eine Freundin habe. Natürlich wollte sie wissen, wen, aber ich sagte, ich wüsste es auch nicht. Dann ist sie gegangen. Ohne mir den Tag des dubiosen Sommerfestes zu nennen. Ich würde gerne wissen, ob es jemals stattgefunden hat." Melanie knabberte an einem ihrer Fingernägel und starrte auf den See.

Henri steckte die Hände in die Hosentaschen und musterte die Schwester seines Freundes. „Karsten war also schon verschwunden, aber deine Eltern ahnten noch nichts. Die Polizei war noch nicht informiert worden; außer dir hatte ihn zu dem Zeitpunkt keiner vermisst. Trotzdem waren schon zwei seiner Bekannten da und wollten zu ihm. Jörg ganz offen, Diane unter einem Vorwand. Was ist mit dieser neuen Freundin? Wenn sie und Karsten frisch verliebt waren, hätte auch sie kommen müssen. War eine weitere junge Frau bei euch?"

Melanie schüttelte den Kopf.

„Und was war mit Bernardo? Den hast du vorhin erwähnt."

„Der kam am Nachmittag. Er wollte nicht reinkommen. Er hat nur nach Karsten gefragt, anschließend nach Jörg und nach dir. Er wirkte aber nicht beunruhigt und ist friedlich wieder abgezogen. Ich hatte immer gehofft, dass du auch kommst. Wo warst du?"

„Am Donnerstagmorgen habe ich vermutlich in Hamburg an der Elbe gesessen und mich gefragt, was ich mit mir anfangen soll."

Sie schlenderten schweigend weiter, bis der Weg am See sich wieder der Straße näherte. Der Autolärm wurde lauter. Sie drehten um und gingen den Weg zurück. Plötzlich entwich Melanie ein Laut des Schreckens.

„Was ist?"

Sie deutete auf ein silberfarbenes Auto. „Das ist Silvias Wagen!"

Henri kniff die Augen zusammen. „PCH-SM, die Ziffern kann ich nicht erkennen."

Melli nickte mit einem betretenen Gesichtsausdruck.

„Und nun bekommst du Ärger? Wegen mir? Weil ich offen am helllichten Tag mit dir um den See gehe? Hätte sie nicht mehr Anlass zur Sorge, wenn ich eine Frau wäre?"

„Du verstehst das nicht."

„Nein, immer noch nicht. Melanie, das ist ungesund. Die Frau fährt die ganze Gegend ab, um dich zu suchen und zu überwachen. Eine Beziehung, die so von Kontrollsucht geprägt ist, kann auf Dauer nicht gut gehen. Sie tut dir nicht gut."

„Sie sagt, sie vertraut mir, aber nicht den Männern."

Er schüttelte den Kopf. Was sollte er sagen? Schweigend gingen sie zurück.

Der Klingelton des Handys erklang. Solveighs Lied aus Peer Gynt. Lasse. Ina nahm das Gespräch an. „Hallo Kleiner, du willst doch wohl nicht absagen? Dein ... äh, Henri ist schon neugierig auf dich."

„Nein, natürlich komme ich. Ich wollte dir nur sagen, dass ich wegen meines ... äh, über Henri, ein wenig recherchiert habe." Er machte eine kleine Pause. „Es gibt keinen Heinrich, Hinnerk oder Henri Martensen bei der Polizei in Hamburg."

„Nein?" In Ina zog sich alles zusammen. Er hatte gelogen. Wie hatte sie ihm vertrauen können?

„Es gibt nur einen Doktor Heinrich Martensen beim Landeskriminalamt. Das wird er wohl sein?"

Ina fischte nach der Visitenkarte. „Auf der Karte steht nur eine Privatadresse, wie es aussieht. Kein Doktortitel."

„Das wird er schon sein. Warum sollte er lügen? Opa wird tot umfallen, wenn er das hört. Da ist ihm ein Schwiegersohn mit Doktortitel durch die Lappen gegangen." Lasse lachte laut. „Mein Erzeuger ist Erster Hauptkommissar bei der OFA. Ich bin beeindruckt."

„Was ist das?"

„Er ist Leiter der Operativen Fallanalyse."

„Du sprichst in Rätseln. Mach es nicht so spannend."

Lasse lachte. „Die OFA ist das, was auf Neudeutsch ‚Profiling' heißt. Das hören die Kollegen aber nicht gerne, da der Begriff nicht geschützt ist. Die Kollegen von der OFA unterstützen die Mordkommissionen, indem sie Strukturen und Verbindungen suchen. Fallanalysen. Das wäre auch was für mich."

„Dann mach das doch."

Erneut hörte sie ihren Sohn lachen. „Die nehmen nicht jeden. Da braucht man Erfahrung und eine lange Ausbildung. Später habe ich vielleicht eine Chance. Der Typ muss richtig was draufhaben! Und du hast ihn für einen Schuhverkäufer gehalten!" Wieder lachte er auf.

Sie sprachen noch eine Weile, aber Ina war unkonzentriert. Sie beendete das Gespräch. „Bis nachher. Ich freue mich. Küsschen. Auch an Sophie."

Kapitel 10

Die Polizeidirektion Schwerin, Außenstelle Parchim, befand sich unmittelbar zwischen dem Alten Friedhof und der Buchholzallee. Direkt gegenüber leuchtete das weiß getünchte Gebäude des alten Wallhotels. Henri musterte das im Tudorstil errichtete Gebäude. Der Gegensatz vom verfallenen Finanzamt zum restaurierten alten Wallhotel, das nun eine Bankfiliale beherbergte, konnte nicht größer sein. Der elegante Charme des Gebäudes ließ das Polizeirevier mit dem grünlichgrauen Rauputz auf der anderen Straßenseite noch unansehnlicher aussehen. Henri betrat das Revier, wies sich aus und bat um ein Gespräch mit einem Kollegen der Kriminalpolizei. Wenige Augenblicke später erschien eine junge Frau und stellte sich ihm als Lena Schweiger vor. Sie führte ihn in ein Büro im oberen Stockwerk und bot ihm einen Kaffee an, den er dankend ablehnte. Henri umfasste in knappen Worten, was ihn herführte. Kriminaloberkommissarin Schweiger hörte ihm zu, ohne ihn zu unterbrechen, und tippte Notizen in den Computer. Als er mit seinem Bericht fertig war, sah die Kollegin von ihrer Tastatur auf.

„Da haben Sie einen alten Fall ausgegraben, Herr Kollege, 1991? Daran kann ich mich nicht erinnern." Sie musterte ihn und warf einen Blick auf die Uhr an der Wand. „Sie denken nun, dass Ihr Weggang etwas mit den Geschehnissen zu tun hat?"

Er schüttelte den Kopf. „Ganz sicher nicht. Aber ich kannte sowohl Palmberg als auch die beiden Verschwundenen Quandt und Müller. Außerdem beschäftigt mich dieser Brand im Tannenhof. Können Sie mir dazu etwas sagen. Ist noch etwas anderes Ungewöhnliches in diesem Zeitraum um den August 1991 herum geschehen?"

„Das war Internet-Vorsteinzeit, Herr Martensen. Ich sehe mal, was ich machen kann. Es ist ein Wunder, dass überhaupt etwas im Internet davon zu finden ist."

„Sie wissen doch, wie das ist, Frau Schweiger. Wenn die Nachrichten nichts Aktuelles hergeben, werden alte Meldungen ausgegraben."

Sie nickte und griff nach einem demonstrativen Blick auf die Uhr abwesend nach einer kleinen Gießkanne. Henri runzelte die Stirn.

„Störe ich Sie?"

Sie lachte verlegen auf und verschüttete etwas Wasser auf die Fensterbank. „Heute ist mein letzter Arbeitstag vor dem Urlaub."

„Das hätten Sie mir vorher sagen sollen." Henri hörte selbst, wie verärgert seine Stimme klang. „Dann macht unser Gespräch nicht allzu viel Sinn. Gibt es hier im Kollegium jemanden, der Zeit für mich erübrigen kann?"

Mit einem etwas verlegenen Gesichtsausdruck stellte sie die Kanne ab und zeigte auf den zweiten Schreibtisch im Zimmer. Dieser war aufgeräumt und verriet durch fehlende Akten und den dunklen Bildschirm, dass der Kollege oder die Kollegin abwesend war.

„Ilja kommt morgen wieder. Wenden Sie sich doch an ihn."

Henri konnte sich ein spöttisches Lächeln nicht verkneifen. „Was werden Sie mit Ihren Notizen machen?"

Er wartete die Antwort nicht ab. Er stand auf, wünschte ihr einen schönen Urlaub und ging.

Diane erhob sich von der Bank vor dem Rathaus, als sie ihn erblickte.

„Also, Diane, Sojamilch oder Weißwein? Oder einen Eisbecher?"

„Ein Wiedersehen feiert man stilvoll, oder? Ich bin für den Wein."

„Ich auch."

Sie dirigierte ihn zu einem Lokal in der Fußgängerzone. Sie fanden einen freien Tisch unter einem Sonnenschirm. Henri fragte sie, was sie trinken wollte, und bestellte anschließend einen Caipirinha für sie und einen Bordeaux für sich selbst. Diane musterte ihn durch die Sonnenbrille. Henri hasste es, Gespräche mit Menschen zu führen, denen er nicht in die Augen sehen konnte. Da er aber ebenfalls eine Sonnenbrille trug, stand es 1:1.

„Also, dann erzähl von dir. Wie lebst du so?"

Henri lächelte in sich hinein. Er würde sich von ihr nicht die Gesprächsführung aus der Hand nehmen lassen. Verhöre waren jahrelang tägliche Routine für ihn gewesen, diese kleine Unterhaltung würde er lenken. „Wenn mein Auto intakt ist und meine Tochter mit dem Diabetes zurechtkommt, ist alles wieder in Ordnung. Und du Diane? Du und Raik, das ist nicht wirklich eine Überraschung. Er hat dich schon immer gemocht, oder nicht? Warum habt ihr keine gemeinsame Praxis? Das würde sich doch für ein Internisten-Paar anbieten. Die Situation mit dem aktuell hiesigen Ärztemangel ist schon bis nach Hamburg bekannt geworden."

Sie drohte ihm mit einem blutrot lackierten Fingernagel. Morgens waren die Nägel noch pink gewesen. Sie war nicht arbeiten, sondern im Nagelstudio, registrierte Henri. Ihr Handy klingelte. Sie sah auf das Display. Bevor sie den Anruf wegdrückte, konnte Henri den Buchstaben „G" erkennen.

„Unwichtig", sagte sie.

„Ich kann warten." Henri nahm die kleine Karaffe und ein Glas vom Kellner entgegen.

„Wollen wir etwas essen? Ich lade dich ein. Du kannst es dir bestimmt nicht leisten, oft essen zu gehen." Diane lächelte den Kellner freundlich an, während er ihr mit einem bewundernden Blick den Cocktail servierte.

„Warum kann ich mir das nicht leisten? Danke nein, ich esse nachher mit meinen Kindern. Jetzt ist auch nicht wirklich meine Essenszeit."

„Das meine ich, du hast so viele Kinder, das geht ins Geld."

„Ach, weißt du, Diane, uns geht es ganz gut. Von Hartz IV und den Unsummen an Kindergeld, die ich für die vielen Kinder beziehe, kann ich gut leben."

Er lehnte sich zurück und nippte an seinem Wein. Belustigt sah er, wie ihr die Mundwinkel entglitten. Er lehnte sich vor. „Spaß beiseite. Ich beziehe kein Hartz IV. Ich mag es einfach nicht, wenn man zwei Töchter und einen Sohn, Verzeihung zwei Söhne, als viele Kinder bezeichnet. Warum habt ihr keine?"

Sie rührte nachdenklich mit dem Strohhalm in ihrem Glas. Das Eis klirrte leise. „Es liegt an Raik. Uns waren keine Kinder vergönnt. Unsere Ehe ist auch nicht mehr gut. Raik liebt mich schon lange nicht mehr. Ich glaube, er betrügt mich. Wir leben nur noch nebeneinander her. Ich gebe mir Mühe, komme aber nicht mehr an ihn ran. Ich bin einsam, Hinnerk." Sie fasste nach seiner Hand, die auf dem Tisch neben dem Weinglas lag. Sanft fuhr sie ihm mit dem Daumen über seinen Handrücken. Er entzog ihr die Hand. Henri brauchte nicht ihre Augen zu sehen, um zu bemerken, dass sie log. Ihre Masche kannte er noch aus Schulzeiten. Aber warum log sie?

„Liebst du ihn denn noch?"

Sie seufzte und strich sich durch die Haare. Was für eine miese Schauspielerin, dachte Henri.

„Vermutlich ist es Gewohnheit. Oder Bequemlichkeit. Lass uns das Thema wechseln."

„Weshalb bist du Ärztin geworden?"

„Warum nicht? Anderen Menschen zu helfen, ist meine Bestimmung. Ich hatte nie einen anderen Berufswunsch. Warum grinst du so? Glaubst du mir nicht?"

„Nicht ein Wort. Du bist einer der egoistischsten Menschen, die ich kenne."

Diane sog an ihrem Strohhalm, bevor sie antwortete. „Ich bin mir nicht sicher, ob ich dich unverschämt finde oder ob du dich ungeschickt ausdrückst."

„Ich bin unverschämt und direkt. Lass uns noch einmal das Thema wechseln. Ich wollte dich fragen, ob du dich noch an unseren Mathelehrer erinnerst. Palmberg."

Überrascht schob sie den Caipi von sich. „Natürlich. Der ist damals ertrunken. Tragisch."

„Er wurde ermordet, Diane, er ist nicht einfach ertrunken."

„Da bringst du was durcheinander, Hinnerk."

„Nein. Wann hast du ihn das letzte Mal gesehen?"

Sie lehnte sich zurück. „Mein Gott, Hinnerk, das ist Jahrzehnte her! Auf der Abiturfeier vermutlich, wie du auch!"

„Wann hast du Kaschi und Jörg zuletzt gesehen, kannst du dich erinnern?"

„Kaschi und Jörg. Himmel! Diese Namen habe ich ewig nicht gehört! Da muss ich mal nachdenken."

„Bitte tu das. Es ist wichtig."

„Warum? Es sind so viele Jahre vergangen. Wieso kommst du nach so vielen Jahren vorbei und fragst nach Leuten, die ich seit Ewigkeiten nicht gesehen habe?" Ihr Handy klingelte erneut. Abermals drückte sie das Gespräch weg.

„Es könnte wichtig sein."

Sie schüttelte den Kopf. „Ach, nein, so ein blöder Werbeanruf. Sie haben gewonnen und so. Du kennst das sicher."

„Ich kenne das. Wie ist das nun mit Jörg und Kaschi? Kannst du was in die zeitliche Reihenfolge bringen? Meinen Weggang und das Verschwinden der beiden? Palmbergs Tod?"

Diane lehnte sich zurück. Henri stellte sich vor, dass sie die Augen zur Konzentration geschlossen hielt. „Du warst zuerst weg. Ich erinnere mich, dass ich die liebe Ina besucht habe. Sie hat tagelang geheult wie ein Schlosshund, sie war nicht zu beruhigen." Sie beugte sich zu ihm und legte die Hand auf seinen Arm. „Du hast der Kleinen damals das Herz gebrochen, weißt du das?"

„Ja."

„Das hätte keiner von dir gedacht, dass du unsere arme, kleine, schwangere Ina so sitzen lässt. Ina hat sich über Wochen nicht beruhigen können, das arme Ding, verlassen und in anderen Umständen. Ein Wunder, dass sie das Kind nicht vor Kummer verloren hat. Obwohl es doch tatsächlich damals Leute gab, die meinten, es wäre besser für Ina, den bemitleidenswerten Schatz."

Du Biest, dachte Henri, sagte aber nichts. Da er keine Reaktion zeigte, fuhr sie fort. „Also du warst weg. Dann wurde Palmberg tot aus dem See gezogen und deine beiden Freunde waren danach weg. Aber wann genau, weiß ich nicht mehr. Ob sie zusammen gegangen sind?" Nachdenklich setzte Diane die Sonnenbrille ab. „Oder meinst du, sie haben was mit Palmbergs Tod zu tun?"

„Jedenfalls hängen die Ereignisse zusammen. Ich muss sie erst in die richtige Reihenfolge bringen." Er sah hinüber zum Brunnen, an dem sich Jugendliche kreischend mit Wasser bespritzten. Unwillkürlich grinste er.

„Mein Gott, machen die Gören einen Lärm, aber das bist du ja gewohnt."

Er lächelte noch immer. „Ja, und ob."

Sie steckte sich die Sonnenbrille in die Haare. „Du bist Witwer, sagt Ina?"

„Ja. Möchtest du noch etwas trinken?"

Diane deutete auf das leere Glas. Henri bestellte für beide noch einmal dasselbe.

„Ich hätte nie gedacht, dass du als Schuhverkäufer endest. Du warst doch so gut in der Schule. Sogar Humanmedizin hättest du studieren können."

„Das Gerücht mit dem Schuhverkäufer hält sich hartnäckig."

„Na gut. Dann eben Klamotten- und Schuhverkäufer. Oder gibt es dafür einen englischen Ausdruck? So wie Facility Manager für Hausmeister? Eine Bekannte von mir ist Export-Sachbearbeiterin. Sie nennt sich Outbound Professional."

„Hört sich fast zweideutig an." Henri nickte dem Kellner zu, der die frischen Getränke servierte.

Sie lachte. „Stimmt! Was hast du für eine Ausbildung gemacht zum Kleidungs- und Schuhwerk-Manager?"

„Ein ganz normales Jurastudium. Dann habe ich promoviert und weitere Studiengänge belegt. Falls du durch mich günstig an Schuhe kommen willst, muss ich dich enttäuschen." Den Kriminalbeamten ließ er unerwähnt.

Diane stelle abrupt ihr Glas ab. „Wirklich? Jetzt bin ich baff." Sie setzte die Sonnenbrille wieder auf und rührte den Inhalt des Glases mit den beiden kurzen, schwarzen Halmen um. Das Eis klirrte am Glas. „Wo lebst du?"

„In Hamburg."

„Da war ich mal mit …", sie zögerte, „einer Freundin. Musical. König der Löwen. Hafenrundfahrt, Reeperbahn, Alster. Eine schöne Stadt."

Er nickte. „Sehr schön. Wir sind ein wenig vom Thema abgekommen. Wann hast du Kaschi und Jörg zuletzt gesehen?"

Diane sah ihn ein wenig verärgert an. „Also, das kann ich dir beim besten Willen nicht beantworten. Lass doch die alten Geschichten ruhen. Oder gib eine Annonce in der Zeitung auf. Irgendeiner kann sich bestimmt erinnern."

Der Abschied zwischen ihm und Diane verlief kühl. Anders als am Morgen umarmte sie ihn weder, noch küsste sie ihn. Sie stand auf, nickte ihm kurz zu und ging Richtung Georgenkirche. Henri sah ihr nach, trank ruhig seinen Wein aus und ging über den Schuhmarkt in ein Drogeriegeschäft. Dort kaufte er sich einen Rasierer, ein Notizbuch und griff nach kurzem Zögern nach einer Packung Kondome. Nachdenklich schlenderte er am Tourismusbüro vorbei die Blutstraße entlang. An der Straßenecke Am Mühlenberg blickte er die verfallene Fassade des Gebäudes empor. Ob noch viele Leute wussten, dass hier einmal das Finanzamt gewesen war? Sein Großvater hatte hier gearbeitet, fiel ihm ein. Wie oft hatte er am Eingang an der Hand der Großmutter und in der anderen ein Eis auf den Opa gewartet? Das beste Eis hatte es an heißen Sommertagen in der Bäckerei in der Langen Straße gegeben. Er lächelte in sich hinein und wanderte ohne Ziel weiter, am Moltkedenkmal vorbei. Wieder passierte er das prachtvoll restaurierte ehemalige Wallhotel und das Polizeigebäude.

Sollte er nach links auf den Alten Friedhof gehen oder nach rechts in die Straße, in der er einen großen Teil seiner Kindheit verbracht hatte? Wieder zog es ihn zur Buchholzallee. Er ging eine kurze Strecke Richtung Wald und blieb dann stehen. Nachdenklich betrachtete Henri das Lürßmannsche Anwesen und drehte sich langsam um. Er musterte die Häuser auf der gegenüberliegenden Straßenseite. Große Anwesen, fast Villen, wie Inas Elternhaus mit Balkonen, Erkern und Türmchen standen auf parkähnlichen Grundstücken. Auf fast allen war alter Baumbestand vorhanden, Eichen, Linden, Kastanien. Einige der Häuser wurden von einzelnen Familien bewohnt, an anderen befanden sich mehrere Namensschildchen und Klingelknöpfe. Einige Schilder im Vorgarten zeigten, dass sich Anwaltskanzleien und Arztpraxen in den Villen befanden. Ein weißer Kastenwagen mit der Aufschrift „Raoul Schuster-Elektrikermeister" – mit Adresse und einer Handynummer für den Kontakt parkte auf der anderen Straßenseite.

„Raoul Schuster", murmelte Henri und fotografierte die Aufschrift mit seinem Handy. Er hatte eine Idee, die er später verfolgen wollte. Ein paar Häuser weiter bemerkte er einen

Friseurladen. Nachdenklich griff er sich in die Haare. Langsam überquerte er die Straße und betrat den Salon.

„Alles in allem etwas kürzer." Der Blick der Friseurin traf sich mit seinem im Spiegel. Sie war jung, höchstens 20. Ihr pechschwarzes Haar trug sie als Sidecut, die eine Seite war lang, die andere fast abrasiert. In den Ohrläppchen trug sie schwarze Tunnel. In der rechten Wange und der rechten Augenbraue zierte ein Piercing ihr Gesicht. Der Lippenstift war von einem so dunklen Rot, dass er fast schwarz war. Mit beiden Händen wühlte sie auf seinem Schopf herum, legte die Haare probeweise mal zur rechten und mal zur linken Seite. Ihre Fingernägel waren spitz gefeilt und schwarz lackiert. Ihre Bewegungen waren behutsam. Trotz ihrer Aufmachung spürte Henri, dass sie etwas von ihrem Fach verstand. Wieder begegneten sich ihre Blicke im Spiegel. Henri spürte, dass sie ihn sympathisch fand.

„Ist es immer noch so, dass man beim Friseur alles Interessante über die Nachbarschaft erfahren kann?"

Mit einem tatkräftigen Schwung legte sie ihm den Umhang um und band ihn in seinem Nacken zusammen. Sie blitzte ihn auffordernd im Spiegel an.

„Was wollen Sie wissen?"

„Das Haus gegenüber, das mit der Thujahecke. Da wohnt ein älterer Herr. Erzählen Sie mir etwas von ihm."

„Sie meinen den Herrn Doktor? Den intoleranten Miesepeter? Der jeden Falschparker anschwärzt?" Die Friseurin rümpfte die Nase.

„Ich sehe, wir verstehen uns. Genau den meine ich."

Sie legte ihre Hände auf seine Schultern. „Oh ja, fragen Sie mich doch einfach etwas."

„Warst du beim Friseur? Sieht gut aus. Wenn du dich noch von deinem furchtbaren Bart trennen könntest, würde man dich nicht mehr mit einem Waldschrat verwechseln." Ina fuhr ihm leicht mit der Hand durch die Haare.

„Eins nach dem anderen. Wo ist meine Familie?"

Ina lächelte. „Die fühlen sich alle wohl hier. Die Kinder sind am See, deine Schwiegermutter macht ein Nickerchen in der Hängematte. Ich wollte jetzt ausreiten. Hast du Lust mich zu begleiten?" Ihre Augen funkelten. „Dann kannst du für den Ausritt mit Diane üben. Wie war es mit ihr? Hast du dich von ihr einwickeln lassen? Wie seid ihr verblieben? Ich will alles genau wissen!"

Er lächelte. „Freiwillig setze ich mich nicht auf ein Pferd. Die sind viel größer als dein Attila von damals. Ich bin auch schon verabredet." Er musste sich das Lachen über ihren Gesichtsausdruck verkneifen. „Ich bin mit Raik zum Joggen verabredet. Ich verspreche dir, nachher alles haarklein zu berichten."

Raiks und Dianes Haus, ein Monstrum aus Glas und Stahl, lag in der Wallallee. Henri erinnerte sich, dass hier früher ein kleines Holzhaus inmitten von Obstbäumen gestanden hatte. Von den Pflaumen-, Birnen- und Apfelbäumen war nichts mehr zu entdecken. Nur zwei dicke Buchen standen rechts und links der Auffahrt. Soweit er sehen konnte, war hinter dem Haus eine durchgehende Grasfläche. Der Vorgarten war mit grauem Kies aufgeschüttet. Henri verglich diesen Garten des Grauens im Geiste mit Inas verwildertem Grundstück mit dem schönen Baumbestand, den Holzmöbeln und der Hängematte. Bevor er den Finger auf den Klingelknopf drücken konnte, öffnete Diane ihm die Tür. Sie trug ein kurzes gelbes Kleid und hatte die Haare zu einem kunstvollen Knoten aufgesteckt. „Komm rein, Hinnerk. Raik zieht sich noch um." Sie drehte sich kurz um. „Raik! Er ist da!" Sie musterte ihn kurz. „Ich bin gespannt, ob du mithalten kannst. Raik läuft Marathon."

„Aber nicht heute." Raik stieg die Treppe aus dem Untergeschoss herauf. Ähnlich wie Henri selbst trug der Arzt keine Edel-Klamotten, sondern ein T-Shirt, das mit Sicherheit schon Hunderte von Wäschen überstanden hatte, eine kurze dunkle Hose und gute, abgetragene Laufschuhe einer bekannten Marke, denen man die vielen Läufe ansah.

Henri lächelte. „Notfalls nehme ich den Bus zurück. Spätestens nach 15 Kilometern bin ich raus."

„Keinen Stress. Wir laufen gemütlich um den See. Fertig?"

Henri nickte. Raik warf Diane einen kurzen Blick zu. Kein Lächeln, kein Kuss zur Verabschiedung. Nicht mal ein vertrauter Blick.

Am See angekommen, steigerten sie das Tempo. Er würde gut mit Raik mithalten können, fühlte Henri. Sie konnten sich noch unterhalten. Üblicherweise lief Henri seine Alsterrunde mit einem Kopfhörerstöpsel im Ohr, um Musik zu hören. Meistens hatte er Fiete an der Leine neben sich. Kurz vor dem Ende seiner Runde ließ er ihn oft noch frei über die beliebte Hundewiese an der Alster laufen.

„Wie lebst du?" Raik sah ihn an.

„Ich lebe mit meinen Kindern in Hamburg, in Harvestehude, in unmittelbarer Nähe der Alster. Mir geht es wie dir, ich habe einen anspruchsvollen Beruf. Überstunden sind an der Tagesordnung. Dann versuche ich, drei pubertierenden Jugendlichen gerecht zu werden, was mir nicht wirklich gelingt. Meine Schwiegermutter geht mir glücklicherweise zur Hand. Sie wohnt nebenan, deshalb haben sie immer eine Anlaufstelle. Ich bin oft tagelang nicht zu Hause. Ohne Marion wäre ich aufgeschmissen."

Raik schwieg. Beide liefen einträchtig nebeneinander her.

„Ihr habt ein imposantes Haus."

Raik lächelte angestrengt. „Mir fällt auf, dass du imposant gesagt hast. Nicht schön, gemütlich oder einladend."

„Schönheit liegt im Sinne des Betrachters. Auf Gemütlichkeit legt ihr keinen Wert, sonst hättet ihr euch keinen Glaskubus auf das Grundstück gestellt."

„Diane hat den Entwurf gemacht. Mir wären weniger Glas und mehr Gemütlichkeit lieber gewesen. Das Grundstück gehörte meinen Großeltern."

„Da gab es das kleine Häuschen mit den vielen Obstbäumen."

„Genau. Die Bäume mussten weg. Diane hasst den Unrat, wie sie es nennt, der nur Ungeziefer anzieht. Mir hat das Herz geblutet, als ich damals von der Arbeit kam und sie alle Bäume hatte fällen lassen."

„Ohne Absprache mit dir?"

„Absprache? Wir reden von Diane. Ich konnte nur die beiden alten Buchen im Vorgarten retten."

„Wie ist eure Ehe?"

„Du fällst gern mir der Tür ins Haus? Du hast sich mit Diane getroffen, nicht wahr? Sie hat so was angedeutet. Sicherlich hat sie über ihren gefühlskalten Mann geklagt."

„Darauf gebe ich nichts. Ich bin ganz gut darin, zwischen den Zeilen zu lesen. Mir ist aufgefallen, wie ihr euch verabschiedet habt. Gut, du gehst nur joggen, aber zwischen euch ist nicht mal ein netter Blick gewesen."

Raik lachte kurz auf. „Wir bewohnen den, wie du es nennst, Glaskubus gemeinsam, aber jeder geht seinen Weg. Diane hat jemand anderen. Und das vermutlich seit vielen Jahren. Ich habe aber noch nicht rausbekommen, wen. Sie kann verdammt diskret sein. Jedenfalls, wenn es um ihre eigenen Belange geht. Ich habe einen Kollegen namens Gerrit in Verdacht. Der ist natürlich Mitglied im Golfclub. Im Prinzip ist es mir egal, mit wem sie sich trifft oder mit wem sie schläft. Ich empfinde nur Mitleid mit ihm."

Henri dachte kurz an Dianes Telefon und den eingehenden Anruf von „G".

„Und dann arbeitet ihr noch zusammen?"

„Wir ziehen getrennte Schichten vor. Das kann ein Vorteil sein. Ich will gar nicht so genau wissen, was sie tut, wenn ich arbeite."

„Warum trennt ihr euch nicht? Das habe ich übrigens Diane auch gefragt."

Raik antwortete nicht sofort. Beide sprangen über einen Ast, der quer über dem Weg lag. Sie liefen nun im Schatten über festen Waldboden. Henri fühlte, wie der Nacken- und Brustbereich seines Shirts nass wurde. Er warf einen Blick zu Raik. Der war nicht einmal ansatzweise ins Schwitzen geraten.

„Diane ist bequem. Bei mir ist es hauptsächlich Feigheit. Oder Gewohnheit. Um ehrlich zu sein, vor ein paar Jahren habe ich es fast getan, als ich mich verliebt hatte. Ich hätte es durchziehen sollen, bin aber zu zögerlich gewesen. Die Frau wollte nicht länger auf meine Entscheidung warten. Sie hat es beendet. Ich war ein Idiot und ich bereue meine Feigheit. Ich hätte es riskieren sollen, sie wäre es wert gewesen. Ich liebe sie noch immer."

„Verstehe ich nicht. Diane liebt dich doch auch nicht mehr."

Raik lachte kurz auf. „Sie hat mich noch nie geliebt. Meinen Namen hat sie geliebt, mein Elternhaus, und dass ich ein paar Semester über ihr war und sie mit durchschleifen konnte. Immer wenn ich eine Trennung vorgeschlagen habe, hat sie eine Schwangerschaft vorgetäuscht. Damit hatte sie mich wieder am Haken, anschließend hat sie die enttäuschte Nicht-Schwangere gespielt. Das kannst du nicht verstehen. Deine Ehe war bestimmt gut."

Nun war es an Henri zu lachen. „Meine Frau hat sich wegen ihres Skilehrers von mir getrennt. Es war wie in einem schlechten Film. Sie hat mich mit drei kleinen Kindern sitzen gelassen. Da studiert man mehrere Studiengänge und promoviert, hält sich für den Größten und wird dann für einen Tiroler Bergbauern sitzen gelassen."

„Das ist hart."

„Sie ist ein Jahr später bei einem Lawinenunglück ums Leben gekommen. Ihr Freund konnte ihr nicht mehr helfen. Er hat es überlebt."

Beide joggten stumm nebeneinander her.

„Meine Tochter findet dich sympathisch", fuhr Henri nach einer Pause fort.

Raik lächelte erfreut. „Das ist schön. Sie hat eine rasche Auffassungsgabe."

Henri erzählte von Katje und ihren Geschwistern, bemüht, nicht zu angeberisch und stolz zu klingen. Beide liefen gleichmäßig auf dem festen Waldboden. Henri sog den würzigen Duft ein. Es roch nach Wald, die Vögel zwitscherten in den hohen Bäumen. Als sie sich wieder den Häusern näherten, überwog der Geruch nach gemähten Rasenflächen und Grillabenden. Henri begleitete Raik bis vor die Tür.

„Kommst du noch mit rein? Ich möchte vor dem Duschen etwas trinken."

Henri betrat mit Raik die Küche. In der Mitte befand sich eine riesige Kochinsel. Ein Essplatz mit vier Barhockern war dort angegliedert. Die Arbeitsplatte bestand aus weiß durchzogenem schwarzen Marmor. Sämtliche Geräte und Schrankfläche waren aus gebürstetem Edelstahl. Henris Blick wanderte über die leeren, blitzsauberen Oberflächen. Wo sich in seiner Küche Toaster, Kaffeeautomat, Wasserkocher, der von Jesper heiß geliebte Sandwichmaker und viele Kräutertöpfe den Platz streitig machten, stand hier ein einsamer Kaffeeautomat der gehobenen Preisklasse. Der Kühlschrank mit Eiswürfelspender war ein silbernes Monstrum. Henri entfuhr ein beeindruckter Laut. Er strich mit der Hand über den kühlen Marmor der Arbeitsfläche. „Was für ein toller Herd. Ein Traum. Induktionsflächen und Gasflammen. Ich koche gern", fügte er nach Raiks überraschtem Blick hinzu.

„In dieser Küche wird nicht gekocht. Ich esse im Krankenhaus und unterstütze die örtlichen Lieferservices. Alkoholfreies

Bier?" Raik öffnete nach Henris Zustimmung den Kühlschrank. „Das am meisten genutzte Gerät hier ist der Eiswürfelspender in der Kühlschranktür. Für Cocktails." Raik verzog das Gesicht. „Manchmal schnippelt Diane einen Salat. Den Herd brauchen wir nicht." Er reichte Henri eine Flasche. „Setzen wir uns auf die Terrasse. Das ist mehr meine Domäne."

Der Blick in den Garten war trostlos. Henri konnte Raiks Unmut über den Verlust der Obstbäume gut nachvollziehen. Der langweilige Rasen wäre eine Zier in jedem englischen Schlosspark gewesen. Henri spürte das Bedürfnis, seine Kinder nur für einen Nachmittag auf den Garten loszulassen. Hier gab es keine Spuren vom Herumgebolze, von abgeknickten Sträuchern oder kreisrunden braunen Stellen, die ein aufblasbares Schwimmbecken schon nach wenigen Tagen hinterlässt. Nur die gelben Flächen, die der heiße, endlose Sommer hervorgebracht hatte, waren Farbtupfer. Umrandet war die grüngelbe Fläche von immergrünen Gewächsen und einigen Schilfarten.

„Ihr mögt es nicht so bunt?"

„Diane liest leidenschaftlich gerne Einrichtungs- und Gartenmagazine. Farben scheinen nicht in zu sein."

Beide prosteten sich zu. Schweigend tranken sie ihr Bier.

„Kannst du dich an den Sommer erinnern, an dem der Lehrer Palmberg ermordet wurde?"

Raik stellte die Flasche auf den Glastisch. „Ich habe damals schon studiert. Ich war, glaube ich, im sechsten Semester."

„Es war August. Da waren Semesterferien. Du warst mit Sicherheit nicht an der Uni. Es geht mir auch nicht um ein Alibi. Es geht mir um das, was du damals möglicherweise mitbekommen hast."

Raik nahm die Flasche wieder auf und drehte sie bedächtig in der Hand. „Es war der Sommer, in dem ich mit Diane zusammengekommen bin. Meine Eltern waren so entzückt von ihr. Sie finden sie immer noch ganz toll. Ich bin der Böse."

„Was hast du damals über das Verschwinden meiner Kumpels und den Tod von Palmberg gehört?"

Raik verzog das Gesicht und rubbelte mit seinem Finger am Etikett der Bierflasche.

„Semesterferien. August. Die Mauer war erst kurz weg. Ich hatte vor, mit der Bahn durch Europa zu fahren, das war damals in, erinnerst du dich? Ich wollte alle berühmten Metropolen Europas abarbeiten. Paris, Amsterdam, Barcelona, Lissabon, Rom, Athen." Raik lachte vergnügt bei der Erinnerung. „Von den meisten Städten habe ich nur die Bahnhöfe gesehen, bevor ich in den nächsten Zug gestiegen bin. In Amsterdam bin ich länger geblieben. Mann, das war aufregend."

„Das Kiffen."

Raik warf einen misstrauischen Blick auf den grinsenden Henri. Dann entspannten sich seine Züge. „Klar. Die Erfahrung wollte ich auch einmal machen. Damals hatte ich gehofft, dass Diane mich begleiten würde. Sie teilte dieses Fernweh nicht mit mir. Noch heute reicht es ihr, an einem weißen Strand am türkisblauen Meer zu liegen und Cocktails zu schlürfen. Es ist ihr egal, wo dieser Strand sich befindet. Jedenfalls war ich nach vierzehn Tagen wieder hier." Raik runzelte die Stirn. „Einige Tage später stand es in der Zeitung. Er wurde aus dem See geborgen. Mit einer Kopfwunde, wenn ich mich erinnere. Ich kannte den Mann nicht, aber natürlich war es das Thema Nummer eins."

„Was hat Diane damals gesagt? Ihr habt doch sicherlich darüber gesprochen?"

Raik stellte die Flasche auf den Tisch. „Leer. Möchtest du noch eins?"

Henri schüttelte den Kopf. „Lieber ein Wasser."

Raik erhob sich und kam kurz darauf mit zwei großen Gläsern mit hellgelber Flüssigkeit zurück. „Apfelschorle." Er reichte Henri ein Glas und leerte seins in einem Zug.

„Wo waren wir?"

„Bei dir und Diane. Was hat sie gesagt?"

„Das ist so lange her." Er sah ins Haus. „Du kannst sie selbst fragen, sie kommt gerade rein."

„Was wollt ihr mich fragen? Ich komme gleich." Henri vernahm ein schmatzendes Geräusch. Die Kühlschranktür wurde geschlossen. Dann ertönte ein leises Klirren, als die Eiswürfel ins Glas fielen. Diane hielt ein Longdrinkglas mit grüngelbem Inhalt und einigen Minzblättchen in der Hand. Sie setzte sich in einen Sessel zwischen Henri und Raik und schlug anmutig die Beine übereinander.

„Bist du immer noch bei der Kaschi-Jörg-Palmbaum-Sache?"

„Der Mann hieß Palmberg, ja."

„Es ist doch sinnlos, sich darüber noch den Kopf zu zerbrechen. Der Tod des Lehrers ist tragisch, aber so lange her. Und Kaschi und Jörg leben irgendwo glücklich und zufrieden. Mit Frau, Hund und Kindern, vielleicht so viele, wie du hast."

Raik stellte sein leeres Glas auf den Tisch.

„So siehst du das? Ich finde, Henri hat Recht. Es muss endlich geklärt werden, was passiert ist. Jedenfalls sollte man es versuchen."

Diane zog ihre Beine auf den Sessel. „Möglich. Meiner Meinung nach sollte er sich lieber ein paar schöne Tage bei der lieben Ina machen." Sie lächelte ihn über ihr Cocktailglas hinweg an.

Henri ging nicht darauf ein.

„Wieso interessiert dich diese alte Sache so? Und warum fragst du uns? Ich hatte mit Jörg und Karsten nicht viel zu tun und Raik kannte beide nicht." Sie lächelte erneut. „Oder brauchen wir einen Verteidiger, Herr Anwalt?"

„Ich habe nie als Anwalt gearbeitet, obwohl ich eine Zulassung besitze."

Überrascht stellte Diane das Glas ab. „Ich dachte, du bist Jurist."

„Bin ich auch. Aber ich bin Kriminalbeamter. Fallanalytiker, um genau zu sein."

Diane und Raik wechselten überraschte Blicke.

„Kriminalbeamter? Warum denn das? Verdient man als Richter oder Anwalt nicht mehr Geld?"

Er ignorierte Dianes Frage und trank aus seinem Glas.

Diane betrachtete ihn nachdenklich. „Darfst du einfach so herkommen und uns befragen?"

Henri lächelte leicht. „Natürlich darf ich das nicht. Ich habe keinen Ermittlungsauftrag. Würde ich mich darüber hinwegsetzen, würde das vermutlich ein veritables Disziplinarverfahren nach sich ziehen. Aber ich sitze nach einer Joggingrunde bei alten Freunden und klöne ein wenig, nicht wahr?"

Raiks Mundwinkel zogen sich leicht nach oben. Henri lächelte zurück, stand auf und reichte Raik die Hand. „Der Lauf hat gutgetan. Können wir das noch mal wiederholen?"

Raik erhob sich ebenfalls. „Sehr gerne. Ruf einfach an, vielleicht passt es."

„Vielleicht ist das der Beginn einer langen Männerfreundschaft", spottete Diane.

„Möglich. Das wäre schön." Henri nickte ihr zu und ging. Raik begleitete ihn bis zur Gartenpforte. Es wurde dunkel. Henri trabte in einem gemächlichen Tempo los und joggte zu Inas Haus.

Die Solarlichter leuchteten bunt in den Bäumen und schaukelten sanft im Abendwind. Marion und Ina saßen auf der Terrasse vor einer Flasche Wein. Eine Kerze in einem bauchigen Glas beleuchtete ihre Gesichter. Beide sahen ihm erwartungsvoll entgegen. Vor sich hatten sie einen fast leeren Teller mit etwas Fingerfood stehen. Henri ließ sich auf die Bank fallen. „Habt ihr noch ein Glas für mich?"

„Der Wein ist alle, du könntest eine neue Flasche für uns öffnen."

Während Henri den Korken aus der Flasche zog, gähnte Marion und wünschte beiden eine gute Nacht.

Ina sah ihr nach. „Geht sie immer so früh ins Bett?"

„Sie wird sich noch auf ihrem Tablet einen ihrer geliebten blutrünstigen Krimis ansehen."

„Da hat sie ja den richtigen Schwiegersohn. Du brauchst nur was von deiner Arbeit erzählen."

„Das mache ich bestimmt nicht."

„Wie arbeitet man denn so bei der operativen Fallanalyse?"

Er sah sie mit hochgezogenen Augenbrauen an. „Woher weißt du das? Hat unser Sohn ein wenig nachgeforscht?"

„Mein Sohn. Ja."

Er stellte die geöffnete Flasche auf den Tisch und lehnte sich entspannt zurück. „Na ja, du kennst das ja aus Krimis im Fernsehen. Der durchschnittliche Tag läuft so ab: Ich fahre in meinem weißen Cabrio mit meiner wunderschönen sexy Partnerin, mit der ich natürlich ein Verhältnis habe, zum Tatort. Direkt davor finde ich einen Parkplatz und gehe zur Leiche, die meist in malerischer Umgebung, vorzugsweise auf einem Bootssteg vor Luxusyachten, liegt. Ich setze meine verspiegelte Sonnenbrille ab, besehe das Opfer und nenne den Mörder. Fertig. Ich brauche meist nur 90 Minuten, eben wie im Krimi."

Ina lachte.

„Nein. Tatsächlich sind wir ein Team von zirka einem Dutzend Kollegen. Es ist nicht wie im Krimi."

„Das weiß ich von Lasse."

„Wo lebt er?"

„Er lebt seit Anfang des Jahres mit seiner Freundin Sophie in Berlin-Mitte. Sie ist Flugbegleiterin und sehr nett. Ich mag sie, sie wird dir auch gefallen."

„Wahnsinn. Bis vorgestern war ich nur Vater von pubertierenden Kindern, heute habe ich schon eine Schwiegertochter. Apropos, wo sind die vielen Kinder?"

Ina zuckte die Schultern. „Im See oder an der Elde. Im Stall. Oben. Ich habe die Übersicht verloren. Sie kommen nur noch zum Essen und Schlafen."

„Ideale Ferien. Sie verstehen sich gut. Das freut mich." Er schenkte den Wein in die Gläser und lächelte. „Wir verstehen uns auch wieder ganz gut, oder?"

Sie ließ ihr Glas an seins klingen. „Na ja, geht so. Diane gefallen wir gut als Paar. Ist dir die geschickte Überleitung aufgefallen? Erzähl endlich, was hast du sie gefragt, was hat sie geantwortet?"

Er gab ihr die Unterhaltung fast wortgetreu wieder. Sie schnaufte abfällig, als er ihr erzählte, sie würde sich einsam fühlen.

„Raik ist viel zu gut für sie. Zugegeben, er ist etwas trocken und wortkarg. Ich halte ihn aber für verlässlich und solide. Diane muss mit jedem flirten, der nicht bei drei auf dem Baum ist. Mit dir hat sie es ja auch versucht. Wie seid ihr auseinandergegangen? Habt ihr euch verabredet? Vielleicht zu einem gemeinsamen Ritt? Und vorher auf einen Cocktail? Du wolltest mir alles haarklein berichten." Sie nippte am Wein und sah ihn anzüglich über das Glas hinweg an. Er freute sich über ihre offensichtliche Eifersucht.

„Sie ist beleidigt, weil ich ihr nicht geglaubt habe. Sie wollte mir auch einreden, Palmberg sei ertrunken."

Beide musterten sich wortlos. Henri bemerkte, dass Ina sich umgezogen hatte. Sie trug nun eine weiße kurze, enge Jeans und ein ärmelloses rosafarbenes T-Shirt aus einem schimmernden fließenden Stoff. Den Pferdeschwanz, den sie tagsüber zu tragen pflegte, hatte sie aufgelöst. Die schulterlangen Haare fielen offen und lockig. Um den Hals trug sie eine feine Kette, deren Anhänger er nicht sehen konnte. Er verlor sich im weiten Ausschnitt. Henri gefiel ihr Anblick. Noch schöner als früher, dachte er. Älter, erfahrener, selbstsicherer, eine Frau, die mitten im Leben und wie er allein vor den Problemen eines alleinerziehenden Elternteils stand.

„Hast du Hunger? Marion, die Kinder und ich haben schon gegessen." Sie erhob sich, ohne auf eine Antwort zu warten. Aus dem Kühlschrank holte sie einen mit Folie abgedeckten Teller. Sie stellte ihn und zwei kleine Teller auf den Tisch. Unter der Folie verbargen sich ein paar liebevoll drapierte Häppchen. Ein Schinkenbrot, verschiedene Käsesorten, garniert mit Gürkchen, Oliven und Weintrauben. Sie beugte sich zu ihm und er konnte den Anhänger zwischen ihren Brüsten sehen. Ob es ihr Ehering war?

„Heinrich! Kann es sein, dass du mir lüstern in den Ausschnitt starrst?"

Erheitert wandte er den Blick ab und sah sie an. „Ja. Oder glaubst du mir, wenn ich sage, ich bewundere die Kette?"

Lächelnd zog sie die Kette aus dem Dekolletee und ließ den herzförmigen Anhänger vor seinem Gesicht baumeln. „Bevor du fragst, er ist ein Muttertags-Geschenk meiner Kinder."

Sie zog den Teller von der anderen Tischseite und setzte sich neben Henri. „So redet es sich doch besser, oder?" Sie saß dicht neben ihm, ihre Hüften berührten seine. Er spürte Hitze in sich aufsteigen. Am liebsten hätte er den Arm um sie gelegt, sie an sich gezogen und geküsst. Sie hatte noch dieselbe Anziehungskraft auf ihn wie vor vielen Jahren. Ihre Haut war gebräunt, der heiße Sommer hatte seine Spuren hinterlassen. Er widerstand dem Wunsch, sie zu streicheln. Sie nahm ihr Weinglas in die Hand, nippte daran und sah ihm tief in die Augen. Ihm stockte kurz der Atem. Sein Mund wurde trocken. Was mochte sie fühlen? Seine eigenen Gefühle für sie waren ihm bewusst. Er hatte sich erneut in sie verliebt. „Wo soll das bloß hinführen?", murmelte er.

„Was hast du gesagt?"

„Nichts." Fast war er froh, als er lautes Getrappel auf der Treppe im Haus hörte. Metke, Linnea und Katje kamen aus dem Haus gestürmt und blieben vor ihnen stehen. „Können wir noch mal weg, Mama?"

„Wo wollt ihr denn noch hin, Linn?"

„Nur zu Nelly. Sie machen Stockbrot am Lagerfeuer. Wir kommen gleich wieder."

Ina wandte sich an Henri. „Was meinst du? Ich kann nur für meine Tochter sprechen. Nelly ist Linns beste Freundin, sie wohnt nur zwei Häuser weiter."

Er zuckte mit den Schultern. „Wenn ihr zusammenbleibt, gerne. Sind die Jungs oben?"

Metke hatte sich ausgiebig an der Käseplatte bedient und stapelte Käsewürfel und Weintrauben in die hohle Hand.

Katje antwortete: „Ja. Die spielen irgendwelche Ballerspiele. Das finde ich nicht gut, Papa." Sie pickte sich ein paar Oliven vom Teller.

Henri seufzte und sah den Mädchen nach. „Sie hat ja Recht. Ich mag das auch nicht. Ständig habe ich ein schlechtes Gewissen. Ich kümmere mich zu wenig um Jesper."

„Sei nicht so streng mit dir. Du hast doch ein super Verhältnis zu deinen Kindern. Du kochst regelmäßig. Sogar frisches Gemüse!" Sie ließ ihr Weinglas erneut leise an seines klingen. Er lachte.

„Dass meine Kinder keinen Skorbut haben, macht mich nicht automatisch zu einem guten Menschen. Katje und Metke haben mehr Temperament als Jesper. Sie sind nur achtzehn Monate auseinander und besuchen die gleiche Klasse, weil Katje die dritte Klasse übersprungen hat. Da herrscht ein ständiger Konkurrenzkampf. Kati ist hochintelligent und handelt überlegt. Sie nimmt an einem Förderprogramm in den MINT-Fächern für Hochbegabte teil und reibt es Meti gerne unter die Nase. Meti macht vieles mit Witz und Schlagfertigkeit wett. Sie sind sich ebenbürtig. Ich muss aber oft schlichtend eingreifen. Sie sind grundverschieden, aber meist ein Herz und eine Seele. Ich nenne es Frauenpower, für Jesper ist es schlicht Zickenkrieg. Bei der brisanten Stimmung bei uns zu Hause geht mir mein kleiner blasser Computernerd ein wenig unter. Jetzt im Urlaub habe ich Zeit, normalerweise sieht das anders aus. Ich muss mich neu organisieren, da Marion sich rausziehen will." Er trank von seinem Wein.

Ina füllte die Gläser auf. „Blasser Computernerd? Meinst du den braun gebrannten Jungen, der seit zwei Tagen mit meinem Sohn nur im oder am Wasser ist?"

„Du hast Recht. Nicht einmal das ist mir aufgefallen."

Sie zog ihre Beine unter sich und lehnte sich weiter an ihn. „So und nun erzähl mir genau, wie das Haus von Diane und Raik aussieht."

„Langweilig." Er berichtete von dem Einheitsgrau und -grün des Mönckhagenschen Anwesens und Raiks Meinung über seine Ehe.

„Warum beenden sie die Farce nicht? Wegen der Nachbarn?"

„Keine Ahnung. Sie haben keine Kinder, auf die sie Rücksicht nehmen müssen. Wie war denn deine Ehe?"

Sie zögerte einen Augenblick. „Glücklich."

Er wartete, aber sie sagte nichts mehr. „Meine war furchtbar. Die Mädchen kamen kurz hintereinander. Eine junge Frau mit zwei kleinen Kindern konnte ich aber nicht verlassen. Als sich dann noch Jesper angemeldet hatte, konnte ich erst recht nicht gehen. Ich hatte damals den Verdacht, er könnte nicht von mir sein." Er sah in den dunklen Garten und hing den Gedanken nach. „Wenigstens dieser Zweifel legte sich, nachdem ich ihn gesehen hatte." Er lächelte. „Ich höre unsere Mädchen. Am lautesten ist meine Meti."

„Wir müssen zu Hause unbedingt mal Stockbrot machen", forderte Metke. Die Kinder nahmen den Teller mit den Häppchen an sich und verschwanden grußlos ins obere Stockwerk.

„Wir fressen dir noch die Haare vom Kopf. Morgen mache ich was zum Mittagessen."

„Bei der Hitze braucht man nicht warm zu essen."

„Man muss ja nicht um Punkt zwölf essen. Ich bringe Marion morgen früh zum Bahnhof. Willst du uns noch weiter beherbergen, oder werden wir dir zu viel?"

„Es ist gerade noch so auszuhalten." Sie gähnte. „Ich glaube, ich gehe nach oben."

Er strich ihr sanft eine Strähne aus dem Gesicht. „Geh nur ins Bett. Ich räume noch ein wenig auf."

Sie widersprach nicht und pustete die Kerze im Windlicht aus. „Hast du alles, was du brauchst? Kissen, Decken?"

Er lachte warm und leise. „Es wird wieder eine tropische Nacht. Eher benötige ich einen Eisbeutel. Danke, ich habe alles, was ich brauche."

Henri küsste sie leicht auf die Wange. „Gute Nacht, Ina. Und vielen Dank für alles."

Sie zögerte kurz, warf noch einen kurzen Blick auf ihn und ging in den Flur. Sie streichelte erst Fiete, der auf der Decke neben Ottos Korb lag, und tätschelte dann ihren Hund. Sie trödelte ein wenig im Flur herum. Worauf wartete sie?

Henri räumte die Gläser und Teller vom Tisch und trug sie in die Küche. Statt alles in den Geschirrspüler zu stellen, ließ er Wasser in das Abwaschbecken laufen und wusch das Geschirr ab. Zu Hause hätte er den Kühlschrank durchforstet und begonnen, etwas für den nächsten Tag zu kochen. Nachdenklich arbeitete er mit den Händen im warmen Wasser. Es gab so viel zu überdenken. Seine Gedanken schweiften aber immer wieder zu Lasse und Ina. Er zog den Stöpsel aus dem Becken. Das Wasser lief nur sehr langsam ab. Nachdenklich begann er mit dem Abtrocknen.

Nachdem er fertig war, ging er ins Bad, duschte und rasierte sich. Zurück im Wohnzimmer öffnete er die Terrassentür und atmete die laue Nachtluft ein. Er trat ein paar Schritte in den Garten und sah am Haus empor. Es war eine laue Augustnacht, die wenigen Sterne würden sich erst später und nur kurz am Himmel zeigen. Die Zimmer der Kinder waren dunkel, kein Laut war aus dem Haus zu hören. Nur in Inas Zimmer brannte Licht. Lautlos verriegelte er die Terrassentür und ging die Treppe hinauf. Im Haus herrschte Stille. Unter Inas Tür war der Lichtschein zu sehen. Er atmete tief ein, klopfte leise und betrat das Zimmer. Ina saß am gepolsterten Kopfteil angelehnt im Bett. Sie trug ihre Lesebrille und hielt ein dickes Buch im Schoß. Henri blieb stumm und unentschlossen in der Tür stehen. Ina sah ihn prüfend über ihre Brille hinweg an.

„Ich dachte schon, du kommst überhaupt nicht mehr." Sie hob auffordernd die leichte Bettdecke an. Henri schlüpfte zu ihr. Lächelnd betrachtete er ihr übergroßes verwaschenes rosa T-Shirt mit einem weißen Einhorn.

„Süße Reizwäsche. Was hast du an, wenn du mich nicht erwartest?"

„Eingebildet bist du wohl gar nicht." Sie nahm die Brille ab und legte das Buch beiseite. „Also, was willst du?"

„Reden."

Sie lachte spöttisch. „Reden, na klar. Vorher oder danach?"

„Wenn ich mir das aussuchen darf, lieber danach. Ich habe das Gefühl, dass jedes Wort falsch ist und ich mich um Kopf und Kragen reden werde." Er fasste eine Strähne ihrer Haare und drehte sie um seinen Finger.

Sie sahen sich an. Er spürte ihren Atem auf seinem Gesicht. Ina strich sanft über sein lädiertes Auge. „Da hat Jan ganze Arbeit geleistet."

„Nicht so schlimm, es ist nicht mal richtig blau geworden. Ich kann es gut hinter der Sonnenbrille verstecken."

Hat meine Ohrfeige wehgetan?"

„Nein. Außerdem war sie verdient. Ach Ina, all die Jahre." Sanft zeichnete er mit dem Zeigefinger den Umriss des Einhorns auf ihrem Shirt nach.

Sie streichelte seine Wange. „Du hast den blöden Bart abrasiert. Sehr schön."

Er lächelte. „Ich möchte nicht, dass du morgen am ganzen Körper zerkratzt bist."

Sie kicherte und fuhr ihm mit der Hand unter das Shirt. „Am ganzen Körper? Das hört sich gut an." Ihre Hand wanderte von seinem Bauch um die Hüfte zu seinem Hintern. Er fühlte, wie er steif wurde. Ihm entfuhr ein Stöhnen.

„Ina."

Ina seufzte leise. „Du wolltest doch erst später reden." Sie rutschte an ihn heran, stützte sich auf ihren Ellenbogen, beugte sich über ihn und küsste ihn. Er umschlang sie und zog sie an sich.

Spielerisch strich sie ihm über die Hüfte. „Du bist gut in Form. An dir ist nichts Moppeliges mehr." Er stöhnte leise unter ihren Liebkosungen. „Du aber auch. Du bist schöner als früher." Er streichelte ihre Brüste.

„Schmeichler, ich habe Schwangerschaftsstreifen und Orangenhaut."

„Ich stehe auf Orangenhaut. Macht mich so richtig an."

„Ich habe etwas Übergewicht."

„Du spinnst ja. Mir ist nichts aufgefallen."

Sie kicherte leise.

Seine Hände wanderten zu ihrem Bauch. „Wer sagt euch eigentlich, wann eine Frau schön ist? Du hast drei Kinder geboren, jeder dieser fantastischen Streifen hat seine Berechtigung."

„Vier Kinder."

Er hielt mit den Zärtlichkeiten inne. „Vier?"

„Torben und ich hatten ein Kind vor Linnea, Annika. Sie ist nicht mal zwei Monate alt geworden."

„Das tut mir leid." Nach einer Pause fuhr er fort: „Du hast ihn Lasse genannt."

„So wollten wir doch unseren ersten Sohn nennen."

„Du musst mich gehasst haben."

„Ja", antwortete sie schlicht.

Sie hielten einander in den Armen.

Er tupfte sanft die Sommersprossen in ihrem Gesicht an. „Meine Lieblingssprosse ist noch immer da! Die, die wie ein H aussieht."

„Hinnerk, Henri, wie soll ich dich nennen?"

„Alles ist besser als Herr Mar-ten-sen oder Heinrich. Am liebsten ist mir aber Henri. Falls du dich umgewöhnen kannst."

„Was wäre aus uns geworden, wenn du geblieben wärst?"

„In meiner Fantasie wären wir ein glückliches Ehepaar mit mehreren gemeinsamen Kindern. Vielleicht hätten wir einander aber auch sattgehabt. Ich hätte dich längst betrogen oder du wärst mit dem Skilehrer durchgebrannt."

„Du hast noch diese Strähne, die dir immer ins Gesicht fällt. Lasse hat sie von dir geerbt. Er sieht dir nicht nur ähnlich, er hat deine Stimme und deine Bewegungen. Jesper sieht euch beiden unglaublich ähnlich." Sie strich ihm die Strähne aus der Stirn. „Weißt du, ich habe mich immer damit getröstet, dass du tot bist. Oder wenigstens fett und kahlköpfig. Ein versoffener Typ ohne Familie. Todunglücklich solltest du sein."

„Das war ich auch oft. Heute aber bin ich glücklich." Er zog sie wieder an sich.

Kapitel 11

Freitag, 10.08.2018

Am Frühstückstisch schwiegen sie beide und bemühten sich, einander nicht anzusehen. Marions Blick huschte wissend zwischen ihnen hin und her. Die Kinder bemerkten nichts, schwatzten, lachten und machten Pläne für den Tag. „Wir gehen schwimmen, ins Freibad, das ist direkt im See hier."

„Wockersee", sagte Henri automatisch. „Warum geht ihr nicht auf die andere Seite zum Eichberg? Da ist es schöner. Oder nicht mehr?" Fragend sah er Inas Kinder an.

„Freibad ist dichter, da müssen wir nicht um den halben See gehen."

„Faules Volk", lachte er.

Ina bedankte sich bei Marion dafür, dass sie das Frühstück zubereitet hatte.

„Das ist das Wenigste, meine Liebe. Sie haben ja keinen Hotelbetrieb. Ich habe gesehen, dass in zwei Stunden ein Zug fährt. Ich fahre nach Hause, du musst nur meinen großen Koffer mitnehmen, Henri."

Ina fuhr sie zum Bahnhof, verabschiedete Marion und kehrte zurück. Henri trug Marions Tasche zum Bahnsteig.

„Wann kommt ihr nach Hause?"

Henri zuckte die Achseln. „Ich gehe gleich zur Werkstatt. Hoffentlich können sie den Schaden endlich beheben."

„Du hast mit ihr geschlafen."

Überrascht sah Henri seine Schwiegermutter an. Er wollte mit „das geht dich nichts an" antworten, unterließ es aber. „Ja."

„Ich frage mich, ob eure Trennung wirklich nur Steffis Schuld war."

„Wie bitte? Was hat das mit Steffi zu tun?"

Marion reckte sich und fuhr sich mit der Hand durchs Haar.

„Vielleicht hast du es mit der Treue auch nicht so genau genommen?"

„Ich war Steffi immer treu!"

Sie zuckte die Schultern. „Kaum bist du hier, landest du mit deiner Jugendliebe im Bett."

„Ja und? Wem tun wir damit weh? Wir sind beide alleinstehend."

„Steffi hat immer vermutet, dass du fremdgehst."

„Guter Witz. Das hat sie wirklich gesagt? Das nenne ich aber mal abgebrüht. Wie du dich sicher erinnerst, war ich jeden Abend, an dem ich nicht arbeiten musste, bei den Kindern. Ich wiederhole es gern, es war deine Tochter, die laufend mit lauen Ausreden das Haus verließ. Und die vielen Anrufer, die auflegten, sobald ich mich meldete, wollten nicht mich sprechen. Du weißt genau, warum sie mich genommen hat."

Außer Marion wusste niemand etwas von seinem Vermögen. Nicht einmal seine Kinder ahnten, dass sie nicht nur zur Miete in der großen Wohnung im Harvestehuder Haus wohnten. Nicht nur die Wohnung, sondern das gesamte Haus mit den sechs Apartments in einem der besten Hamburger Stadtteile gehörte ihm. In Australien war er Mike begegnet. Beide arbeiteten zusammen auf dem Weingut bei der Ernte. Mike hatte Henri von seiner Vision erzählt. Er wollte programmieren, in den aufkommenden IT-Sektor einsteigen. Henri, der immer noch um die Beziehung mit Ina trauerte, gefiel Mikes Enthusiasmus. Im Gegensatz zu ihm wusste der junge Australier, was er später erreichen wollte. Mit dem Verdienst auf dem Weingut plante er in der elterlichen Garage eine Firma zu gründen. Henri beteiligte sich mit dem geerbten Geld seiner Großmutter und ließ sich als Mitinhaber eintragen. Die Firma boomte und warf ansehnliche Beträge ab. Mikes IT-Unternehmen wuchs zu einem international renommierten Konzern. Jahre später bat Mike Henri, ihn auszahlen zu dürfen. Henri stimmte zu. Inzwischen hatte er das Haus erworben und dank geschickter Investitionen ein großes Vermögen verdient. Kurz nach dem Kennenlernen mit Steffi hatte er ihr leider erzählt, wohlhabend zu sein. Später hatte er daraus gelernt und nie wieder mit einem Menschen darüber gesprochen.

Marion sah ihn mit einem fast verächtlichen Blick an. „Trotzdem. Es ging schnell mit dieser Ina. Vielleicht hast du dich damals nur nicht von Steffi erwischen lassen."

Henri zuckte zusammen, wie nach einem Fausthieb, fing sich aber wieder.

„Weil ich die letzte Nacht mit Ina verbracht habe, hat mich Steffi vor sieben Jahren betrogen und verlassen? Das finde ich unwahrscheinlich vorausschauend von ihr. Dann habe ich es wohl nicht anders verdient." Er stellte langsam die Tasche auf den Boden. „Von hier aus kommst du sicher alleine zurecht. Ich entschuldige mich für den misslungenen Urlaub."

Er verzichtete auf die zwischen ihnen übliche freundliche Umarmung und wandte sich zum Gehen. Marion rief ihm etwas nach, aber es ging in den Geräuschen des herannahenden Zuges unter. Henri drehte sich nicht um.

Der Monteur wischte sich mit dem Lappen über das Gesicht und hinterließ eine Ölspur auf der Stirn. Er hatte einen Gesichtsausdruck, der Henri alles sagte.

„Es tut mir leid."

„Der Patient ist tot?"

Der Monteur lachte. „Gut, dass Sie Ihren Humor noch haben. Er ist nicht tot, aber die Ersatzteile müssen aus Frankreich kommen."

„Wie bitte?" Henri spielte kurz mit dem Gedanken, den Wagen aus der kleinen Werkstatt zu nehmen und in eine große

Vertragswerkstatt überführen zu lassen. Aber stünden die Leute dort dann nicht vor dem gleichen Problem? Außerdem: Je länger der Wagen in der Werkstatt war, desto eher hatte er einen Grund, bei Ina zu bleiben. Zeit war kein dringendes Problem, er musste erst am nächsten Donnerstag wieder zur Arbeit.

„Haben Sie ein Ersatzfahrzeug?" Auf das Kopfschütteln seines Gegenübers entgegnete er: „Fahrradfahren ist sowieso gesünder. Irgendwo bekomme ich sicher eines geliehen."

Im Haus herrschte Stille. Die Kinder hatten ihren Plan umgesetzt und waren zum Baden gegangen, Henris Meinung nach das Beste, was man an einem heißen Sommertag machen konnte. Auf dem Küchentisch lag ein Zettel. Henri warf einen Blick darauf. Ina war zu einem Bauernhof gerufen worden. Er fragte sich, ob die Nachricht ohne Anrede für ihn oder ihre Kinder gedacht war. Unruhig ging er durch das Erdgeschoss des Hauses, dann durch den Garten. Er musste erst einmal nachdenken, hatte aber das Bedürfnis, irgendetwas zu tun. Hinter dem Stall begann ein abgezäuntes Stück Wiese. Er sah in den Pferdestall, in dem sich drei geräumige Boxen befanden. Zwei davon waren vermutlich mit Inas Pferden belegt: der Schimmelstute und dem braunen Hengst, die momentan im Schatten auf der Wiese grasten. In der dritten Box stapelten sich Strohballen. Henri fragte sich, ob die Weide noch zu Inas Grund gehörte. Er pflückte einen Apfel vom Baum, trat an den Zaun und lockte die Pferde. Die Stute hob nur kurz den Kopf und senkte ihn desinteressiert. Der Hengst ging langsam auf ihn zu und nahm behutsam den Apfel entgegen. Henri fuhr dem Braunen sanft über die Nüstern. Er hatte vergessen, wie weich Pferde sich anfühlten. Zwischen Stall und Zaun versteckte sich ein verrosteter Grill, nahezu eingewachsen von Giersch und fast mannshohen Brennnesseln. Der Kontakt mit den Nesseln ließ sich nicht vermeiden, fluchend zog er den Grill heraus. Im Keller fand er Putzmittel. Mit einem harten

Schwamm bearbeitete er den rostigen Grill so lange, bis der blanke Stahl wieder zum Vorschein kam. Danach beschloss er, Jan im Geschäft zu besuchen.

Henri betrachtete das Angebot. Jan stand da, mit aufgestemmten Armen und beobachtete ihn. Beide waren allein.

„Meine schöne Schlackwurst wolltest du nicht haben, aber nun willst du Grillfleisch kaufen? Seit wann kann man in Hotelzimmern grillen?"

„Du weißt genau, dass ich bei Ina wohne."

Jan nickte anerkennend. „Respekt, alter Freund. Und nun machst du auf Familie und spätestens übermorgen verschwindest du und lässt sie wieder im Stich? Nachdem du deinen Spaß hattest?"

„Ich hatte meinen Spaß schon. Und ich bin noch da."

„Raus aus meinem Geschäft. Ich verkaufe dir nichts. Ich habe Lust, dir wieder eine reinzuhauen." Jan ballte die Fäuste.

„Lass es, Dicker. Ich werde mich wehren. Du ziehst den Kürzeren, versprochen."

Jan sah ihn stumm an. Dann begann er laut zu lachen. Er trat um den Tresen und schlug Henri auf die Schulter und umarmte ihn. „Ich habe dich so vermisst, Hinnerk."

„Ich dich auch, Janni. Ich hatte nie wieder einen Freund wie dich."

„Das liegt an der Einsamkeit."

„An welcher Einsamkeit?"

„Na, an deinem Beruf. Als Leuchtturmwärter lernt man kaum Menschen kennen."

Henri grinste. „Ich merke, du hast meine älteste Tochter bereits kennengelernt."

Beide lächelten sich an. Henri brach das Schweigen.

„Was kauft Ina gewöhnlich zum Grillen?"

„Ina grillt nicht. Oder sie kauft woanders. Das kann ich mir aber nicht vorstellen." Jan ließ zufriedene Blicke über das appetitliche Angebot in der Auslage schweifen. „Meistens kauft sie vorgekochte Mahlzeiten." Er zeigte auf eine Tafel hinter sich, die selbstgemachte Gerichte wie Gulasch, Königsberger Klopse und verschiedene Suppen bewarb.

Henri entschied sich für Würstchen, Hähnchenspieße und Steaks. Beide diskutierten, da Jan ihm einen Freundschaftspreis machen, Henri aber nicht akzeptieren wollte. Jan gab erst nach, als neue Kunden den Laden betraten. „Kann ich noch was für dich tun?"

„Ja, trink heute Abend ein Bier mit mir. Falls du es schaffst, mal wach zu bleiben. Wärst du sehr enttäuscht, wenn ich kein Leuchtturmwärter, sondern Kriminalbeamter wäre und deine Hilfe benötige, um den Schlamassel um Jörg und Kaschi zu klären? Dann brauche ich ein Fahrrad. Und pack mir in Gottes Namen noch eine von deinen Schlackwürsten ein."

Ina betrachtete Henri, der mit dem Rücken zu ihr stand. Er wendete Würste auf einem Grill. Die Glut zischte. Sie musterte ihn. Dass er eine gute Figur besaß, hatte sie gestern schon ausgiebig feststellen können. Sie spürte, dass sie bei dem Gedanken rot wurde, und ärgerte sich über sich selbst. Ihr Blick wanderte von seinem dunkelblonden Hinterkopf über die breiten Schultern zu seinem Oberkörper. Henri trug ein kurzärmeliges Hemd mit Karomuster in mehreren Grüntönen. Ihr Blick blieb kurz an seinem Hintern in der kniekurzen, engen Jeans hängen und glitt an den nackten Waden hinunter zu den Füßen in Flipflops.

„Trägst du eigentlich nur karierte Hemden?"

Er drehte sich zu ihr mit einer Grillzange in der Hand. „Nein, ich habe auch massenweise Polohemden, T-Shirts und einfarbige Hemden. Leider ist die Auswahl an sauberen Klamotten bei mir nicht mehr so groß."

„Was machst du da?"

„Es ist genau das, wonach es aussieht, mein Schatz."

„Ich bin nicht dein Schatz."

Er lachte. „Das entscheide ich, wer mein Schatz ist. Hauptsache, ich bin weiterhin dein Liebling." Er grinste breit. Frech und mutwillig, wie sie fand.

„Du bist nicht mein Liebling", antwortete sie prompt.

Sein Grinsen wurde breiter, so, als ob er auf diese Antwort gehofft hätte. „Du hast mich aber die halbe Nacht so genannt."

„Blödsinn."

„Ich kann dir ganz genau sagen, wann und was ich da mit dir gemacht habe."

Sie erinnerte sich und spürte erneut, wie sie rot wurde.

„Was für eine absurde Diskussion. Wo hast du den Grill her?"

„Das ist deiner."

Ihr Blick wanderte zum Stall.

„Genau da habe ich ihn her. Er war ein wenig verwahrlost. Die Grillsaison ist wohl an euch vorbeigegangen. Genau genommen offenbar mehrere."

„Torben hat gegrillt. Ich habe das noch nie gemacht. Seitdem ich den Grill aus Schweden mitgebracht habe, steht er hinter dem Stall. Ich hatte ihn schon vergessen."

Er wandte sich wieder dem Grill zu. Geschickt nahm er mit der Zange Würstchen auf und legte sie auf einen mit Küchenkrepp belegten Teller.

„Warum machst du das?"

„Die Kinder werden Hunger haben, wenn sie vom Baden kommen. Wir müssen doch etwas essen. Die Steaks grille ich erst, wenn die Meute da ist. Die Würste brauchen nur kurz noch mal Hitze."

Er hielt ihr die Grillzange mit einem Würstchen entgegen. „Willst du abbeißen? Ist nicht heiß."

Zögernd biss sie ins Fleisch. "Lecker. Hast du Marion gut weggebracht?"

"Ja. Danke noch mal fürs Fahren."

Inas Blick wanderte an die Wand des Stalls, an der ein Damenrad lehnte. Es war hellblau lackiert mit weißen Punkten. Am Lenker war ein mit einer Blumenkette drapierter Korb. Ina lachte auf. "Das ist das Rad von Amelie, oder?"

Henri legte behutsam Würstchen mit der Zange auf den Teller. "Woher weißt du das?"

"Amelie hat ihre Fahrräder schon immer gerne hellblau angemalt und weiße Tupfer draufgesetzt. Doreen war jedes Mal verärgert. Amelie Hartmann und ihr fröhliches Rad gehören seit Jahren zum Parchimer Stadtbild."

Henri lächelte. "Ich werde versuchen, möglichst männlich auf dem Rad zu wirken."

Kapitel 12

Nach dem Essen radelte Henri zu der Adresse der Witwe des ermordeten Lehrers. Anett Palmberg hieß nun Jäger. Sie wohnte an der Alten Mauerstraße. Henri hatte ihr zwar seine Marke gezeigt, aber erklärt, nicht im Dienst und ohne Auftrag zu sein. Zudem hatte er sich als ehemaliger Schüler ihres verstorbenen Mannes vorgestellt. Der Balkon, auf den sie ihn bat, zeigte auf den Wall. Das dichte Grün der hohen Bäume spendete Schatten, auf dem Boden des Balkons standen mehrere Kübel mit blühenden Blumen.

„Schön", befand Henri. Er erklärte ihr, was ihn zu ihr führte. Sie hörte zu, ohne ihn zu unterbrechen. Als Henri mit seinen Ausführungen fertig war, holte sie tief Luft und bat ihn einen Moment zu warten. Ein paar Augenblicke später erschien sie erneut mit einem Tablett, auf dem sich zwei Gläser und ein Krug mit Eistee befanden.

„Ich habe schon lange nicht mehr mit jemandem über Sören gesprochen. Es ist seltsam, dass sich die Polizei nach so vielen Jahren für seinen Tod interessiert." Sie schenkte ihm ein Glas Tee ein und reichte es ihm. Er dankte und schilderte ihr seine Hoffnung, das Geheimnis des Verschwindens der Freunde zu lösen.

„Sie meinen also, Ihre Freunde haben meinen Mann ermordet und sind dann verschwunden?" Sie lehnte sich in ihrem Korbsessel zurück und sah ihn interessiert an.

Er schüttelte den Kopf. „Genau das glaube ich nicht. Aber irgendetwas ist geschehen. Ihr Mann hat vielleicht etwas gesehen, eine illegale Tat, ein Verbrechen, war eventuell zur falschen Zeit am falschen Ort. Ich versuche erstmal, die Geschehnisse in die richtige zeitliche Abfolge zu bringen." Er trank von dem erfrischenden herbsüßen Getränk.

Sie zupfte an der Tischdecke. „Ich habe Sören am Dienstagvormittag zuletzt gesehen. Er wollte etwas besorgen. Was, hatte er mir nicht gesagt. Er würde ein, zwei Stunden unterwegs sein. Ich bat ihn, mir eine Salbe aus der Apotheke zu besorgen. Ich war damals hochschwanger. Er kam nicht zurück." Sie sah von der Tischdecke hoch und blickte Henri direkt an. „Vermutlich hat er sich mit seiner Affäre getroffen."

Henri verschluckte sich fast. „Wie bitte?"

Sie zuckte mit den Schultern. „Ich habe kurz vor seinem Tod einen anonymen Brief erhalten. Sören hatte ein Verhältnis mit einer Schülerin aus der Abiturklasse. Wenigstens war sie volljährig", fügte sie bitter hinzu. „So muss ich nicht noch mit der Scham leben, dass es mein verstorbener Mann mit einer Minderjährigen getrieben hat."

„Haben Sie diesem Schreiben sofort Glauben geschenkt? Ein anonymer Brief ist doch kein Beweis."

Sie nippte an ihrem Glas. „Ich wusste es schon vorher. Meine Freundin hatte ihn einige Tage vor seinem Verschwinden mit einem Blondchen erwischt. Er hatte aber alles abgestritten."

Henri sah in die Wallanlage hinaus. „Dienstagvormittag haben Sie ihn gesehen. Freitag wurde er gefunden. Wann haben Sie ihn als vermisst gemeldet?"

„Noch am Dienstagabend. Aber der Polizist hat mich weggeschickt. Mein Mann sei erwachsen, hat er gesagt. Sicher habe er Freunde getroffen und sei in der Kneipe versackt. Ihm seien die Hände gebunden, Sören sei noch keine 24 Stunden weg. Ich solle nach Hause gehen, sicher sei er schon wieder da. Ich sollte an meinen Zustand denken, bla-bla. Vielleicht sei Sören auch beim Sport. Sehr unglaubwürdig. Sören trieb keinen Sport. Außerdem hat er das Haus in seinem dunkelblauen Anzug mit Krawatte verlassen. Welche Sportart außer Schach passt dazu?" Sie trank erneut einen Schluck. „Vermutlich habe ich einen Riesenfehler gemacht. Als sich Sören die Krawatte band, sah er mich lange an. Er blickte mir abwechselnd ins Gesicht und auf den Bauch. Er meinte, wenn er zurück sei, müssten wir reden. ‚Ich liebe dich', waren seine letzten Worte."

Henri runzelte die Stirn. „Inwiefern war das ein Fehler, Frau Jäger?"

„Ich hätte es der Polizei bei meinem erneuten Besuch auf der Wache nicht sagen sollen. Sie haben mich nicht ernst genommen. Die Polizei meinte, er würde schon wiederkommen. Schließlich habe er gesagt, er würde mich lieben. Er sei bestimmt in der Kneipe versackt und würde mit einem Riesenkater bei einem Freund auf der Couch seinen Rausch ausschlafen, Wie wir jetzt wissen, war Sören da vermutlich schon tot."

„Hatte Ihr Mann einen Freund, der sich noch an die Ereignisse von damals erinnert? Oder einen Kollegen?"

Sie lehnte sich im Sessel zurück und betrachtete ihn nachdenklich. „Sören hat wohl eher, wenn ich das vorsichtig ausdrücke, weibliche Gesellschaft vorgezogen. Von seinen Kollegen war er am ehesten mit Kilian Allwörn befreundet."

„Englisch und Sport", entfuhr es Henri.

Sie lächelte. „Den hatten Sie auch?"

„Ja, aber das waren beides nicht meine Fächer. Leute, die mich mit einer Trillerpfeife um den Hals herumscheuchen und eine Stunde später unverständliches Kauderwelsch reden, waren damals nicht mein Ding."

Sie lachte und bot ihm ein weiteres Glas an. Er lehnte ab.

„Mit wem aus der Vergangenheit Ihres verstorbenen Manns kann ich noch sprechen? Gibt es da jemanden?"

Anett Jäger lehnte sich kurz zurück. „Meine Schwiegereltern sind nicht mehr am Leben. Meiner Schwiegermutter hat Sörens Tod das Herz gebrochen. Sie ist kurz nach ihm gestorben. Mit meinem Schwiegervater bin ich nicht besonders gut ausgekommen. Er hatte sogar die Frechheit, mich kurz nach Sörens Beisetzung nach Geld zu fragen. Ich habe keine Ahnung, warum er mich für vermögend hielt. Er schlug sogar vor, dass ich mit meiner Kleinen auf den Hof ziehen soll. Die gesparte Miete sollte ich in den Hof investieren." Sie lachte kurz und hart auf. „Da ist noch Sörens Bruder Holger. Mit dem könnten Sie Kontakt aufnehmen. Ich bezweifle aber, dass Holger Ihnen weiterhelfen kann. Die beiden Brüder hatten immer ein kompliziertes Verhältnis. Ich kann Ihnen gerne seine Kontaktdaten geben. Er besitzt einen großen Bauernhof in der Nähe von Domsühl." Sie seufzte kurz auf. „Seltsam, ich dachte, ich hätte alles von früher verdrängt, aber nun ist alles wieder da."

Henri erhob sich. „Es tut mir leid, ich wollte Ihnen nicht wehtun. Ist mit der Schwangerschaft alles gut gegangen?"

Sie stand ebenfalls auf und lächelte. „Romy ist vier Wochen nach Sörens Tod zur Welt gekommen. Sie ist 27 und hat gerade ihr zweites Kind bekommen."

Henri lächelte höflich und folgte ihr durchs Wohnzimmer. Sie nahm ein Foto vom Bücherregal. „Das in der Mitte ist Romy. Links ist Cindy, rechts Marny. Die beiden sind von Gerd, meinem Mann." Henri betrachtete das Foto der drei dunkelhaarigen Frauen. „Hübsche Töchter", sagte er. Seine Blicke schweiften über die ausgestellten Bilder. Von Sören Palmberg gab es keines.

„Sie waren also ein Schüler von Sören?" Sie reichte ihm einen Zettel mit der Adresse ihres Schwagers.

Henri nickte. „Er war ein guter Lehrer. Aus heutiger Sicht sage ich, ihm fehlten noch etwas Erfahrung und Sicherheit." Er dankte ihr für das Gespräch und den Tee. In der Tür drehte er sich noch einmal um. „Wissen Sie, mit welcher Schülerin Ihr Mann das Verhältnis hatte?"

„Die örtliche Gerüchteküche war sich einig. Sie hieß Tina oder Nina oder so. Heute soll sie Tierärztin sein."

Ina sah Henri entgeistert an. „Ich soll ein Verhältnis mit Sören Palmberg gehabt haben? Und du glaubst das natürlich?"

„Nicht eine Sekunde." Er nahm ihren Kopf in die Hände und küsste sie auf den Mund. Perplex ließ sie es geschehen. „Danke. Warum glaubst du es nicht?"

Henri reckte sich und pflückte einen Apfel vom Baum. Er hielt ihn ihr entgegen. Sie schüttelte den Kopf und sah ihn abwartend an. Er grinste, rieb den Apfel am Hemd blank und biss hinein. Genüsslich kauend betrachtete er sie und ergötzte sich an ihrem Gesichtsausdruck.

„Ganz einfach. Morgens saß ich neben dir in der Schule. Nachmittags haben wir für die Prüfungen gelernt oder das, was wir so lernen nannten. Und nachts? Es war Sommer, wie oft haben wir uns in die Gartenlaube geschlichen. Wir haben unter einem Dach gewohnt. Ich wusste, wo du bist, du wusstest, wo ich war. Wann solltest du da Gelegenheit gehabt haben? Frau Palmberg, oder besser Jäger, sprach von einem Verhältnis, nicht von einer einmaligen Sache."

„Himmel, wenn das die Runde macht! Wer weiß, was da für Gerüchte im Umlauf sind!" Stöhnend ließ sie sich auf einen Baumstumpf sinken. „Nachher heißt es noch, Lasse ist von ihm."

„Keine Sorge, leider kenne ich Lasse nur vom Foto, aber jeder, der Augen im Kopf hat, sieht, dass er von mir ist. Ein Vaterschaftstest wäre überflüssig." Grinsend warf er den Apfelrest über den Zaun auf die Weide und wurde wieder ernst. „Ich frage mich allerdings, wer dich so in Misskredit bringen will."

„Heinrich Puvogel. Ich kann mich schwach erinnern." Der ältere Herr öffnete ihm die Tür und ließ ihn eintreten. Im Haus roch es nach abgestandener Luft und Zigarrenqualm. Er führte ihn in ein Zimmer mit dunklen Möbeln, einer riesigen Schrankwand und breiten, dunkelbraunen Ledermöbeln. Henri sah vor seinem inneren Auge, wie Kilian Allwörn es sich im Herbst in einer dunkelroten Strickjacke mit einem Glas Rotwein und einem Buch neben der Leselampe gemütlich machte. Allwörns

Blick fiel auf eine Zimmerpflanze, deren Schreie nach Wasser Henri fast hören konnte. Der Lehrer sah die Zimmerlinde bekümmert an. „Oje, das gibt Ärger mit meiner Frau. Sie besucht unsere kranke Tochter und deren Familie in Rheinsberg. Bitte erinnern Sie mich daran, die Blumen zu gießen, wenn Sie gehen."

„Die Orchideen auf dem Fensterbrett sehen auch nicht so gut aus."

Erschrocken tippte Allwörn einen vertrockneten Zweig an. Die papiernen Blüten rieselten auf die Fensterbank.

„Auweia! Ich dachte, die brauchen kein Wasser. Da hilft Gießen wohl nichts mehr. Ich muss morgen neue kaufen." Sein ehemaliger Lehrer holte eine Flasche Wein, einen Dekanter und zwei Gläser aus dem Schrank und stellte alles auf den Tisch.

Rotwein. Henri schmunzelte. Er hatte Allwörn richtig eingeschätzt. Der alte Lehrer setzte sich nicht sofort zu ihm, sondern öffnete die Balkontür, durch die die warme Sommerluft hereinströmte. Dann wandte er sich dem Bücherregal zu und nahm nach kurzem Zögern ein Fotoalbum heraus. Er schlug es auf und reichte es ihm. „Auf welchem der Klassenfotos sind Sie?"

Henri blätterte, bis er das Foto seines Abiturjahrgangs fand. Zusammen mit den mittelgroßen Klassenkameraden stand er in der mittleren der drei Reihen vor den größten Mitschülern. Wie immer war Ina an seiner Seite. Hinter ihm posierte ein breit grinsender Jan, der ihm mit zwei Fingern Hasenohren an den Kopf hielt, daneben war Jörg zu sehen. Karsten und Diane saßen links von ihm in der vorderen Reihe. Er tippte auf sein Abbild. „Das bin ich."

Allwörn drehte das Album zu sich. „Oje."

Henri schmunzelte. „Die Erinnerung kommt?"

Der alte Herr lächelte ebenfalls. „Wir beide hatten nicht viel Freude aneinander, oder?"

„Von Ihrer Trillerpfeife träume ich heute noch. Sie haben mich an meinen beiden Schwachpunkten erwischt: Sport und Englisch."

„Ich meine mich aber zu erinnern, dass Sie ein passables Abitur hingelegt haben."

„Ja."

Allwörn nickte. „Es ist immer schön, wenn man erfährt, was aus den jungen Leuten geworden ist." Er betrachtete Henri und sah auf das Album. „Wie alt sind Sie?"

„45."

„Darf ich fragen, was aus Ihnen geworden ist?"

Henri schilderte dem Lehrer kurz seinen Werdegang und erläuterte ihm, was ihn zu ihm führte. Allwörn hörte andächtig zu, während er den Wein dekantierte. Er lehnte sich zurück.

„Sören Palmberg. Er hoffnungsvoller, junger Kollege, der leider einen Schwachpunkt hatte. Er konnte die Finger nicht von den Frauen lassen. Damit hat viel Unruhe in den weiblichen Teil des Kollegiums gebracht."

Henri lehnte sich vor. „Tatsächlich?"

Allwörn nickte. „O ja, er hatte mit mindestens einer Kollegin ein Verhältnis. Das habe ich, natürlich unfreiwillig, selbst einmal beobachtet." Er hob die Hände. „Gut, es war eine Knutscherei im Lehrerzimmer, aber das wird nicht alles gewesen sein. Dabei hat er so eine nette Frau gehabt. Ich glaube, die war damals schwanger. Was ist aus der wohl geworden?"

„Sie lebt ein paar Straßen entfernt von hier. Es geht ihr gut. Wissen Sie noch, wer die Kollegin war?"

„Sicher." Er nahm den Dekanter zur Hand. „Wir verzichten einfach auf dieses Brimborium. Ein Geburtstagsgeschenk meiner Kinder. Für den Vater, der alles hat. Damit der Wein atmen kann. Ich bin in einem Alter, wo ich froh bin, dass ich noch atme." Er reichte Henri ein Glas. „Ich liebe französische Rotweine und bin froh, die Anbaugebiete mit meiner Frau bereisen zu können.

Früher gab es nur Mädchentraube, Sie erinnern sich? Aber sie fragten nach Sörens Liebschaft. Ingrid Kowaletzkow. Leider ist sie verstorben. Wenn ich genauer darüber nachdenke, war das ungefähr zur gleichen Zeit wie Palmbergs Tod. Prost." Die Gläser klirrten leise aneinander. Der Wein schmeckte samtig und leicht nach Johannisbeeren. Henri las das Etikett der Flasche.

„Ein wunderbarer Tropfen."

Allwörn strahlte. „Endlich mal jemand, der einen guten Wein zu schätzen weiß."

Henri stellte das Glas ab. „Haben Sie mal etwas davon gehört, dass Palmberg ein Verhältnis mit einer Schülerin hatte? Oder gute Noten gegen Sex eingetauscht hat?"

„Jetzt wird es ungemütlich." Allwörn hielt das Glas gegen das hereinfallende Sonnenlicht. Blutrote Lichtblitze glitten über sein Gesicht. „Von Rechts wegen müsste ich Sie empört rauswerfen, aber so etwas gibt es leider. Wenn ich einen aus dem Kollegium verdächtigen müsste, wäre es Sören. Aber ich weiß nichts von einem Verhältnis mit einer Schülerin. Ich hatte ihn auf seine Beziehung zu Ingrid angesprochen. Trotz unseres Altersunterschieds waren wir recht gut befreundet. Er hatte mich inständig gebeten, weder seiner Frau noch jemand anderem etwas zu erzählen. Ich sollte bitte an den Zustand seiner Frau denken." Er schüttelte sich. „Das wäre Sörens Aufgabe gewesen, finden Sie nicht?"

Henri nickte. „Wann war das Verhältnis? Unmittelbar vor seinem Tod?"

Überrascht sah Allwörn auf. „Nein. Jetzt, wo Sie es sagen! Er muss es einige Wochen vorher beendet haben. Ingrid war danach ziemlich trübsinnig und machte immer einen verweinten Eindruck." Grübelnd sah er an die Decke. „Nein. Sören muss das Verhältnis vorher beendet haben."

„Wer von beiden ist zuerst gestorben?"

Allwörn betrachtete ihn nachdenklich. „Das ist jetzt so lange her. Ingrid starb zuerst, wenn ich mich recht entsinne. Er muss gleich zu Beginn der Ferien gewesen sein. Stimmt. Mein Kollege sagte mir nach meiner Rückkehr aus dem Urlaub, dass Ingrid und Sören mit nur zehn Tagen Abstand beerdigt wurden. Also muss Ingrid zuerst gestorben sein."

Nicht unbedingt, dachte Henri. Palmberg war ermordet worden. Man hatte seinen Körper in der Rechtsmedizin untersucht. Er war mit Sicherheit erst einige Zeit nach seinem Tod beerdigt worden. Hatte Ingrid etwas mit Sören Palmbergs Ableben zu tun? Er musste unbedingt Ingrids Todesdatum herausfinden.

„Woran ist Ingrid eigentlich gestorben?"

Allwörn sah ihn betroffen an. „Ich weiß es nicht. War es nicht ein Unfall? Es ist in den großen Ferien geschehen. Ich kann mich nicht erinnern. Das ist mir wirklich unangenehm."

Beide Männer tranken den Wein und hingen ihren Gedanken nach.

„Hatte diese Ingrid eine Freundin im Kollegium?"

Überrascht sah der Ältere auf. „Du meine Güte, das ist doch ewig her! Wollen Sie da wirklich noch dran rumrühren?"

Henri nickte. Allwörn schenkte beiden erneut Wein nach.

„Beate vielleicht. Beate Knauer. Kennen Sie sie?"

Henri schüttelte den Kopf. „Lebt sie noch?"

„Das weiß ich nicht."

„Heißt sie noch Knauer?"

„Finden Sie es raus. Sie sind der Polizist."

„Eine blöde Frage habe ich noch. Sie kannten Palmberg. Wenn er ein Verhältnis mit einer Schülerin gehabt hätte, welche hätten Sie da im Verdacht gehabt?"

„Eine seltsame Frage." Kilian Allwörn drehte das Album mit den Fotos zu sich und unterzog das Bild einer genaueren Prüfung. „Die und die. Beide sind hübsch und blond. Genau Sörens Beuteschema. Anett Palmberg ist blond, Ingrid war es auch."

Henri unterdrückte ein Stöhnen. Allwörn hatte auf Diane und Ina getippt.

„Ich habe nicht gesagt, dass er etwas mit einer der beiden gehabt hat. Ich sage es nur, weil Sie gefragt haben."

„Wann haben Sie Palmberg zuletzt gesehen?"

„Eine Woche nach der Abiturfeier. Kurz danach begannen die großen Ferien. Es war eines der ersten Jahre nach der Maueröffnung. Wir sind mit dem Trabbi bis Frankreich getuckert. Er hat es tatsächlich geschafft, die alte Rennpappe. Im Jahr darauf hatten wir schon einen Japaner. Aber ich schweife ab. Vier Wochen waren wir weg. Da waren Ingrid und Sören schon beerdigt."

Eine Stunde später schwankte Henri leicht aus dem Haus des Pädagogen. Unter dem Arm trug er eine Rotweinflasche. Der Abschied war herzlich gewesen. Beide hatten sich Glück gewünscht. Henri hatte den Lehrer an die durstigen Pflanzen erinnert und ihm versprochen, sich wieder bei ihm zu melden.

Beate Knauer hatte noch den alten Namen. Henri googelte ihren Namen und fand problemlos einen Eintrag mit ihrer Anschrift im Westring. Sie wohnte in unmittelbarer Nähe der Quandts.

Henri atmete durch und drückte auf den Klingelknopf. Sie öffnete die Tür einen Spalt breit, nur so weit, wie es die geschlossene Türkette zuließ. Misstrauisch blinzelte sie ihm entgegen, während Henri seine übliche Vorstellungsrede hielt. Sie wollte nicht mit ihm reden, weder bei ihr in der Wohnung, noch war sie bereit, sich mit ihm in ein Café zu setzen. Als Polizist begrüßte er ihr vorsichtiges Verhalten, trotzdem war er enttäuscht. Sie schlug ihm die Tür vor der Nase zu. Henri wartete eine Weile und warf dann seine Visitenkarte mit einer kurzen Notiz durch den Briefschlitz.

„Beate Knauer? Kunsterziehung und Musik. Klar kenne ich sie. Du hättest auch im Chor singen sollen, dann hätte sie dir eine Audienz gewährt." Ina grinste. „Sie ist also deinem zweifelhaften Charme nicht erlegen? Kein Wunder, mit der Flasche unter dem Arm wirkst du nicht gerade vertrauenserweckend." Sie trat an ihn heran und schnupperte. „Hast du getrunken?"

„Ich habe mit Allwörn fast zwei Flaschen Wein getrunken. Nichts Schlimmes."

„Allwörn? Den konntest du doch nicht ausstehen!"

„Ich habe meine Meinung geändert. Ohne seine Trillerpfeife ist er ein ganz anderer Mensch. Aber er kann nicht mit Pflanzen umgehen." Er ließ sich in die Hängematte gleiten. „Richtig gemütlich. Willst du dich nicht dazulegen?"

Sie gab der Hängematte einen derben Schubs. „Bestimmt nicht. Du redest Unsinn. Sei froh, dass ich dich nicht rauswerfe, sonst stehst du mit deinen Kindern auf der Straße."

„Wo gehst du hin?"

„Telefonieren."

Henri legte die Hände unter den Kopf und blickte in die Baumwipfel, die sich sanft im Wind bewegten. Die Hängematte schaukelte bedächtig nach von Inas energischem Ruck. Er schloss die Augen.

„He, Schlafmütze. Wenn du wieder wach und nüchtern bist, darfst du bei Frau Knauer antreten. Sie erwartet dich in einer halben Stunde. Lutsch das besser." Ina reichte ihm ein Pfefferminzbonbon, den er sich schmunzelnd in den Mund steckte. „Sei pünktlich, sonst musst du im Treppenhaus in der stillen Ecke stehen oder nachsitzen."

„Wie hast du das geschafft?"

„Sie war Lasses Klassenlehrerin, nachdem sie nach einem Burn-out wegen renitenter Teenager auf Grundschule umgesattelt hatte. Sie kommt regelmäßig mit Benno her. Das ist ihr

Dackel. Ich habe ein gutes Wort für dich eingelegt. Obwohl mir nicht klar ist, was die alte Dame wissen könnte."

Henri streckte ihr die Hände entgegen. „Danke! Du musst mich nur noch aus diesem Ding hier ziehen."

Beate Knauers Erscheinung traf alle Klischees einer pensionierten Lehrerin. Ihre kurzen grauen Haare lagen streng am Kopf an. Trotz der Hitze trug sie ein kurzärmliges Twinset in Hellgrau und eine Perlenkette um den Hals. Ein dunkelgrauer kurzer Rock und flache Gesundheitssandalen vollendeten ihre Aufmachung. Eine fade Maus. Henri vermutete, dass die Ausstattung im Winter durch ein dunkelgraues Halstuch aufgepeppt wurde. Er hatte Lust, sie mit Melanies Frau Silvia bekannt zu machen. Die würde reichlich Farbe ins Outfit bringen.

„Möchten Sie etwas trinken?"

Er hatte keinen Durst, wollte aber nicht unhöflich sein. Wasser, tippte er für sich, oder Kamillentee. Sie nahm eine Karaffe aus dem Küchenschrank, drehte den Wasserhahn auf, ließ das Wasser eine Weile laufen und füllte die Karaffe. Zusammen mit zwei Gläsern stellte sie sie auf ein silbernes Tablett und trug es ins Wohnzimmer. Ein alter graubärtiger Rauhaardackel schnaufte schwankend hinter ihnen her. Die Einrichtung war modern, aber auch grau in grau. Selbst die Ölbilder und Aquarelle mit stürmischen Meeresszenen an den Wänden waren in gedeckten Farben gemalt. Henri fragte sich, wie man hier leben konnte, ohne in Depressionen zu fallen. Die einzigen Farbtupfer waren eine Reihe von lila- und rosafarbenen Orchideen auf der Fensterbank. Im Gegensatz zu denen von Allwörns sahen diese prächtig und gesund aus. Henri lobte die Pracht der bunten Pflanzen. Beate Knauer strahlte.

„Ich liebe Blumen. Besonders Orchideen." Sie füllte ein Glas mit Wasser und stellte es auf einen Untersetzer vor Henri. „Sie sind mit Frau Doktor Malm befreundet?"

Henri streichelte den Dackel, der ihn interessiert beschnupperte. „Ja. Danke, dass Sie mich empfangen."

„Benno mag Sie." Es hörte sich an wie ein Ritterschlag.

Er lächelte. „Ich habe auch einen Hund. Das wird Benno nicht entgangen sein." Erneut erklärte Henri, was ihn zu ihr führte. Besonders interessierte ihn das Verhältnis von Ingrid zu Sören Palmberg.

Beate Knauer seufzte. „Das ist alles so lange her. Sie waren Schüler an unserer EOS? Ich bin froh, heute nicht mehr unterrichten zu müssen. Heute macht der Lehrerberuf keinen Spaß mehr. Die Schüler sind laut und respektlos. Am schlimmsten sind diese Helikopter-Eltern. Die stellen alles in Frage, was man als Lehrerin sagt. Dabei können sie selbst mit den Kindern nicht umgehen und sind unfähig, Erziehungsarbeit zu leisten. Dann diese ewigen Handys! Ich habe in den letzten Jahren vor der Pensionierung Grundschüler unterrichtet. Die sind noch nicht ganz so aufmüpfig. Möchten Sie einen Keks?"

Biologisch-dynamisch vermutlich oder handgeschrotet und selbstgebacken, vermutete er und lehnte ab. Frau Knauer konnte sich besser erinnern, als sie es zugeben wollte. Das wurde Henri nach ihren ersten Worten klar. Anfangs konnte sie sich angeblich nicht erinnern, ob ihre Freundin Ingrid eine Affäre mit Sören Palmberg gehabt hatte. Beate Knauer wies darauf hin, damals Ingrids beste Freundin gewesen und über deren Tod hinaus diskret zu sein. Menschlich sei das eine große Leistung, aber das hindere ihn, die Tat von damals aufzuklären, wandte er ein. Sie zögerte, bestätigte aber dann das Verhältnis der beiden. Ihrer Meinung nach hatte es ein halbes Jahr gedauert. Dann hatte Sören Palmberg die Beziehung zu Ingrid beendet, angeblich wegen der Schwangerschaft seiner Frau.

„Aus meiner Sicht eine glatte Lüge. Als Ingrid und Sören das Verhältnis begannen, wussten alle bereits von Anett Palmbergs Schwangerschaft. Ingrid war einfach dämlich. Sie dachte, Sören würde sich trennen. Wie naiv konnte sie sein? Wenn ich ehrlich sein darf …", Frau Knauer trank einen Schluck Wasser, „war Ingrids Verhalten unverzeihlich. Sich wegen eines Mannes wie Sören Palmberg das Leben zu nehmen."

„Wie bitte?" Henri lehnte sich vor. Er glaubte, sich verhört zu haben. „Ingrid hat Suizid begangen?"

Beate Knauer hielt in der Bewegung inne. „Das wussten Sie nicht? Waren Sie nicht vorhin bei Allwörn?"

„Der sagte nur, Ingrid sei gestorben. Er hatte vergessen, warum. Er vermutete einen Unfall."

Sie schüttelte den Kopf. „Typisch Mann." Sie sah Henri an. „Entschuldigen Sie. Das war kurz vor Palmbergs Tod. Meine Güte, wenn wir uns alle das Leben wegen einer missglückten Affäre nehmen wollten. Nicht mal an ihr Kind hatte sie gedacht!"

„Ingrid hatte ein Kind?"

Frau Knauer bedachte Henri mit einem Blick, als sei er geistig zurückgeblieben. „Ja sicher, einen Jungen. Er war so zwölf oder dreizehn, das arme Kind." Sie blickte nachdenklich zur Decke. „Tobias? Tino? Ich erinnere mich nicht mehr."

„Was ist mit dem Kind passiert?"

„Das kann ich nicht sagen. Vermutlich ist er zum Vater gegeben worden. Von ihm hat Ingrid aber nie gesprochen. Jedenfalls nicht mit mir. Vielleicht ist er zu den Großeltern gekommen oder ins Heim. Das arme Kind."

Beide schwiegen einen Augenblick, bis Henri wieder ansetzte: „Ihrem Kollegen wird auch eine Affäre mit einer Schülerin nachgesagt."

Sie sah ihn an. „Wie bitte? Mit welcher?"

„Ich habe gehofft, Sie wüssten etwas."

Sie seufzte kurz auf und drehte nachdenklich das Wasserglas in den Händen. „Dieser Schuft. Ich habe es geahnt. Man sollte meinen, er sei genug mit seinen Liebeleien innerhalb des

Kollegiums beschäftigt gewesen. Auch noch eine Schülerin. Das glaube ich sofort."

Henri horchte auf. „Liebeleien? Er hatte mehrere? Es gab noch mehr Frauen außer Ingrid?"

Beate Knauer seufzte erneut. Sie lehnte sich zurück in den Sessel und lächelte ihn an. „Ja. Er war erst ein knappes Jahr an der Schule, hat jedoch ganze Arbeit geleistet. Die Letzte war Ingrid, davor hatte er was mit Ruth Kaminski. Und davor mit mir." Sie fixierte ihn und wartete auf seine Reaktion. „Ich wäre Ihnen dankbar für Diskretion. Auch wenn heute kein Hahn mehr danach kräht. Zu meiner Ehrenrettung kann ich sagen, dass Sören noch nicht verheiratet war. Seine Verlobte hatte er mir verschwiegen. Als ich von ihr erfuhr, habe ich die Beziehung sofort beendet. Das war gut so. Um einen Mann wie ihn zu kämpfen, hätte sich nicht gelohnt. Der wäre immer ein Fremdgeher geblieben. Er hat sich dann sofort mit Ruth getröstet. Die hat ihn aber auch schnell abserviert. Sören hatte ihr gesagt, er beabsichtige, seine schwangere Verlobte heiraten zu wollen. Knallhart, der Mann, oder? Ohne Rücksicht auf Verluste. Ingrid hingegen wusste genau, was sie tat. Sie hatte sich mit einem Ehemann und werdenden Vater eingelassen. Ruth und ich waren diskret. Ich glaube nicht, dass unsere Affären bekannt wurden. Ingrid verhielt sich so, als wollte sie die Affäre bekannt machen. Sie hoffte, Sören würde sich für sie entscheiden."

„Was er wohl nicht getan hat."

„Er muss schon die Nächste am Start gehabt haben. Ingrid war nicht einfach. Sie konnte nichts dafür, aber der Umgang mit manisch-depressiven Menschen ist schwierig. Anfang der Neunziger war man nicht so weit wie heute. Ingrid war ihm schlicht lästig. Oder er hatte bereits eine Neue. Das hat Ingrid wohl mitbekommen und sie zu ihrem Suizidgedanken geführt haben, denke ich."

„Können Sie sich vorstellen, wer Sören so gehasst und ihn umgebracht hat? Ein eifersüchtiger Freund oder Ehemann?"

„Weder Ruth, Ingrid noch ich waren zu den Zeiten, in denen wir was mit ihm hatten, anderweitig liiert gewesen."

„Wissen Sie, ob und wo ich Ruth erreichen kann?"

Beate Knauer schüttelte den Kopf. „Sie ist ein paar Jahre später in die USA ausgewandert. Greencard." Sie sah ihn prüfend an. „Sie sind ein Freund meiner netten Ex-Schülerin und Bennos Tierärztin? Seien Sie nett zu ihr. Sie hatte viel Kummer in ihrem Leben. So ein mieser Schuft hat sie in andere Umstände gebracht und sie im Stich gelassen. Es war ein Mitschüler, bestimmt kennen Sie ihn. Mir ist sein Name entfallen. Zum Glück hat sie dann diesen netten Schweden kennengelernt. Ihre Kinder sind bezaubernd. Besonders der Älteste, den hatte ich noch zwei Jahre in der Klasse, bevor Frau Lürßmann, also Frau Malm, nach Schweden ging. Sie ist verwitwet und hat etwas Glück verdient. Hoffentlich gerät sie nicht wieder an so einen gewissenlosen Windhund!" Sie erhob sich, Henri folgte ihr.

„Tut mir leid, sicher konnte ich Ihnen nicht helfen, Herr Martensen."

Henri bedankte sich und ging den Flur entlang, einem Spiegel entgegen. Beate Knauer folgte ihm. Sie verzog ihr Gesicht zu einem wissenden, amüsierten Ausdruck, er sah es im Spiegelbild. Sie wusste genau, wen sie vor sich hatte.

„Mieser Schuft und gewissenloser Windhund." Ina bog sich vor Lachen.

„Sie hat ja Recht. Wo sind die vielen Kinder?"

„Das weiß keiner so richtig." Ina lachte. Ihr Gesichtsausdruck veränderte sich sofort, als ihr Henri von Ingrids Selbstmord berichtete.

„Mein Gott, davon habe ich nichts mitbekommen."

„Das ist auch alles in den Ferien geschehen. Du hattest deine eigenen Probleme."

Er sah auf die Uhr und schlug vor, sich um das Abendessen zu kümmern, obwohl er dazu keine Lust verspürte. Ina winkte ab mit den Worten, dass Jan vorbeikommen wollte. Jan würde nie mit leeren Händen kommen und mindestens ein halbes Schwein mitbringen.

Kapitel 13

„Schläfst du, Hinnerk?" Jemand versetzte der Hängematte einen rüden Stoß.

Henri öffnete die Augen. „Jetzt nicht mehr."

Vor ihm standen Jan mit einem großen Alubehälter in den Händen und eine attraktive Frau mit dunkelroten Haaren. Sie trug eine dunkelblaue Jeans, ein weißes T-Shirt und einen blauen Leinenblazer. Über der Schulter trug sie eine Laptoptasche. Henri rätselte, wer sie war. Sie sah aus wie eine Versicherungsvertreterin. Oder wie eine Journalistin. Während er sich mühsam aus der Hängematte wälzte, was die anziehende Frau mit Kichern kommentierte, sah Jan sich suchend um und stellte den Behälter auf den Tisch.

„Tja, das ist nichts, wenn man alt wird, was, Hinnerk?"

Henri musterte die Rothaarige. „Kennen wir uns?"

„Ja. Ich nehme es aber als Kompliment, dass du mich nicht mehr erkennst."

„Julia?" Fassungslos betrachtete er Jans Schwester. Aus dem dicken, pausbäckigen, rotblonden Mädchen war eine attraktive Frau geworden. Julia war drei Jahre jünger als er und Jan, erinnerte sich Henri. Sie war gertenschlank, hatte die Haare dunkler getönt und ein selbstbewusstes Lächeln. Sie musterte ihn ebenso interessiert wie er sie.

„Gut siehst du aus", sagten sie beide wie aus einem Mund. Julia drückte ihm energisch einen Kuss auf die Wange.

„Gut, dass wir das geklärt haben. Lauter schöne Menschen um mich herum", meinte Jan. „Ist Ina da?"

„Ich bin kurz mal eingenickt, aber eben war sie noch im Garten. Was macht ihr denn hier?"

„Du wolltest doch ein Bier mit mir trinken. Ich habe Julia mitgebracht. Sie kann uns bestimmt helfen."

Uns. Henri wurde warm ums Herz. Er sah sie an. „Kannst du dich an etwas von damals erinnern? Immerhin warst du auch auf unserer Schule. Was hat man nach den Ferien von den Lehrern gehört? Wurde das Thema mit Palmberg besprochen? Hast du überhaupt etwas mitbekommen? Du warst erst fünfzehn."

„Schon fünfzehn. Da bekommt man vieles mit. Vor allem etwas, was man nicht mitkriegen soll. Außerdem ist mein Gedächtnis hier." Sie klopfte auf die Laptoptasche und nahm sie von den Schultern.

„Julia ist Journalistin."

Henris Erfahrungen mit der Presse waren hauptsächlich negativer Natur. Er zog die Stirn kraus. Julia tätschelte seinen Arm. „Die alten Vorbehalte der Polizei gegen uns Journalisten. Sei fair und guck nicht so, gib mir eine Chance."

Jan öffnete den Alubehälter. Darin befanden sich eine riesige Aufschnittplatte und ein paar Meterbrote. „Ich dachte, ich bringe eine Kleinigkeit zum Abendessen mit. Wir brauchen Teller."

„Was ist denn hier los, eine Party?" Ina lachte und begrüßte Julia und Jan mit Umarmungen.

„Teller!", rief Jan laut. „Sind hier Kinder, die mal ausnahmsweise helfen können?"

„Hier ist alles voller Kinder und Hunde", behauptete Ina.

„Ich habe Theo mitgebracht, der ist gleich zu den Pferden gegangen."

„Theo?" Fragend sah Henri Julia an.

„Mein Sohn. Er ist vier."

„Hast du den Vater auch mitgebracht?" Henri sah suchend um sich.

Jan schnaubte. „Leider nicht. Dabei würden wir ihn gerne mal kennen lernen."

Henri musste nicht fragen, wen Otto so stürmisch begrüßte. Der junge schlaksige Mann tätschelte den Hund und sah Henri genauso erwartungsvoll entgegen wie er ihm. Henri schien es, als würde er in ein junges, modernes Spiegelbild blicken. Er erhob sich und sah seinem ältesten Sohn zum ersten Mal in die Augen. Wie begrüßt man einen erwachsenen Sohn, den man nicht kennt, fragte sich Henri beklommen. „Ich freue mich, dich kennen zu lernen", erschien ihm als unpassend. Lasse löste das Problem für ihn. Er streckte ihm unbefangen die Hand hin und musterte ihn aufmerksam. „Na, gut zu wissen, dass ich in 20 Jahren noch Haare haben werde."

Beide betrachteten sich stumm lächelnd. Henri atmete auf. Sein Sohn sah ihn offen und neugierig an. Lasse brach das Schweigen. „Er sieht doch ganz normal aus, Mama. Wir sehen uns sehr ähnlich. Ich hatte mir mehr etwas in Richtung Teufelshörner und Ziegenfuß vorgestellt."

„Ich habe nie gesagt, dass Hinnerk hässlich ist. Oder teuflisch." Ina umarmte ihren Sohn und blickte Henri an, als sähe sie ihn zum ersten Mal. Henri lachte.

„Hallo Lasse, ich bin froh, dich kennen zu lernen. Egal, was dir deine Mutter erzählt hat, sie hat vermutlich Recht."

Lasse lachte ebenfalls. Henri betrachtete seinen Sohn gerührt. Die Ähnlichkeit war verblüffend. Seit der Aufnahme des Fotos auf Inas Schrank war einige Zeit verstrichen. Inzwischen trug er einen Vollbart, der ihn verwegen aussehen ließ. Die Haare auf dem Kopf waren hingegen kurz geschnitten. Lasse war ebenso groß wie Henri, schlank und strahlte Lebensfreude und Selbstsicherheit aus.

„Wow", sagte Metke beeindruckt. „Du siehst aus wie Papa in Jung."

„Und in Cool", ergänzte Katje.

„Danke", sagte Henri trocken. „Aber ihr habt recht."

„Er sieht wirklich aus wie Papa und ich."

Metke knuffte Jesper in die Seite. „Das hättest du wohl gern."

Henri beobachtete, wie Lasse freundlich und unbefangen seine alten und neuen Geschwister begrüßte. Was für ein netter junger Mann, dachte er.

Ina umarmte Lasse erneut und betrachtete ihn mit einem zärtlichen Ausdruck. „Was meint ihr, wie toll und cool er ohne diesen grässlichen Bart aussieht."

Jan begrüßte Lasse ebenfalls herzlich. Auch von Julia bekam er einen Kuss auf die Wange. Henris Gefühle schwankten zwischen Rührung, Freude und Eifersucht.

„Ihr kennt euch gut?", entfuhr es ihm.

„Hinnerk! Als du abgehauen bist, hatte Ina nur noch ihren bekloppten Alten und mich. Na ja, bis sich Ina wieder gefangen hatte und ich Doreen kennen gelernt habe."

„Jan und Doreen sind für mich wie Onkel und Tante", sagte Lasse. „Jan hat mich sogar über das Taufbecken gehalten."

„Ich auch." Julia grinste. „Das macht aus Lasse einen waschechten Hartmann. Deshalb muss er auch die Hartmannsche Wurstfabrik übernehmen."

„Das überlasse ich lieber Theo. Wo kann ich heute pennen, Mama?"

„In deinem Zimmer. Wo sonst?"

„Ich dachte, da schläft Henri?"

„Der bleibt auf der Couch!"

„Auf dem altersschwachen Ding? Da kann man nicht schlafen. Oder ist das deine Rache an ihm dafür, dass er abgehauen ist?"

Henri zuckte zusammen. Sein Sohn betrachtete ihn mit einem freundlich-distanzierten Blick.

„Und du bist auch Kriminalbeamter, Henri? Ich konnte es nicht glauben, als Mama es mir erzählt hat. Ich dachte, mein Erzeuger sei ein gewissenloser Veterinär, der Mama und mich im Stich gelassen hatte. Erzähl mal von der OFA. Warst du auch in Quantico? Hast du deine Ausbildung beim BKA in Wiesbaden gemacht?" Lasse lehnte sich begierig vor, als Henri nickte und zur Antwort ansetzte.

„Das könnt ihr später bereden. Jetzt wird gegessen. Sonst falle ich vom Fleisch." Jan schob seine Wurstplatte mit den mecklenburgischen Spezialitäten auf den Tisch. „Alles, was du gerne isst, Hinnerk. Lungwurst, Schlackwurst, Mett, Leberwurst, Gekochte." Erwartungsvoll sah er seinen alten Freund an. Henri ließ seinen Blick über die Platte mit altvertrauten lokalen Spezialitäten schweifen und bemühte sich um ein dankbares Lächeln. Es war der falsche Moment, Jan zu sagen, dass seine Ernährung nicht mehr so fleischlastig war wie früher.

„Was ist denn eigentlich passiert?", fragte Lasse, nachdem sich die Jugendlichen in die Dunkelheit verzogen hatten.

Henri zuckte die Schultern. „Jörg, Kaschi und ich sind zur gleichen Zeit verschwunden, als der tote Palmberg aus dem See gezogen wurde. Warum hat mich die Polizei nicht gesucht? Ich muss mich wundern. Unter normalen Umständen hätte man von meiner Flucht ausgehen müssen. Auch wenn ich nicht als Verdächtiger gesucht worden wäre, als Zeuge hätte ich befragt werden müssen. Ich gehe jedenfalls nicht von einem Zufall aus. Drei junge Männer aus einem Freundeskreis verschwinden spurlos. Der Tote war deren Mathelehrer. Das muss doch aufgefallen sein. Auch nach Jörg und Karsten hätte intensiver gesucht werden müssen. Schon wegen der Verbindung zu Palmbergs Tod. Mich beschäftigt auch die Frage, ob der Brand im Heim ein Zufall oder Absicht war."

„Du warst doch in Australien, denke ich?", fragte Jan und betrachtete nachdenklich seine Aufschnittplatte.

Henri sah seinen Freund an. „Aber nicht sofort. Du unterschätzt die Polizei. Spätestens bei meiner Ausreise wäre ich am Flughafen aufgehalten worden. Es hat definitiv niemand nach mir gesucht. Auch nicht, als ich 18 Monate später wieder in Deutschland war. Das ist mir unverständlich."

Julia klappte den Laptop auf, Ina zündete Windlichter an. Henri konnte seinen Blick nicht von Lasse wenden.

„Also, ich habe hier die Ausgaben der Zeitungen von Sonnabend, Montag und Dienstag, nachdem Sören Palmberg gefunden wurde. Sonnabend und Montag hatte er es auf die Titelseite geschafft, Dienstag gab es eine halbe Spalte und einige Tage später nach der Beisetzung nur eine Randnotiz. ‚Das Opfer des Unfalls, Sören Palmberg, das tot aus dem Wockersee geborgen wurde, ist heute im kleinen Kreis beigesetzt worden.' Daneben noch ein kleines Foto der trauernden hochschwangeren Witwe. Mies geschrieben. Das hätte ich mit Abstand besser gemacht." Julia schüttelte sich mit sichtlichem Missfallen.

„Das ist mir unerklärlich." Henri schüttelte den Kopf.

„Tatsächlich ist noch ein Bericht in einer Schweriner und in einer bundesweit erschienenen Zeitung gekommen. Der Wortlaut ist fast der gleiche, nur etwas reißerischer. Das Foto ist ebenfalls größer." Julia drehte das Notebook zu Henri. Es zeigte die Trauergesellschaft am Grab. Die Witwe war unschwer an ihrem Bauchumfang zu erkennen. Henri musterte die Trauernden. Er erkannte Beate Knauer. Sonst niemanden.

Ina beugte sich zu ihm. „Gibt es bei Beerdigungen nicht immer Kondolenzlisten für die Angehörigen? Eventuell hat der Bestatter sie noch."

„Nein, der Bestatter hat keine Aufzeichnungen von den Gästen", widersprach Jan.

„Aber die Witwe vielleicht", sagten Henri und Lasse wie aus einem Mund. Beide lächelten sich an.

„Nach all den Jahren? Anett Jäger hat eine neue Familie. Ihr erster Mann ist fremdgegangen. Sogar während der Schwangerschaft. Sie wird die Kondolenzliste nicht mehr haben. Ich hätte sie in den Müll geworfen."

„Ja, Jan, du vielleicht. Aber du bist ein Mann!" Henri hob die Hände und lächelte Julia an, die zum Protest ansetzte. „Die Erfahrung hat es mich gelehrt. Frauen haben gerne eine Schachtel oder einen Karton mit Erinnerungsstücken und alten Fotos. Meistens befinden sie sich im Kleiderschrank, fast vergessen und verborgen vor den Augen der Familie."

Ina sah ihn erstaunt an. „Jetzt wo du es sagst, ich habe noch eine Schachtel mit Sachen von dir. Sie ist übrigens in meinem Kleiderschrank."

Jan bog sich vor Lachen. „So viel zu der Frauentheorie!"

Henri überging die Bemerkung. „Es lohnt sich, Frau Jäger noch einmal zu fragen. Palmberg wird Bekannte gehabt haben, die vielleicht mit mir sprechen. Ich verspreche mir nicht allzu viel davon, aber es schadet nichts, da nachzuhaken." Henri freute sich, als Lasse zustimmend nickte.

Julia beugte sich konzentriert über ihren Laptop. „Nach Palmbergs Tod gab es den Aufruf, den See als Naturgewässer nicht zu unterschätzen und die Kinder nicht unbeaufsichtigt schwimmen zu lassen. Ein paar Jahre später wurde noch einmal über den alten Fall berichtet. Typisch für die Sommerlöcher, da werden gerne alte Berichte ausgegraben. Bescheuert!" Dann entwich ihr ein Ausruf. „Seht mal. Es gab noch eine Kondolenzanzeige ein paar Tage nach Sören Palmbergs Beerdigung." Triumphierend lehnte sie sich zurück. „Na, was sagt ihr?" Sie drehte den Laptop zu den anderen.

S. P.
Ein Unglück hat dich aus unserer Mitte, aus meinen Armen gerissen.
Ich werde dich nie vergessen.
In Liebe
I. L.

„Was?", schrie Ina auf. „I. L.?" Sie blickte wild um sich. „I. L. Wie Ina Lürßmann? Ihr glaubt doch wohl nicht, dass ich das war?"

„Komm runter, Ina! Warum sollte jemand das vermuten!?" Jan machte eine beschwichtigende Geste. Henri legte ihr die Hand auf die Schulter. „Ina, das Inserat stammt nicht von dir. Das wissen wir alle. Das ist Zufall oder jemand wollte dich in Verruf bringen."

„Es könnte sich um einen oder eine andere S. P. und I. L. handeln."

„Von seiner Frau wird es wohl kaum sein", sagte Jan.

Ina gab ein abfällig prustendes Geräusch von sich. „Nie im Leben! Sie hieß Anett Palmberg. Der Typ hat sie betrogen, trotzdem wird sie schwer unter seinem Tod gelitten haben. Er wurde ermordet! Sie wusste, dass er eine Freundin hatte. Sie war hochschwanger. Sie hatte etwas anderes zu tun, als kryptische Annoncen aufzugeben."

„Stimmt. Kann man noch feststellen, wer die Annonce aufgegeben hat?"

Julia sah Henri an und schüttelte langsam den Kopf. „Nach so vielen Jahren?"

„Die Aufbewahrungsfrist wird nicht über die übliche Zeit hinausgegangen sein", stimmte Henri zu.

Ina und er sahen sich an. „Du denkst das Gleiche wie ich?" Henri nickte. „Das Inserat könnte von Diane sei. So boshaft wie diese Frau ist, könnte sie das Gerücht gestreut haben, du seist Palmbergs Affäre. Mit dem Inserat wollte sie Öl ins Feuer gießen. „Das hat nicht funktioniert. Niemand hat sich dafür interessiert."

„Warum sollte Diane das getan haben?", fragte Jan verwundert.

„Weil Diane diese Affäre war. Leider kann ich das nicht beweisen." Henri schaute den Freund herausfordernd an. „Noch nicht." Er lehnte sich zu Julia, deren Gesicht vom Widerschein des Laptops angeleuchtet war. „Als du nach den Ferien wieder zur Schule gegangen bist, gab es doch sicher Gerede? Was hat man über die Todesfälle gesprochen? Ein Suizid und ein Mord, das muss doch das Thema gewesen sein."

Julia blickte auf und lehnte sich zurück. „Nicht auf dem Schulhof. Ich erinnere mich kaum. Ich bin damals in die zehnte Klasse gekommen. Palmberg kannte ich nur vom Sehen. Traurig. Frau Kowaletzkow hatte ich in Staatsbürgerkunde und Deutsch. Sie war etwas launisch. Meistens war sie aber sehr nett."

Henri hob den Kopf. „Sie war manisch-depressiv, meinte Frau Knauer. Kannst du etwas über die Todesfall Kowaletzkow finden? Wurde etwas berichtet, eventuell in Verbindung mit Palmberg?"

Julia ließ sich Vor- und Zunamen buchstabieren und beugte sich wieder über den Laptop. „So ein Mist", fluchte sie nach einer Weile. „Das ist aus der Vor-Internetzeit. Da passiert nichts, wenn man den Namen eingibt. Da kommt nicht mal ein Nachruf. Tut mir leid, Leute. Ich versuche es noch mal in der Redaktion, vielleicht finde ich etwas im Archiv. Eventuell irgendwas in Papierform oder als Microfiche." Sie gähnte. „Zeit, nach Hause zu gehen. Wo ist Theo?"

„Der ist bei den Jungs eingeschlafen. Wir haben ihn ins Bett gelegt", sagte Linnea, die sich ein Tomatenviertel von der Platte angelte.

Julia schüttelte den Kopf. „Er muss dringend nach Hause ins Bett."

Jan schenkte seiner Schwester ein Glas Weißwein ein. „Ach Quatsch. Er schläft doch schon. Ich trage ihn dir nach Hause. Schlimmstenfalls ist er morgen im Kindergarten müde."

„Wer ist sein Vater? Lebt er auch hier in der Gegend?"

Jan schlug Henri auf die Schulter. „Gute Frage, das möchte die gesamte Familie auch wissen. Zeig mal, was du kannst, Herr Kommissar. Vor allem meine Mutter ist begierig, ihren Schwiegersohn endlich kennenzulernen und an die Brust zu drücken. Und ich würde ihm gerne die Fresse polieren."

Julia klappte den Laptop zu und lehnte sich mit dem Glas in der Hand zurück. „Das geht dich alles nichts an, Bruderherz."

Sie trank und wandte den Blick von Jan auf Henri. „Theos Vater ist ein österreichischer Kollege. Wir haben uns auf einem Kongress in Wien kennengelernt. Er ist ein wunderbarer Mann. Klug, freundlich, humorvoll. Es war nur eine kurze Affäre."

„Natürlich ist er verheiratet!"

„Auch das geht dich nichts an. Er weiß, dass es Theo gibt. Wir treffen uns nicht mehr. Das genügt. Ich bin froh, Theo zu haben. Er ist ein Geschenk und er war meine letzte Chance auf ein Kind."

Henri ließ seinen Blick über die Gesichter der Anwesenden schweifen und wunderte sich. Fiel keinem der anderen auf, was er sofort gesehen hatte?

„Na los, Hinnerk, lass es raus. Frag mich endlich!"

„Was meinst du Jan?"

„Warum ich kein Volkswirt mit bahnbrechenden Theorien geworden bin, sondern warum ich, wie Julia sich ausgedrückt hat, die Hartmannsche Wurstfabrik übernommen habe."

Henri zuckte die Schultern. Natürlich interessierte es ihn. Jan hatte sich immer geweigert, das Geschäft seines Vaters zu übernehmen. Die älteren Hartmanns hatten immer gehofft, Jan würde in dritter Generation den Laden übernehmen. Henri konnte sich noch an die Versuche von Jans Vater erinnern, den Sohn für das Geschäft zu begeistern. Jan hatte sich durchgesetzt und entschieden, Volkswirtschaft zu studieren. Die Eltern hatten enttäuscht reagiert, seine Wahl letztendlich aber akzeptiert und unterstützt. Sicher hatten sie ihre Hoffnungen danach auf Julia gelegt. Es interessierte ihn, dennoch hätte er sich lieber mit Lasse unterhalten.

„Na, los Janni, raus damit."

Jan lehnte sich vor und drehte das Weinglas in den Händen. „Ich mache es kurz. Du hattest mich ja schon vorher gewarnt und hattest recht, ich bin für Volkswirtschaft nicht geeignet und sie nicht für mich."

„Das habe ich gesagt!?"

„Erinnerst du dich nicht? Jedenfalls habe ich mich bei den Vorlesungen zu Tode gelangweilt. Ich fing an zu schwänzen, bin viel durch die Straßen Berlins gelaufen. Es war ja eine spannende Zeit, so kurz nach dem Mauerfall. Du konntest genau sehen, wo der Osten aufhörte und der Westen anfing. Bei meinen Streifzügen durch die Stadt bin ich irgendwie immer in den Fleischereigeschäften gelandet. Habe immer ein paar Scheiben Aufschnitt probiert. Eines Tages habe ich einem Charlottenburger Schlachtermeister in seinem vollen Laden gesagt, dass er die Hygienevorschriften verletzt und welche Gewürze an seiner Leberwurst fehlen. Er hat mich hochkant rausgeworfen und mir ist es wie Schuppen von den Augen gefallen. Ich wusste, was ich machen wollte. Ich habe das Studium geschmissen, meine WG-Bude behalten und mir eine Lehrstelle gesucht. Von meinen Streifzügen her kannte ich ja schon den besten Betrieb. Die haben mich mit Kusshand genommen."

„Was haben eure Eltern gesagt?"

Julia lachte. „Nur Ina und ich wussten es. Mama und Papa haben es erst erfahren, als er das erste Lehrjahr hinter sich hatte."

Henri nickte. „Du wolltest sie nicht enttäuschen, falls du es hinschmeißt."

Jan erhob sich und gähnte. „Ich muss morgen früh raus. Ich werde euch aktiv unterstützen. Meine Kundschaft ist sehr redselig."

Henri nickte. „Das wäre prima. Frag mal nach dem Brand im Tannenhof. Eventuell wohnen noch ehemalige Bewohner von 1991 in der Nähe, die ich besuchen könnte. Überhaupt ist alles interessant, was in der Zeit geschah." Er lächelte Jan und Julia an. „Danke für eure Unterstützung."

Er lag auf dem Rücken auf der Couch, hatte die Hände unter dem Kopf verschränkt. Der Mond schien. Ihm rasten die Gedanken durch den Kopf. Er selbst hatte auch als verschwunden gegolten. Waren Jörg und Kaschi ebenso gegangen wie er? Jörg wäre nicht ohne Anlass gegangen. Henri nagte an seiner Unterlippe. Jörg war jemand, der einen Freund als Halt benötigte. Er hatte sich leider den falschen Freund ausgesucht. Ihn. Hinnerk. Aber er war damals so mit sich selbst beschäftigt gewesen wegen Omas Tod und Inas Veränderung. Er war ihm keine Hilfe gewesen. Kaschi hingegen war in einer intakten Familie aufgewachsen. Er und seine Schwester Melanie waren behütet und geliebt worden. Er wäre nie ohne ein Wort gegangen. Palmbergs Tod war nicht wegzudiskutieren. Warum hatte die Polizei den Fall nicht verfolgt? Oder hatten die Kollegen hier alles getan und der Fall war trotzdem ein „cold case" geworden? Er würde morgen auch die hiesige Polizei aufsuchen. Vielleicht kamen ihm die örtlichen Kollegen entgegen. Henri hatte schon mit vielen Kollegen anderer Dienststellen gute Erfahrungen gemacht. Seine Gedanken schweiften zu Lasse. Der junge Mann gefiel ihm ausnehmend gut. Vorhin, kurz nachdem Julia und Jan, der seinen schlafenden Neffen auf dem Arm trug, gegangen waren und Ina mit dem Aufräumen begonnen hatte, waren Henri und Lasse zur Pferdekoppel geschlendert. Einträchtig, Seite an Seite hatten sie am Zaun gestanden und in der Dämmerung zum Fluss geblickt. Zwischen ihnen hatte sofort eine Vertrautheit bestanden, die Henri hoffen ließ, eines Tages eine solide Basis zu seinem Sohn aufbauen zu können. Lasse mochte ihn, das spürte er. Henri war froh darüber.

Seine Gedanken zogen zu Ina. Vor seinem geistigen Auge schwebte ihr Gesicht, nein, ihr ganzer Körper. Er stieß die Decke von sich. Ob sie schlief? Er widerstand der Versuchung, nach draußen zu gehen und nach einem Lichtschein an ihrem Fenster zu suchen. Sie wünschte keine Wiederholung der gestrigen

Nacht, hatte sie ihm heute Mittag deutlich zu verstehen gegeben. Dass sie es wirklich bereute, glaubte er nicht. Sie hatte es ebenso genossen wie er. Aber sie wollte ihn nicht mögen. Sie hatte Recht. In wenigen Tagen würde er erneut aus ihrem Leben verschwinden. Sie hatte ihn so viele Jahre mit grimmiger Befriedigung gehasst. Was hatte sie gestern gesagt? Tot sollte er sein. Oder fett und kahlköpfig. Henri stand wieder auf, füllte am Spülbecken ein Glas mit Wasser und trank es in einem Zug aus. Der Wasserhahn leckte, der Ausguss war verstopft. Erneut füllte er das Glas und ging unruhig zwischen Küche und Wohnzimmer hin und her. Die Dielen knarrten. In diesem Haus fehlte ein Mann. In jeder Hinsicht. Oder war das ein altmodischer Gedanke? Er öffnete die Terrassentür. Mit der Nachtluft kamen ein paar Mücken herein. Schnell schloss er sie wieder. So würde er keinen Schlaf finden. Ohne eine kalte Dusche schon gar nicht. Er würde hinunter in Inas Praxis gehen, er hatte dort ein kleines Bad bemerkt, da würde er beim Duschen keinen Lärm verursachen. Sein Handy vibrierte auf dem Tisch.

Ein böse aussehendes Emoji leitete die WhatsApp von Ina ein. „Kannst du bitte mit dem Gerenne aufhören? Andere möchten schlafen."

Er lächelte. „Du auch?", schrieb er. Er fügte das Emoji hinzu, das sich nachdenklich übers Kinn streicht.

Keine Antwort. Nach einer Weile legte er enttäuscht das Handy aus der Hand. Nach kurzer Zeit brummte es erneut. „Was ist nun? Kommst du, oder nicht? Ich habe das Einhorn T-Shirt an." Emoji mit Küsschen und Herz.

Er lachte wie befreit und ging leise die Treppe hinauf.

Kapitel 14

Sonnabend, 11.08.2018

Ina und Jesper deckten den Frühstückstisch. Sie fühlte Henris Blick in ihrem Nacken und stellte sich vor, was sie letzte Nacht zusammen getan hatten. Noch immer meinte sie, seine Hände am ganzen Körper zu spüren. Sie drehte sich zu ihm. Sein Blick begegnete ihrem. Warm, liebevoll und wie ein Versprechen. Hör auf, Ina, was soll das, das führt zu nichts mit diesem Mann, egal wie er sich nun nennt, dachte sie. Sie lauschte dem Gespräch zwischen ihm und Oscar, beide lachten laut. Willst du, dass sich deine Kinder an diesen Mann gewöhnen, der in wenigen Tagen wieder davonfährt? Er hat sein Leben in Hamburg, du deines hier. Von der Zukunft mit ihm und den Kindern war keine Rede. Oder doch? Sie waren keine Singles, die ihre Leidenschaft ausleben konnten, sie waren Eltern von fünf minderjährigen Kindern, Individuen, die auch eine Meinung hatten. Sie sah in die Runde. Nein, sie wusste, was Verantwortung war. Wegen ein paar schöner Stunden würde sie nicht ihr Leben aufgeben. Linn hatte die Futternäpfe gefüllt und die Hunde fraßen.

Henri deutete auf die Hunde. „Was meint ihr, Jesper und Oscar, wollt ihr nach dem Frühstück nicht mal die Flokatis kämmen? Die haben es dringend nötig."

Ina richtete sich auf. „Mein Haus, meine Regeln. Mein Sohn, mein Hund. Du hast nicht zu bestimmen, wer hier was macht!"

Henri hob abwehrend die Hände. „Entschuldige bitte, ich wollte nicht übergriffig sein." Er sah Jesper an. „Du bist meiner Meinung nach dran, dich um Fiete zu kümmern. Ich möchte, dass du ihn bürstest."

Jesper nickte und biss von seinem Brötchen ab.

„Wo ist Lasse?" Metke sah sich um.

Ina lächelte. „Der schläft noch, Meti. Wir lassen ihn ausschlafen."

„Henri hat recht", meldete sich Oscar. „Ich kämme Otto. Er sieht wirklich schlimm aus. Er läuft keine Werbung für unsere Tierarztpraxis."

Ina sah Henri an. Ein Lächeln spielte um seine Mundwinkel, während er auf seinem Handy herumtippte.

Idiot, dachte sie verstimmt. Wem schreibt er jetzt?

Ihr Handy auf der Arbeitsplatte brummte. Henri steckte verschmitzt grinsend seins wieder in die Hosentasche. Sie griff nach ihrem Telefon. Natürlich, die Nachricht war von ihm. „Zum Glück bist du nachts weitaus netter zu mir." Dazu die Emojis „Mann und Frau", „Bett" und „rotes Herz", sie las es und konnte ein Lächeln nicht unterdrücken.

Betont lässig legte sie das Handy beiseite. „Was hast du heute vor?"

Henri sah nachdenklich sein Käsebrötchen an. „Ich finde die Verbindung zwischen Palmberg, Jörg und Kaschi nicht. Ich werde versuchen, in Jörgs Kinderheimzeit anzusetzen. Vielleicht hatte Jörg da noch mit jemandem gesprochen. Da das Heim nicht mehr existiert, muss ich anders vorgehen. Ich habe mich an den Namen einer Erzieherin erinnert. Jörg sprach immer von Brechreiz-Brecht. Die Frau lebt jetzt in Schwerin. Julia hat sie ausfindig gemacht und mit ihr Kontakt aufgenommen. Sie will mich unbedingt zu Frau Brecht begleiten. Ich verspreche mir einiges von dem Besuch bei der Pädagogin. Vielleicht kann sie mir etwas zu Jörgs Zustand sagen, oder er hat ihr gegenüber etwas erwähnt, das sein Verschwinden erklärt."

Ina durchfuhr ein Gefühl der Eifersucht. Henri betrachtete noch immer sein Brötchen.

„Jörg hatte doch noch einen Freund im Kinderheim. Ich habe in Physik neben ihm gesessen. Bernd Irgendwas. Kannst du dich noch an seinen Namen erinnern?"

Frag doch Julia, wollte sie sagen, antwortete aber: „Bernd Kampmann."

„Stimmt. Den werde ich suchen. Mal sehen, ob der noch hier lebt. Danach gehe ich mal wieder in die Werkstatt. Irgendwann muss der Wagen doch repariert sein."

„Bitte nicht", sagte Katje. „Es ist so schön hier."

„In den Herbstferien kommen wir wieder", erklärte Jesper. „Ich freue mich jetzt schon."

Ina sah Henri überrascht an. Seinem verwunderten Blick entnahm sie, dass ihm das auch neu war. Henri legte das Brötchen aus der Hand.

„Tatsächlich? Weiß Ina davon? Ich jedenfalls nicht!"

„Mama, dürfen Jesper und seine Schwestern in den Herbstferien wiederkommen? Bitte!"

Hilflos sah Ina Henri an. Sie fühlte sich überfahren. Sie würde ihn dann wiedersehen, aber wollte sie das?

„Das wollen wir mal nicht so über das Knie brechen. Ihr könnt das nicht entscheiden und Ina die Pistole auf die Brust setzen."

„Wenn du so anfängst, wird das nichts", maulte Metke.

„Mal sehen. Ich habe übrigens noch eine Idee für den heutigen Tag." Henri machte eine angedeutete Verbeugung. „Das Einverständnis der Dame des Hauses vorausgesetzt rege ich an, den hinteren Apfelbaum abzuernten."

„Die Äpfel fallen von selber runter."

„Das stimmt, Linn, aber dann vergammeln sie schneller. Das wäre doch schade."

„Ich heiße Linnea!"

„Linn!", rief Ina empört.

Henri winkte ab. „Nein, Ina, es ist ihr Name. Ich habe nicht das Recht, sie beim Kosenamen zu nennen. Das ist okay." Er lächelte sie an. Linnea biss sich verlegen auf die Lippe.

„Dürfen wir so richtig in den Baum klettern?"

Ina wandte den erzürnten Blick von ihrer Tochter und sah Jesper freundlich an. „Ja, natürlich. Anders geht es nicht. Wir stellen aber noch die Leiter an."

„Ich mache mit." Metke war Feuer und Flamme.

„Das ist natürlich eine freiwillige Aktion. Aber so können wir den Malms vielleicht etwas helfen." Henri tupfte sich den Mund mit der Serviette ab. „Der Tisch wird vor dem Ernte-Event noch abgeräumt. Ich koche heute Abend für uns, ist das okay?"

Ina nickte.

„Keinen Brokkoli", sagte Metke.

Ina hatte die Idee gehabt, bei Jan nachzufragen, ob er etwas über Bernd wusste. Jan, der durch sein Geschäft alle und jeden kannte, konnte weiterhelfen. Er ließ Henri ausrichten, dass der ehemalige Mitschüler sehr heruntergekommen sei und auf einem Schiff leben würde. Manchmal sei er sogar in unmittelbarer Nähe anzutreffen. Henri sollte es am Wasserwanderrastplatz versuchen. Jan konnte sich an den Namen des Boots erinnern. Nach Henris Erfahrung lebten nur reiche Müßiggänger und mittellose Aussteiger auf Booten. Bernd Kampmann gehörte zur zweiten Kategorie. Zwischen hübschen weißen Booten, die Namen wie „Badewanne", „Hoppetosse" oder „Albatros" trugen, lag die „Poppy II". Das kleine Schiff mit schmuddeliger gelber Patina dümpelte im Takt der anderen längsseits vertäuten Boote. Henri betrachtete es mit gerunzelter Stirn. Es strahlte Vernachlässigung aus. Die kleinen Scheiben waren blind vor Schmutz. An Deck sah er mehrere Eimer mit leeren Flaschen und einige leere Bierkästen. Fliegenschwärme kreisten um herumliegende Müllsäcke.

Jemand tippte ihm auf die Schulter. „Sind Sie vom Ordnungsamt?" Henri schüttelte den Kopf. „Schade", entgegnete ein Mann und zog einen Foxterrier, der interessiert Henris Beine beschnupperte, an der Leine und ging weiter.

Henri betrat das Boot und klopfte an. „Bernd?", rief er laut. Er hörte zwei Männer sprechen. Er klopfte erneut, erhielt aber keine Antwort. Nochmals rief er Bernds Namen und öffnete dabei die unverschlossene Tür. Bernd lag auf der schmalen Bank und schlief. Der Fernseher lief. Henri betrachtet den Schlafenden. Bernd Kampmann war zu Schulzeiten ein Mädchenschwarm gewesen. Die schwarzen Locken fielen damals auf seine Schultern. Die Mädchen fanden, dass er wie ein Spanier aussah, und nannten ihn Bernardo. Bernd hatte es gefallen. Der Bernd vor ihm auf der Bank war kahlköpfig. Hatte er den Schädel rasiert oder waren die Haare auf natürliche Weise ausgefallen? Ein Speichelfaden zog sich aus seinem Mundwinkel. Die Unterarme waren tätowiert. Ein Wolf mit gefletschten Zähnen auf dem linken, ein Drache auf dem rechten Arm. Aus dem Kragen des fleckigen T-Shirts rankten ein paar geschwungene Zacken bis auf den Hals. Unter einem Auge waren Tränen zu sehen. Knasttränen. Zum schmutzigen Shirt trug Kampmann nur eine Unterhose. Henri wollte nicht wissen, wie lange er sie nicht gewechselt hatte. Immerhin hatte er eine an. Er wandte den Blick von ihm und ließ ihn durch den Raum schweifen. Auf dem zweiflammigen Herd stand ein Topf mit schimmligen Ravioli. Leere Pizzakartons und geöffnete Raviolidosen lagen in der Spüle, Kaffeetassen mit Resten standen daneben. Auf dem Tisch neben dem kleinen Fernseher befanden sich leere Flaschen. „Rum, Gin, Doppelkorn und Wodka, alles, was das Herz begehrt", murmelte Henri und schlug ein paar Fliegen von sich weg. Sämtliche Oberflächen waren mit einem öligen Schmierfilm und Essensresten überzogen. Am Boden erblickte er schwarze Krümel, die nach Mäusedreck aussahen. Oder waren es Hinterlassenschaften von Ratten? Es roch nach schalem Bier, schimmligen Lebensmitteln, Schweiß und Urin. Henri unterdrückte einen Würgereiz und öffnete ein Fenster. Es knarrte widerwillig, als er es aufstieß. Frische Luft strömte herein. Er atmete durch.

„Bernd?"

Kampmann knurrte.

„Bernd, wach auf."

Der Angesprochene kam zu sich und blinzelte verwirrt. „Was ist? Was willst du? Wer bist du? Verpiss dich!", nuschelte er.

„Ich bin ein ehemaliger Klassenkamerad von dir."

„Klassentreffen, he? Was für 'n Scheiß!" Kampmann setzte sich mühsam auf. Er gähnte herzhaft. Ihm fehlten ein paar Zähne. Henri schloss auf Drogenkonsum und sah sich um. Er entdeckte auf Anhieb nichts, was auf einen Betäubungsmittelmissbrauch schließen ließ. Bernd sprach offensichtlich momentan nur dem Alkohol zu. Kampmann musterte ihn misstrauisch und kratzte sich den schlaffen Bauch. Henri erkannte ein tätowiertes Schiff, das ungeschickt das Tattoo eines Hakenkreuzes verdecken sollte.

„Ich bin Hinnerk, erinnerst du dich noch an mich? In der Oberstufe hast du in Physik neben mir gesessen."

Bernd Kampmann sah ihn mit halb geschlossenen Augen an. „Was?"

Henri wiederholte es. Bernd ließ sich wieder nach hinten fallen und schloss die Augen.

„Hinnerk, ja. Du warst immer mit Jan zusammen und der süßen Blonden. Ina. Jan ist ein feiner Kerl. Der gibt mir manchmal was zu essen mit. Der hat einen Laden in der Innenstadt. Feiner Kerl." Er mühte sich auf. Breitbeinig wankte er ein wenig vor Henri.

„Und du kommst mich besuchen? Einfach so? Hättest ein paar Blumen mitbringen können oder wenigstens eine Pulle. Willst du was trinken? Vielleicht ist was da." Er schlurfte zum Fernseher und stellte ihn aus. Mühsam bückte er sich und zog ein paar Flaschen aus dem Schrank unter der Spüle hervor. Er hielt eine nach der anderen dicht vor die Augen, um zu prüfen, ob sich noch ein Rest darin befände. In einer Wodkaflasche wurde er fündig und stieß ein triumphierendes Gelächter aus. Er hielt Henri die Flasche entgegen. Der wehrte ab. „Nein danke."

Bernd drückte die Flasche an seine Brust. „Was? Kein Wodka?" Er betrachtete Henri von oben bis unten. Henri trug ein grünes T-Shirt, eine Jeans und Joggingschuhe, nichts Besonderes, aber hier wirkte er wie aus einer anderen Welt.

„Bist 'n feiner Pinkel, was? Zu elegant für das Casa Kampmann? Trinkst keinen Wodka aus der Flasche? Willst einen alten Freund beleidigen?"

„Ich möchte jetzt keinen Alkohol trinken. Und ehrlich gesagt, denke ich darüber nach, wann ich meine letzte Impfung hatte und ob der Tetanusschutz noch wirkt."

Bernd sah ihn aus zu Schlitzen geschlossenen Augen an. Dann lachte er laut auf. „Meine Putzfrau hat gekündigt. Ich habe einen kleinen Hänger. Setz dich."

„Wir gehen spazieren. Zieh dir eine Hose an und komm mit. Hier kann man nicht atmen."

Henri ging wieder an Deck. Ein verdutzter Bernd, der mit ungeschickten Händen eine fleckige Jeans zuknöpfte, folgte ihm. Henri hatte sofort erkannt, dass Bernds Konstitution nicht für Spaziergänge geschaffen war. Sie ließen sich auf der nächsten Bank nieder. Bernd trank die Flasche aus und warf sie ins Gebüsch.

„Heb sie auf und schmeiß sie in den Mülleimer."

Zu Henris Erstaunen tat Bernd, was er von ihm verlangte. Schwerfällig ließ er sich wieder neben ihm auf die Bank fallen. Stumm betrachteten beide die Boote. Kampmann brach das Schweigen. „Mein Schiff sieht scheiße aus gegen die anderen."

„Ja. Schon wegen des Drecks und der Fliegenschwärme. Ich wurde eben gefragt, ob ich vom Ordnungsamt komme. Ich fürchte, du bekommst bald Besuch."

Bernd zuckte die Schultern. „Und wenn schon. Kann's den Nachbarn nicht verübeln."

„Was ist passiert?"

„Poppy ist weg. Sie hat es auch nicht mehr mit mir ausgehalten."

„Deine Frau? Oder Freundin?"

„Meine Frau!" Bernd lachte und Henri bekam wieder Einblick auf dessen ruinöses Gebiss. „Poppy ist meine Freundin. So geht das schon über Jahre. Mal ist sie bei mir, mal kommt sie bei Freunden unter. Eigentlich heißt sie Pamela. Weißt du, warum ich sie Poppy nenne?"

„Ich kann es mir denken." Henri wies auf die „Poppy II". „Ist das deins?" Und als Bernd nickte, setzte er hinzu: „Wie kannst du dir das leisten?"

Kampmann seufzte. „Das ist angespart. Vom Verdienst im Knast. Die alte Schaluppe war ein Schnäppchen. Manchmal fahre ich zur Müritz, manchmal Richtung Elbe. Momentan bin ich etwas klamm und kann mir kein Benzin leisten. Aber es genügt mir. Es ist natürlich etwas Anderes als damals, als ich bei Schwiegereltern in der Villa in Halensee lebte." Er lachte über Henris ungläubigen Blick. „Da staunst du, was? Ich war auch mal ganz solide verheiratet. Mit Haus und Garten und Ehefrau und Kind. Schwer vorstellbar, was?"

„Was ist passiert?"

„Ich habe nach dem Abi studiert. Theaterwissenschaften. Da habe ich meine Frau kennengelernt. Schwer zu glauben, oder? Nach ein paar Semestern bin ich auf Paläontologie umgestiegen, habe wieder abgebrochen und bin auf Sinologie und Heilpraktiker umgestiegen. Das war kurz nach meiner Archäologiephase."

„Das liegt nicht eben beieinander. Was wolltest du werden?"

„Ein schlaues Kerlchen." Bernd lachte. „Dann wurde meine Freundin schwanger. Anke stammt aus einer Bankiersfamilie. Stinkreich und spießig. Wir haben mit dem Segen der Eltern geheiratet. Es war ihnen egal, dass ich aus einem Waisenhaus stamme. Eigentlich waren sie in Ordnung. Aber als meine

Studien keinen Abschluss fanden und ich um eine Finanzspritze bat, um mit Anke und der Kleinen nach Kiel zu gehen und Ozeanologie zu studieren, haben sie uns den Geldhahn abgedreht. Obwohl Anke wieder schwanger war, ist sie sofort bei ihren Eltern untergekrochen. Na, und dann stand ich da. Ich hatte ein dolles Ding geplant und bin leider geschnappt worden." Er tippte sich an die tätowierten Tränen. „Weißt du, was das bedeutet?"

„Das ist nicht ganz eindeutig. Du warst im Knast. Das kann für die Jahre stehen oder für die Anzahl der Opfer. Oder es ist reine Angeberei."

„Keine Angeberei. Bei dem Überfall ist die Haushälterin meiner Schwiegereltern ums Leben gekommen. Scheiße, die Frau war immer nett zu mir gewesen. So war das nicht geplant. Ich dachte, die wären alle in ihrem Haus in Ahrenshoop. Aber die Haushälterin fühlte sich nicht und war allein, als wir das Haus ausräumten. Hätte alles so gut sein können, die Alarmanlage kannte ich ja. Wir waren schon fast am Rausgehen, da steht das Mütterchen in der Tür, ruft leise: ‚Aber Herr Kampmann' und bricht zusammen. Herzanfall. Tot."

Bernds Augen schimmerten verdächtig feucht. „Ich habe von unterwegs den Notarzt alarmiert. Leider hatte ich in der Aufregung meinen Namen genannt. Kannst du dir das vorstellen? Wie doof kann man sein? Die Bullen hatten mich noch in der gleichen Nacht. Und alles umsonst. Das Muttchen war schon tot. Dann kam der Knast und danach ging es bergab. Ein paar Jahre hatte ich noch ein florierendes Gewerbe im Gartensegment."

Henri atmete tief ein. „Ich tippe mal auf Hanfanbau."

„Und Vertrieb. Nicht eben schön, aber der Schornstein muss rauchen. Da haben sie mich über die Stromrechnung gekriegt. Was sagst du? Zu meinem Leben?"

„Du hast es verbockt. Mensch, wie kann man seine eigenen Schwiegereltern überfallen! Und dann einen Menschen zu Tode erschrecken! Von den Drogen will ich gar nicht reden!"

Bernd zuckte die Schultern. „Ich weiß auch nicht. Ich war sauer, weil Anke mich verlassen hatte, und habe ihren Alten die Schuld gegeben. Dabei habe ich alles selbst fabriziert. Warum habe ich nicht einfach Betriebswirtschaft studiert? Dann hätte ich warm und trocken in der Bank gesessen! Meine Töchter habe ich auch nie wiedergesehen. Die Kleine kenne ich überhaupt nicht. Die ist auch schon 18."

Beide sahen auf die Boote.

„Fragst du dich nicht, warum ich hier bin?"

„Willst du mir einen Job anbieten?" Bernd lachte wieder sein herzliches zahnlückiges Lachen.

Henri schmunzelte. „Das wird schwierig, Bernd. Ich bin Polizist."

Kampmanns Lachen endete abrupt. Misstrauisch sah er Henri von der Seite an. „Und was willst du? Egal was es ist, ich war es nicht."

„Ich lebe seit vielen Jahren in Hamburg und bin nur durch Zufall hier gelandet. Erst jetzt habe ich erfahren, dass Karsten Quandt und Jörg Müller im Sommer nach unserem Abitur verschwunden sind. Sören Palmberg, unser Physiklehrer, wurde ermordet und tot aus dem See geholt. Erinnerst du dich daran?"

Kampmann erhob sich schwerfällig. „Ach, und nun ist die Bullenschaft auf den guten alten Bernardo gekommen? Weil ich schon mal im Knast war?"

„Setz dich wieder hin. Damals warst du doch noch gar nicht im Gefängnis. Ich bin bei dir, weil du Jörgs bester Freund warst. Ich hatte gehofft, du könntest dich an etwas von damals erinnern. Vielleicht hat er mit dir gesprochen. Ich war damals schon gegangen. Leider."

Kampmann hatte sich wieder gesetzt und den Blick aufs Wasser gerichtet. „Jörg. Ja. Ich erinnere mich. Seltsam. Ich war mit ihm befreundet, genau wie du. Warum waren wir beide keine Freunde?"

Henri betrachtete ebenfalls das Wasser. „Ich kann es dir nicht sagen. Es ist fast, als hätte Jörg zwei Leben gehabt. Eines im Heim, das andere in der Schule. Nach der Schule war ich meistens mit Jan zusammen. Oder mit Ina."

„Die süße, blonde Ina. Ihr hattet doch schon zusammengewohnt, oder? Es ging das Gerücht um, du hättest sie geschwängert und wärst abgehauen." Er sah Henri von der Seite an. Der starrte noch immer auf die dümpelnden Boote. „Tja, das könnte man so sagen." Er verspürte keine Lust, Bernd seine Geschichte zu erzählen. Oder sich zu rechtfertigen.

„Was ist aus dem Kind geworden?"

„Ein schöner, intelligenter, gesunder 26-jähriger Mann, den ich erst seit gestern kenne."

„Mensch, da geht es dir ja so wie mir."

Henri sah da noch einige Unterschiede zwischen Bernd und sich. Er räusperte sich. „Fällt dir zu damals was ein? Ich bin am Montag gegangen. Palmberg ist an einem Dienstagvormittag verschwunden und wurde Freitag wieder aus dem See geborgen. Kaschi wurde Dienstagabend von seinen Eltern und seiner Schwester zuletzt gesehen. Wie sieht es mit dir aus?"

Bernd saß auf der Bank mit zurückgelegtem Kopf und geschlossenen Augen. Die Arme waren ausgestreckt auf der Rückenlehne der Bank. Henri befürchtete, er sei eingeschlafen.

„Ich hatte das alles vergessen", sagte Bernd. „Aber ich erinnere mich. An die Wochentage erinnere ich mich nicht. Aber es war im Sommer. Ich wollte nach Berlin zum Studium, du doch auch, oder? Und deine kleine Süße. Und Jan. Und Diane, das heiße Luder! Und Jörg und Karsten auch!" Bernd schlug die Augen wieder auf und sah Henri mit einem erstaunten Blick an. „Mensch! Wir wollten alle an die gleiche Uni! Das wäre so geil geworden."

„Jedenfalls nach Berlin, nicht an die gleiche Uni. Wir hatten alle verschiedene Studiengänge gewählt."

„Ich Theaterwissenschaften, Diane Humanmedizin, Jan Volkswirtschaft, Kaschi Maschinenbau, Jörg Architektur, du und Ina Veterinärmedizin." Er machte eine Pause. „Du sagst, du bist Bulle? Dann hast du später auch was Anderes angefangen?"

„Nein. Ich bin gleich mit Jura gestartet. Kannst du dich denn nun an etwas erinnern?"

Henri hörte ein Rascheln aus dem Kleingarten hinter ihm. Er drehte sich kurz um, konnte aber nichts erkennen. Sicher war es ein Tier, vielleicht der Foxterrier von vorhin. Er wandte seine Aufmerksamkeit Bernd zu. Kampmann verschränkte die Arme hinter dem Kopf. Henri wurde ungeduldig, unterdrückte aber den Impuls, ihn zu drängen. Der Mann mit dem Foxterrier, der ihn vorhin gefragt hatte, ob er vom Ordnungsamt komme, spazierte erneut vorbei und sah Henri und Bernd mit gerunzelter Stirn an. Henri lächelte freundlich. „Er räumt nachher auf."

„Wer?", fragte Bernd mit geschlossenen Augen.

„Du, Bernd. Du räumst deine Müllhalde nachher auf. Jedenfalls so weit, dass kein Ungeziefer angezogen wird."

„Kannst mir helfen."

„Ganz bestimmt nicht. Ich bin alleinerziehender Vater von drei Kindern. Ich räume schon genug hinter anderen Leuten her."

Bernd lachte wieder. „Wow, drei Kiddies, und das von Ina. Also, du bist Montag weg. Dienstag verschwindet Palmberg und taucht Freitag wieder auf", er kicherte, „im wahrsten Sinne des Wortes. Sorry", fügte er hinzu, als er Henris Blick sah. „Dienstagabend wird Kaschi von seiner Familie gesehen. Stimmt so?" Als Henri nickte, fuhr er fort. „Ich kann mich nicht an einen Wochentag erinnern, aber ich habe Jörg nicht mehr gesehen, als Palmberg gefunden wurde." Bernd betrachtete nachdenklich seine Fingernägel. „Dann muss das Freitag oder später gewesen sein. Jörg war total aufgeregt. Er hat mich ständig nach dir gefragt. Jan war auch fast jeden Tag da und wollte wissen, wo du bist. Mal alleine, mal mit Ina, die ununterbrochen geheult hat, und manchmal mit seiner Schwester im Schlepptau, der Rotblonden, die aussah wie Pippi Langstrumpf in Dick. Wie hieß die noch?"

„Julia. Und du solltest sie heute sehen."

„So fett?"

„Im Gegenteil. Sie ist schön."

„Tatsächlich?! Jedenfalls war Jörg dann auch weg. Wenn Palmberg am Freitag wieder aufgetaucht ist, na ja, geborgen wurde, muss Jörg Freitag oder Sonnabend verschwunden sein."

„Weißt du, ob er seine Sachen mitgenommen hatte?"

Bernd schloss wieder kurz die Augen. „Ja. Die Heimleiterin war erbost, dass er bei Nacht und Nebel abgehauen war. Er hat alles mitgenommen. Klamotten, all seine Habseligkeiten. Er hat es geschafft, sogar seine Dokumente aus dem Direktionszimmer zu holen."

Henri atmete tief durch. Bei Nacht und Nebel. Jörg war offensichtlich in der Nacht von Freitag auf Sonnabend verschwunden und hatte seine Dokumente außerhalb der Bürozeiten heimlich aus dem Büro genommen. Jörg war freiwillig verschwunden. Vorher hatte er ihn vergebens gesucht. Was hatte ihn so in Panik versetzt? Sicher keine Schuldgefühle, dachte Henri. Ein Schuldiger wäre sang- und klanglos abgehauen und hätte nicht ruhig gewartet, bis die Leiche wieder zu Tage kommt.

„Sonst noch etwas, Bernd? Irgendetwas?"

„Nein. Das war doch schon viel. Ich habe doch noch ein paar Gehirnzellen, die funktionieren."

Henri erhob sich. „Danke, Bernd. Hier ist meine Karte." Er gab ihm die Art Karte, die er Ina gegeben hatte. Ohne Titel, nur mit Privatadresse und Handynummer. „Wenn du was brauchst, ruf mich an. Ich sage es nicht nur, ich meine es so. Ich kann mich nach Hilfsstellen hier im Kreis erkundigen. Mach was draus. Es wäre schade um dich." Er deutete auf Bernds Bauch. „Das Hakenkreuz. Ist das deine Einstellung?"

Bernd schüttelte den Kopf. „Nein. Ich war komplett zugedröhnt. Ich bin einer von den Guten."

Henri schluckte eine Bemerkung dazu hinunter und sagte: „Hol dir Hilfe, du bist doch ein netter Kerl. Ruf mich an. Räum deinen Saustall auf."

In Bernds Augen begann es verdächtig feucht zu schimmern. „Ich ein netter Kerl? Das hat seit Jahren keiner gesagt."

Henri klopfte ihm auf die Schultern. Bernd betrachtete die Visitenkarte. „He, du hast mir die Karte von einem anderen Typen gegeben." Er streckte sie Henri entgegen.

„Nicht nur du hast dich verändert, Bernardo." Henri lächelte. „Ich habe einen anderen Namen angenommen. Stimmt schon so." Er wandte sich zum Gehen.

„Hinnerk? Hast du einen Zwanni für mich?"

Henri öffnete seine Brieftasche und entnahm ihr zwei Fünfzig-Euro-Scheine. Auf einen Ratschlag wie „Kauf dir auch was zu essen" verzichtete er. Er winkte Bernd beim Gehen kurz zu und wandte sich um.

Ohne auf seinen Weg zu achten, befand er sich plötzlich in den Wallanlagen. Er setzte sich auf eine Bank und bemerkte, dass er fast unter der Wohnung der Jägers saß. Er griff nach seinem Handy und wählte deren Nummer. Gerd Jäger war überrascht, aber freundlich, als er Henris Anliegen vernahm. Kommentarlos reichte er den Hörer an seine Frau. Still hörte sie zu. Dann seufzte sie tief. Sie hatte tatsächlich eine Kondolenzliste. „Sie können sie holen, wann werden Sie hier sein?"

Wenige Minuten später reichte sie ihm die Liste in einem Umschlag. Henri versprach sie umgehend zurückzubringen. Anett Jäger schüttelte den Kopf. „Nicht nötig, ich brauche sie nicht mehr. Was wollen Sie damit machen?"

„Ich möchte wissen, wer an der Beisetzung Ihres Mannes teilgenommen hat."

„Nicht jeder trägt sich in so eine Liste ein!"
Henri nickte. „Ich weiß. Vielleicht hilft sie mir trotzdem."

Ina und die Jungs hielten sich im Schatten unter der Kastanie auf. Sie saßen auf der Gartenbank, Ina in der Mitte. Sie hielt beide jeweils mit einem Arm umschlungen. Jespers Kopf lag an Inas Schulter. Alle drei hatten die Augen geschlossen und hatten die Füße auf dem Holztisch abgelegt. Oscar sprach, die beiden anderen schmunzelten. Henri hielt inne und nahm diesen rührenden Moment in sich auf. Zögernd trat er näher. Ina öffnete die Augen und lächelte ihn an. Sie sagte etwas. Beide Jungs blickten ihn ebenfalls an. Jesper zog schnell die Beine vom Tisch zurück.

„Bis eben war es gemütlich", sagte Ina.

„Ich wollte nicht stören."

„Wir haben Apfelsaft gemacht. Möchtest du ihn mal probieren?"

„Gerne." Henri lächelte Oscar an. „Wenn es geht, sogar zwei Gläser."

„Bring die Karaffe und noch ein Glas mit", rief ihm Ina nach und wandte sich an Henri. „Hast du Bernardo gefunden? Hat er noch diese verwegenen Locken?"

Er erzählte von seinem Besuch bei Bernd. Ina schnalzte bedauernd mit der Zunge. „Jan hat mir erzählt, dass Bernd manchmal bei ihm auftaucht. Aber dass er so runter ist, wusste ich nicht." Sie schenkte Henri ein Glas mit goldgelbem trüben Apfelsaft ein. Er trank ihn in einem Zug. „Der schmeckt verdammt gut." Er hielt ihr das Glas erneut entgegen. „Diese Hitze bringt einen um."

„Deshalb habe ich bis eben mit den Jungs im Keller ein paar Liter Saft gepresst und mich schön im Schatten aufgehalten." Sie winkte den Jungs nach, die mit Angeln in der Hand das Grundstück verließen.

„Ich wundere mich, dass du so viel Zeit hast. Ich dachte, eine unermüdliche Parade von Menschen mit Wellensittich- oder Hamsterkäfigen würde bei dir ein und aus gehen."

Sie füllte sich ebenfalls ein Glas. „Nein. Um ehrlich zu sein, habe ich nicht sehr viel zu tun. Glücklicherweise arbeite ich viel im Reitstall. Bei Hundebesitzern bin ich zwischenzeitlich auch ganz beliebt geworden. Tatsächlich gibt es in Parchim eine Menge Tierärzte. Die Konkurrenz ist groß. Ich bin so ziemlich als Letzte dazugekommen. Ich beschäftige montags- bis donnerstagsvormittags eine Assistentin, mehr ist nicht nötig. Momentan hat sie Urlaub." Sie zuckte mit den Achseln. Er konnte sich den Rest denken. Er hatte ihre Praxiszeiten schon dem Schild entnommen. Ihre Geschäfte gingen nicht gut. Als könnte sie seine Gedanken erraten, fuhr sie fort: „Ich brauche Torbens Erbe auf. Es sollte doch für die Kinder sein."

„Es ist ja auch für die Kinder. Du bietest Linnea und Oscar doch ein wunderbares Zuhause. Meine Kinder sind ganz neidisch. Eine schöne, liebenswerte Mutter, ein großes Haus, dieser verwilderte Garten, die Pferde, das ist doch herrlich."

Sie lächelte kurz. Dann senkte sie ihren Blick.

„Vor einer Woche sind wir aus Schweden gekommen. Wir haben das Sommerhaus bestimmt zum letzten Mal besucht."

„Du besitzt ein Sommerhaus in Schweden?"

„Ja, es ist wunderschön gelegen, direkt am See. Mit Ruderboot, Badestelle, Sauna und allem Drum und Dran. Ich war dort mit Linn und Oscar. Wir fanden es aber alle drei unheimlich, so allein. Vor allem nachts. Früher mit Torben war es anders. Auch im letzten Jahr mit Lasse und seiner Freundin Sophie war es schön, aber als einzige Erwachsene mit den beiden Kindern fühlte ich mich dort unwohl. Ich habe immer befürchtet, es könnte etwas passieren. Ich werde das Haus wohl verkaufen müssen. Auch wenn Linn dann wochenlang nicht mit mir sprechen wird. Wechseln wir das Thema." Sie zog die Beine unter sich. „Wann hast du dann mal Zeit für mich und verhörst mich?"

„Meine nächtlichen Verhörtechniken kennst du doch schon."

„Sei nicht so frivol. Hast du schon was herausgefunden?"

Henri nahm sein Notizbuch und sein Handy und zeigte ihr seine Notizen. Er erstellte ein kleines Weg-Zeit-Diagramm. Sie beugte sich über ihn.

„Du lenkst mich ab. Du duftest nach Sommer und Wind und deine Haare kitzeln mich."

„Sei froh, dass ich nicht nach Pferd rieche oder nach Kuhstall. Los, erzähl weiter."

Er schmunzelte und zeigte auf die Zeitleiste. „Ich bin am Montag gegangen. Dienstag ist Palmberg verschwunden. Mittwochnacht ist Kaschi verschwunden, in der Nacht von Freitag zu Sonnabend ist Jörg gegangen. Er hat seine Sachen genommen und die Dokumente entwendet. Er ist aus eigenem Antrieb gegangen. Aus Angst? Er hatte Karsten gesucht und ihm dieses Schreiben hinterlassen." Er holte es hervor und zeigte es Ina.

Sie gab es ihm zurück. „Er hatte Angst."

„Ja, aber hauptsächlich um Karsten, nicht um sich! Dennoch hat er es vorgezogen, bei Nacht und Nebel abzuhauen! Warum hat er sich keine Hilfe von Erwachsenen geholt?"

„Er war ein Heimkind. Zu wem hatte er Vertrauen?"

Henri sprang auf. „Eben. Zu mir, aber ich war nicht mehr da. Du auch nicht. Karsten war verschwunden. Er hätte noch zu Jan gehen können. Es muss einfach alles mit Palmbergs Mord zusammenhängen. Ich will mir nicht vorstellen, dass sie darin verwickelt sind. Sie müssen etwas gesehen haben." Er faltete Jörgs Zettel auseinander. „Ich habe das ungute Gefühl, dieses Schreiben weist auf Erpressung hin."

Ina nahm ihm die Nachricht aus der Hand und las sie erneut. „Du hast Recht", sagte sie erstaunt. „Jörg warnt ihn."

„Eben. Ich muss Jörg finden. Vielleicht gibt es noch Akten über den Tannenhof."

„Setz doch unsere Jungs heute Abend auf die Suche nach sämtlichen Jörg Müllers an. Die hängen doch sowieso vor den PCs, da können sie auch mal etwas Sinnvolles tun."

Henri griff erneut in die Tasche und zog den Umschlag mit der Kondolenzliste heraus. Beide lasen die Namen. Ina atmete laut aus.

„Mir sagen die Namen nichts. Ich erkenne ein paar Lehrer", sie tippte auf einige Namen. „Einige Palmbergs, bestimmt die Verwandtschaft."

„Ich weiß auch nicht, was ich mir davon versprochen habe."

Inas Handy klingelte. „Muss das ausgerechnet jetzt sein?", murmelte sie, meldete sich aber freundlich. Sie lauschte kurz, sagte, dass sie sofort kommen würde, und stand auf. „Tut mir leid, ich muss weg, eine Boxerhündin hat Probleme beim Werfen."

Kapitel 15

Jemand betätigte hartnäckig die Türklingel. Da Henri allein im Haus war, öffnete er. Vor ihm stand eine kleine, stark geschminkte Frau. Henri korrigierte sich selbst. Das war ein Kind, eine Jugendliche. Schwarze Haare, Mittelscheitel, knallroter Kussmund. Die Augen waren sorgfältig geschminkt. Das Mädchen, Henri schätzte sie auf 13, trug eine weiße, viel zu transparente Bluse, einen schwarzen Minirock und rote Riemchensandalen. Sie kippelte auf den Schuhen, die ihr mindestens eine Nummer zu groß waren. Henri rätselte, wie es diese frühreife Madonna bis vor die Tür geschafft hatte. Wer war das Mädchen?

„Hallo. Ich bin Lili. Sind Sie der Vater von Mimi?"

„Äh", machte Henri. Ihm war bewusst, dass er sie mit offenem Mund anstarrte. Das Mädchen starrte zurück. Es öffnete leicht die Lippen und senkte die getuschten Wimpern. Sollte das verführerisch sein?

„Sie sind doch Mimis Vater?"

Henri räusperte sich. „Ich fürchte, schon." Na, warte Metke, was hast du dir jetzt wieder ausgedacht, fügte er im Stillen hinzu.

„Wollen Sie mich nicht reinbitten?"

„Ganz bestimmt nicht."

„Soll ich mal laufen?"

„Normal gehen reicht auch. Warum willst du auf diesen Schuhen laufen? Und tschüss." Henri ging einen Schritt zurück, bereit, die Tür zu schließen.

„Nicht gehen, bitte. Bitte sehen Sie sich doch an, wie ich laufe und pose."

Sie stöckelte die drei Treppenstufen hinab und stapfte mehr, als dass sie ging, ein paar Meter den Weg entlang. Sie drehte sich schwungvoll um. Dann warf sie die Haare in den Nacken und schritt wippend mit eingeknickten Knien zu ihm zurück.

Sie stand breitbeinig vor ihm, legte die rechte Hand auf die ausgeschobene Hüfte und lächelte kokett.

„Ach du meine Güte", entfuhr es Henri.

„Hat es Ihnen gefallen? Was kann ich besser machen? Mama sagt, ich soll die Haare offen lassen, ich bin für Hochstecken. Mimi meint, Sie treffen Heidi nächste Woche in El Äi."

Sie meinte wohl Los Angeles. Henri schnappte nach Luft und japste wie ein Karpfen an Land. Zudem hatte er das erste Mal in seinem Leben das Bedürfnis, Mimi, alias Metke, über das Knie zu legen.

„Die gute Mimi hat dich leider veräppelt. Ich treffe Heidi weder nächste Woche noch irgendwann danach. Ich kann dir nicht helfen."

Enttäuschung breitete sich auf dem Gesicht des Mädchens aus. Trotzig sagte sie: „Mimi hat mir schon gesagt, dass Sie erst nein sagen. Sie meinte, ich soll hartnäckig bleiben."

Sie bückte sich zu einem Beutel hinunter, der als einziges Accessoire nach einem Mädchen ihres Alters aussah.

„Ich werde zum Casting nach Schwerin gehen. Da sind Sie doch auch?" Sie hielt ihm etwas entgegen, das für ihn wie ein DIN-A4-Blatt aussah. Henri nahm es nicht an. Er ließ die Hände gesenkt. SEDCARD LULU stand auf dem Blatt. Darunter befand sich eine Reihe von kleinen Fotos von ihr. Lili am Strand im Bikini, Lili in einem Cocktailkleid à la Marilyn Monroe, Lili in dem Outfit, das sie im Moment trug. Dazu die Daten Lulu, Geburtsdatum, Maße. Schnell zusammengeschustert am PC. Henri fühlte Mitleid mit dem Kind.

„Wieso Lulu? Hast du nicht gesagt, dein Name sei Lili?"

„Ja, aber Mimi meinte, Sie haben schon zwei Lilis unter Vertrag. Lulu wäre besser. Außerdem heißt Heidis Tochter so ähnlich, das wird ihr gefallen." Sie lächelte verführerisch. Jedenfalls hielt sie es vermutlich dafür. Henris Anteilnahme schwand.

„Lulu. Lili. Meine Tochter hat dich verarscht." Er hatte das Gefühl, sie würde es nur begreifen, wenn er deutlich spräche. „Ich bin weder Modelcoach, noch kenne ich Heidi. Du gehst besser wieder nach Hause, Lulu, äh, Lili."

„Bitte warten Sie doch! Haben Sie nicht doch noch einen Tipp für mich?"

„Ja, aber er wird dir nicht gefallen."

Sie sah zu ihm auf und nickte. „Haare färben?"

„Nein. Lies lieber ein Buch und lerne. Und Set Card wird mit ‚T' geschrieben."

Sie kratzte sich am Kopf. „Hinten?"

„Nein. In der Mitte." Er warf die Tür mit Schwung ins Schloss und atmete durch.

„Das war Lili Seeburg. Sie geht in Linns Klasse. Sie ist sitzen geblieben." Sie lachte verunsichert und packte eine Tasche aus.

„Ina, was ist los?"

„Diese Seeburg ist strohdoof. Und gemein. Ich fürchte, sie mobbt meine Linn. Aber sie streitet alles ab und mauert. Sie will nicht darüber reden. Mit Anita, ihrer Mutter, kann man auch nicht sprechen. Es sei denn, es geht um Äußerliches. Du musst dir nur mal den Freund der Mutter ansehen. Dumm wie zehn Meter Feldweg. Muckis wie Popeye, aber kein Hirn. Leider scheint Lili keinen Vater zu haben, der sie zurechtbiegen könnte."

„Diese unüberlegte Aktion von Metke wird es für Linnea nicht leichter machen."

Ina bat Henri, die Tür zu öffnen, als es erneut klingelte. Sie war damit beschäftigt, die Pferde auf die Wiese hinter dem Stall zu lassen.

Henri überkam ein Déjà-vu. Vor ihm stand eine schwarzhaarige Frau im knappen Kleid. Er erkannte die roten, hochhackigen Schuhe, die eben noch Lili getragen hatte.

„Sie sind der vom Fernsehen? Sie wollen meiner Lili nicht helfen?"

„Ihnen auch einen guten Tag. Und nein, ich bin nicht vom Fernsehen und Ihrer Tochter ist nicht mehr zu helfen."

„Meine Lili ist talentiert. Sie hat alle Staffeln von GNTM gesehen."

„Was immer das sein mag. Meine Tochter hat Ihre leider verkohlt. Das tut mir leid. Auf Wiedersehen."

Sie schob blitzschnell ihren Schuh in den Türrahmen. „Sie sollen ihr doch nur in die Sendung helfen. Sie ist doch bildhübsch, oder?"

„Das kann ich nicht beurteilen, die Schminke hat das arme Kind verdeckt."

Sie trat einen Schritt in den Flur. Henri wich etwas zurück.

„Ich würde alles tun, damit Lili Karriere macht", schnurrte sie.

Er war halb amüsiert, halb angewidert. Am liebsten hätte er sie gefragt, ob sie noch bei Verstand sei. „Kein Interesse. Bitte gehen Sie." Er ging an ihr vorbei, öffnete die Tür weiter und wedelte auffordernd mit der Hand.

Unentschlossen blieb sie stehen. Dann sah sie ihm kalt lächelnd ins Gesicht. „Ich kann auch zur Polizei gehen und sagen, Sie hätten meine Lili angefasst."

„Bitte. Wenn Sie das Ihrem armen Kind antun wollen? Ins Fernsehen kommt sie dann immer noch nicht."

„Hallo Anita, gibt es ein Problem?" Ina trat durch das Wohnzimmer in den Flur. Sie schmiegte sich an Henri und schlang einen Arm um ihn. Zärtlich strich sie ihm über die Hüfte. „Du hast meinen Freund schon kennengelernt?"

„Deinen Freund?" Anita glotzte sie aus weit geöffneten Augen an.

Ina sah Henri verliebt an. Hoffentlich ist das nicht nur gespielt, dachte er.

„Ja, und er ist weder Casting-Direktor noch Model-Dingens. Und sag deiner Lili, sie soll meine Linn in Ruhe lassen. Mein Henri ist nämlich ein ganz hohes Tier bei der Polizei."

Henri nickte. „CSI Mobbing", sagte er dumpf.

„Er hat gesagt, sie soll sich ein Buch kaufen", erwiderte Anita nach einer Weile.

„Er hat gesagt, sie soll eins lesen", berichtigte Ina.

„Das hast du gehört?"

„Sicher. Jedes Wort. Ich war im Wohnzimmer", log Ina.

„Aber wir haben doch extra ...", Anita biss sich auf die Lippe.

„Extra was? Gewartet, bis ich weg bin? Bis mein Auto von der Auffahrt verschwunden ist?" Ina trat einen Schritt auf Anita zu, die nun ihrerseits zurückwich. Henri sah diesem Schlagabtausch fasziniert zu.

„Mein Auto stand vorne an der Straße im Schatten. Wir haben uns sehr über Lili amüsiert. Wenn sie Linn und die anderen Mädchen in Ruhe lässt, werden wir es vielleicht nicht weitersagen. Wir wünschen dir einen schönen Tag." Schwungvoll warf sie die Tür ins Schloss und rieb sich die Hände. „Wie war ich?"

Er nahm sie in die Arme, hob sie in die Höhe und wirbelte sie im Kreis herum. „Einfach nur fantastisch. Meine Rettung! Wenn ich das Heidi erzähle!" Er küsste sie. „Das war knapp. Da hätte sonst was passieren können. Woher wusstest du, was ich gesagt habe? Das mit dem Buch?"

Sie lachte. „Das hast du früher immer gesagt. Am liebsten zu Diane."

„Stimmt, wie ist die eigentlich Ärztin geworden?" Er nahm die Brille ab und rieb sich die Nasenwurzel. „Ich brauche jetzt einen starken Kaffee."

Sie saßen unter dem Apfelbaum, Henris Lieblingsort in Inas Garten, als sie die fröhlichen Stimmen hörten. „Wenn das nicht die liebe Mimi ist", knurrte er.

„Reiß ihr bitte nicht den Kopf ab", bat Ina.

Metke plapperte atemlos von den Ereignissen des Tages. Dabei handelte es sich nur um einen Badetag an einem See. Aber bei Metke geriet alles ein wenig dramatisch und spektakulär. Normalerweise genoss Henri ihre harmlosen Ausschmückungen, die immer lebhafter waren als die nüchternen Schilderungen ihrer Geschwister. Nicht aber heute. Nach einer Weile fiel ihr das Schweigen ihres Vaters auf. „Ist was, Papa?"

„Was soll denn sein, liebe Mimi?"

Sie quietschte auf. „Sie ist echt hier gewesen? Hast du das gehört, Linn? Das ist so cool! Und was hat sie gesagt? Hast du dich nicht kaputtgelacht?"

Er suchte nach Worten. War sie noch so kindlich, naiv? Merkte sie nicht, was sie fast ausgelöst hatte? „Gelacht? Das war nicht zum Lachen."

„Komm schon, Papa. Erzähl es uns. Diese blöde Lili mobbt Linn." Sie knuffte ihn auffordernd in die Seite.

Er stand auf, verschränkte die Arme und sah ohne ein Lächeln auf sie hinunter. Ina legte ihm die Hand auf den Rücken. Er schüttelte sie ab.

„Metke. Weißt du, was Pädophilie ist?"

Sie blinzelte zum ihm hinauf. „Ja schon, aber was hat das mit der blöden Pute zu tun?"

„Tja. Irgendwie alles." Er hob die Stimme. „Bist du des Wahnsinns, Kind? Schickst mir den weiblichen Teil der Addams Family auf den Hals, die notgeile Morticia und ihre hirnlose Tochter Lilalulu? Man hat mich bezichtigen wollen, das dumme, angemalte Ding angefasst zu haben!"

Metke wurde blass. Linnea zog den Kopf ein, Katje setzte sich auf die Schaukel und die Jungs zogen sich unauffällig zurück.

Henri brüllte inzwischen. „Ist dir klar, was daraus werden kann? Ich kann meinen Job verlieren! Ein Hauch eines Verdachts hat schon viele Männer ruiniert! Ich bin Jurist! Ich bin Beamter! Kriminalbeamter! Ich bekämpfe solche Menschen! Und meine eigene Tochter schickt mir eine aufgetakelte Minderjährige auf den Hals! Und deren skrupellose Mutter!"

Metke schluckte. „Das sollte doch nur ein Spaß sein. Ich weiß doch, dass du nicht pädophil bist."

„Vielen Dank! Aber der Rest der Menschheit leider nicht. Selbst wenn der Verdacht ausgeräumt ist, bleibt immer etwas hängen. Ach, das ist der Martensen? War da nicht mal was mit dem kleinen Model-Luder? Das kann meine Existenz vernichten! Und eure damit auch!"

Metke begann zu weinen. „Das sollte nur ein kleiner Spaß sein, Papa, Linn meinte auch …"

„Schieb jetzt nicht die Schuld auf Linnea." Seine Stimme hatte wieder normale Lautstärke.

„Du kannst Linn zu mir sagen."

Über Henris Gesicht glitt ein leichtes Lächeln. „Vielen Dank."

„Was dein Vater sagen wollte, das hätte verdammt schiefgehen können, wenn ich nicht auch hier gewesen wäre." Ina stand auf und legte erneut ihre Hand auf seinen Rücken. Wütend sah er sie an. Er war noch nicht fertig.

„Es reicht", sagte sie sanft. „Sie hat es verstanden." Sie rief nach Oscar und Jesper und bat sie, zum Eisladen ein paar Straßen weiter zu radeln und Eisbecher zu holen.

„Auch noch Eis zur Belohnung", knurrte Henri.

„Ja." Ina gab Oscar das Portemonnaie. „Jeder drei Kugeln. Und Henri bekommt bunte Streusel."

Die Kinder flüchteten gemeinsam aus dem Garten.

„Bunte Streusel." Henri knurrte immer noch. „Willst du mich damit ruhigstellen?"

Ina lachte herzhaft.

„Wieso lachst du?"

„Du bist zu komisch." Ina lachte noch immer. „Ich bin Jurist! Ich bin Beamter! Kriminalbeamter!"

„Bin ich auch. Was war daran so komisch?"

„Entschuldige." Ina tupfte sich die Augenwinkel trocken. „Ich habe immer an dich als Achtzehnjährigen gedacht und dann ist da dieser mittelalte empörte Beamte." Ina lachte wieder.

„Mittelalt? Jetzt wirst du beleidigend!" Henri stand auf und ging drohend auf sie zu. Ina rannte kichernd hinter einen Baum. „Fang mich doch!"

„Ich bin schon dabei!"

„Nur für mich, so aus Interesse. Was sind hier noch für Geschichten über mich im Umlauf? Den Leuchtturmwärter, den Modelcoach und den Schuhverkäufer kenne ich schon."

Metke lief rot an. Zögernd antwortete sie. „Vielleicht glauben ein paar Leute, du seist katholischer Bischof."

„Mit drei Kindern!?"

„Ich fürchte, da bist du nicht der Erste", meinte Ina trocken, während sie den Eisbecher auskratzte.

„Und eventuell will mal jemand ein Autogramm, weil er dich für einen Schauspieler hält."

„Hoffentlich nicht aus der Pornoindustrie."

„Papa!"

Henri stapelte seinen leeren Becher in die anderen. „Können wir uns dahingehend einigen, dass du diesen Running Gag mit sofortiger Wirkung einstellst? Du hättest mich heute fast in Teufels Küche gebracht. Und du bist kein kleines Mädchen mehr. Die Auswirkungen sind weder niedlich noch witzig."

Metke zog einen Schmollmund. „Was soll ich denn sonst sagen?"

„Polizist."

„Dann denken alle, du würdest den Verkehr regeln."

„Damit habe ich überhaupt kein Problem."

„Das ist langweilig."

„Metke!"

„Ist ja gut." Sie umarmte ihren Vater kurz und lief zu den Pferden. Henri sah ihr seufzend nach. „Ob sie verstanden hat, worum es ging?"

„Ganz sicher. Wo willst du hin?", fragte sie, als es an der Haustür klingelte und er aufstand.

„An die Haustür. Ich erwarte jemanden."

Ina sah ihn mit gerunzelter Stirn an und wollte etwas entgegnen, als ihr Handy vibrierte.

Raoul Schuster hatte keine Ähnlichkeit mit seiner Schwester Diane. Er war untersetzt, trug einen brünetten Igelhaarschnitt und einen Bart. In seinen hellbraunen Augen lag mehr Wärme als in Dianes hellblauen. Der Elektriker untersuchte die laternenähnliche Lampe an der Gartentür und schnaufte.

„Die ist schon fast antik. Wie alt ist sie?"

Henri zuckte die Achsel. „Keine Ahnung, ich vermute, meine Lebensgefährtin hat sie mit dem Haus gekauft."

Schusters Blick wanderte von Henri zum Haus. „Sie wohnen hier?"

„Nein. Lange Geschichte. Ich bin aus Hamburg, stamme aber von hier."

„Aha."

„Ich glaube, wir kennen uns von früher", sagte Henri wider besseren Wissens. „Waren Sie nicht auch in der EOS?"

Schuster schüttelte den Kopf und lächelte Henri freundlich an. „Nein, ich war auf der Polytechnischen Oberschule." Er wandte seine Aufmerksamkeit wieder der Lampe zu. „Dieses Teil zu benutzen ist lebensgefährlich! Ich würde mir gern den Sicherungskasten ansehen."

„Aber ich kenne Sie." Henri tat, als würde der Groschen erst jetzt bei ihm fallen. „Schuster. Sind Sie mit Diane Schuster verwandt?"

Der freundliche Gesichtsausdruck des Elektrikers verschwand und nahm etwas Lauerndes an. Er richtete sich auf.

„Meine Schwester. Kennen Sie sie? Sind Sie ein Freund von ihr?"

„Ja und nein. Ja, sie war eine Klassenkameradin und nein, wir sind nicht befreundet."

Schuster beugte sich wieder über die Lampe. „Gut für Sie. Diane hinterlässt eine Spur der Verwüstung. Sie lügt wie gedruckt und ist manipulativ. Meinen Eltern hat sie eingeredet, ich wollte sie aus dem Haus treiben und vorzeitig an mein Erbe. Nur weil ich meine Eltern um ein Darlehen gebeten habe. Die Geschäfte …", er brach ab, im Glauben zu viel gesagt zu haben. „Wo ist der Sicherungskasten?"

„Er befindet sich im Keller. Ich zeige es Ihnen."

Auf dem Weg nach unten lenkte Henri erneut das Gespräch auf Diane. Raoul gestand bereitwillig, enttäuscht von seiner Schwester zu sein. Absichtlich hätte sie einen Keil zwischen ihn und seine Eltern getrieben. Dann unterbrach er sich selbst und untersuchte den Sicherungskasten. Der sei noch von vor dem Mauerfall, es sei ein Wunder, dass noch kein Brand entstanden sei. Als Ina dazukam, sandte Henri ihr einen warnenden Blick und sagte: „Ich habe Herrn Schuster einen Auftrag gegeben. Er wird die Elektrik überprüfen und erneuern. Zu deiner Außenlaterne muss ein neues Kabel gelegt werden."

Ina sah ihn ausdruckslos an. „Nicht nötig, ich kann auch ein Teelicht hineinstellen."

„Meine Lebensgefährtin scherzt. Möchten Sie einen Kaffee?" Als Schuster nickte, ging Henri die Treppe hinauf. Ina folgte ihm aufgebracht. „Bist du wahnsinnig? Weißt du, was das kostet? Ich kann mir das nicht leisten! Du gehst sofort runter und machst ihm klar, dass deine Lebensgefährtin ihn nicht bezahlen wird!" Ina sprach mit gedämpftem Zorn, damit Raoul sie nicht hörte.

„Aber ich kann und werde das zahlen, mach dir keine Sorgen." Henri füllte Wasser in die Kaffeemaschine. „Willst du auch einen?"

„Schuster? Ist das nicht der Bruder von Diane? Du hast ihn herbestellt, damit er für ein Heidengeld meine Elektrik überprüft? Hättest du ihn nicht einfach auf ein Bier einladen können?"

Henri lächelte. „Frag ihn doch mal, wie er seinen Kaffee trinkt."

„Zum Dienstmädchen im eigenen Haus degradiert", brummte Ina.

Raoul Schuster zeigte kein Bestreben, den kühlen Keller schnell wieder zu verlassen. Henri und er setzten sich mit den Kaffeebechern in Inas kleines Wartezimmer mit den vier Stühlen.

„Was wollen Sie von mir? Es geht Ihnen nicht um die Elektrik, Sie wollen was wegen Diane." Er deutete mit dem Daumen über die Schultern zum oberen Stockwerk. „Sie wollen doch die nette Frau da oben nicht mit meiner Schwester, dem Biest, betrügen?" Er trank von seinem Kaffee und musterte Henri, der den Kopf schüttelte.

„Sie haben recht. Ich habe Sie unter einem Vorwand hergebeten." Er hob schnell die Hand, als sein Gegenüber protestieren und aufstehen wollte. „Ich habe neulich Ihren Firmenwagen in der Buchholzallee gesehen und mich erinnert, dass Diane einen Bruder namens Raoul hatte. Aber der Auftrag bleibt bestehen. Ich bin der Auftraggeber. Sie überprüfen die Elektrik in diesem Haus. Einige Dosen hängen wirklich lebensgefährlich aus der Wand. Hier sind Kinder im Haus. Weder sie noch meine Freundin sollen gegrillt werden. Trotzdem möchte ich mit Ihnen über Diane reden. Und über Raik."

„Raik?" Überrascht stellte der Elektriker den Becher zur Seite. „Was gibt es über ihn zu sagen?"

„Wie schätzen Sie die Ehe Ihrer Schwester mit Raik ein?"

„Haben Sie die beiden noch nie zusammen gesehen?"

„Doch. Ich frage anders. Warum trennen sie sich nicht? Was ist Ihre Meinung?" Henri fügte seinen übrigen Text hinzu, wer er war und warum er fragte. Ina war zwischenzeitlich hinzugetreten und hatte sich mit einem Glas Wasser zu ihnen gesetzt.

Raoul Schuster zögerte. „Das frage ich mich auch. Sie haben keine Kinder. Sie lieben sich nicht. Das hässliche Haus kann man verkaufen. Ist das nur Gewohnheit? Manchmal habe ich das Gefühl …" Er stockte.

„Was für ein Gefühl?", fragte Ina sanft.

„Als ob die beiden irgendetwas zusammenschweißt."

„Ein Geheimnis?" Ina beugte sich vor. Henri warf ihr einen warnenden Blick zu. Wenn sie Schuster Meinungen aufdrängte, war das nicht hilfreich, im Gegenteil.

„Was sollen die beiden schon für ein Geheimnis haben? Nein."

„Raik erzählte mir etwas von einer offenen Ehe. Es wäre doch einfacher, sich zu trennen."

„Meine kleine Schwester ist eine wunderbare Schauspielerin. Sie spielt die Rolle ihres Lebens, Ärztin, Gründerin und Vorsitzende des Benefit HELP-Clubs."

„Was ist das für ein Club?"

„Der Verein setzt sich unter anderem für benachteiligte Kinder ein. Tatsächlich bewirkt wurde meines Wissens jedoch noch nichts. Es hört sich aber gut an, Vorsitzende zu sein. Die meisten Mitglieder sind aber noch in Organisationen, die wirklich etwas auf die Beine stellen. Im Reitstall und im Tennisverein hat sie auch Ämter. Sie glaubt wirklich, was Besseres zu sein. Jedenfalls was Besseres als ich. Sie hat Abitur, ich nicht. Unsere Eltern sind noch immer so stolz. Die erste Schuster mit Hochschulabschluss. Dann ist sie eine Ärztin, die einen Arzt geheiratet hat. Ich kämpfe mit meinem Unternehmen ums Überleben. Das reibt sie mir ständig unter die Nase. Ich habe meine Eltern um ein Darlehen gebeten. Diane hat mich bei ihnen schlechtgemacht. Sie kann ihre kleinen Bosheiten so süßlich verpacken." Er trank einen Schluck Kaffee. „Jedenfalls hat Raik mir geholfen. Er hat mir unter der Hand Geld geliehen. Ich habe es ihm zurückgezahlt."

Henri nickte. „Mich interessiert, ob Sie wissen, ob Ihre Schwester im letzten Schuljahr einen Freund hatte. Erinnern Sie sich vielleicht?"

Raoul Schuster prustete erheitert in seinen Becher. „Klar. Die hatte immer einen oder mehrere an der Leine. Ich war schon in der Lehre und habe mich nicht für ihre Angelegenheiten interessiert. Aber selbst mir ist aufgefallen, wie sehr sich ihre Leistungen im letzten Jahr verbessert hatten." Er kratze sich am Kinn. „Genau genommen seit dem Zeitpunkt, als ich sie mit dem jungen Lehrer im Auto auf einem Parkplatz gesehen habe. Ich meine den, der im Sommer danach ertrunken ist. Mir war sofort klar, dass was mit ihm lief."

Ina lehnte sich vor. „Glauben Sie, die beiden hatten was miteinander?"

Raoul fuhr fort: „Meine Schwester wäre mit jedem ins Bett gegangen, der ihr mit den Hausaufgaben geholfen hätte."

„Das stimmt. Mir hat sie auch eine erotische Offerte gemacht, wenn ich es harmlos formulieren darf. Die Anfertigung der Hausaufgaben und Hilfe bei den Klausuren gegen Sex."

„Wie bitte?" Ina schnappte hörbar nach Luft. „Wann soll das gewesen sein? Diese Schlampe! Bist du darauf eingegangen? Das hast du niemals erzählt. Ist das wahr?"

Henri nickte grinsend. „Das Angebot kam sofort, als sie in mir den besten Mathematiker des Jahrgangs erkannte. Ich konnte sie auf den ersten Blick nicht leiden und habe dankend abgelehnt. Warum ich es dir nicht gesagt habe? Du hättest ihr die Augen ausgekratzt. Und mir auch. Dann hatte Diane wohl die Idee, sich die Informationen an der Quelle zu besorgen, bei Palmberg."

„Dieses Miststück. Kannst du sie nicht wegen irgendwas verhaften?" Inas Blick fiel auf Schuster. „Bitte entschuldigen Sie."

Schuster winkte ab. „Mehr kann ich Ihnen nicht sagen. Mir tut nur der arme Raik leid. Keine Ahnung, was der an ihr gefunden hat. Sie hat ihn nur ausgenutzt, er hat sie durchs Studium gezogen." Nach einer kleinen Pause fügte er hinzu: „Und ich soll mir die Elektrik wirklich ansehen?"

Henri stand auf. „Unbedingt. Als Erstes bitte die Steckdose im Vorratskeller. Die sieht lebensgefährlich aus."

Kapitel 16

„Ein netter Typ", urteilte Ina. Sie hatte die Beine unter sich gezogen und betrachtete Henri nachdenklich. „Aber wirkliche Neuigkeiten hatte er auch nicht."

„Nein, aber er hat mir bestätigt, wie manipulativ und verlogen sie ist."

„Die Information ist dir das Geld wert, die Elektrik für ein Heidengeld zu überprüfen?" Sie wartete nicht auf eine Antwort. Die Praxisklingel läutete.

„Raus mit dir, Henri. Ich muss an die Arbeit und noch außer Haus. Jetzt muss ich einen Hund kastrieren."

„Bin schon weg", er lächelte. „Besser er als ich. Dann kümmere ich mich ums Essen."

Ina ging durch ihre Praxis ins Haus. Sie hörte Klopfgeräusche und Stimmen, die fröhlich durcheinander sprachen. Sie roch erstaunt. Mit jedem Schritt wurde Essensgeruch intensiver. Es roch appetitlich. Wie Sonntag bei Oma Tilly, dachte sie. In der Küche bot sich ihr ein ungewohntes Bild. Ihre und Henris Kinder saßen einträchtig am Tisch und sahen zur Küchenspüle. Henri lag auf dem Rücken mit dem Oberkörper fast im Schrank unter dem Spülbecken.

„Was machst du da?"

„Ich repariere deinen Abfluss."

„Du kannst sowas? Du hattest doch immer zwei linke Hände."

Er erhob sich, räumte Zange und Eimer zur Seite und wusch sich die Hände. „Das ist ein paar Jahre her. Inzwischen habe ich die eine oder andere Fertigkeit dazugewonnen."

Sie wandte die Aufmerksamkeit dem Herd zu. In einigen Töpfen köchelte es. Der Anblick der Pfanne mit buntem Gemüse ließ ihr das Wasser im Mund zusammenlaufen. Der Backofen war ebenfalls an. Ina blickte durch die Scheibe. Sie konnte einen Braten erkennen und etwas, das wie Kartoffelgratin aussah.

„Kochen kannst du auch."

„Klar. Hast du vergessen, dass meine Oma eure Hauswirtschafterin war? Glaubst du denn, ich hätte meine Kinder mit Fast Food großgezogen?"

„Leider nicht", meinte Jesper.

„Er hat die Lampe in meinem Zimmer repariert. Endlich kann ich wieder was sehen", sagte Linnea.

Ina murmelte einen Dank. Henri schenkte ihr einen langen Blick. Ihr wurde warm. Ich will das alles nicht, dachte sie und drehte sich brüsk ab.

„Geh nicht weg, das Essen ist fertig."

„Wir essen unter dem Apfelbaum", teilte ihr Oscar mit. „Wir haben schon gedeckt."

„Los geht's." Henri füllte umsichtig die Schüsseln und gab sie den Kindern. Er hielt Ina die Backofenhandschuhe hin und bat sie, das Gratin zu tragen.

Er lachte über ihren Blick. „So was essen wir jeden Tag. Kein Problem für mich. Geh zu den Kindern, ich schneide den Braten auf."

Ina war beeindruckt. Sie kochte nur ungern.

Die Kinder griffen zu. „Lecker, Weihnachtskartoffeln", bemerkte Metke.

Ina sah Henri an. „Ach. Weihnachtskartoffeln."

„Sie schmecken den Kindern so gut. Eben wie Weihnachten."

Metke kicherte. „Glaub ihm kein Wort, Ina, er macht sie so selten, weil sie so viel Arbeit machen. Aber Weihnachten gibt es sie immer."

„Warum kochst du nicht mal so was?"

Ina sah Oscar an und suchte nach einer Antwort. Toll, nun führte Henri sie auch noch vor, dieser Angeber mit den überflüssigen Weihnachtskartoffeln. Als ob es normale Kartoffeln nicht täten.

„Nicht jeder hat Spaß am Kochen. Eure Mutter hat dafür andere Qualitäten."

„Heinrich!" Ina spürte, wie sie rot wurde. Wie konnte er nur?

„Eure Mutter hat Lasse schon mit 19 Jahren bekommen. Gleichzeitig ist sie nach Berlin gezogen und hat es geschafft, das Studium in Rekordzeit durchzuziehen. Sie hat dann auch noch promoviert, alleine mit einem Kind, das ringt mir den höchsten Respekt ab."

„Du hast dich auch um uns gekümmert!"

Henri sah Metke liebevoll an. „Mit 19 bin ich durch Australien getrampt. Danach hatte ich ein sorgloses Studentenleben. Als ihr klein wart, waren Mama und Oma da. Ich war nicht alleine."

Katje berechnete laut die Broteinheiten, die sie verzehren wollte, und kalkulierte mit Hilfe eines Rechners die Menge des Medikaments. Diskret zog sie unter dem Tisch den Insulinpen auf und setzte sich gewandt die Spritze. Ina bemerkte Henris traurigen und zugleich stolzen Ausdruck, mit dem er Katje beobachtete. Sie drückte ihm unter dem Tisch die Hand. Er erwiderte den Druck, hielt ihre Hand fest und ließ den Blick nicht von seiner Tochter. Es dämmerte. Im Apfelbaum schalteten sich die solarbetriebenen Lampen an.

„Es ist schön", meinte Oscar plötzlich, „wie in einer richtigen Familie." Ina ließ Henris Hand los, als würde sie brennen. „Warum essen wir im Sommer nicht immer hier?"

„Habt ihr es denn schon einmal vorgeschlagen? Oder den Tisch hier draußen einfach mal gedeckt? Wie ist es, tragt ihr das Geschirr hinein und räumt die Küche auf? Oder macht das eure Mutter?" Linnea und Oscar sahen ihn an, senkten dann die Blicke.

„In Zukunft wisst ihr, wie es geht." Henri lächelte die Kinder an und tat ihnen noch etwas Braten auf. Ina musterte ihn von der Seite an. Ihre Augen trafen sich, sein Ausdruck war warm und freundlich. Sie hätte ihn am liebsten umarmt und geküsst.

Die Jugendlichen räumten ohne Gezanke den Tisch ab. Henri begleitete sie in die Küche, kehrte mit einer Flasche Rotwein und zwei Gläsern zurück und schenkte ihnen ein. Ina nippte an dem samtigen, trockenen Bordeaux.

„Die Kinder haben sich verdrückt. Sie bleiben aber in der Nähe, haben sie gesagt."

„Das ist das Schöne hier. In der Nachbarschaft wohnen außer der doofen Lili noch andere Jugendliche."

Es klingelte an der Haustür. Ina stand seufzend auf. „Wer kann das sein? Vielleicht eine deiner Groupies?"

„Groupies?"

„Diane, Julia oder Anita." Lachend lief Ina ins Haus. Kurz darauf hörte Henri sie rufen. „Bleiben Sie draußen, was wollen Sie? Wer sind Sie? Henri!" Inas Stimme wurde schriller.

„Wo ist er?!"

Henri sprang auf und lief durchs Haus zur Eingangstür. Silvia Schneidewind, die Frau von Kaschis Schwester Melanie, stürmte ihm mit erhobenen Fäusten entgegen. „Du Mistkerl! Wenn sie deinetwegen stirbt, bringe ich dich um!" Ihr Gesicht war verzerrt, sie machte Anstalten, auf ihn einzuschlagen. Mit einer fließenden Bewegung ergriff er ihre Hände und drehte sie ihr auf den Rücken. Er hielt sie im eisernen Griff fest, obwohl Silvia sich wehrte und bemühte, sich von ihm zu lösen. Sie versuchte, nach ihm zu treten, und bepöbelte ihn als Mistkerl, Schweinehund und Mörder.

„Was ist los?", fragte er, während sie tobte, schrie und trat.

„Melli, meine Melli, stirbt. Es ist nur deine Schuld, du Scheißbulle." Sie drehte den Kopf und spuckte ihn an. Ina stellte sich vor Silvia und versetzte ihr eine leichte Ohrfeige.

„Na, na, das war nicht nötig. Ich habe die Sache im Griff", tadelte Henri, hielt Silvia den Handrücken an die Wange und drehte ihren Kopf von sich weg.

Silvia gab den Widerstand auf und fiel in sich zusammen.

„Kann ich Sie loslassen, oder wollen wir weiter rangeln? Ich bin stärker. Ganz wie Sie möchten."

Sie nickte und fing an zu weinen. Henri führte sie zur Küchenbank. Er blieb neben ihr stehen, bereit, erneut zuzupacken, falls sie wieder ausflippte.

„Gib ihr mal ein Glas Wasser." Und zu Silvia gewandt: „Was ist mit Melanie?"

Sie schluckte. „Ich habe sie vor einer Stunde gefunden. Bei uns zu Hause. Jemand hat sie mit einem harten Gegenstand niedergeschlagen und dann erstochen. Meine arme Melli. Sie liegt im Koma. Die Ärzte wissen nicht, ob sie durchkommt."

Ina reichte Henri ein sauberes Geschirrtuch und stellte Silvia ein Glas Wasser hin. Sie setzte sich neben die Weinende und legte den Arm um sie. Henri wischte sich Silvias Speichel von der Wange und nahm Platz. Silvias Bericht war diffus, sie sprach mit stockender Stimme. Die Tränen rannen ihr herunter. Sie, Silvia, sei alleine zu Hause gewesen. Melli war weggefahren nach einem kleinen Streit. Es sei ihr nicht gelungen, Melli aufzuhalten.

„Wo wollte sie hin?"

Silvia starrte ihn mit einem wütenden Blick an. Ihre Augen waren verquollen und gerötet. „Tun Sie doch nicht so", zischte sie mit zusammengebissenen Zähnen heraus. „Sie wollten sich mit ihr treffen. Schon wieder! Sie ist meine Frau! Meine!"

Henri schüttelte den Kopf. „Sie ist aber nicht Ihr Besitz. Sie sollten sich helfen lassen. Sie überwachen sie auf Schritt und Tritt. Sie wissen genau, wo sie gewesen ist. Dank der Spy-Software! Wo war Melanie?"

Ina rückte von Silvia ab. „Spy-Software?", fragte sie gedehnt.

„Sie sind schuld! Bevor sie gekommen sind, war alles in Ordnung! Melli braucht nur mich! Geben Sie doch endlich zu, dass Sie sie getroffen haben!"

„Er war den ganzen Abend bei mir!", rief Ina empört.

„Worüber haben Sie gestritten?"

Silvia wandte ihren tränenfeuchten und Blut unterlaufenen Blick erneut auf Henri.

„Melli hat gesagt, sie bräuchte mehr Freiraum. Von mir! Wozu? Wir sind uns selbst genug! Sie haben sie aufgewiegelt, Sie sind scharf auf sie, geben Sie es doch zu!"

Henri schüttelte den Kopf und sah sie milde lächelnd an. Das brachte Silvia noch mehr in Rage.

„Sie will sich mit ihren Eltern versöhnen. Warum? Was will sie von diesen intoleranten Menschen? Es war doch alles schön!"

Er konnte kein Mitleid aufbringen. Er freute sich über Mellis Widerstand. Umso schlimmer, was mit ihr geschehen war.

„Wo waren Sie, als Melanie überfallen wurde?"

Das brachte Silvia noch mehr in Rage. „Ich habe sie gesucht!"

„Es ist doch kein Wunder, wenn Melanie sich eingeengt fühlt und ihren Freiraum braucht! Sie erdrücken sie!"

Silvia starrte Ina mit aufgerissenen Augen an. „Was wissen Sie schon von Melanie?"

„Ich kenne Püppi, seitdem sie ein kleines Mädchen ist." Inas Augen wurden zu Schlitzen. „Sie ist die kleine Schwester meines verschwundenen Jugendfreundes."

„Was für mich viel interessanter ist", schaltete sich Henri ein, „ist, dass für Sie die Eifersucht größer ist als der Kummer über ihren Zustand. Sie sollten an ihrer Seite sein, sich um sie kümmern und nicht meine Freundin und mich mit haltlosen Vorwürfen belästigen. Wo war Melanie vor dem Überfall? Erzählen Sie mir nicht, Sie wüssten es nicht."

Silvia sackte in sich zusammen. „Ich weiß es nicht. Sie hat das Handy genommen und durch den Garten geworfen. Melli ist in ihr Auto gesprungen und weggefahren. Ich habe versucht, ihr zu folgen. Ich bin zu ihren Eltern gefahren, aber da stand ihr Auto nicht. Auch nicht hier." Mit einem Anflug von Scham sah sie zu Boden. „Als ich nach Hause kam, lag sie blutend vor der Haustür." Wild sah sie wieder auf. Sie deutete auf Henri. „Das ist seine Schuld."

„Bestimmt nicht. Hat die Polizei den Fall aufgenommen?" Er musste sich unbedingt noch einmal mit der hiesigen Dienststelle an der Wallallee in Verbindung setzen. Widerwillig nickte Silvia. „Die kamen gleichzeitig mit dem Krankenwagen."

Er erhob sich. „Sollen wir Sie nach Hause fahren?"

Silvia stand auf. „Nein danke." Sie sah Ina an. „Und Sie, Sie nennen sie nie wieder Püppi." Silvia schwankte grußlos nach draußen. Ina warf aufatmend die Haustür hinter ihr ins Schloss. „Was für eine Furie. Eine furchtbare Frau. Die arme Melanie." Sie bemerkte, wie Henri auf dem Handy eine Nummer wählte. „Wen rufst du an?"

„Raik. Der kann bestimmt etwas über Melanies Zustand herausfinden."

Glücklicherweise hatte Silvia übertrieben. Von Koma und Erstechen könne keine Rede sein, hatte Raik etwas widerstrebend erklärt. Melanies Zustand war stabil. Sie lag auf der Intensivstation, würde aber am nächsten Tag auf die Normalstation verlegt werden. Melanie hatte eine blutende Wunde am Hinterkopf und eine oberflächliche Stichverletzung unterhalb der untersten rechten Rippe, die ihr ebenso wie die Kopfwunde von hinten beigebracht wurde. Nichts davon sei lebensbedrohlich. Die Information hätten sie nicht von ihm, fügte er hinzu.

Henri stellte das Handy aus und packte es aufatmend beiseite. „Genug Aufregung für heute. Komm, gehen wir wieder in den Garten."

„Das ist alles so schrecklich. Da denkt man, dieses Verbrechen ist vergessen, aber kaum kommst du und kratzt an der Oberfläche, bricht alles wieder auf."

„Gibst du mir auch die Schuld dafür?"

„Natürlich nicht! Schuld hat der Täter!" Sie sah ihn an. „Das heißt doch, dass der Mörder immer noch hier ist?"

„Vielleicht. Ich verstehe aber nicht, warum Melli überfallen wird. Sie hat mir alles gesagt, was sie wusste. Auch wenn sie es nicht getan haben sollte, müsste der Täter vermuten, dass ich alles weiß. Wenn sie bisher nichts wusste, und so sieht es aus, ist sie keine Gefahr. Er hätte mir einen überbraten sollen, nicht Melli."

Ina schüttelte sich schaudernd. „Ich will nicht, dass dir was zustößt."

Er zog sie an sich. „Ich auch nicht. Mir passiert nichts. Es kommt mir seltsam vor, dass Melli niedergestochen wurde. Wieso ist Silvia überrascht? Sie kontrolliert Melanie doch auf Schritt und Tritt. Ich fürchte, sie hat uns angelogen und Melanies Verletzung selbst verursacht. Morgen werde ich Melanie besuchen. Vielleicht lässt man mich zu ihr." Er lächelte sie an. „Bleib sitzen. Ich zähle mal eben die Kinder durch." Ein paar Minuten später setzte er sich zu ihr in die Gartenschaukel und legte den Arm um sie.

„Alle Mann an Bord. Frauen auch. Ich sage nicht, dass sie schlafen. Die Jungs spielen an den Laptops, die Mädchen sehen fern. Schon wieder einen Film mit Hugh Grant. Manchmal glaube ich, er gehört zur Familie. Keins von unseren Kindern hat mich wahrgenommen. Harmonie pur."

Sie reichte ihm ein Glas und lehnte sich an ihn.

„Hast du jemals wieder an mich gedacht?"

„Die ersten Monate ununterbrochen. Am liebsten wäre ich nach einer Woche zurückgekommen, um dich und Raik zur Rede zu stellen."

„Wenn du das bloß getan hättest!"

„Ich fühlte mich so gedemütigt, mein bisschen Stolz war verletzt. Dann hatte ich die Idee mit Australien. Ich wollte nur noch weit weg von dir. Aber den Schmerz habe ich mitgenommen."

„Den du mit Hilfe anderer Mädchen überwunden hattest."

Er strich ihr durch die Haare. „Ich dachte, du wolltest mich nicht. Ich war weit weg und allein. Ja, es gab viele andere Frauen. Aber den Schmerz habe ich nie wirklich überwunden. Er war nur betäubt. Das klingt kitschig, oder?"

„Während ich hier gesessen habe, mir die Augen vor Kummer ausgeweint und dein Kind ausgetragen habe."

Er seufzte.

Sie schob ihre Hand unter sein T-Shirt. „Hast du dich nie für mein Leben interessiert? Nie meinen Namen gegoogelt oder den von Raik? Dann hättest du doch festgestellt, dass wir nicht zusammen sind."

„Das habe ich vermieden. Das hätte mir zu wehgetan. Ich habe versucht alles zu vergessen, was mit diesem Ort oder dir zu tun hatte. Ich bin kein Masochist. Deshalb bin ich auch nach Hamburg gegangen. Ich wollte dir und Raik in Berlin nicht auf dem Campus begegnen. Womöglich noch händchenhaltend."

„Ich bin auf allen Konferenzen für Veterinäre gewesen. Habe immer wieder deinen Namen in sämtlichen Suchmaschinen aufgerufen. Ich wollte dich finden. Selbst als Torben sich um mich bemüht hat, wollte ich nicht weggehen. Immer hoffte ich, dass du mal vor der Tür stehst."

Er küsste ihre Haare. „Ich bin Polizist und nicht in den Netzwerken zu finden. Ich mache meine Familie nicht zur Zielscheibe."

„Das weiß ich jetzt auch." Sie setzte sich aufrecht und trank von ihrem Wein. Sie sahen sich eine Weile stumm an. Die Lampions bewegten sich sanft in der Abendbrise. Die Kerzen in den Windlichtern flackerten.

„Trotz der verrückten Furie von vorhin ist es der schönste Abend seit langem." Sie lehnte sich wieder an ihn. „Ich weiß nicht, wann ich das letzte Mal am Abend so hier gesessen habe. Meistens verbringe ich die Abende drinnen vor dem Fernseher."

Er lachte sein warmes dunkles Lachen. „Ich auch. Aber ich koche dabei."

Sie sahen beide in den schwarzen Himmel. Immer mehr Sterne erschienen am Firmament.

„Du hast mir früher manchmal die Sterne gezeigt und die Sternbilder erklärt. Ich konnte die Bilder nie erkennen. Aber das war so romantisch. Mach das doch noch einmal."

Er lachte erneut. „Ich kenne den Großen Wagen, den Kleinen Wagen mit dem Polarstern, den Orion und einige, die von der anderen Seite der Welt sichtbar sind. Das war's. Kein Wunder, dass du die anderen Sternbilder nicht erkennen konntest!"

„Du hattest sie dir ausgedacht?"

Otto bellte auf.

„Lasse kommt. Und schon ist der romantische Abend zu Ende." Ina versuchte, sich aus Henris Arm zu winden. Er hielt sie fest. Lasse kam näher und bemühte sich, den erfreuten Otto zu beruhigen. Anschließend setzte er sich ihnen gegenüber und musterte sie. „Rotwein, Kerzen, Sommernacht. Wo ist der Stehgeiger? Mama und Papa scheinen sich ausgezeichnet zu verstehen. Störe ich?"

„Nein. Möchtest du was trinken?"

„Ja. Worüber redet ihr?"

„Über alles Mögliche." Ina berichtete Lasse über den Überfall auf Melanie. Lasse gab einen überraschten Pfiff von sich. Er nahm ein halbvolles Glas vom Tisch und schnupperte misstrauisch. „Apfelsaft. Lecker. Egal, wer daraus getrunken hat, ich bin in jedem Fall mit ihm oder ihr verwandt." Lasse schmunzelte, trank es aus und goss sich danach Wein in das Glas. „Was sagt mein Profiler-Vater dazu?"

Henri zuckte die Schultern. „Ich habe zu wenige Informationen. Die Angaben, die ich erhalten habe, sind durch die Erinnerungen verfärbt. Oder ich wurde belogen. Mit Fallanalyse ist da nichts zu machen. Hier kommt es auf solide Ermittlungsarbeit an. Außerdem bekomme ich nur freiwillige Angaben. Ich habe keinen Ermittlungsauftrag." Henri strich Ina über den Arm, was Lasse mit einem süffisanten Grinsen zur Kenntnis nahm. „Hattest du Gelegenheit, unseren Schulfreund Jörg Müller zu suchen? Ich vermute, deine Einheit hat entsprechende Möglichkeiten."

„Auweia. Jörg Müller. Warum nicht Thomas Meier oder Michael Schmidt? Es gibt Tausende Männer mit diesem Namen. Hast du ein Geburtsdatum und seinen Geburtsort?"

Henri seufzte. „Ich werde versuchen, jemanden vom Tannenhof finden. Mit Sicherheit gibt es noch alte Akten."

„Jörg hat zwei Tage vor mir Geburtstag, also am 25. Oktober", sagte Ina plötzlich. „Das fällt mir eben ein."

„Das ist gut. Ich werde seinen Geburtsort noch herausfinden", meinte Henri. Er goss den Rest der Weinflasche in die drei Gläser. „Soll ich noch eine aufmachen, oder lohnt sich das nicht mehr? Auf dem Küchentisch steht noch eine Flasche."

„Aufmachen", entschied Lasse, stand auf und ging ins Haus. Seine Eltern sahen ihm nach.

„Was für ein toller junger Mann. Ich bin verliebt. Deine Kinder sind alle toll. Aber zu wissen, was ich alles verpasst habe …" Henri stockte. „Jedenfalls habt ihr, du und Torben, einen wundervollen Sohn." Seine Stimme war brüchig. Er hatte den Arm immer noch um Ina gelegt. Sie strich ihm über die Brust. „Danke. Aber er hatte auch Glück mit seinem Griff in den Genpool. Er ähnelt dir sehr."

„Dann bin ich froh, dass du ihn nicht zur Adoption freigegeben hast, nachdem du die Ähnlichkeit bemerkt hattest."

Sie lachte kurz auf, wurde aber schnell wieder ernst. „Oder ihn abgetrieben, wie Papa und Diane mir immer wieder geraten haben."

Henri verzichtete auf eine Antwort, da Lasse mit einer geöffneten Weinflasche, einem Krug Apfelsaft und einer Tüte Chips, die er zwischen den Zähnen hielt, zurückkehrte.

„Was hast du genau studiert?", fragte Lasse und riss die Chipstüte auf.

„Rechtswissenschaften, Psychologie und Kriminologie."

„Promoviert hast du in Jura?"

Henri nickte.

„Bist du glücklich in Hamburg? Reizt dich Berlin nicht mehr?"

„Ich habe kürzlich ein Angebot bekommen, nach Wiesbaden zu gehen. Ich ringe aber noch mit mir."

Lasse legte die Chips auf den Tisch. „Zum BKA?"

„Ja. Das reizt mich wirklich. Ich habe noch mit keinem darüber gesprochen."

Ina rückte von ihm ab. „Wiesbaden?", fragte sie gedehnt. Sie dachte seit Tagen und verstärkt seit ein paar Stunden darüber nach, wie es mit Henri und ihr weitergehen würde. Weitergehen könnte. Die Distanz zwischen Parchim und Hamburg, die sie als fast unüberwindlich gesehen hatte, wurde in Relation zur Entfernung Parchim–Wiesbaden lächerlich gering. Von Hamburg hätte er pendeln können, schoss es ihr durch den Kopf.

„Was ist mit den Kindern?" Ina fand sich selbst verlogen, seine Kinder vorzuschieben. Wiesbaden. Wie lange fuhr man da? Doch mindestens sechs Stunden. Sie hätte weinen mögen. Sie löste sich aus seiner Umarmung und setzte sich aufrecht. Das Weinglas leerte sie in einem Zug.

„Welche Kinder?" Henri lachte. Sie hätte ihn schlagen können.

„Wie gesagt, ich habe mich noch nicht entschieden. Ich habe schon mal in Wiesbaden gelebt, im Zuge meines fallanalytischen Studiums. Ich habe mich dort sehr wohl gefühlt. Für die Kinder ist es eine Umstellung. Na klar. Aber es gibt auch Schulen in Wiesbaden. Es gibt Theatervereine für Metke, Handballvereine und Diabetologen für Katje." Er seufzte. „Jesper müsste ich überzeugen, keine Ahnung, ob man auf dem Main rudern kann."

„Jesper rudert? Das habe ich früher auch gemacht. Hier auf dem Wockersee kann man auch rudern."

„Henri zieht es aber nicht hierher, sondern nach Wiesbaden."

„Ich habe noch nichts entschieden, Ina. Marion könnte ich nicht zum Mitkommen bewegen. Andererseits sind sie keine Kinder mehr, Jesper ausgenommen. In ein paar Jahren machen sie vielleicht ein Auslandsjahr oder eine Ausbildung. Oder sie studieren in einer anderen Stadt. Ich muss das nicht heute entscheiden." Er versuchte den Arm wieder um sie zu legen, aber sie sperrte sich.

„Bundeskriminalamt", sagte Lasse versonnen. „Ich würde da sofort zugreifen."

„Du hast keine drei schulpflichtigen Kinder. Vermutlich werde ich diesen Schritt nicht tun. Ich arbeite in einem tollen und erfolgreichen Team, das möchte ich auch nicht missen."

Ina lehnte sich wieder an ihn und lauschte, wie sich Lasse und Henri über ihre letzten Fälle unterhielten. Sie schloss die Augen und genoss den Moment. Sie hörte das Prusten der Pferde, das Zirpen der Grillen und die Stimmen von Lasse und Henri. Die abendliche Geräuschkulisse wurde untermalt von dem Geraschel, wenn Lasse in die Chipstüte griff. Das leichte Schwingen der Gartenschaukel wirkte beruhigend auf sie, ebenso wie Henris Herzschlag, den sie an der Wange spürte. Sie war eingenickt und wachte auf, als Lasse die Tüte zerknüllte. „Ich rufe noch Sophie an. Sie ist bei ihren Eltern. Gute Nacht allerseits." Lasse beugte sich über Ina und küsste sie auf die Wange. An Henri gewandt hob er die Hand und ließ seine Eltern in der Dunkelheit zurück. Sie sahen ihm nach.

Ina streichelte Henris Arm. „Gehen wir ins Bett?"

„Darf ich gleich mitkommen oder muss ich erst wieder auf die Couch?"

Kapitel 17

Sonntag, 12.08.2018

„Wir sind aufgeflogen."

Ina schaltete die Kaffeemaschine aus und musterte Henri, der die Eier aus dem Eierkocher nahm.

„Was meinst du?"

„Dein Sohn hat mich gestern Nacht gestellt, als ich aus deinem Zimmer kam. Es war ein typisches Vater-Sohn-Gespräch, aber mit vertauschten Rollen."

Henri hatte damit gerechnet, dass sie entsetzt sein würde. Ina lachte aber nur hell auf. „Solange er das den Kleinen nicht unter die Nase reibt?"

„Früher hatten wir Angst vor deinem Vater und Oma. Heute muss ich mich vor unserem Sohn rechtfertigen. Hört das denn nie auf?" Grinsend schreckte er die Eier ab.

Lasse, Henri und Ina saßen eine Stunde später noch am Frühstückstisch unter dem Apfelbaum.

Lasse betrachtete seinen Vater. „Komisch, oder? So hätten wir immer frühstücken müssen. Wir drei zusammen."

Henri hatte das auch gedacht. All die verschwendeten Jahre. Otto bellte und rannte gefolgt von Fiete ums Haus.

„Da kommt jemand", sagte Ina. „Erwartet ihr Besuch?"

Henri und Lasse schüttelten die Köpfe.

Dr. Gerald Lürßmann versuchte, Otto abzuwehren, der ihn freundlich begrüßte und an ihm hochsprang. Auch Fiete ging schwanzwedelnd auf ihn zu.

„Hau ab, du Mondkalb! Ina! Wieso hast du hier noch so eine Riesentöle. Kannst du die nicht anbinden?"

„Nein. Es ist mein Garten, Papa. Er ist komplett umzäunt. Otto und Fiete sind harmlos."

Lürßmann bemerkte Henri und seinen Enkel. „Die reinste Idylle hier."

„Sarkasmus – aus", murmelte Lasse. Henri prustete. Beide wechselten einen verschwörerischen Blick.

Lürßmann umarmte Ina und küsste sie auf die Wange. Er sah sie zärtlich an. „Guten Morgen, mein Kind."

„Guten Morgen, Papa. Was führt dich denn zu dieser Zeit her?"

„Kann ein Vater nicht mal seine Tochter besuchen?" Er wandte seine Aufmerksamkeit seinem Enkel zu. „Guten Morgen, Junge." Keine Spur eines Lächelns, keine Umarmung. Lasse blieb sitzen und kaute sein Brötchen. „Tach, Opa."

„Das heißt guten Morgen und sprich nicht mit vollem Mund." Lasse zwinkerte Henri zu.

„Und was macht bitte der Puvogel hier?"

Henri lehnte sich zurück und faltete die Hände über der Brust. „Ina hat mich mit meiner Familie eingeladen. Und da bin ich. Momentan lerne ich meinen ältesten Sohn kennen. Leider erst jetzt. Genug davon. Die Gespräche mit Ihnen drehen sich im Kreis und bringen nichts."

„Henri will seinen Sohn kennenlernen."

Lürßmann verdrehte die Augen. „Henri! Daran muss ich mich wohl nicht gewöhnen."

„Nennen Sie mich einfach Herr Martensen. Darauf höre ich auch und es fällt Ihnen sicherlich leichter. Den Titel lassen wir formlos unter den Tisch fallen. Ich benutze ihn nur selten, im Gegensatz zu Ihnen. Außerdem sind wir ja durch Lasse miteinander verwandt." Henri nahm Lasses unterdrücktes Kichern wahr.

Die Ader an Lürßmanns Stirn schwoll an. Er setzte zu einer Antwort an, stockte aber, da er Linnea kommen sah. Er breitete die Arme aus und umarmte sie. „Meine kleine Linn, meine süße

Zuckerpuppe!" Linn warf sich in seine Arme, Gerald hob sie hoch und küsste sie. Oscar wurde ebenso herzlich von seinem Opa begrüßt. Henri beobachtete Lasse, der sich das Schauspiel mit süffisantem Grinsen ansah.

Mein armes Kind, dachte er.

„Wir gehen baden, Opa, tschüss!"

„Wollt ihr euch noch ein paar Brote schmieren und mitnehmen?", rief ihnen Ina nach.

„Ja gleich, wir holen noch ein paar Handtücher von der Leine."

Lürßmann folgte den Kindern mit den Augen. „Der Puvogel-Junge sieht aus wie Hinnerk früher. Und wie Lasse", murmelte er.

„Möchtest du einen Kaffee, Papa?"

„Nein. Da hast du es geschafft, dich wieder in Inas Leben und ihr Haus einzuschleichen mit deiner Brut."

Henri lächelte und legte die gefalteten Hände an den Hinterkopf. Er lehnte sich betont entspannt zurück. „In Inas Leben, Inas Haus und Inas Bett. Bin ich nicht ein Glückspilz?"

„Henri!"

„Wieso? Wir sind doch alle erwachsen?", antwortete er in Lasses schallendes Gelächter.

„Ich hoffe, du weißt, was du tust, Ina. Willst du dich wirklich wieder an ihn binden, nach dem, was er dir angetan hat? Braucht er jemanden, der seine Brut großzieht?"

Henri erhob sich. Langsam trat er auf Lürßmann zu. „Das ist nun schon das zweite Mal, dass Sie meine Kinder als Brut bezeichnen. Das werden Sie nie wieder tun, alter Mann, ist das klar?"

Lürßmann wich zurück. „Sie drohen mir?"

„Wenn ich jemandem drohe, sieht das ganz anders aus. Es ist ein freundlicher Hinweis auf Ihre verquere Wortwahl. Ich habe vier wunderbare Kinder. Die sind genauso großartig wie die von Torben."

Henri stand nun unmittelbar vor ihm. Beide sahen sich wortlos an.

„Ich gehe. Ich komme erst wieder, wenn Herr Dr. Martensen und seine Kinder weg sind."

Sie sahen ihm nach, wie er erregt ums Haus ging und die um ihn her hüpfenden Hunde abwehrte.

Henri lächelte Ina verlegen an. Sie schüttelte den Kopf, grinste aber trotzdem. Lasse brach das Schweigen. „Ich finde ihn ganz toll, Mama."

„Opa?"

„Doch nicht Opa! Nein, ich meine Henri."

Vater und Sohn sahen sich schmunzelnd an. „Wer teilt sich noch ein Brötchen mit mir?", fragte Lasse.

„Ich", antwortete Henri und streckte die Hand aus.

„Was hast du heute noch vor, Henri?"

„Ich will im ehemaligen Tannenhof ansetzen. Hoffentlich hat sich Jörg einem Mitarbeiter des Heims anvertraut. Julia hat freundlicherweise recherchiert. Einige der Mitarbeiter leben nicht mehr. Glücklicherweise hat mir Julia die Adresse der ehemaligen Heimleiterin besorgt und einen Termin mit ihr vereinbart. Da wollte ich jetzt eigentlich hin. Die Dame will uns empfangen, obwohl heute Sonntag ist."

„Ach, du bist in Kontakt mit Julia?" Ina konnte nicht verhindern, dass ihre Stimme eifersüchtig klang.

Henri sah noch immer in die Ferne. „Ja, sie hat mir vorhin eine WhatsApp geschickt. Diese Frau Brecht wohnt in Schwerin."

„Willst du das Auto haben?"

Er schüttelte den Kopf. „Julia nimmt mich mit. Sie hat mir angeboten, mich zu fahren."

Ina nagte unentschlossen an der Unterlippe. Überrascht sah er sie an. „Ich habe nicht vor, mich mit Julia zu amüsieren. Du hast keinen Grund zur Eifersucht."

„Warum sollte ich eifersüchtig sein! Dann geh doch." Sie heftete den Blick auf die Weide und die grasenden Tiere. Lasse betrachtete seine Eltern mit einem spöttischen Grinsen. Henri versuchte, den Arm um Ina zu legen, aber sie schüttelte ihn ab. Von der Straße hörten sie ein Auto hupen. Achselzuckend hob er die Hand in Richtung Lasse und wandte sich um.

Julia fuhr einen blauen Kombi. Sie winkte ihm fröhlich zu und parkte am Straßenrand. Das Schiebedach war offen. Sie trug Jeans und eine geblümte Bluse. Eine riesige Sonnenbrille verdeckte ihre Augen. „Moin Hinnerk!" Sie beugte sich zu ihm, während er sich auf dem Beifahrersitz anschnallte, und küsste ihn auf die Wange. Sie winkte Ina zu, die mit verschränkten Armen in der Haustür stand und ihnen nachschaute.

Peggy Brecht lebte in einer Zweiraumwohnung unter dem Dach. Im Treppenhaus roch es nach altem Fett und Schweiß. Aus dem Briefkasten mit der Aufschrift „P. Brecht" quollen Werbebroschüren und Briefe. Ein ramponierter Zwillingskinderwagen mit nur drei Rädern versperrte den Treppenaufgang. Die Treppe war dreckig. Henri befürchtete bei jedem Schritt kleben zu bleiben.

„Home, sweet home", murmelte Julia und verzog das Gesicht. In einer Wohnung des ersten Stocks brüllten zwei Kinder, vermutlich die Besitzer des Kinderwagens. Ein Gummibaum mit verstaubten Blättern vegetierte auf dem Treppenabsatz vor sich hin. Die unteren Stockwerke wurden von jeweils drei Partien bewohnt. In der zweiten Etage stritt ein Paar lauthals miteinander. Oben unter dem Dach gab es nur die Wohnung von Peggy Brecht. Ein Berg von unordentlich gestapelten Schuhen türmte sich neben der Eingangstür. Home sweet home stand auf der dreckigen Fußmatte. Julia schnaufte abfällig und grinste kurz. „Habe ich das nicht gesagt?"

Peggy Brecht öffnete ihnen zunächst mit einem misstrauischen Ausdruck die Tür, winkte die Besucher dann aber leutselig lächelnd hinein. Die Wohnung stank nach Zigarettenqualm und Alkohol. Im Flur standen Plastiktüten mit leeren Flaschen. Henri erkannte eine billige Wodkamarke. Julia hob schnuppernd die Nase und verzog das Gesicht zu einer Grimasse. Henri nickte leicht. Er hielt seine fast übliche Eingangsrede. Peggy Brecht führte sie ins Wohnzimmer, zeigte auf zwei Sessel und ließ sich auf die Couch fallen. Auf dem Tisch standen ein paar schmutzige Gläser und ein von Kippen überquellender Aschenbecher. Altpapier türmte sich daneben. Sie zündete sich eine Zigarette an. Julia versuchte, unauffällig Katzenhaare von ihrem Sessel zu wischen. Henri entfernte von dem anderen einen Stapel Zeitungen. „Sie wollen etwas von damals wissen? Über Jörg Müller? Hat er was angestellt?" Ihre Augen glänzten erwartungsvoll. Erneut erklärte ihr Henri, worum es sich handelte.

„Jörg Müller, ein netter schüchterner Junge. Er kam zu uns, als er etwa fünf war."

„Warum eigentlich?"

Frau Brecht erhob sich. „Möchten Sie was trinken?"

Henri hatte nicht vor, in dieser siffigen Bude etwas zu sich zu nehmen. An Julias Gesicht erkannte er, dass sie ebenso dachte.

„Nein, danke."

Peggy Brecht setzte sich wieder. Zwei Katzen stolzierten mit aufgestellten Schwänzen ins Zimmer und blieben vor Julia stehen.

„Auf den Schreck muss ich ein Schlückchen trinken. Heute ist Sonntag, ein kleiner Frühschoppen kann nicht schaden." Sie lachte laut. „Sie wollen wirklich nichts?" Sie hob auffordernd eine Ginflasche hoch und goss sich etwas in ein schmutziges Glas, nachdem ihre Gäste den Kopf geschüttelt hatten. „Darf ich überhaupt darüber reden? Fällt das nicht unter Datenschutz oder so? Oder ist das verjährt?"

„Das ist verjährt", antwortete Julia hastig.

„1991 ist der Tannenhof in Brand geraten, aber das wissen Sie sicher. Es hat im Büro gebrannt, die Akten wurden vernichtet. Heute wäre das nicht so dramatisch, da wird alles digitalisiert." Ihre Hand zitterte leicht. „Ich wurde sogar verdächtigt, heimlich dort geraucht und Schuld am Brand zu haben! Ist das zu fassen?" Sie lehnte sich zu Henri vor. Er roch ihren Atem. Der Gin, den sie sich eingoss, war nicht der erste des Tages.

„Der Brand war im Büro der Heimleitung entstanden. Da haben Sie und ein Kollege gearbeitet, oder?" Henri hatte sich daran erinnert, dass Jörg damals öfter von „Brechreiz-Brecht" und einem gutmütigen alten Mann namens „Walli" gesprochen hatte. „Wie hieß der noch gleich?"

„Walter Schönfisch."

„Wissen Sie, wo ich Herrn Schönfisch erreichen kann?"

„Walli ist tot. Schon seit ein paar Jahren." Peggy Brecht kramte auf dem Tisch herum und fummelte eine Packung Zigarettenpapier hervor. Dann zog sie eine Dose heran, öffnete sie und entnahm ihr Tabak. Während sie eine Zigarette rollte, sagte sie: „Wir haben das Büro geteilt. Trotzdem soll ich es gewesen sein, die den Brand verursacht haben soll. Nur weil ich Raucherin bin. Walter kann das Feuer auch angezündet haben."

„War er Raucher?"

Sie sah kurz zu Henri, senkte den Blick wieder auf die Zigarette. Sie führte sie zum Mund und leckte ausgiebig daran herum. Henri sah ihre dicke rote Zunge.

„Nein." In ihrer Stimme schwang Bedauern. Sie wollte die Zigarette in den Mund stecken, überlegte es sich aber anders und hielt sie ihnen entgegen. „Will jemand?"

Henri schüttelte den Kopf und amüsierte sich über den Würgelaut, den Julia von sich gab.

„Nein, danke."

Die ehemalige Heimleiterin grabbelte nach dem Feuerzeug und steckte den Glimmstängel in Brand. Nach einem tiefen

Zug sagte sie: „Wer sagt denn, dass eine meiner Zigaretten die Ursache gewesen sein soll? Es kann Walter gewesen sein, der eine Kerze angezündet und sie bei offenem Fenster vergessen hat? Ein kleiner Windhauch und …" Sie machte eine wehende Handbewegung.

„Es war der 22. August. Da zündet man keine Kerzen an."

„Walter war sehr weich. Wenn ein Kind Geburtstag hatte, hat er immer mit einer Kerze ein Ständchen gesungen."

„Welches Kind hatte denn Geburtstag? Sagen Sie nicht, Sie wüssten es nicht. Das wird eine der ersten Fragen gewesen sein, die meine Kollegen damals gestellt haben."

Missmutig blies ihm die Brecht Rauch ins Gesicht. Henri unterdrückte den Hustenreiz.

„Keines, wie ich annehme. Also kein Grund für eine Kerze. Wie wurde der Brand entdeckt?"

Die ehemalige Heimleiterin nahm erneut einen tiefen Zug und drückte beim Ausatmen die Kippe im übervollen Aschenbecher aus. Etwas Asche fiel auf den Tisch. Die Glut im Stummel glühte noch. Neben dem Aschenbecher lagen Prospekte. Auch in dieser Wohnung schien ein Zimmerbrand jederzeit möglich zu sein.

„Ist der Schuldige bestraft worden?" Henri stellte die Frage, obwohl er von Julias Recherchen wusste, dass es nicht so war.

Die Brecht schüttelte den Kopf. Er hatte keinen Sinn, auf diesem Brand herumzureiten.

„Kommen wir zu Jörg Müller. Wissen Sie etwas über seine Vergangenheit?"

„Die Unterlagen, die er nicht mitgenommen hat, sind verbrannt. Zum Glück habe ich ein sehr gutes Gedächtnis. Man nennt es eidgenössisch." Sie hob das Glas und prostete ihnen zu. Julia gluckste, Henri verbiss sich das Lachen.

„Sie meinen eidetisch."

Brecht nickte und begann erneut damit, eine Zigarette zu drehen.

„Jörg kam zu uns, nachdem seine Eltern Republikflucht begehen wollten. Natürlich erfolglos." Sie grinste zufrieden.

Julia und Henri sahen sich betroffen an.

„Was ist mit seinen Eltern geschehen?" Henri beugte sich nach vorne.

„Bautzen", erklärte die ehemalige Heimleiterin mit einem zufriedenen Lächeln. „Beide sind dort gestorben. Sie, glaube ich, an Krebs, er hat Suizid begangen. Sie waren doch selbst schuld, warum mussten sie denn bei Nacht und Nebel versuchen, mit einem kleinen Kind zu flüchten! Jörg war erst fünf."

Henri und Julia wechselten wieder vielsagende Blicke.

„Er wurde nicht zwangsadoptiert?", fragte Julia.

„Ich mag das Wort nicht. Nein, es hatte niemand Interesse an ihm. Schade, er war ein netter, leicht zu leitender Junge."

„Dieser nette, leicht zu leitende Junge hätte wunderbar von regimetreuen Adoptiveltern für die Ideologie der DDR missbraucht werden können", meinte Julia abfällig. „Gut, dass ihm das erspart wurde."

Henri schüttelte den Kopf. „Jörg war ruhig und freundlich. Aber er konnte selbst denken und hatte sich zu allem selbst eine Meinung gebildet."

„Es war nicht alles schlecht an der DDR! Wir hatten ein gutes Leben!"

„Stimmt. Einiges war gut. Zum Beispiel der Bautz'ner Senf. Der war das Beste an der DDR. Und der Rotkäppchen Sekt." Julia versuchte unauffällig, eine der Katzen mit dem Fuß von sich zu schieben.

„Der Zusammenhalt zwischen den Nachbarn war damals viel besser!"

„Ja", antwortete Julia ungehalten, „weil alle nur am Schachern waren! Das hatte doch nichts mit Sympathie zu tun. Ich kann das beurteilen. Meine Eltern hatten ein Fleischereigeschäft und damals jede Menge sogenannte Freunde. Viele Eltern wollten mich als Freundin für ihre Kinder. Nur um besser an Fleisch heranzukommen. Hinter meinem Rücken haben sie alle über mein Aussehen gelästert." Julia und die Katzen fixierten sich gegenseitig.

Henri lauschte diesem Abtausch, ohne sich einzumischen. Den Besuch hätte er sich sparen können. Er stellte die Frage, wegen der er gekommen war.

„Wo kam Jörg her? Aus welcher Gegend?"

„Er wohnte mit seinen Eltern in Tangermünde. Ich erinnere mich auch nur deshalb daran, weil auch ich daher komme. Aber sie sind nicht mehr am Leben, das sagte ich ja schon."

„Warum starren mich die Katzen so an?" Julia verbarg ihre Abscheu nicht mehr.

„Sie sitzen auf Erichs und Egons Sessel."

Im Hausflur klopfte sich Julia energisch die Haare von der Jeans. „Ist ja ekelhaft! Was für eine Drecksbude! Und damit meine ich nicht mal Honecker und Krenz. Die Katzennamen sagen doch schon alles. So was hat Kinder erzogen! Diese Säuferin und Messifrau! Mit staatlicher Erlaubnis! Aaaber ein ‚eidgenössisches' Gedächtnis! Ich werde meinem Chef eine Reportage über die ewig Gestrigen vorschlagen. Es gibt sie immer noch."

„Hat sich diese Art von Reportagen nicht langsam totgelaufen?"

„Du siehst doch, wie aktuell das Thema ist. Es war nicht alles schlecht, wenn ich das höre! Klar waren die Menschen nicht schlecht, aber das Regime war scheiße." Julia zog ein Päckchen mit feuchten Tüchern aus der Handtasche und wischte sich die Hände ab. „Seien wir doch ehrlich. Für dich und mich kam der Mauerfall noch rechtzeitig. Für die Alten kam er zu spät. Mein Theo wird alles nur noch aus Geschichtsbüchern kennen, der Glückliche." Sie hielt Henri die Packung entgegen. „Willst du auch mal?"

„Ich habe nichts angefasst." Trotzdem bediente er sich.

Die Nachmittagssonne brannte, aber wegen des Fahrtwinds spürten sie es nicht.

„Gehst du mit mir was trinken?" Julia legte ihm eine Hand auf das Knie.

„Wir können bei Ina was trinken." Henri nahm Julias Hand und führte sie zum Lenkrad.

„Also läuft da was zwischen Ina und dir."

„Ja. Wünsch mir Glück."

Sie lächelte ihn von der Seite an. „Schade. Du bist Single, ich auch. Du hast drei Kinder, ich eins. Ich denke, mit einer alleinerziehenden Partnerin hättest du keine Probleme. Weißt du eigentlich, wie verknallt ich früher in dich war?"

Überrascht sah er sie an. „Du? In mich? Das ist mir nie aufgefallen." Er versuchte, sich zu erinnern. Fast täglich war er bei Jan und seinen Eltern ein und aus gegangen. Nie hatte er etwas bemerkt. „Ich mochte dich auch. Du warst für mich Jans kleine Schwester."

Sie lachte. „Was für ein großartiges Kompliment. Ich war so eifersüchtig auf Ina. Mit der warst du aus meiner Sicht schon immer zusammen. Daran hat sich nicht viel geändert, oder? Wenn Blicke töten könnten, hätte sie mich vorhin erdolcht."

Er sah sie von der Seite an. „Du willst doch gar nichts von mir. Kümmere dich um die Beziehung zum Vater deines Sohns."

Julia verriss ein wenig das Lenkrad. „Wie meinst du das?"

„Julia, ich habe Augen im Kopf. Ich kann nicht glauben, dass keiner Bescheid weiß. Vielleicht bin ich auch nur besonders sensibel, was dieses Thema angeht."

Misstrauisch sah sie ihn an. „So ist es aber. Keiner weiß Bescheid. Das ist auch gut so! Und du wirst die Klappe halten!"

„Guck auf die Straße. Ich möchte nicht am Baum enden. Ich sage nichts, versprochen."

Henri schob sein Handy in die Hosentasche, nachdem er Lasse berichtet hatte, dass Jörgs Geburtsort vermutlich Tangermünde war. Lasse versprach, die Information an einen Freund und Kollegen weiterzugeben und Jörgs Daten zu prüfen. Auch Karsten würden sie systemseitig durchleuchten.

Julia setzte ihn vor Inas Haus wieder ab. Sie wollte nicht mit hineinkommen, sie plante, mit ihrem Sohn den freien Nachmittag am See zu nutzen. „Bis heute Abend!", rief sie ihm zu. Henri wunderte sich darüber und setzte zu einer Nachfrage an, aber sie hatte das Gaspedal bereits durchgedrückt.

Auf sein Klingeln antwortete niemand. Henri umrundete den tropfenden Hochdruckreiniger auf dem Plattenweg und betrat das Haus durch die angelehnte Terrassentür. Er rief nach Ina, erhielt aber keine Antwort. Langsam stieg er die Kellertreppe hinunter. Ina sang leise vor sich hin. Den schwedischen Text zu einer schwermütigen Melodie verstand er nicht. Ina schrak zusammen, als sie ihn plötzlich hinter sich bemerkte.

„Ach, kommst du auch mal wieder? Habt ihr einen netten Ausflug gemacht, während ich mich um deine Kinder gekümmert habe? Wo wart ihr?"

„Das Lied ist aber traurig."

„Es handelt von einem Mann, der seine Liebste sitzen ließ. Ein schwedisches Volkslied. Irgendwie passt es, findest du nicht?"

Er seufzte auf. „Vermutlich hat er sie sitzen gelassen, weil sie immer so deprimierende Lieder gesungen hat. Damit treibt man den fröhlichsten Mann aus dem Haus. Selbst schuld."

„Blödmann."

„Bist du sauer? Du benutzt den Hochdruckreiniger nur, wenn du sauer oder traurig bist, hat Linnea mir verraten."

Sie drehte sich wieder von ihm weg und sortierte weiter die gepflückten Äpfel in Holzkisten, die sie mit Stroh und alten Zeitungen polsterte, damit die Früchte sich nicht gegenseitig drückten. Er zog ebenfalls eine Kiste an sich und schichtete Papier hinein.

„Ich kann das allein. Ich brauche deine Hilfe nicht."

Ungerührt füllte er eine dünne Strohschicht in die Kiste. „Ich war gerade mal eineinhalb Stunden weg. Davon war ich eine knappe halbe Stunde in Schwerin, was ich mir übrigens hätte sparen können, plus Hin- und Rückfahrt." Er fasste sie an den Schultern und drehte sie zu sich. „Hast du mich so sehr vermisst? Das gefällt mir."

„Ich habe dich gar nicht …", sie verstummte, als er sie an sich zog und küsste. Sie ließ es zu und schlang ihre Arme um ihn.

Sie hielten einen Moment inne, bis sie ihn von sich schob. „So wird das nie was mit den Äpfeln." Ina wandte sich wieder den Kisten zu. „Das Gute ist, nun brauche ich keine mehr zu kaufen, wenn ich backen will."

„Wie bitte? Deine Bäume hängen voller Äpfel und du kaufst welche?"

„Wer soll sie denn pflücken? Ich habe keine Zeit und die Kinder will ich nicht drängen."

Er lachte. „Da läuft ja einiges schief im Haus Malm."

Sie stützte die Hände auf der Kiste ab und funkelte ihn böse an. „Ach ja? Ich kann dir sagen, was hier schiefläuft. Mein Mann ist tot. Die Kinder trauern noch. Erst zwinge ich Lasse zu einem Leben in Schweden, dann müssen Linnea und Oscar in Deutschland leben, einem Land, das sie nur von kurzen Besuchen bei Opa kennen. Alle müssen unter meinen Entschlüssen leiden. Und dann tauchst du hier so einfach auf, nach all den Jahren. Und was mache ich? Ich lasse mich auch noch mit dir ein. Du hast Recht, ich habe es nicht im Griff! Mich nicht im Griff!"

„Das habe ich doch gar nicht gesagt, Ina, ich …"

„Bei dir läuft natürlich alles wunderbar, Mister Perfect. Du hast eine Affäre nach der anderen …"

„Was habe ich?"

„… mich hast du ja auch wieder ins Bett gekriegt, ich habe es dir auch noch leichtgemacht. Du lässt deine Kinder von deiner

Schwiegermutter großziehen. Heute hast du auch lieber eine Spritztour durch die mecklenburgische Landschaft mit einer schicken Rothaarigen unternommen!"

„Jetzt bist du ungerecht. Ich versuche immer noch zu ermitteln, was mit Karsten und Jörg geschehen ist. Außerdem habe ich kein Interesse an Julia. Ich will mit dir zusammen sein, merkst du das nicht?"

„Ich weiß grade nicht, was ich denken soll."

Henri wollte antworten, wurde aber von Linns „Mama"-Rufen unterbrochen. „Ich bin hier", rief Ina und wischte sich eine Zornesträne weg.

„Was macht ihr denn hier?" Linns misstrauischer Blick wanderte von ihrer Mutter zu Henri. Ina deutete auf die Apfelkisten.

„Wann fahrt ihr wieder nach Hause?"

„Linnea!"

Henri lächelte Inas Tochter an. „Sie hat doch recht. Wir entwickeln uns zu einer Belastung. Ich lasse euch mal allein."

Er ging auf die Terrasse und sah über die Wiese zu den beiden Pferden, die einander zugewandt standen und zärtlich ihre Nüstern am Hals des anderen rieben. Das Bild rührte ihn.

„Ihr müsst nicht befürchten, wegen eures Geldes genommen zu werden", sagte er halblaut. Er warf einen letzten Blick auf die Pferde und über den Fluss. Der Abendhimmel färbte sich rötlich. Er ging zur Terrasse, wo Ina mit einer Flasche Rosé und zwei Gläsern auf ihn wartete. „So. Alkohol löst keine Probleme, aber das tut Apfelsaft auch nicht. Mach doch mal die Flasche auf. Zum Vorglühen. Oder wolltest du noch irgendwo hinfahren? Mit Julia?" Sie sah ihn spöttisch an, während er den Kopf schüttelte.

Er entkorkte die Flasche. „Zum Vorglühen? Was hast du heute noch vor?"

„Ich will mit dir das ausschweifende Nachtleben von Parchim erleben!" Sie lachte über seinen verwirrten Gesichtsausdruck und fuhr fort: „Heute ist Doreens Geburtstag. Jans Frau. Das ist ein gesellschaftlicher Höhepunkt. Du brauchst gar nicht so den Kopf zu schütteln." Sie hielt Henri das Glas entgegen. „Es kommen alle. Jan und Doreen laden Freunde, Verwandte und die besten Kunden ein. Es gibt alles, was die Hartmannsche Wurstfabrik hergeben kann." Sie küsste sich die Fingerspitzen.

„Ich gehe da nicht einfach hin. Ich bin nicht eingeladen."

Ina zog die Beine unter sich, trank einen Schluck und lächelte ihn an. „Ihr kommt alle mit. Ausdrücklicher Wunsch von Jan! Und er will endlich deine Handynummer." Sie stellte ihr Glas ab, beugte sich über ihn und griff ihm in die Hosentasche.

„Holla!", war alles, was ihm entfuhr, während sie ihm das Handy aus der Gesäßtasche zog.

„Holla!" Sie lachte. „Ich will nichts von dir. Jedenfalls jetzt nicht."

Sie erfragte seine PIN und tippte schnell etwas hinein. Sie hielt ihm das Mobiltelefon entgegen. „So. Bitte. Jetzt hast du Jans Nummer."

„Steck das Handy wieder zurück. Aber bitte in die vordere Tasche."

Sie lachte und legte es auf dem Tisch ab. Eine Weile sagten sie nichts. Sie musterten sich lächelnd, ohne Worte und tranken den Wein.

Kapitel 18

Gegen neunzehn Uhr gingen sie gemeinsam los. „Die reinste Völkerwanderung", kommentierte Ina amüsiert. Henri bog nach links ab, in Richtung des Fleschereigeschäfts. Jans Elternhaus hatte über dem Geschäft gelegen, er war davon ausgegangen, Jan würde mit seiner Familie dort wohnen. Dort wohne nur noch Jans Mutter, erklärte Ina und zog ihn auf die richtige Wegstrecke. Nach zwanzig Minuten hatten sie das Haus der Hartmanns erreicht. Doreen und Jan wohnten in einem rot geklinkerten Einzelhaus. Vor dem Domizil und in der Auffahrt drängten sich etliche Autos. Alles hochpreisige Wagen, wie Henri feststellte. In den Büschen hingen Lichterketten, die sich leise im Abendwind wiegten. Aus dem hinteren Teil des Gartens erklang Musik. Henri hielt kurz die Luft an. Er hatte mit einem rustikalen Grillfest gerechnet. Das hier war jedoch eine noble Party. Ein großer weißer Pavillon, der wie ein Zirkuszelt aussah, war von mehreren kleinen Zelten umringt. In dem großen Zelt waren Tische und Bänke mit roten Kissen ausgestellt. Auf den Tischen standen Blumenbouquets und Windlichter mit flackernden Kerzen. Henri erblickte eine Menge Stehtische mit weißen Hussen und ein riesiges Buffet. In einem weiteren Pavillon registrierte er die Bar.

„Das ist ja hochherrschaftlich hier."

„Ich sagte doch, Doreens Geburtstag ist der gesellschaftliche Höhepunkt."

„Geil", entfuhr es Jesper.

Eine junge Frau mit einem Tablett, auf dem Sekt- und Saftgläsern standen, trat auf sie zu.

„Hallo Ina! Schön, dass du doch kommst!" Sie wandte sich Henri zu und musterte ihn aufmerksam. „Und Sie sind dieser mysteriöse Hinnerk, von dem Papa immer gesprochen hat.

Herzlich willkommen. Ich bin Amelie Hartmann. Sekt, Schorle oder Saft?"

Henri gefiel Jans Tochter auf Anhieb. Sie hatte große Ähnlichkeit mit ihrer Tante Julia. Er schätzte sie auf zwanzig Jahre. Sie hatte die roten Haare zu einem Zopf gebunden. Amelie trug ein kurzes dunkelblaues Kleid mit einem tiefen Ausschnitt und hatte Jans selbstbewusste Art geerbt. Sie nahmen sich Gläser vom Tablett und Amelie begrüßt neue Ankömmlinge.

„Ein nettes Mädchen", sagte Henri und sah ihr nach.

„Es ist toll hier, warum feiern wir nie so?", fragte Metke.

Jan und Doreen standen mit Sektgläsern auf den Stufen zur Terrasse.

„Sie halten Hof", raunte Ina Henri zu, worüber er lachte.

„Da sind ja meine besten Freunde mit ihren Familien." Jan breitete seine Arme aus. Ein Spritzer schwappte aus seinem Glas. Doreen hielt Henri etwas steif die Hand entgegen. Die Frauen nahmen sich kurz in die Arme, ebenso wie Jan Ina. Jan riss Henri an sich und klopfte ihm auf den Rücken.

„Dass ich dich hier begrüßen darf!" Er wandte sich den jungen Leuten zu. „Hallo Oscar und Linn. Und die Hinnerk-Kinder. Tut mir leid, ich habe eure Namen vergessen. Theo wartet schon sehnsüchtig auf euch. Er ist weiter hinten im Garten auf der Hüpfburg."

„Jan! Wir sind doch zu alt für Hüpfburgen!", sagte Linn.

Metke drückte Henri das leere Saftglas in die Hand. „Ich nicht."

Henri blickte ihr nach, wie sie mit den Jungs im Schlepptau zügig Richtung Hüpfburg trabte. Er räusperte sich.

„Doreen, ich muss mich entschuldigen. Ich komme nicht nur komplett underdressed", er blickte an sich hinunter, an seinem dunkelblauen Polohemd, seiner Jeans und seinen ehemals weißen Joggingschuhen, „sondern habe weder Blumen noch ein Geschenk. Ich fühle mich nicht wohl. Ich möchte dich und Jan für ein paar Tage zu mir nach Hamburg einladen. Mit dem kompletten Touristenprogramm: Stadtrundfahrt, Hafenrundfahrt und Musicalbesuch. Ich meine es ernst."

„Das ist mal ein Geschenk." Jan strahlte ihn an. „Ich nehme dich beim Wort. Und was das underdressed angeht, ich beneide dich. Doreen stopft mich immer in den Anzug. Der wird immer enger."

„Du hättest auch die Klappe halten können Henri." Ina reichte Doreen einen bunten Blumenstrauß. „Ich hätte jetzt gesagt, der ist von uns beiden."

Doreen lächelte. Das Eis taut, dachte Henri.

„Fühlt euch wohl. Wir grillen nachher. Für Getränke ist reichlich gesorgt. Und das mit dem Hamburg-Besuch hast du hoffentlich ernst gemeint. Jan nimmt sich leider zu wenig Urlaub." Doreen Hartmann hatte eine angenehme Stimme. Im Geschäft hatte sie etwas plump und abweisend gewirkt. Heute trug sie die braunen Haare hochgesteckt. Das grüne Kleid war vorteilhaft geschnitten und stand ihr ausgezeichnet. Jan zwinkerte ihnen zu und wandte sich neuen Gästen zu.

„Wirst du mich auch nach Hamburg einladen?" Ina sah Henri über ihr Sektglas hinweg an.

„Du bist immer willkommen. Dafür brauchst du keine Einladung. Du musst auch nicht auf der Couch schlafen."

Wortlos lächelte sie ihn an. Dann sahen sie sich weiter um. Linn und Kati waren ebenfalls in der Menge untergetaucht. Henri registrierte ein Spanferkel, das sich am Spieß drehte, ein Bierfass, das auf den Anstich wartete, und mehrere kleinere, noch leere Grills. Sogar ein Suppentopf hing an einem dreibeinigen Gestell.

Henri erkannte einige bekannte Gesichter. Julia stand neben der Hüpfburg, auf der Metke, Theo, Oscar und Jesper herumtobten, und winkte ihnen zu. Sie hielt ein bauchiges Glas mit orangefarbenem Inhalt, einem Spießchen mit Obst und einem Schirmchen in der Hand. An einem der Stehtische standen Raik und Diane. Raik blickte zur Hüpfburg. Diane löste sich vom Tisch und ging auf Henri und Ina zu.

„Süß seid ihr beide so als Pärchen. Und so gut angezogen."

Henri überging den Spott. „Du hast Recht. Ina sieht großartig aus, geradezu hinreißend."

Das meinte er wirklich. Ina sah fantastisch aus in ihrem kurzen burgunderroten Spitzenkleid. Die Frauen musterten sich gegenseitig. Inas Blick glitt an Dianes hochgesteckten Haaren, dem dunkelgrauen Seidenkleid mit tiefem Rückenausschnitt und den silbernen Pumps entlang. Diane musterte Ina ebenfalls intensiv, sagte aber nichts.

„Du hast großen Durst, wie es scheint." Süffisant grinsend sah Diane Henri an. Er hielt noch immer seinen unberührten Sektkelch und Metkes geleertes Saftglas in den Händen.

„Manchmal kann ich einfach nicht an mich halten." Er stellte das leere Glas auf einem Tisch ab.

„Es ist so schön, liebe Ina, dich hier zu sehen. Die letzten Jahre hast du dich gedrückt, nicht wahr? Wir haben dich alle so vermisst. Nach dem Tod deines lieben Mannes bist du nie wieder hier gewesen, oder? Es muss auch schwierig sein, auf einer Party alleine aufzutauchen, so ohne männliche Begleitung." Sie lächelte liebreizend und nippte an ihrem Sektkelch.

Henri befürchtete, Ina würde ihr mit Schwung den Inhalt ihres Glases ins Gesicht schütten, aber er hatte sich geirrt.

„Wie Recht du hast, Diane. Es ist angenehmer, mit einem attraktiven Mann zu kommen. Aber ich war nie allein. Ich habe zum Glück meine Kinder. Die haben mir genügt. Es ist einfach wundervoll, Kinder zu haben. Schade, dass du keine hast. Um Doreens Geburtstag herum waren wir meist noch in Schweden." Ina strahlte Diane an. Es wirkte auf Henri fast wie Zähnefletschen.

„Ja, wo du wieder zu haben bist, müssen wir verheirateten Frauen aufpassen!"

Diane drohte spielerisch mit dem Finger. „Aber nun ist der liebe Hinnerk ja wieder da und tröstet dich sicher nach Kräften."

„Es reicht, Diane!" Raik war unbemerkt herangetreten.

„Was meinst du, Liebster? Ich plaudere doch nur mit meinen alten Freunden? Warum gehst du dich nicht auch amüsieren? Zum Beispiel mit deinesgleichen auf der Hüpfburg!"

Henri zog Ina von den Mönckhagens weg.

„Was hat sie mit deinesgleichen gemeint? Will sie andeuten, er sei kindisch? Das kann man dem guten steifen Raik nicht vorwerfen. Der ist alles andere als kindisch." Ina sah Henri ratlos an. Er schwieg. Fiel ihr nichts auf?

Ina trank aus ihrem Glas und ließ den Blick durch die Menge schweifen. Sie gab leise zu, dass Diane mit ihren Bemerkungen vorhin den Nagel auf den Kopf getroffen hatte. Im ersten Jahr nach Torbens Tod war sie auf Doreens Geburtstag erschienen. Aber die zahlreichen echten und unechten Beileidsbekundungen hatten ihr zu schaffen gemacht. Sie fügte bitter hinzu, Diane habe leider recht. Viele Frauen sahen sie als Konkurrenz an. Als hätte sie nichts Besseres zu tun gehabt, als sich einen ihrer lahmen, bierbäuchigen Typen zu angeln.

Henri sah sie liebevoll an. „Du bist die mit Abstand schönste Frau hier. Du siehst schwedischer aus als jede Schwedin. Ich kann verstehen, dass die anderen Frauen dich als Konkurrenz ansehen."

Ina lächelte. „Wenn ich nicht schon mit dir im Bett gewesen wäre, müsste ich denken, du wolltest mich rumkriegen."

„Wie kommen Diane und Raik auf diese Feier? Laut Raik bleibt im Haus Mönckhagen die Küche kalt."

„Doreen und Diane sind im Benefit HELP-Club. Beide spielen auch Tennis. Man kennt sich."

Jan klopfte ans Glas, hielt eine kurze, launige Rede auf seine Frau, die sich sichtlich freute.

„Endlich mal eine Beziehung, die zu halten scheint."

„Doreen hat es nicht leicht. Sie ist ebenfalls Fleischereimeisterin, steht ständig im Geschäft, hat nebenbei die Kinder großgezogen und kaum Freizeit. Jan kann froh sein, sie zu haben. Wenigstens weiß er das zu schätzen."

Zwischenzeitlich stand Jan am Bierfass, das er unter allgemeinem Jubel anstach. Routiniert füllte er die ersten Gläser. „Komm her Hinnerk, wir stoßen einmal an!"

Ina schubste ihn leicht mit dem Ellenbogen an. „Na los, Schatz, geh schon, ich sehe mich mal um."

„Du hast Schatz gesagt."

„Das ist mir nur so rausgerutscht." Sie lächelte, nahm ihm das Sektglas aus der Hand und wandte sich um.

Jan hielt ihm ein Bier entgegen, das fast nur aus Schaum zu bestehen schien.

„Na, wie gefällt es dir hier?" Stolz sah Jan sich um.

„Ich bin wirklich beeindruckt. So was kenne ich nur aus dem Fernsehen! Und das macht ihr jedes Jahr?"

„Jedes. Dieses Jahr sind die Cocktailbar und die Hüpfburg neu. Ich erwarte dich ab jetzt immer. Ausreden lasse ich nicht gelten. Ob mit oder ohne Ina. Wo wir beim Thema sind. Wie steht es da mit euch?" Sie stießen die Gläser aneinander.

„Sehr gut. Ich hoffe, Ina sieht das ähnlich. Du hast eine nette Tochter. Aber ich habe deinen Sohn noch nicht kennen gelernt."

„Max?" Jan deutete auf einen mittelgroßen, braunhaarigen jungen Mann, der einen der kleineren Grills entfachte. Beide traten auf ihn zu. „Das ist mein Max. So viel vergeudetes Talent, er will mein Geschäft nicht übernehmen. Er könnte es so gut haben. Da ist nichts zu machen. Mit ihm ist nicht zu reden. Nach dem Abitur will er Pharmazie studieren. Pharmazie!", polterte er, aber seine strahlenden Augen widersprachen dem Gesagten. Beide schlenderten in Richtung des jungen Mannes.

„Dir ist schon klar, dass du genau das Gleiche sagst wie dein Vater damals?"

„Das ist sehr interessant." Max sah vom Grill hoch. Er grinste Jan und Henri an. „Papa konnte es doch angeblich nicht erwarten, nach der Schule die Lehre zu machen. Er hat sogar ein paar Semester Volkswirtschaftslehre studiert, war das nicht so? Nur damit du mit dem Papierkram besser klarkommst. Das erschien mir schon immer unlogisch."

„Du könntest das Geschäft übernehmen. Die schöne Schlachterei Hartmann. In der vierten Generation."

„Ich mache eine schöne Apotheke draus. Erste Generation."

„Geht die Leier wieder los. Papa ist gestraft mit bösen Kindern. Keines will sein Geschäft übernehmen und ich bin auch noch Vegetarierin. Unsere Hoffnungen ruhen auf Theo." Amelie war neben sie getreten. Der Sektempfang war zu Ende. Amelie hielt ein ähnliches Cocktailglas in der Hand wie Julia.

Jan wollte etwas erwidern, wurde aber von einem Gast angesprochen. Henri wechselte ein paar Worte mit Jans Kindern und sah sich nach Ina um. Stattdessen erblickte er Lasse an einem der anderen Grills und ging zu ihm. „Hallo Henri. Ich bin die technische Notlösung. Der Mann am vegetarischen Grill ist krank geworden. Als Patensohn muss ich einspringen." Lasse legte etwas Blasses, Käseartiges auf den Rost. „Hast du eine Ahnung, wie lange so was braucht?" Beide sahen nachdenklich das Tofu-Stück an.

„Damit kann man meiner Meinung nach nicht viel falsch machen. Egal was du tun wirst, es schmeckt wie Schwimmflosse. Auch die Konsistenz ist so."

Lasse lachte auf.

Er versuchte eine Packung vegetarischer Würste mit den Zähnen zu öffnen.

„Alter, nimm das Messer." Max reichte ihm eins.

„Bist du Opa schon begegnet?"

„Der Kotzbrocken kommt auch?"

„Klar. Mama sorgt dafür, dass Justyna, das ist Opas Hilfe, bei Jan kauft. Daher ist Opa Stammkunde. Justyna müsstest du kennen. Einmal in der Woche macht sie bei Mama sauber."

Henri schüttelte den Kopf. Ihn interessierten weder Lürßmann noch Justyna.

Henri blieb mit seinem Glas stehen und trank den ersten Schluck des Abends.

„Na, was säufst du hier so allein?" Henri verschluckte sich fast von Jans Schlag auf seinen Rücken.

„Ich eröffne jetzt das Buffet, wollte aber noch mal sagen, wie froh ich bin, dich zu sehen. Mensch, Hinnerk, verschwinde bloß nicht wieder." Schon war Jan wieder in der Menge verschwunden. Jemand zupfte ihm an den Haaren.

„Hallo, netter Mann mit der guten Frisur."

Henri wandte sich um und erblickte seine Friseurin. Sie erzählte ihm, in Vertretung der Chefin hier zu sein. Ebenso wie Doreen war sie Mitglied des Benefit HELP-Clubs. „Tolle Party, wie kommen Sie her?" Henri erklärte ihr, ein alter Freund Jans zu sein. Sie nickte und sah sich um.

„Ob es hier auch was für Vegetarier gibt? Vermutlich nicht, wenn ein Fleischereibetrieb einlädt." Sie rümpfte die Nase. „Alte Menschen sind Fleischfresser."

„Soviel ich weiß, gibt es mehrere vegetarische Salate. Und mein Sohn bedient den vegetarischen Grill! Er wirkt etwas überfordert mit dem Tofu."

Die junge Frau lachte. „Sie gibt es auch in Jung? Das wird ja immer interessanter hier. Außerdem bin ich Tofuspezialistin." Sie zwinkerte ihm zu und ging auf Lasse zu.

„Störe ich?"

„Nein. Wo warst du nur? Ich habe dich gesucht."

Ina sah der schwarzhaarigen Friseurin nach.

„Das war die Friseurin meines Vertrauens." Henri strich sich durch die Haare.

„Sie arbeitet bei meinem Vater gegenüber. Sie schneidet ihm die Haare." Misstrauisch sah sie ihn an. „Wie kommst du ausgerechnet in den Salon an der Buchholzallee?"

„Zufall."

Ihr Blick blieb skeptisch. „Du bist kaum ein paar Tage hier und kennst bereits Gott und die Welt. Papa ist eben gekommen. Benimm dich."

„Ich soll mich benehmen?" Henri schnappte nach Luft.

„Wenn es dich tröstet, ich habe ihm ebenfalls gesagt, er solle sich zusammenreißen."

Henri hielt sich kommentarlos zurück. Er trank sein Glas aus und schlenderte mit Ina durch die Menge. Jan eröffnete das Buffet und schnitt das Spanferkel an. Auf den Buffettischen standen Schüsseln mit Dips, Broten, Nudel-, Kartoffel- und bunten Gemüsesalaten. Metke wartete vorne in der Reihe vor dem Spanferkelgrill, an ihrer Seite befand sich der kleine Theo. Henri bemerkte, wie Katje und Raik gemeinsam das Buffet abschritten. Kati deutete auf die Schüsseln und sagte etwas. Raik nickte anerkennend.

„Was machen die beiden?", wunderte sich Ina.

„Für mich sieht es aus wie ein Broteinheiten-Quiz. Nett von Raik, dass er sich die Zeit nimmt."

Ina und er bedienten sich am Buffet und suchten sich mit den gefüllten Tellern Plätze im großen Zelt.

„Zu den Kindern kann ich mich wohl kaum setzen." Henri sah zu Metke, die im Kreis ihrer Geschwister und anderer Jugendlicher saß. „Ich bin zu groß für den Kindertisch."

Sie setzten sich zu Raik, der mit seinem Teller und einem Bierglas an einem leeren Tisch Platz nahm. Von Diane war nichts zu sehen. Der Arzt sah erfreut auf, als Ina und Henri sich zu ihm gesellten. Ebenso wie Henri hatte er eine reichliche Menge

Krustenbraten mit Krautsalat und einer Brezel auf dem Teller. Ina sah von ihrer Portion mit Melone und Schinken auf die der Männer. „Man kann auch mehrmals gehen. Die Teller muss man sich nicht so vollhauen."

„Tut mir leid, wenn ich mich benehme wie ein Tourist am Ballermann, aber so was Gutes gibt es im Haus Mönckhagen nie!"

Ina lachte und sah sich um. „Wo ist deine Frau?"

„Hoffentlich weit weg." Dennoch sah Raik hoch und deutete mit dem Kinn an Ina vorbei. „Sie steht dort und spricht mit deinem Vater."

„Kann ich mich zu euch setzen? Endlich kann ich mal mit Erwachsenen essen. Deine Metke ist wirklich reizend. Sie kümmert sich so nett um Theo, der ist schon ganz in sie verliebt." Julia ließ sich neben Ina auf die Bank sinken. Ihr Teller war noch üppiger beladen als die der Männer. Raik drehte sich um und betrachtete länger den Kindertisch, bevor er sich wieder Henri zuwandte.

„Katje hat die Situation mit dem Diabetes sehr schnell akzeptiert und verinnerlicht. Das ist wirklich erstaunlich. Die meisten Erwachsenen haben damit weitaus mehr Probleme."

Henri wollte geschmeichelt antworten, wurde aber unterbrochen.

„Darf man sich dazusetzen?" Diane balancierte einen Teller mit Blattsalaten und nahm neben ihrem Mann Platz. Spöttisch ließ sie ihren Blick über die Teller der anderen wandern. „Bin ich die Einzige, die hier nicht der Völlerei frönt?" Ihr Blick ruhte auf Julias Mahlzeit.

„Ja, und? Mir verdirbst du nicht den Appetit."

„Ich habe nichts gesagt! Ich wundere mich. Du willst doch nicht wieder so aussehen wie früher, als rosa Schweinchen!"

„Diane!" Raiks Ton war drohend.

„Was ist denn?! Wenigstens Ina hält sich zurück und arbeitet daran, ein paar Kilos loszuwerden."

„Diane!"

„Ich habe nichts zu trinken. Raik, Liebster, hol mir bitte einen trockenen Weißwein. Ich hoffe, er ist nicht zu billig, ich kann morgen keine Kopfschmerzen gebrauchen."

Raik aß mit grimmiger Miene weiter. Diane zuckte die Achseln und erhob sich.

„Alte Giftspritze! Wie hältst du das nur aus, Raik?"

„Schlecht, Ina."

„Tja, wie man sich bettet, so liegt man. Mitleid ist da nicht angebracht. Manchmal im Leben fällt man eben falsche Entscheidungen", bemerkte Julia spitz.

Raik sah sie traurig an und ließ Messer und Gabel sinken. „Du hast Recht."

Inas Blicke huschten irritiert zwischen den beiden hin und her. Raik aß weiter. Ina erhob sich und kündigte an, ebenfalls der Völlerei zu frönen. „Je fettiger, desto besser, nicht dass ich abnehme und aussehe wie Diane!"

Henri stand ebenfalls auf. Er wollte sich ein Bier holen und Julia und Raik eine Gelegenheit bieten, ein paar Worte miteinander zu wechseln. Er erblickte Anne Hartmann mit ihrer Enkelin Amelie. Beide saßen auf der Terrasse des Hauses und betrachteten das Treiben auf dem Grundstück. Amelie erhob sich freudig, als sie ihn kommen sah. „Leisten Sie Oma ein wenig Gesellschaft?"

„Geh nur, Kind", sagte die alte Dame lächelnd. „Du musst nicht hier bei mir sitzen."

„Ein nettes Mädchen", sagte Henri und ließ sich auf den Stuhl fallen, von dem Amelie eben aufgestanden war. „Wie geht es Ihnen, Frau Hartmann?"

„Hinnerk, mein lieber Junge, meinst du, du kannst mich Anne nennen?"

„Ich versuche es", lachte er.

„Mir geht es gut. Meine Beine machen mir Probleme und die Gicht. Trotzdem helfe ich Doreen und Jan gerne mal aus.

Ich liebe den Kontakt zu den Kunden. Aber das wolltest du sicher nicht wissen. Mich interessiert viel mehr, was mit dir geschehen ist."

„Lange Geschichte. Ich erzähle sie dir nachher gerne. Wie ist es? Leistest du uns Gesellschaft beim Essen?"

Zögernd sah die alte Dame zum Zelt mit dem Buffet. „Hat sich die Warteschlange schon aufgelöst?"

Henri erhob sich und reichte ihr die Hand. „Nein. Aber wir drängeln uns vor."

Lürßmann und Raik saßen am Tisch ebenso wie Ina und Julia. Henri half Anne beim Platznehmen und stellte den mitgebrachten Teller vor sie ab. Er zwängte sich wieder neben Ina. Auch Diane erschien und setzte sich zwischen Raik und Inas Vater. Auf dem Teller lag eine hauchdünne Scheibe Rinderfilet mit etwas Krautsalat. „Gibt es hier keinen Senf?"

Julia deutete stumm mit der Gabel auf ein Senftöpfchen.

„Das ist aber kein Dijon-Senf!"

Ina ließ die Gabel fallen. „Manchmal frage ich mich, ob du noch richtig tickst."

Diane sah Ina mindestens so überrascht an wie die anderen am Tisch.

„Ist doch wahr! Was willst du denn hier, wenn der Wein zu billig ist und der Senf nicht aus Dijon kommt! Und deine ständigen Beleidigungen kannst du dir auch sparen! Es wird dich wundern, aber nicht jeder will aussehen wie ein abgehalftertes, Botox gespritztes, in die Jahre gekommenes Model." Inas Tonfall war die ganze Zeit über süßlich geblieben.

Dianes Mund blieb offen stehen.

„Ina! Warum sprichst du so mit deiner Freundin? Frau Doktor von Mönckhagen ist immer freundlich zu dir."

Sie wandte sich ihrem Vater zu. „Ehrlich gesagt, du nervst mich auch schon lange mit deinem Getue mit dem Doktortitel. Himmelherrgott! Als ob das irgendjemanden interessiert!

Außerdem hat Diane nicht promoviert, Papa, und das weißt du auch! Sie hat sich immer nur an andere Leuten gehängt, die sie mit durchgeschleppt haben. Diane ist mir auch nie eine Freundin gewesen. Sie nährt sich nur vom Elend anderer und ergötzt sich an deren Schwächen. Mir ist der Appetit vergangen. Ich esse später weiter. Jetzt muss ich an die Cocktailbar." Sie sah sich um. Ihr Blick blieb an Julia hängen. „Kommt jemand mit?"

Alle sahen Ina stumm hinterher, die energisch mit Julia im Kielwasser Richtung Bar stapfte. Henri faltete die Hände am Hinterkopf, lehnte sich zurück und sagte zu Inas Vater: „War es für Sie auch so schön wie für mich?" Er lachte laut auf. „Donnerwetter, was für ein Auftritt! Sie müssen stolz auf unsere Ina sein, Herr Lürßmann. Ich bin es jedenfalls." Henri hob sein Glas, prostete Inas sprachlosem Vater zu.

Mit dem Glas in der Hand stand er auf und schlenderte durch den Garten. Es war dunkel geworden. Die Lampions in den Bäumen wiegten sich sanft im Abendwind. Er blickte ins Musikzelt und sah lächelnd Linnea und Katje beim Tanzen zu. Jemand tippte ihm auf die Schulter.

„Du bist doch der Hinnerk Puvogel? Ich habe dich schon beobachtet. Wie schön, dich zu treffen!" Die Stimme war weiblich und klang etwas unsicher.

Henri drehte sich um und sah hinunter auf eine kleine Frau mit schwarzen Haaren und Augen, die so hellblau waren, dass sie fast weiß erschienen. Er wusste, er kannte sie von früher und erinnerte sich, sie nicht gemocht zu haben. Der Name fiel ihm nicht mehr ein.

„Erkennst du mich nicht? Eigentlich bin ich blond. Straßenköterblond. Ich bin ein Kind aus deiner Klasse!" Die Frau vor ihm machte einen Schmollmund.

Ein Kind aus deiner Klasse! Was für eine Redewendung. Als wären sie zehn Jahre alt. Henri erinnerte sich nicht an den Namen und griff zu einem Trick, der ihm schon oft geholfen hatte.

„Ehrlich gesagt, ich muss passen. Würdest du mir deinen Namen nennen?"

Aus dem Schmollmund wurde eine vorgeschobene Unterlippe. „Ich bin Svetlana. Freunde nennen mich Svea."

„Ja, an deinen Vornamen erinnere ich mich. Nur dein Nachname ist mir entfallen", schwindelte Henri.

Die Frau lachte auf. „Ach so! Svetlana Dreyer, jetzt Biernath. Du erinnerst dich?"

Und ob er das tat. Die Petze Svetlana. Er musterte sie von oben bis unten. Svetlana war die Tochter eines Ortspolizisten und stellvertretenden Parteivorsitzenden gewesen. Ein untersetztes, verschlagenes Mädchen, das nichts lieber tat, als im Leben der anderen herumzuschnüffeln. „Das sage ich meinem Papi", hatte sie noch im letzten Schuljahr gesagt, wenn ihr etwas missfiel oder sie erfuhr, dass jemand das Regime kritisierte.

„Du hast versucht, mich zu erpressen." Henri sah ihr fest ins Gesicht. „Du wolltest meine Großmutter und mich denunzieren, weil wir West-Fernsehen geschaut haben. Ich sollte deine Mathehausaufgaben für dich machen, du wolltest sonst zu Papi gehen. Damit bist du aber bei mir nicht weitergekommen."

Svetlana sah ihn mit offenem Mund an. Dann senkte sie ihren Blick und schluckte. Anschließend lachte sie unsicher. „Na ja, Schwamm drüber, oder? Wir waren Kinder!"

Henri hob die Brauen. „Mit achtzehn? Du vielleicht. Du hast alle und jeden denunziert. Wenn etwas für dich nicht glattlief, bist du zu Papi gelaufen. Ich war mit achtzehn erwachsen, ich konnte mich hinter niemandem verstecken. Denunziantentum hat nichts mit Alter zu tun. Sondern mit Charakter." Er betrachtete sie mit einem spöttischen Ausdruck. „Einen schönen Abend noch, Svetlana." Er wandte sich um.

„Warte bitte Hinnerk", Svetlana hielt ihn am Ärmel fest. „Es tut mir leid, ich war wirklich eklig. Kein Wunder, dass mich niemand wirklich mochte. Ich habe mich geändert."

Henri nickte. „Gut für dich, Svetlana."

„Svea. Ich bin schon kurz nach der Schule von meinem hohen Ross abgestiegen."

„Klar. Dein Papi sicher auch, er wird es als hoher Parteigenosse und korrupter Polizist nach der Wende nicht leicht gehabt haben. Ich habe mit Leuten wie euch kein Mitleid."

Sie verzog die Mundwinkel. „Das ist ungerecht. Wir hatten es schwer. Meine Eltern haben eine Menge Geld verloren. Wir mussten sogar wegziehen."

„Aber nun bist du wieder da. Glückwunsch."

Henri wandte sich ab. Er sah Ina an der Cocktailbar und trat auf sie zu.

„Ich muss dich mal was Verrücktes fragen. Meinst du, dass es sein kann, dass Raik der Vater von Theo ist?" Ina sah über ihr Cocktailglas hinweg zu Julia, die den weinenden Theo tröstete. Der war beim Toben hingefallen und rieb sich das Knie.

Henri lachte laut auf. „Du bist von der ganz schnellen Truppe. Ja, Raik ist Theos Vater. Aber Julia möchte es nicht publik machen." Sein Blick wanderte zu Raik, der wiederum Julia und Theo beobachtete.

Ina starrte Henri mit offenem Mund an. Er tippte ihr Kinn an. „Mund zu!", sagte er heiter.

„Wie kannst du dir so sicher sein, wenn keiner von uns das weiß?"

„Ich bin Ermittler, schon vergessen? Das habe ich sofort gesehen. Das Grübchen", er lachte und fasste sich ans Kinn, „wird dominant vererbt. Julia hat keins, also muss es der Vater haben. Raik hat eins. Die Augenfarben von Raik und Theo sind ebenfalls identisch. Was noch stärker wiegt: Raik verfolgt Theo ständig mit den Augen." Er deutete auf ihn. „Sieh mal."

„Aber der österreichische Journalist …!"

„Der stammt aus dem Märchenland."

„Vielleicht irren wir uns."

„Nein. Julia hat es mir gegenüber bestätigt."

„Du bist grad mal ein paar Tage hier und mit dir spricht sie darüber?" Inas Stimme nahm nun endgültig einen beleidigten Ton an. „Ich dachte, ich sei ihre Freundin."

Verstimmt wandte sich Ina von ihm ab.

„He! Ich kann nichts dafür, wenn ich besser beobachte als du!"

Ina lag eine schnippische Antwort auf der Zunge, aber sie schluckte sie hinunter.

„Ich habe mich eben mit der Petze Svetlana unterhalten. Was macht die hier? Jan konnte sie doch nie ausstehen?"

„Sie ist Köchin. Mit ihrem Mann hat sie ein kleines Catering-Unternehmen. Sie beliefern Kindergärten und Schulen mit Mittagessen. Sie kaufen bei Jan und Doreen. Ich habe mich nie wieder mit ihr unterhalten. Wir gehen uns aus dem Weg."

Henri ließ seine Blicke schweifen. Lürßmann stand allein vor den Zelten und beobachtete Lasse, der gutgelaunt Tofubratlinge verteilte.

„Hat dein Vater keine Freundin oder Lebensgefährtin?"

„Seit wann interessierst du dich für Papa?"

„Er ist in meinen Augen ein Ekelpaket. Das hindert ihn aber nicht an einer Beziehung. Auf viele Frauen kann er attraktiv wirken. Er ist Arzt, hat Geld und das schöne Haus, da kann man doch die Augen vor seinem fragwürdigen Charakter verschließen ... Aua!" Der Ausruf galt dem Rippenstoß von Ina.

Sie musterte ihren Vater ebenfalls. „Du hast recht. Er hatte ein paar lockere Bekanntschaften, aber nie was Festes. Als ich in Schweden lebte, habe ich nichts mitbekommen, er hat nie etwas gesagt. Seitdem ich wieder hier bin, hatte er nie eine Beziehung. Ich würde mich jedenfalls freuen, wenn er eine nette Bekannte hätte", fügte sie trotzig hinzu, als Henri lachte. Theo hatte aufgehört zu weinen. Metke hatte ihn erneut an die Hand genommen und begleitete ihn zur Hüpfburg. Linnea und Katje hielten sich noch immer im Zelt auf, in dem ein DJ seine Anlage aufdrehte und bunte Lichter die Zeltwände erglühen ließen. Raik bewegte sich bedächtig Richtung Hüpfburg. Oscar und Jesper saßen auf einer Bank und blickten auf ihre Handys. Lürßmann war zwischenzeitlich zu Diane, Jan und Doreen getreten. Henri fragte sich, worüber sie sprachen. Ina und er schlenderten auf sie zu. Diane wendete sich ab, als sie ihn kommen sah. Doreen lächelte und wandte sich einer Besucherin zu. Lürßmann betrachtete ihn emotionslos.

Jan hingegen strahlte ihn an. „Du hast ja gar nichts zu trinken! Warte, ich hole dir ein Bier. Geh nicht weg, Hinnerk."

Lürßmann und Henri schwiegen. Ina sah skeptisch von einem zum anderen.

Henri brach das Schweigen. „Haben Sie den Einbruch schon zur Anzeige gebracht?"

Misstrauisch sah Lürßmann Henri an. „Was für einen Einbruch? Wovon reden Sie?"

„Ich spreche vom Einbruch in Ihr Gartenhaus. Inas Schlüssel passt nicht mehr. Das Schloss wurde ausgetauscht, aber Sie haben Ina keinen neuen Schlüssel ausgehändigt. Außerdem befinden sich leere Sektflaschen und Bettzeug im Haus."

„Was geht Sie das an?"

Henri hob die Hände. „Nicht das Geringste. Es interessiert mich nur. Wurde etwas entwendet? Als Polizist interessiert mich das."

Gerald Lürßmann zuckte die Schultern. „Das waren doch nur Jugendliche. Nein, es fehlte nichts. Ich habe den Einbruch nicht angezeigt. Die Einbrecher werden doch nicht gefasst. Da versagt unsere Justiz völlig. Ich habe das Schloss auswechseln lassen. Fertig."

Die Bemerkung, er sei Polizist, hatte keine Reaktion bei Lürßmann hinterlassen. Er wusste es also bereits.

„Bekommt Ina einen neuen Schlüssel?"

„Wenn sie einen möchte? Brauchst du einen Schlüssel, Ina?"

Ina nickte zögernd. „Oscar angelt dort so gerne. Dann kann er im Notfall in das Gartenhaus."

Lürßmann schwieg.

„Prima, dann bekommt Ina also einen Schlüssel."

„Was geht Sie das an?"

Henri nahm ein Glas Bier von Jan entgegen. „Ich habe sentimentale Erinnerungen an Ihr Gartenhaus, Herr Lürßmann. Oder besser, an das ganze Grundstück. Immerhin habe ich da meinen ältesten Sohn gezeugt. Glaube ich jedenfalls. Rein rechnerisch kommt das hin."

Henri sah den finster dreinblickenden Mann vor sich an. Lürßmann setzte zu einer Antwort an, verkniff sie sich aber und wendete sich ab.

„Henri!", rief Ina halb empört, halb lachend und folgte kopfschüttelnd ihrem Vater. Jan lachte laut auf.

„Zwischen euch beiden wird wohl nie eine Freundschaft entstehen."

Henri schüttelte nur leicht den Kopf. „Bestimmt nicht."

Später wanderte er am Buffet entlang, als ihn seine junge Friseurin ansprach. „Sie sind alle hier."

„Wer ist hier?"

„Sie fragten mich doch danach, wer den Alten gegenüber vom Salon regelmäßig besucht."

Henri blickte auf.

Die junge Frau deutete in das Zelt. „Da wäre die Blonde in dem weinroten Kleid."

„Das ist seine Tochter."

Sie nickte. „Die Dunkelblonde mit dem Zopf scheint dort mit ihm zu wohnen. Ich habe noch nicht herausgefunden, ob sie seine Frau oder Freundin ist. Sie kommt nicht zu uns zum Schneiden und der Alte spricht nicht mit jedem. Der blockt jedes Gespräch ab."

Das hatte die Friseurin ihm gestern schon mitgeteilt. Henri hatte sie nach seinen Gewohnheiten gefragt und regelmäßigen Besuchern. Viel hatte sie ihm nicht mitteilen können.

„Das ist seine Haushaltshilfe. Sie wohnt bei ihm."

Seine Gesprächspartnerin grinste. „So nennt man das heute. Viel mehr kann ich nicht sehen. Die Hecke ist zu hoch. Die Blonde mit dem grauen Kleid habe ich da auch schon mal gesehen. Sie haben vorhin mit ihr gesprochen, oder? Ich bin mir aber nicht sicher." Henri folgte dem ausgestreckten Finger der Friseurin, wusste aber bereits, dass er Diane sehen würde. „Sieh einer an!", murmelte er.

„Ganz sicher bin ich mir aber nicht. Bis gestern hat mich der alte Knacker nicht interessiert." Sie wischte ihm einen imaginären Fussel von der Schulter. „Hat Ihr Sohn eine Freundin?", fragte sie leise.

Henri verspürte einen derben Stoß in den Rücken und stolperte einen Schritt nach vorne. Er konnte sich noch abfangen, sonst wäre er im Grill gelandet. Empört drehte er sich um. Ina stand mit einem schuldbewussten Blick hinter ihm.

„Bist du wahnsinnig? Warum schubst du mich in den Grill?"

„Habe ich dich geschubst? Das wollte ich nicht." Ina sah der jungen Friseurin nach. „Habe ich deine Freundin verjagt?"

„Ina, du hast keinen Grund, deinen Frust über Diane an mir auszulassen." Verärgert ließ er sie stehen.

Noch auf dem Heimweg schwiegen sie sich an. Henri grübelte, was Inas Beweggründe sein könnten. Er zuckte die Achseln. Dieses heißkalte Hin und Her mit Ina wurde langsam anstrengend. Metke und Katje umarmten ihren Vater und tätschelten ihn liebevoll, bevor sie im Gästezimmer verschwanden. Oscar, Jesper und Linn gingen die Treppe hinauf.

„Schlaft gut, ihr drei."

Jesper winkte ihm gähnend zu. Ina war wortlos in die Küche gegangen. Henri folgte ihr und sah Ina zu, wie sie ein Glas Wasser trank.

„Hätten mir die Kinder eben nicht gute Nacht gesagt, würde ich glauben, ich wäre unsichtbar geworden."

Ina zuckte die Achseln.

„Wo ist Lasse?"

„Er übernachtet bei Simon. Bei uns sind schon genug Leute, meint er."

Er trat auf sie zu.

„Heute nicht, Hinnerk."

„Warum nicht?"

„Du hast dich unmöglich benommen."

Er schnappte nach Luft. „Ich habe mich unmöglich benommen? Wann soll das gewesen sein?"

„Papa hat gesagt …"

Er unterbrach sie. „Lass gut sein Ina. Ich habe verstanden. Papa ist beleidigt, Henri wird mit Sexentzug bestraft." Er lächelte. „Ich bin schon groß, ich kann damit umgehen. Kann ich dein Bad im Keller benutzen?"

Er ließ erst das heiße Wasser über seinen verspannten Körper laufen, stellte es danach eiskalt ein. Er rieb sich trocken und stieg die Treppe ins Erdgeschoss hinauf. Im Haus war es still. Es war kein Licht mehr zu sehen. Henri schloss die Wohnzimmertür und wandte sich um. Er bemerkte Ina, die auf der Couch lag.

„Was machst du denn hier?"

„Ich dachte, vielleicht freust du dich über Gesellschaft."

„Über deine? Nachdem du mich einen Großteil des Abends geschnitten hast? Du hast mit anderen Männern geflirtet und mich links liegen lassen. Das hat mich schwer getroffen."

„Das war so beabsichtigt." Ihre Stimme klang ebenso amüsiert wie seine. „Du hast mit Diane gesprochen, mit Tamara und

Svetlana. Die Damen liegen dir zu Füßen. Sogar Doreens Herz hast du gewonnen."

„Wer ist Tamara?"

„Die kleine gepiercte Schwarzhaarige. Sie hat deine Nähe gesucht. Dann hat sie dich am Arm gestreichelt."

Henri schmunzelte „Meine Starfriseurin! Sie möchte gerne unsere Schwiegertochter werden. Kein Grund, mich in den Grill zu stoßen. Du kannst froh sein, dass da keine wertvollen Körperteile zu Schaden gekommen sind. Ina, du bist wie Feuer und Eis. Ich weiß nie, woran ich bei dir bin."

„Das macht mich interessant, oder? Wenn du ein angepasstes, sanftes Frauchen willst, musst du woanders hingehen." Sie kicherte erneut und schlug die Decke beiseite. Henri betrachtete ihren nackten Körper und spürte Lust, Liebe und Vorfreude in sich aufsteigen. Er schob sich die Boxershorts von den Hüften und kickte sie gemeinsam mit den Flip-Flops zur Seite. „Ich will nicht weiter auf hohem Niveau jammern und verzeihe dir. Tatsächlich freue ich mich über deinen Besuch."

Sie betrachtete seine Erektion und lächelte ihn mit halb geschlossenen Augen an. „Das sehe ich", sagte sie.

Kapitel 19

Montag, 13.08.2018

Auch der folgende Tag versprach heiß zu werden. Henri lieh sich nach dem Frühstück Inas Wagen und fuhr zum Bruder des verstorbenen Sören Palmberg.

Er parkte auf einem geräumigen Platz vor dem Bauernhof. Neben dem Parkplatz befand sich eine kleine Koppel mit einem kleinen Häuschen, auf dem zwei Ziegen standen und grasten. Ein junger Mann und zwei kleine Kinder standen am Zaun und hielten einigen anderen Ziegen Grasbüschel entgegen. Henri wandte seine Aufmerksamkeit dem Gebäude zu. Über einem zweiflügeligen Hoftor war die Aufschrift „Bio-Hof Palmberg" und darunter „Hofladen" zu lesen. Neben dem Tor stand eine Schubkarre, die mit einem Strohballen und einem Sonnenblumen-Arrangement dekoriert war. Der Platz war gut gefüllt, der Hofladen schien sich großer Beliebtheit zu erfreuen. Er nahm sich vor, sich nachher einmal in dem Geschäft umzusehen. Der Landwirt würde mit Sicherheit nicht im Laden zu finden sein. Henri ging um das Gebäude herum. In der Luft lag der angenehme Geruch von gemähtem Gras. Er umrundete einen Trecker und blickte in ein offenes Scheunentor. „Hallo? Ist jemand hier?"

„Haben Sie sich verlaufen? Meinen Hofladen finden Sie vorne. Sie sind direkt am Eingang vorbeigelaufen." Ein großer Mann in Jeans und einem dunklen T-Shirt deutete mit einer Forke in die Richtung, aus der Henri gekommen war.

„Guten Tag. Ich habe mich nicht verlaufen. Ich suche Holger Palmberg, sind Sie das?"

Der Mann nickte. Henri versuchte Ähnlichkeiten zwischen seinem verstorbenen Lehrer und dem vor ihm stehenden Mann festzustellen. Es gelang ihm nicht. Holger Palmberg musste in jungen Jahren ein sehr gut aussehender Mann gewesen sein. Auch jetzt entsprach der Bauer nicht dem Bild, das sich Henri unbewusst von ihm gemacht hatte. In seiner Vorstellung war ein Bauer dick, trug verdreckte Gummistiefel, ein kariertes Hemd und Latzhosen. Der Landwirt vor ihm war etwa Anfang fünfzig, groß und schlank. Aus dem kurzärmeligen Shirt ragten braun gebrannte, muskulöse Arme. Die Haare waren dunkel mit Silberfäden durchzogen und gut geschnitten. Henri stellte sich vor und brachte sein Anliegen vor. Palmberg sah den Besucher mit zusammengezogenen Augenbrauen an und hörte ihm zu, ohne ihn zu unterbrechen. Dann nickte er und stellte langsam die Forke gegen die Scheunenwand. „Das wird auch langsam mal Zeit. Endlich kümmert sich die Polizei um den Mord an Sören. Nach fast 30 Jahren." Er fuhr sich mit der Hand über die Stirn. „Sie hätten anrufen können, Sie haben Glück, sonst bin ich auf dem Feld. Ich habe gar keine Zeit, wir sind beim Heuen. Kommen Sie mit in die Küche, ich muss etwas trinken. Das ist eine Affenhitze, was?"

Henri stimmte ihm zu. Beide betraten die Küche. Palmberg deutete auf eine Eckbank. „Auch ein Glas Wasser?" Er füllte zwei Gläser, stellte eines vor Henri und trank das zweite mit einem Zug leer. Er goss sich erneut ein und nahm auf einem Stuhl Platz und sah Henri misstrauisch an.

„Kommt die Kripo nicht immer zu zweit? Ich bin froh, dass sich jemand kümmert, aber einer allein und dann aus Hamburg? Sind Sie aus einer besonderen Abteilung, wie man es im Fernsehen sieht? Nicht, dass ich besonders oft zum Krimischauen komme. Meist schlafe ich ein."

Henri fasste für Sören Palmbergs Bruder alles noch einmal zusammen. Währenddessen musterte er die Küche, die aus einem Sammelsurium von Küchengeräten aus verschiedenen Epochen zu bestehen schien. Der alte Kohlenherd mit Kochringen in der Ecke diente erkennbar nur noch dekorativen Zwecken. Darauf stand ein alter Krug mit künstlichen Blumen. Der Elektroherd war neueren Datums, ebenso wie die Mikrowelle. Die Bank und die Stühle waren ebenso wie der Tisch älteren Datums. Vielleicht noch aus der Zeit des Kohlenofens? Gekocht wurde offensichtlich nicht. Es lag kein Essensgeruch in der Luft.

„Die Sache ist doch sonnenklar. Diese jungen Männer, die verschwunden sind, haben Sören auf dem Gewissen. Damals hätte man sie suchen müssen. Das sollte heute, im Internetzeitalter, doch leichter sein als früher! Sie sind doch von der Polizei, das ist doch ein Kinderspiel, das könnte sogar ich!"

„Nur zu", lag Henri auf der Zunge. Er schluckte es runter. „Erzählen Sie mir etwas von Ihrem Bruder", forderte er stattdessen den Landwirt auf.

„Von Sören? Er wurde ermordet, 28 Jahre alt ist er nur geworden. Nicht mal seine Tochter Romy hat er kennen lernen dürfen. Seine Mörder laufen heute noch frei herum, weil sich niemand zuständig gefühlt hat! Nach 30 Jahren kommt ein Freizeit-Detektiv vorbei und fragt nach ihm." Palmberg war aufgesprungen und schlug mit der Faust auf den Tisch. Das alte Möbel, das mit einem bunt bedruckten Plastik-Tischtuch bedeckt war, gab ein knackendes Geräusch von sich. Seine Stimme wurde immer lauter. „Ich soll Ihnen was erzählen? Die ganze Familie hat gelitten! Meine Mutter war nie wieder dieselbe! Mein Vater ist verbittert gestorben. Ich stand ganz allein da, mit dem Prozess zur Wiedergutmachung nach der Enteignung! Sören hätte mich unterstützen sollen! Meinen Sie, es war einfach, den Hof nach der Enteignung damals wiederzubekommen? Als ich ihn von der LPG wiederhatte, war er dank der DDR komplett heruntergewirtschaftet! Mein Vater überstand nur schwer verletzt einen Unfall, bei dem er durch das marode Scheunendach gefallen war und sich drei Wirbel gebrochen hatte. Er war nicht mehr in der Lage gewesen, arbeiten zu können!" Palmberg brüllte nun.

Mit rotem Gesicht schwer atmend stand er mit aufgestützten Armen da.

Henri erhob sich. „Wenn Sie nicht mit mir reden wollen, dann nicht. Ich versuche, den Fall Ihres Bruders aufzunehmen. Wenn Sie daran kein Interesse haben, bitte, das ist Ihre Entscheidung. Dann warten Sie, bis sich jemand offiziell des Falles annimmt. Ich kann Ihnen nicht sagen, wann das sein wird. Oder ob das jemals geschehen wird." Henri erhob sich und legte seine Visitenkarte auf den Tisch. „Falls Sie es sich anders überlegen sollten, müssen Sie es sich schnell überlegen. Ich bin nur noch ein paar Tage vor Ort. Ich wünsche Ihnen einen angenehmen Tag."

Palmberg fasste Henri am Arm. „Warten Sie bitte", sagte er mit belegter Stimme. „Ich … Es tut mir leid." Er ließ Henris Arm los, sank auf einen Stuhl und vergrub den Kopf in den Händen. Anfangs stockend, später flüssiger begann er aus dem Leben seines Bruders zu berichten. Henri ließ ihn reden. Seine Erfahrung hatte ihn gelehrt, wie nützlich es war, den Gesprächspartner erst einmal sprechen zu lassen. Später würde er das Gespräch lenken. Holger Palmberg zeichnete ein lebhaftes Bild seines Bruders. Sören Palmberg war sichtlich froh über die Enteignung des sich damals in vierter Generation befindenden Bauernhofes gewesen. Als ältester Sohn hatte man von ihm erwartet in die Fußstapfen der Vorfahren zu treten und den Hof zu übernehmen. Sören Palmberg hatte als Bauernkind keine Probleme bekommen, Lehrer zu werden. Reibungslos konnte er seinen Wünschen nachgehen. Alles sei ihm zugefallen. Auch Holger war froh, den Hof nicht übernehmen zu müssen. Er hatte eine Ausbildung zum Landmaschinenmechaniker absolviert. Nach dem Mauerfall 1989 hatte sich Holger entschieden, Agrarwissenschaft zu studieren und auf Druck seines Vaters und mit Hilfe seines Bruders Sören den Hof zurückzubekommen. Obwohl die Unantastbarkeit der Bodenreform 1990 beschlossene Sache gewesen war, hatte sich der alte Palmberg hartnäckig behauptet.

„Was war das, die Unantastbarkeit der Bodenreform?", hakte Henri nach.

Palmberg sah ihn mit abfällig herabgezogenen Mundwinkeln an. „Sie aus Hamburg haben natürlich keine Ahnung."

„Ich habe Ihnen doch bereits erklärt, dass ich 1990 noch zur Schule in Parchim ging. Ihr Bruder hat mich unterrichtet."

„Stimmt." Palmberg fasste sich an den Kopf. „Vielleicht waren Sie zu jung. Die Unantastbarkeit der Bodenreform besagte, dass das Unrecht der Enteignungen durch die DDR ab 1949 nicht rückgängig gemacht werden sollte. Nazi-Verbrechern, Großgrundbesitzern und Adligen wurde das Eigentum genommen, aufgelöst – der Begriff hört sich besser an. Adlige Großgrundbesitzer, die nie einen Tag gearbeitet hatten, sollten nicht das Recht haben, weiter Land zu besitzen. Deren Existenz wurde von der sozialistischen Regierung als fortdauernde Gefahr gesehen. Junkerland in Bauernhand. Das konnten Sie sogar auf Briefmarken lesen. Lächerlich. Wir waren nie adlig. Auch keine Nazis. Das mit den Großgrundbesitzern haute auch nicht hin. So viel Land hatten wir nicht. Wir waren seit Generationen schwer arbeitende Bauern. Sonst nichts." Palmberg sprang auf und ging zum alten Herd. Er nahm die künstlichen Blumen aus dem Krug und fingerte eine Schachtel Zigaretten heraus. „Auch eine?"

Henri schüttelte den Kopf. Mit zitternden Fingern zündete sich der Landwirt eine Zigarette an. Er atmete tief ein und blies den Rauch in die Luft. „Entschädigungen für die Enteignungen waren nicht vorgesehen. Aus Unrecht war offiziell Recht geworden. Ich war hin und her gerissen, auf der einen Seite wollte ich meinen Vater unterstützen, auf der anderen Seite mein eigenes Leben führen. Sören hatte sein eigenes Leben in Parchim, aber er versprach, mich mit einem großen Geldbetrag zu unterstützen. Unser Fall war ein Präzedenzfall geworden. Wie sind eine der wenigen Familien, die den Großteil des Landes zurückbekommen haben." Palmberg nahm einen großen Schluck aus dem Wasserglas. Seine Hände hatten aufgehört zu zittern.

„Unser Vater hatte nicht viel davon. 1995 krachte er durch die Scheune, kurz bevor wir sie restaurieren wollten. Dort finden Sie heute den Hofladen." Holger Palmberg räusperte sich und lachte kurz und hart auf. „Da hatte ich das Ganze. Sören war schon vier Jahre tot, unser Vater Invalide. So ist das, wenn man den Traum der vorangegangenen Generation leben muss." Er zog noch einmal an der Zigarette, bevor er sie in das Wasserglas fallen ließ. „Jedenfalls habe ich die Schweinemast aufgegeben. Wir sind nun ein Bio-Hof, arbeiten nach strengen Regeln. Schauen Sie nachher mal in meinen Laden. Wir bieten eigenes Bio-Obst und -Gemüse an und führen auch Ziegenmilchprodukte. Sie müssen unbedingt unser Eis aus Ziegenmilch probieren. Das ist der Renner bei der Hitze. Unsere Zicken kommen gar nicht mit der Produktion hinterher!" Palmberg lachte kurz auf. „Die Eier und das Brot sind auch von uns. Wir arbeiten mit anderen Höfen zusammen und bieten Fleisch, Milch und Käse von unseren Partnern an."

„Das klingt großartig. Zurück zu Ihrem Bruder. Gab es jemanden, der ihn nicht mochte, hatte er Feinde? Hat er Ihnen Probleme anvertraut?" Henri tastete nach seinem Notizbuch. Warum hatte er sich keine Notizen gemacht? Eben hatte der Landwirt etwas Wichtiges gesagt, aber es war Henri wieder entfallen.

„Probleme? Jeder mochte Sören."

„Ihnen ist sicher bekannt, dass Sören seiner Frau untreu war?"

Palmberg war aufgestanden, ließ sich aber wieder auf den Stuhl fallen. „Ja. Aber was hat das damit zu tun?"

„Hat er Ihnen etwas anvertraut?"

„Wenn Anett nach Sörens Tod nichts gesagt hätte, wüsste ich noch heute von nichts. Ich konnte es anfangs auch nicht glauben."

Die Küchentür öffnete sich. Eine gehetzt aussehende Frau hastete mit einem wippenden Pferdeschwanz ins Zimmer. „Holger? Gut, dass du da bist, wir brauchen vorne deine Hilfe, da ist was mit der Kühlung nicht in Ordnung. Ich …" Sie brach ab, als sie Henri sah. „Wer sind Sie denn?" Verdutzt schüttelte sie Henris ausgestreckte Hand. Palmberg stellte seine Frau Eva und Henri einander vor.

Eva Palmberg betrachtete missbilligend das Glas mit der Zigarettenkippe und entsorgte den Inhalt im Ausguss. „Hast du wieder geraucht?"

Holger Palmberg schüttelte den Kopf und warf Henri einen flehenden Blick zu.

„Das war ich. Bitte entschuldigen Sie. Kannten Sie Ihren Schwager, Frau Palmberg?" Henri verbiss sich ein Grinsen, als Palmberg ihm einen dankbaren Blick zuwarf und aus der Küche eilte.

Sie hielt in der Bewegung inne. „Ja, natürlich. Sören war drei Jahre älter als Holger und ich. Wir kennen uns aus Kindertagen." Langsam trat sie an den Tisch und setzte sich auf den Platz, den ihr Mann vor ein paar Sekunden verlassen hatte. „Wir sind alle hier im Ort aufgewachsen und haben dieselbe Schule besucht. Im Gegensatz zu Holger hat Sören immer seinen Kopf durchsetzen können und getan, was ihm Spaß machte. Hat Holger Ihnen erzählt, wie er zur Landwirtschaft gekommen ist?" Henri bejahte. Eva Palmberg öffnete den Kühlschrank, entnahm ihm eine Packung Saft und stellte ihn auf den Tisch. „Kirschsaft, selbst gemacht, den verkaufen wir vorne. Zwei Euro achtzig der Liter. Möchten Sie kosten?" Ohne auf die Antwort zu achten, schenkte sie ihm das Glas mit der roten Flüssigkeit ein. Henri fiel wieder ein, was er ihren Mann hatte fragen wollen. „Ihr Mann sagte etwas davon, das Sören Ihnen finanziell hätte helfen können. Geld hätte er gehabt. Ihr Schwager war Lehrer und noch nicht lange im Berufsleben. Wie hätte er Sie unterstützen können?"

Eva warf ihm einen langen Blick unter dem wirren braunen Pony zu. Sie umfasste ihr Glas mit beiden Händen und drehte es. „Da sprechen Sie lieber mit Holger drüber."

Henri trank vom herbsüßen Saft. „Sehr lecker." Er sah Frau Palmberg fest an. „Ich frage aber Sie."

Eva seufzte. „Ich bin da nicht ganz schlau geworden. Sie wissen, dass viele Leute und Firmen aus dem Westen rüberkamen und den Menschen hier überflüssigen Schrott für Unsummen verkauft haben? Er soll Familien gegeben haben, die sich für Topfsets verschuldet haben. Für Kochtöpfe!" Sie schüttelte verständnislos den Kopf. „Ich bin da nie ganz schlau draus geworden und Holger auch nicht, aber Sören muss auf den Zug mit aufgesprungen sein. Er hat Leuten irgendetwas verkauft. Kurz vor seinem Tod hatte er uns großspurig verkündet, bald in der Lage zu sein, uns helfen zu können. Er wäre da in eine große Sache eingestiegen, eine lukrative Geldanlage."

Henri spürte, wie sich die Härchen an seinen Armen aufstellten. „Um was für eine Art Geldanlage hat es sich gehandelt?"

Sie schüttelte nachdenklich den Kopf. „Ich habe keine Ahnung, habe es auch nie genau gewusst. Sörens plötzlicher Tod hat es auch vergessen lassen. Mein Schwiegervater hatte Anett kurz nach der Beerdigung ganz dreist um eine Finanzspritze gebeten." Eva verzog den Mund und rollte mit den Augen. „Unmöglich, der Mann! Sören war ermordet worden, Anett war hochschwanger und wusste selbst nicht, wie es weitergehen sollte. Sören war auch ständig fremdgegangen, wissen Sie das?" Nach Henris Nicken setzte sie fort. „Die arme Anett! Das hat sie alles überrollt. Und dann kommt noch unser Schwiegervater und haut sie um Geld an. Das Verhältnis zwischen den beiden war nicht mehr zu kitten. Schwiegervater meinte immer, Anett würde auf einem Geldsack sitzen. Er hätte es am liebsten gesehen, wenn sie und Romy hierhergezogen wären. Aber das wollten weder

Anett noch wir. Wir haben aber heute ein gutes Verhältnis, auch zu ihrem Mann Gerd."

Henri dachte kurz nach. „Bei dieser dubiosen Geldanlage wird es sich nicht um Waren gehandelt haben, zumindest lagerten sie nicht bei Ihrem Schwager. Oder erwähnte Ihre Schwägerin etwas von Waren, die sie nicht loswerden konnte? Töpfe? Koffersets, Lederwaren?"

Eva schmunzelte kurz. „Nein, aber ich kann sie anrufen."

„Vielen Dank, das erledige ich selbst."

Holger Palmberg kam schwungvoll in die Küche. „Die Kühltruhe läuft wieder. Du hast es noch rechtzeitig bemerkt, Evi." Er küsste seine Frau flüchtig auf den Scheitel. „Seid ihr immer noch bei Sören?"

Henri bejahte und fragte Holger nach den Geschäften des Bruders. Der Landwirt ließ sich auf einen Stuhl fallen. „Keine Ahnung, wirklich. Ich weiß nur, dass mein Vater Unrecht hatte. Sören hat Anett keine Reichtümer hinterlassen. Sie hat nach ein paar Wochen wieder angefangen, im Hort zu arbeiten. Romy konnte sie mitnehmen. Ich konnte nur einmal ein Telefonat verfolgen. Sören war hier und hatte telefoniert. Erinnerst du dich, Eva? Wir haben hinterher gesagt, er musste mit einem Italiener gesprochen haben, da ging es um Geld."

Henris Kopf schoss in die Höhe. „Er hat seine Geldgeschäfte von hier aus geführt?"

Palmberg hob die Schultern an. „Es gab keine Handys. Sicher sollte Anett nichts mitbekommen, obwohl er mehrmals das Wort ‚Schatz' gesagt hat. Ich weiß nicht, ob er eine Person angeredet hat oder einen vergrabenen Schatz meinte." Er lachte kurz auf und wurde dann wieder ernst. „Wenn er mit einer Person gesprochen hat, dann sicher nicht mit Anett. Eher mit diesem Italiener."

„Wie kommen Sie auf einen Italiener? Ist ein Name gefallen?"

Die Eheleute sahen sich an. „Ja", sagte Eva gedehnt, „wir hatten darüber gesprochen." Verlegen sah sie Henri an. „Ich habe gelauscht. Anett hatte mir gesagt, sie vermutete, Sören würde sie betrügen und ich habe mich alles andere als taktvoll verhalten. Ich wollte hören, ob er sich mit einer anderen verabredet oder so. Aber es ging um Geld. Aber wie sind wir auf den Italiener gekommen?" Sie sah ihren Mann nachdenklich an.

Holger stieß zischend den Atem aus. „Wegen Sophia Loren! Erinnerst du dich?"

Eva lachte befreit auf.

Das macht die Hitze, dachte Henri. Was hatte die italienische Filmdiva mit dem Mord eines Lehrers aus Mecklenburg zu tun? Das Ehepaar Palmberg lachte herzlich. Henri biss die Zähne zusammen und steckte das Notizbuch ein.

„Eva hatte damals gesagt, der Name des Gesprächspartners klingt so wie der des Manns, den die Loren geheiratet hatte."

Henri zog das Handy heraus und googelte den Namen der Schauspielerin. Sophia hatte vor vielen Jahren einen Regisseur namens Carlo Ponti geheiratet. Henri starrte überrascht auf das Display. Seine Gedanken überschlugen sich. Dann verzog sich sein Mund zu einem kleinen Lächeln. Er sah aus dem Fenster und nickte. Sophia Loren als Eselsbrücke. Alles machte Sinn. Er wandte seine Aufmerksamkeit den Palmbergs zu. Beide sahen ihn mit einem verblüfften Ausdruck an.

Henri steckte das Handy wieder in die Hemdtasche. Er trank den Saft aus und erhob sich. „Ich vermute, der Name lautete Ponzi, nicht Ponti."

„Ja, genau, Ponzi! Das war's!" Eva stand ebenfalls auf. „Soll ich Anett fragen, ob sie Waren gelagert hatte?"

„Nicht nötig, Frau Palmberg." Henri sah das Ehepaar an. „Ich kann es noch nicht beweisen, aber die Vermutung liegt nahe, dass Sören Palmberg keine Güter vertrieben hat. Es tut mir leid, es Ihnen sagen zu müssen. Er war ein Betrüger auf einer anderen Ebene. Glücksspiel."

Den Palmbergs hatte es die Sprache verschlagen. Während sie Henri zum Auto begleiteten, schwiegen sie. Holger tippte nach Henris Angaben Ponzi-Scheme in sein Handy. Henri verabschiedete sich von den Palmbergs. Am Ziegengehege war nun eine andere Familie damit beschäftigt, die Tiere anzulocken.

„Herr Martensen?"

Henri dreht sich zu Eva, die ihn anlächelte. „Eine Frage noch!"

„Ja?"

„Wo versteckt Holger die Zigaretten?"

„Ponzi-was?" Jan biss krachend in einen Apfel.

Henri schüttelte den Kopf und sah Jan nachsichtig an. „Mann, Jan, du bist immer noch wie früher. Wie eine Raupe, ständig am Futtern."

„Ich muss viel essen, um mein Gewicht zu halten. Lass dir nicht alles aus der Nase ziehen, Junge."

Henri hielt sein Handy in die Höhe. „Ich habe vorhin meine Kollegen von der Glücksspieltruppe angerufen. Ich bin gespannt, was sie mir mitteilen." Er beugte sich vor und sah abwechselnd Jan und Ina an. Sie saßen im Garten. „Von Schneeballsystemen habt ihr doch schon gehört, oder? Einer wirbt den Nächsten an, oder besser mehrere. Man zahlt einen Betrag an einen, ich nenne es mal Werber. Man selbst wirbt die nächsten Leute an, von denen man Geld erhält. Es handelt sich immer um windige, meist sogar nicht existierende Geldanlagen, die einen exorbitant hohen Gewinn erbringen. Über kurz oder lang bricht das Kartenhaus zusammen. Es gibt mehrere dieser Systeme, viele sind miteinander verwandt. Ponzi läuft etwas anders und hat einen Vorteil den anderen Systemen gegenüber. Bei Ponzi investiert man Geld in zum Beispiel Hedgefonds, die natürlich nicht existieren. Die Opfer werden hingehalten mit dem Versprechen hoher Renditen nach einem längeren Zeitraum. Der Initiator wirbt selbst an, es gibt keine Pyramide. Die Betrogenen kennen also nur den Anwerber und niemand anders. Will ein Opfer aussteigen, bekommt es sein Geld zurück. Das geht nur so lange, wie mehr Geld herein- als hinausfließt. Wollen zu viele Opfer ihre Einlage zurückerhalten, bricht das System zusammen. Oder der Betrüger muss rechtzeitig verschwinden."

„Da hat sich unser Mathelehrer ja richtig ausleben können. Der hatte es faustdick hinter den Ohren." Jan lachte.

„Ich fand ihn immer sympathisch. Aber was ich alles über ihn hören musste …", Ina schüttelte den Kopf.

„Die Menschen sind nicht nur schwarz oder weiß." Henri erhob sich. „Ich gehe noch mal aufs Revier. Es interessiert mich, ob die hiesigen Kollegen noch etwas von den Glücksspielen in den Akten haben. Vorher rufe ich Anett Jäger an. Die Palmbergs meinten, er hätte die Person, mit der er telefoniert hatte, mit ‚Schatz' angeredete. Ich muss herausfinden, wer damals seine aktuelle Freundin war. Oder ob nicht doch Anett Jäger etwas gewusst hat." Er beugte sich für einen Kuss zu Ina, was Jan mit lauten Schmatzgeräuschen kommentierte.

„Eva hat mich vorhin angerufen und mir etwas von einer obskuren Sache erzählt. Sören soll in Betrügereien verwickelt gewesen sein?" Anett Jägers Stimme klang nicht so freundlich wie zuvor bei seinem Besuch.

„Das ist eine Vermutung, Frau Jäger. Ich gehe der Sache nach. Das würde jedenfalls erklären, warum Ihr Schwiegervater immer vermutete, Sie hätten ein Vermögen geerbt."

Einen Moment war Stille. Henri befürchtete schon, sie hätte das Gespräch weggedrückt, dann hörte er sie zischend einatmen.

„Da könnten Sie Recht haben. Ich versichere Ihnen, Herr Martensen, Sören hat mir nichts hinterlassen. Wir haben geheiratet, als ich schon schwanger war. Mein Mann und ich haben das bisschen Geld, das wir hatten, in die Wohnungseinrichtung gesteckt. Mit irgendwelchen Betrügereien habe ich nichts zu tun.

Oh Gott, was kommt denn noch alles? Muss das alles nach fast drei Jahrzehnten noch breitgetreten werden? Das ist alles so peinlich!" Ihre Stimme klang jetzt flehend.

„Ich werde nichts breittreten, da kann ich Sie beruhigen. Ich hoffe nur, dass mir die Ermittlungen in dieser Hinsicht helfen, den Mörder Ihres Mannes zu finden. Eines muss ich noch wissen. Hat Sie irgendjemand nach dem Tod von Sören auf Geld angesprochen? Gab es Forderungen oder Andeutungen, er sei jemandem Geld schuldig? Sind Sie für wohlhabender gehalten worden und wurden Sie angepumpt oder bedrängt?"

„Nichts dergleichen. Abgesehen von meinem Schwiegervater natürlich, der konnte es nicht abwarten und hat mich kurz nach der Beisetzung offen nach Geld gefragt. Die Familie muss doch zusammenhalten." Sie lachte kurz und hart auf. „Sören hat mir einen Scherbenhaufen hinterlassen."

Henri wechselte noch einige Sätze mit ihr. Es gelang ihm, Anett wieder zu beruhigen, auch, weil er ihr nochmals versicherte, nach Möglichkeit nichts an die Öffentlichkeit dringen zu lassen. Er hoffte inständig, sein Versprechen halten zu können. Henri hatte eben das Gespräch beendet, als sein Handy klingelte. Er atmete tief durch und meldete sich. Raik teilte ihm mit, Melli sei wach und von der Intensiv- auf die normale Station verlegt worden. „Ich komme", sagte Henri.

Kapitel 20

Mit dem Fahrrad war er in zehn Minuten am Krankenhaus. Wie schnell man sich an die alten Wege gewöhnte, dachte er, während er Amelies Rad am Fahrradständer anschloss. Mühelos fand er Mellis Station. Er suchte sich einen Krankenpfleger, zeigte seinen Dienstausweis und fragte nach Mellis Zimmer. Zu seinem Erstaunen hakte der junge Mann nicht nach, weder warum Henri mit einem Hamburger Ausweis da war, noch was er wollte. Hastig eilte der junge Pfleger weiter. Henri klopfte an die Tür. Vorsichtig betrat er den Raum. Mellis Bett befand sich am Fenster. Das zweite Bett war unbenutzt und mit einem Plastikschonbezug versehen. Melanie lag reglos da, ihr Gesicht war von ihm abgewandt, in Richtung der zugezogenen Vorhänge. Er sah nur ihren Hinterkopf und einen dicken Verband. Neben dem Bett stand ein Ständer mit einem leeren Infusionsbeutel. Der Computer über ihrem Kopf zeigte ihre Vitalwerte.

„Melanie?", fragte er leise.

Sie wandte sich zu ihm. „Du bist es, Hinnerk." Ihre Stimme klang kaum vernehmbar und dünn. „Mit dir habe ich nicht gerechnet. Geh wieder weg." Sie drehte sich aufs Neue zum Fenster mit den zugezogenen Vorhängen. Das durch die Gardinen scheinende Licht tauchte den Raum in eine seltsame dunkelgelbe Helligkeit. Feine Partikel tanzten durch das Krankenzimmer. Ein zwischen Glas und Vorhang gefangener Brummer versuchte, ins Freie zu gelangen, und knallte gegen die Fensterscheibe. Die Luft roch abgestanden, nach Putzmitteln und Medikamenten. Henri trat näher und bedauerte, nicht ein paar Blumen, eine Zeitschrift oder etwas Obst besorgt zu haben. Er zog sich einen Stuhl ans Bett und nahm ihre Hand.

Sie sah an ihm vorbei zum Fenster. Beide schwiegen.

„Geh wieder", sagte sie erneut und fügte leise, aber nachdrücklich hinzu: „Bitte." Sie schloss die Augen. Henri blieb sitzen und betrachtete den bandagierten Hinterkopf und das schmale Profil. Er hatte schon oft festgestellt, dass abwartendes Schweigen eher die Zunge eines Zeugen löste als beharrliches Nachfragen.

„Ich bin müde. Ich möchte schlafen. Geh jetzt, bitte."

„Wissen deine Eltern, was passiert ist?"

Melanies Lider flatterten. „Nein", flüsterte sie. „Ich will es auch nicht. Und du sagst ihnen nichts. Sie würden sowieso sagen, ich sei selbst schuld."

Dieser Satz bestätigte Henris Befürchtungen. Er ging vorerst nicht darauf ein und fragte stattdessen: „War die Polizei schon hier?"

„Ja." Melanie hielt die Augen weiterhin verschlossen.

„Was hat sie gesagt?"

„Sie waren sehr nett. Eine junge Frau und ein älterer Mann. Dieselben waren auch bei Silvia." Ein paar Tränen rannen ihr die Wangen herunter, Henri griff nach einem Päckchen Taschentücher, zog eines heraus und tupfte ihr zart die Tränen weg. „Das wird langsam zur Gewohnheit, Melli. Wir sehen uns nur unter traurigen Umständen."

Sie öffnete die Augen und rang sich ein leichtes Lächeln ab. „Du wolltest doch gehen."

„Nein. Was hast du den Kollegen gesagt?"

„Sie wollten eine Täterbeschreibung von mir haben."

„Was konntest du erkennen?"

Sie zögerte und atmete schwer. „Es waren zwei. Auf jeden Fall ein Mann. Ob der andere männlich war, konnte ich nicht erkennen. Der Angreifer war viel größer als ich. Er trug einen dunklen Kapuzenpulli. Ich glaube, er hatte einen Bart. Und er roch stark nach Zigaretten und Alkohol. Er war der, der zugeschlagen hat. Der oder die andere nannte ihn Bert."

„Sie haben sich unterhalten, während sie dich überfielen?"

„Hau einfach drauf, Bert!', hat der oder die andere gesagt."

Henri hätte laut gelacht, wenn es nicht so unpassend gewesen wäre und Melli nicht so an Körper und Seele verletzt vor ihm gelegen hätte.

„Du konntest nicht erkennen, ob es eine Frauen- oder eine Männerstimme war?"

„Das wollten die Polizisten auch wissen. Ich glaube, ein Mann, aber ich bin mir nicht sicher." Sie schloss die Augen. Henri war sich sicher, dass sie es weniger aus Müdigkeit tat, sondern aus dem Wunsch heraus, er möge verschwinden. Er fühlte tiefes Mitleid mit ihr. Mehr, als sie ahnte. Noch immer hielt er ihre Hand. Er wartete. Ihre Atemzüge wurden gleichmäßiger und er bemerkte, wie sich ihr Brustkorb unter der Decke regelmäßig hob und senkte. Ein Blick auf ihre Vitalwerte bestätigte seine Vermutung. „Meine Kinder können das besser als du."

Sie antwortete nicht.

„Wenn man sich schlafend stellt, muss man nicht nur auf die Atmung achten. Die Finger müssen locker liegen, die Augen dürfen nicht zu fest geschlossen sein", sagte er leicht amüsiert. Sie hielt die Augen noch immer geschlossen.

„Jetzt stellen wir uns deine Angreifer noch einmal vor. Den zweiten Mann oder die Frau vergessen wir einfach. Diese Person gab es nicht." Sein Tonfall war wieder ernst. „Bei unserem Freund Bert denken wir uns den Bart weg und den Qualm- und Alkoholdunst. Auch hier hast du übertrieben. Warum hast du nicht noch an einen sächsischen oder hessischen Dialekt gedacht? Oder war dir das zu viel? Jedenfalls heißt Bert nicht Bert. Und er ist kein Mann. Melanie, warum in alles in der Welt deckst du sie? Die Frau ist verrückt vor Eifersucht."

Er sah in ihre schreckensweit geöffneten Augen. Natürlich war sie hellwach.

„Es war Silvia."

Überrascht sah sie ihn an. „Wie kommst du darauf?"

„Warum sollte dir jemand etwas antun? Nach all den Jahren? Das macht keinen Sinn. Das mit dir hat einen anderen Grund. Das ist eine persönliche Sache. Silvias Eifersucht ist krankhaft. Sie wird dir aufgelauert haben, hat dich hinterrücks überfallen und dann ‚gefunden'. Du musst das zur Anzeige bringen. Sie hat gestern bei Ina eine bühnenreife Szene hingelegt und mich beschuldigt, verantwortlich für den Überfall gewesen zu sein. Sie hat sowohl Ina als auch mich verdächtigt, etwas von dir zu wollen. Ich habe selten einen so eifersüchtigen Menschen gesehen. Melanie, die Frau ist hysterisch."

Ein paar Tränen liefen ihr die Wangen hinunter. „Ich weiß nicht, wer es war, Hinnerk. Ich habe nichts gesehen. Wirklich nicht."

„Ich kann dafür sorgen, dass sie dich nicht besucht. Du musst sie anzeigen. Wenn du es nicht machst, übernehme ich es."

Sie entzog ihm die Hand und tastete nach dem Taschentuch. „Silvia liebt mich. Sie will immer nur mein Bestes!"

„Tatsächlich? Dein Bestes solltest du für dich selbst behalten."

„Sie liebt mich!"

„Dadurch, dass man es stetig wiederholt und als Waffe einsetzt, wird es nicht besser. Diese Dominanz ist keine Liebe. Liebst du sie?"

Melanie drehte den Kopf zur Seite. Vom Flur her drang Geklapper. Mittagessen, dachte Henri. Der Brummer flog erneut gegen die Scheibe. Melanie flüsterte etwas. Henri hielt den Kopf dichter an ihren Mund. „Wen habe ich denn noch?", wisperte sie.

„Deine Eltern. Sicher hast du auch noch Freundinnen."

Melli schloss kurz die Augen. Die Tür wurde geöffnet. Eine Krankenschwester mit einem Tablett in der Hand betrat das Zimmer. „Mittagessen, Frau Schneidewind!", sagte die Schwester fröhlich und sah Henri an. „Kann Ihr Besuch Ihnen behilflich sein?"

„Ich habe keinen Hunger."

„Natürlich hat sie Hunger. Sie wird essen." Henri klappte die Tischplatte auf und die Schwester stellte das Tablett ab. Sie warf ihm ein strahlendes Lächeln zu, bedachte Melli mit einem aufmunternden Nicken und verließ den Raum.

„Als Erstes lassen wir mal Luft in diese Gruft." Energisch zog er die Vorhänge beiseite und stellte die Fenster auf Kipp. Dem Brummer gelang die Flucht ins Freie. Frische warme Sommerluft drang ins Zimmer. Melanie protestierte schwach.

„Die Fenster bleiben geöffnet." Ohne auf ihre Einwände zu achten, nahm er die Fernbedienung zu ihrem Bett, studierte kurz die Knöpfe und brachte Melli in eine Sitzposition. Er hob die Haube vom Teller und betrachtete die Mahlzeit. „Spätzle und Geschnetzeltes. Sieht passabel aus." Er drückte ihr eine Gabel in die Hand. „Guten Appetit. Iss was, oder ich werde dich füttern."

Melanie gab den Protest auf. „Und du behauptest, Silvia sei dominant."

Er lachte und setzte sich rittlings auf den Stuhl. Melli stieß zögernd die Gabel in das Essen. Während sie aß, sprachen sie nicht. Henri hatte die Unterarme auf der Rückenlehne des Stuhls abgelegt und betrachtete nachdenklich die Schwester seines Schulfreunds. Nachdem Melli die Hälfte der Portion gegessen hatte, lehnte sie sich seufzend zurück und legte die Gabel ab.

„Das war doch schon ganz gut", lobte er, griff nach dem Joghurt und riss den Deckel ab. Er tauchte den Teelöffel in die als Kirschjoghurt betitelte rosafarbene Masse und reichte ihn ihr. Schweigend nahm sie ihn an und löffelte den Becher aus. Henri nahm das leere Gefäß ab, stellte es zurück und schob den Tisch zur Seite. „So. Und nun reden wir beide Mal Tacheles. Silvia hat dich überfallen. Du wirst sie anzeigen und sie wird dafür bestraft werden. Dir kann ich nur zur sofortigen Trennung raten. Wie lange sollst du noch im Krankenhaus bleiben?"

„Bis mindestens übermorgen."

„Gut. Dann hast du noch zwei Tage zum Nachdenken. Fällt dir jemand ein, zu dem du gehen kannst?" Betroffen registrierte er ihr zweifelndes Kopfschütteln.

„Deine Eltern? Freundinnen, Kollegen?"

Mit einem unendlich verlorenen Gesichtsausdruck sah sie ihn an, schüttelte erneut den Kopf und knetete die Hände.

Er legte ihr die Hand auf den Arm. „Melli, ich helfe dir. Ich spreche mit Ina. Vielleicht kannst du bei ihr unterschlüpfen. Meine Familie und ich werden nicht ewig bei ihr bleiben." Spätestens übermorgen würde er fahren und Ina verlassen, sinnierte er mit Wehmut. Schnell lenkte er seine Gedanken wieder auf das akute Problem. „Das Frauenhaus sollte die letzte Option sein. Ich kann dich auch mit nach Hamburg nehmen. Meine Schwiegermutter wohnt nebenan, die wird sich gerne um dich kümmern." Das war die Wahrheit, wusste er doch, wie gutmütig und hilfsbereit Marion war. Sie würde dieser Frau in Not die Hilfe nicht versagen. Er schärfte Melanie ein, Silvia nicht zu begleiten, falls diese eine Entlassung auf eigene Verantwortung anregen sollte. Seine Visitenkarte steckte er in ihre Bademanteltasche.

Mit dem Versprechen, in Kontakt zu bleiben, beugte er sich über sie, küsste sie auf die Wange und ging.

Henri betrat das Polizeigebäude mit dem graugrünen Rauputz und trug sein Anliegen vor. Nach kurzer Zeit kam ein untersetzter Mann seines Alters und reichte ihm die Hand. „Martensen", sagte Henri.

„Ilja Seeburg", erwiderte der andere.

Henri grübelte kurz, woher ihm der Name bekannt erschien. Er musterte Seeburg, der ihm mit einer Handbewegung den Weg wies und ihn vorgehen ließ. Er führte ihn in das Büro, in dem er sich bereits mit Lena Schweiger unterhalten hatte. Nun war ihr Schreibtisch gähnend leer. Auf Seeburgs Tisch hingegen stapelten sich Akten. Der Mann bot ihm einen Platz an, setzte sich hinter den Schreibtisch und betrachtete Henri mit einem schwer deutbaren Ausdruck im Gesicht.

„Ich habe schon viel von Ihnen gehört."

„Ach, ja?" Henri sah sein Gegenüber erstaunt an. Seeburg war kahl. Henri sah den dunklen Haarkranz durch die Kopfhaut schimmern. Vermutlich rasierte er sich lieber kahl, als mit einer Halbglatze herumzulaufen. Die braunen Augen hinter der randlosen Brille blickten wach und intelligent. Henri war sich sicher, sein Gegenüber noch nie gesehen zu haben.

Der nickte. „Doch, doch. Sie sind vom CSI Mobbing, oder irre ich mich? Was führt Sie zu uns?"

Henri hätte sich am liebsten mit der Hand vor den Kopf geschlagen. Seeburg. Klar. Anita und Lili. Das musste der Ehemann und Vater sein. Wie würde er das Gespräch wieder auf eine Sachebene bekommen?

Henri rang nach Worten, während Seeburg die Handflächen auf die Tischplatte fallen ließ und in lautes Gelächter ausbrach. „Mensch, Kollege, Sie sind mir einer! CSI Mobbing!"

„Ich hoffe, Ihre Frau und Ihre Tochter …"

Seeburg unterbrach ihn mit einer abwehrenden Handbewegung. Er lachte immer noch und lehnte sich bequem zurück. „Das ist zu komisch." Langsam beruhigte er sich. „Anita ist meine Ex-Frau. Sie meldet sich nur, wenn sie etwas braucht. Mit Lili ist es leider ebenso." Er wischte sich die Augenwinkel. „Ich war überrascht, von Anita zu hören. Sie rief gestern völlig aufgeregt an und wollte wissen, was die CSI Mobbing gegen Lili unternimmt." Er grinste Henri breit über den Tisch hinweg an. „Ihnen ist wohl klar, dass ich beide über die CSI Mobbing aufgeklärt habe?"

Henri nickte beklommen und fragte sich, ob Seeburg ihn jemals ernst nehmen würde.

Seeburg fuhr fort: „Anita weiß nun, dass das CSI Mobbing Lili im Visier hat. Sie muss sich die nächsten beiden Jahre tadellos benehmen, sonst droht ihr die Höchststrafe!"

„Und wie sieht die aus? Jugendstrafvollzug?"

„Ich sagte Höchststrafe." Ilja Seeburg lehnte sich nach vorne und sah Henri in die Augen. „Sperrung des Instagram-Accounts, Stilllegung des YouTube-Kanals, kein Gezwitscher bei Twitter. Ich habe Lili gesagt, dass ich vielleicht für Facebook noch was machen kann. Mein Stiefsohn meint, Facebook sei out. Anita ist noch entsetzter als Lili. Schließlich soll unsere Tochter Influencerin werden. Das hat nichts mit dem Gesundheitswesen oder ansteckenden Krankheiten zu tun. Lili und Anita sind am Boden zerstört. Man stelle sich vor, die Welt soll ohne die Schminktipps meiner fünfzehnjährigen Tochter auskommen!"

Entspannt lehnte sich Henri zurück. Ilja Seeburg nahm seinen Monolog wieder auf. „Im nächsten Schuljahr wird eine Undercover-Agentin auf Lili angesetzt, vermutlich eine neue Lehrerin. Daran haben die beiden schwer zu kauen."

„Das können die beiden Ihnen doch nicht geglaubt haben!"

„Leider doch. Es gibt immer Wechsel bei den Lehrern. Lili ist leider nicht die Hellste. Es schadet nichts, wenn sie mal nett sein sollte. Schlimmstenfalls zu allen Lehrern. Verstehen Sie mich nicht falsch. Ich liebe meine Tochter. Aber im Moment mag ich sie nicht besonders. Verstehen Sie das?"

Henri dachte kurz an seine Kinder, die er liebte und mochte. Er würde sie auch mögen, wenn sie nicht seine Kinder wären. Er nickte.

„Lili braucht eine Mutter, die sie fördert. Damit meine ich schulische Dinge. Und nicht eine, die ihre Flausen unterstützt und sie stundenlang im Internet über die verschiedenen Rottöne von Nagellacken referieren lässt. Julius, mein Stiefsohn, hat ihren Kanal abonniert oder wie das heißt und hält mich auf dem Laufenden. Was soll denn aus dem Mädchen werden?" Seeburg seufzte schwer. Seine heitere Miene hatte sich in eine ernste verwandelt. „Nun will sie auch noch Model werden. Neulich habe ich tatsächlich mal Hoffnung geschöpft. Lili fragte mich, ob ich ihr das Studium bezahlen würde. Sie hatte gelesen, man könnte ihren Traumberuf studieren." Er rieb sich die Stirn und seufzte erneut. „Lili schafft nie im Leben das Abitur, aber das muss auch nicht sein. Wenn es nicht geht, dann geht es nicht. Aber ein passabler Realschulabschluss sollte bei meiner Lili doch drin sein. Egal, ich habe mich jedenfalls über den plötzlichen Ehrgeiz gefreut. Wissen Sie, was sie studieren will?" Er beugte sich vor. „Sie möchte ein It-Girl werden. Sie wissen, was das ist?"

„Ich habe auch Kinder." Henri grinste. „Das ist ein Studiengang?"

Seeburg seufzte wieder und hob die Hände. „Offensichtlich ja. Es sei denn, meine Lili hat das mit einem IT-Studium verwechselt. Ich habe ihr den Unterschied erklären wollen, aber sie will mich nicht verstehen. Wie soll man auch einem Vater glauben, der weder Selfie-Stick, Instagram noch Netflix hat. Am liebsten würde ich sie zu mir, meiner Lebensgefährtin und meinem Stiefsohn holen. Aber da ist wohl Hopfen und Malz verloren. Lili fühlt sich bei Anita und deren Fitnesstrainer wohler. So oft wie in den letzten Stunden habe ich Anita seit fünf Jahren nicht gesprochen." Er starrte kurz an Henri vorbei, lächelte ihn dann wieder an. „Zum Dank hat sich CSI Mobbing eingeschaltet. Vielleicht bringt das einen kurzfristigen Erfolg. Ich bin Ihnen zu Dank verpflichtet. Was kann ich für Sie tun Kollege? Lena hat mir eine Notiz hinterlassen. Worum geht es genau?"

Seeburg hatte effektiv vorgearbeitet. Glücklicherweise war der Todesfall Palmberg schon vor Jahren digitalisiert worden. Seeburg drehte einen der beiden Bildschirme so, dass Henri mitlesen konnte. Palmberg war am Freitag gefunden worden und vermutlich am Dienstag davor zu Tode gekommen. Das alles war Henri schon bekannt. Neugierig las er weiter. Die tödliche

Wunde war durch einen einzelnen harten Schlag mittels eines Steins verursacht worden. Am Hinterkopf wies Palmberg noch eine weitere Verletzung auf, die ihm vermutlich zum Todeszeitpunkt beigebracht wurde. Laut dem Obduktionsbericht wurde der Lehrer erst mit einem Stück Holz bewusstlos geschlagen. In der Wunde wurden kleine Holzpartikel gefunden. Es handelte sich um Rinde eines Quittenbaums, einer Apfelquitte. Danach wurde ihm die tödliche Wunde mittels des Steins beigebracht. In der Lunge befand sich kein Wasser. Palmberg war bereits tot, als er in den See geworfen wurde.

„Apfelquitte", murmelte Henri und googelte das Wort. Apfel- und Birnenquitten waren die häufigsten Sorten, stellte er fest. Apfelquitten seien aromatischer und fester. Birnenquitten seien wegen der weicheren Konsistenz besser zu verarbeiten, im Aroma aber nicht mit den Apfelquitten vergleichbar. Henri hob den Blick vom Handy und betrachtete sein Gegenüber. „Ich habe mein begrenztes Wissen über Kernobst erweitert. Am See stehen keine Obstbäume, da bin ich mir sicher. Eichen, Weiden, Kastanien, das Übliche, aber keine Quitten. Kennen Sie die Infotafeln am See? Dort sind die Baumarten von früher und heute aufgeführt. Es gab dort nie Obstbäume. Der Fundort ist nicht der Tatort. Den Mord kann eine Person begangen haben, die Leiche wurde transportiert. Das kann auch eine Person getan haben, zu zweit ist es natürlich einfacher."

Seeburgs Finger trommelten auf der Tischplatte. „Es ist so lange her. Es gibt keine Spuren." Er scrollte durch das Menü. „Die Aussage von seiner Frau nimmt den größten Raum ein. Sie war sofort aus dem Fokus gerückt. Sie war hochschwanger."

„Das war schlampig. Sie hätte Hilfe haben können. Auch eine Schwangere kann einen Mann mit einem Ast niederschlagen. Natürlich hätte sie Hilfe oder Hilfsmittel benötigt, um den Mann zu bewegen, aber unmöglich wäre es nicht."

„Sie halten sie für verdächtig?"

Henri schüttelte den Kopf. „Nein. Aber wir beide wissen, dass die meisten Morde Beziehungstaten sind. Der oder die Täter sind mit Sicherheit in seinem Umfeld zu suchen. Vor allem, da Palmberg es mit der ehelichen Treue nicht so genau genommen hat. Ich habe schon die Namen von drei Frauen herausgefunden, mit denen er während seiner kurzen Zeit als Lehrer an der EOS ein Verhältnis hatte."

Seeburg pfiff durch die Zähne. „Donnerwetter Kollege, da waren Sie aber fleißig." Er richtete seine Aufmerksamkeit wieder auf den Bildschirm. „Frau Palmberg hat von einem Verhältnis ihres Mannes gewusst, konnte oder wollte aber keine Namen nennen."

„Sie kannte die Freundin nicht. Ihr wurde später ein Name zugetragen, aber die Frau war es nicht. Ich glaube zu wissen, wer die Affäre war."

„Um wen handelt es sich?"

Henri schüttelte den Kopf. „Ich zweifele noch ein wenig. Ich möchte sicher sein, bevor ich es sage." Er beugte sich vor und las die Protokolle. Sein Name tauchte nirgendwo auf. Es hatte tatsächlich niemand nach ihm gesucht. Auch nicht nach einem seiner Klassenkameraden. Er bat Seeburg um Informationen nach dem Verschwinden von Karsten Quandt und Jörg Müller. Auch da erfuhr Henri nichts Neues. Ebenso wie das Ehepaar Quandt hatte das Kinderheim Tannenhof Vermisstenanzeigen aufgegeben. Beide Verfahren wurden geschlossen, da die Vermissten volljährig waren und man davon ausging, die jungen Männer wären in den Westen gegangen. In der Akte Quandt waren noch Vermerke über die Eltern, die sich regelmäßig auf der Wache nach den Fortschritten bezüglich der Suche nach ihrem Sohn erkundigt hatten. Der Vater war sogar einmal den Beamten gegenüber handgreiflich geworden. Henri schüttelte den Kopf. Was für eine Tragödie.

Henri stützte die Ellenbogen auf den Tisch und rieb sich die Hände. „Wie war der Tote bekleidet?"

Seeburg heftete seinen Blick wieder auf den Computer. „Er war vollständig angezogen. Er trug einen Slip, ein weißes, langärmliges Oberhemd, eine dunkelblaue Anzughose mit einem schwarzen Gürtel und schwarze Socken."

„Die Schuhe fehlten, ebenso wie die Anzugjacke und die Krawatte. Seine Frau sagte, er hätte das Haus im Anzug mit Schlips verlassen."

„Hm", machte Seeburg und sah sein Gegenüber an. „Was sagt Ihnen das?"

„Was könnte Sie an einem der heißesten Tage des Jahres dazu bringen, einen Anzug, ein langärmeliges Hemd und eine Krawatte zu tragen, Kollege?"

„Da gibt es nur zwei Dinge", antwortete der Kommissar prompt, „Hochzeit oder Beerdigung."

Henri nickte und nahm die Ellenbogen vom Tisch. „Ich vermute, mit der Beerdigung liegen wir richtig. Da ist noch etwas, Herr Seeburg. Ich hatte die Vermutung, das Mordmotiv an Palmberg sei seine Untreue. Nun habe ich bei seinem Bruder in Erfahrung gebracht, dass Sören Palmberg vermutlich in Betrügereien verwickelt war. Sagt Ihnen das Ponzi-Scheme etwas?"

Seeburg lehnte sich zurück und schloss die Augen. „Ponzi, Ponzi", murmelte er und riss die Augen wieder auf. „Ja! Glücksspiel. Dabei handelt es sich um eine Abart des Pyramidensystems, oder?"

„Genau. Palmberg hat da meiner Meinung nach kräftig mitgemischt. Oder mitmischen wollen. Seiner Familie hat er finanzielle Zuwendungen in Aussicht gestellt, aber weder seine Witwe noch sein Bruder haben jemals Geld erhalten. Die Witwe war nach ihrer Aussage eher mittellos. Ich weiß noch nicht, ob er bei Ponzi eingestiegen ist oder es nur beabsichtigte. Ich vermute, er war noch neu im Geschäft, denn seine Frau hatte kein Geld und wusste angeblich von nichts. Ich glaube ihr."

„Hm", machte der örtliche Kommissar erneut und tippte auf der Tastatur herum. „Mir ist nichts davon bekannt, aber ich erkundige mich. Ich werde unsere Akten prüfen und in Schwerin nachfragen."

„Danke. Das wird mir helfen."

Seeburg nickte. „Gerne. Mich interessiert das auch. Kann ich noch etwas für Sie tun, Martensen?"

„Ja. Haben Sie von dem Überfall auf eine Frau in Slate gehört? Vorgestern? Die Kollegen haben die Verletzte im Krankenhaus befragt. Melanie Schneidewind." Noch während Henri sprach, hatte der Kommissar erneut zu tippen begonnen. „Ah, ja. Die Kollegen Mohamad und Brahm haben die Verletzte befragt."

„Bitte sorgen Sie dafür, dass noch einmal jemand hinfährt. Frau Schneidewind wird die Aussage revidieren. Die Täterin ist vermutlich die Ehefrau."

Ilja Seeburg zog die Brauen hoch, weiter äußerte er sich nicht. „Gut", antwortete er dann.

Nach einer kurzen, aber herzlichen Verabschiedung bedankte sich Henri und ging hinaus in den Sonnenschein. Vor dem Gebäude lief er fast in eine Frau und sah direkt in die erschrockenen Augen von Anita Seeburg.

Kapitel 21

„Was für Obstbäume hattet ihr noch mal in eurem Schrebergarten?"

Ina blickte von der blubbernden Sauce auf und sah Henri überrascht an. „Das weißt du doch. Zwei Bäume mit diesen schönen sauren Augustäpfeln. Die gibt es heute noch. Die können wir auch noch mal pflücken, ich bin gerade so schön im Fluss." Sie lachte, stockte aber, als sie sein ernstes Gesicht sah.

„Keine Quitten?"

„Nein. Damals hatten wir noch die beiden Kirschbäume, da sind wir beide als Kinder so gerne hinaufgeklettert und haben uns zur Kirschenzeit immer mit Kernen bespuckt."

Sie lächelten einander an. Er erinnerte sich. „Einmal hast du mein Auge getroffen."

„Du hast geschrien wie am Spieß!"

„Das hat sauweh getan! Und von Oma habe ich noch Ärger wegen der Flecken im Hemd bekommen."

„Die Kirschbäume gibt es nicht mehr."

Henri hob den Deckel des großen Topfs und schaute in eine große Menge aufgequollener Spaghetti. Er schob den Topf zur Seite und stellte das Kochfeld aus. Dann reduzierte er die Hitze unter der Soße.

„Die Soße muss nicht brodeln, die brennt so nur an. Ein leichtes Simmern reicht völlig aus. Was soll das werden?"

„Das sieht man doch! Das ist meine kapriziöse Interpretation der Sauce Napoli."

Henri lächelte. „Ich erkenne es an der Farbe."

Missmutig beobachtete Ina, wie Henri das Spaghettiwasser abschmeckte und Salz hinzufügte. Dann probierte er die Soße und verzog das Gesicht. Wortlos griff er nach einem neuen Topf, schüttete den Inhalt um, schälte schnell eine Kartoffel und gab sie hinein. Den ursprünglichen Soßentopf füllte er mit Wasser und stellte ihn beiseite. Ina reckte sich und grinste schief. Angebrannt. Jetzt roch sie es auch. Inzwischen hatte Henri ein paar Tomaten aus dem Gemüsefach des Kühlschranks genommen und begonnen, sie routiniert klein zu schneiden. „Du hast doch draußen noch Tomaten, pflückst du noch ein paar? Ich brauche eine Zwiebel", fügte er hinzu, als sie mit den Tomaten zurückkam.

Ina öffnete ein Schrankfach und entnahm ihm eine gekeimte Zwiebel. Henri betrachtete sie und grinste. Wortlos schälte er sie und schnitt sie klein. In einem weiteren Topf schwitzte er die Zwiebelstückchen an, fügte zu Inas Überraschung eine Prise Zucker bei und gab die Tomaten dazu. „Es macht wohl keinen Sinn zu fragen, ob du Kräuter der Provence hast?" Er wartete nicht auf eine Antwort, sondern verließ die Küche mit einem kleinen Messer. Verdutzt folgte sie ihm und sah zu, wie er Kräuter in ihrem Beet schnitt. „Du hast alles da, meine Süße. Getrocknet schmecken sie noch besser als frisch, aber es ist gut so."

„Ach ja? Ich weiß nicht mal, was man davon essen kann. Ich habe sie im Frühjahr gekauft, aber weiß nicht mehr, was das alles ist." Ratlos wanderten ihre Blicke über das Grünzeug. Er hielt ihr ein paar Zweige unter die Nase. „Riech mal."

„Riecht gut."

Er nickte. „Thymian, Oregano und etwas Petersilie."

Sie brach einen Zweig eines langhaarigen grünen Krauts, das einen appetitlichen Duft verströmte. „Das riecht auch gut. Nehmen wir auch was davon?"

Er schüttelte den Kopf. „Du hast keine Ahnung, Ina. Das passt besser zu Fisch oder Gurken. Das ist Dill." Er lächelte. „Du kannst aber die Kinder rufen und den Tisch decken lassen."

Sie verteilte die Bestecke und sah zu, wie er die Nudeln abgoss, einen Teil des Nudelwassers in die angeschwitzte Zwiebel-Tomatenmasse gab und die gerettete Tomatensoße hinzufügte. Mit einer Gabel fischte er die Kartoffel heraus. „Die Kartoffel hat das überschüssige Salz aufgenommen. Was die Spaghetti zu wenig hatten, hat die Tomatensoße zu viel." Er hackte die Kräuter klein und gab sie zur Soße. Aus dem Kühlschrank nahm er einen angebrochenen Becher Sahne, schnupperte kurz daran und kippte den Inhalt in die Tomaten. „Normalerweise braucht man keine Sahne, aber es streckt die Soße." Er rührte um, tauchte einen Löffel in den Topf, pustete und hielt ihn ihr entgegen. „Probiere mal."

Vorsichtig nahm sie den Löffel mit der würzigen roten Masse in den Mund. „Köstlich."

„Wirklich?" Erneut tauchte er den Löffel ein und kostete. „Nicht schlecht. Ich werde nach dem Essen noch einmal zu Bernd gehen. Eventuell ist ihm noch etwas eingefallen."

„Kann ich mitkommen? Julia hast du schließlich auch mitgenommen."

Henri zögerte. Sollte das ein Wettbewerb werden? Auf der anderen Seite, Bernd und Ina kannten sich aus der Schule und sie hatten sich damals gemocht. Vielleicht war ihre Anwesenheit nützlich. „Na gut, warum nicht. Er kennt dich seit langem. Vielleicht bringst du seine Erinnerung auf Trab. Mal sehen, ob er noch am Wasserwanderrastplatz ist."

Einträchtig schlenderten sie die kurze Strecke zur Elde. Beiden hingen ihren Gedanken nach.

„Erinnere mich daran, dass ich später Peggy Brecht anrufe", sagte er.

„Diese furchtbare Frau aus dem Heim? Warum das denn?"

„Ich muss etwas von ihr bestätigt haben. Falls Bernd es nicht weiß."

Sie hatten den Caravanparkplatz und die Kleingärten passiert, als Ina nach vorne deutete. In dem Moment sah Henri es auch. Er beschleunigte seinen Schritt. Eine hellgraue Rauchsäule stieg in den Himmel. Rufe nach Hilfe, Schreie wurden laut. Der Knall einer Verpuffung ertönte. „Das ist bei den Booten!" Henri rannte inzwischen. Während des Laufes tastete er nach seinem Handy, zog es hervor und wählte den Notruf. Hastig brachte er die Meldung über den Brand vor. Er sei nicht der erste Melder, informierte ihn eine weibliche Stimme. Polizei und Rettungswagen seien bereits unterwegs. In dem Moment hörte er auch schon mehrere Martinshörner. Die Rauchsäule vor ihm wurde breiter, der Farbe wechselte von Hell- zu Dunkelgrau. In der Luft verbreitete sich ein beißender Gestank. Henri beschleunigte das Tempo erneut. Hinter sich hörte er Inas angestrengtes Keuchen. Er erkannte schon, was sich noch vor Inas Augen verbarg. Die Poppy II brannte lichterloh. In die grauen Rauchschwaden mischten sich glühende Funken. Ein paar Menschen standen in sicherem Abstand und betrachteten mit starren Gesichtern Bernds Schiff. „Haben Sie den Besitzer gesehen? Weiß jemand, ob noch jemand auf dem Schiff ist?"

Ein Jugendlicher mit einem Fahrrad, der den Brand mit seinem Handy filmte, sah ihn entsetzt an. Henri wartete nicht auf seine Antwort, sondern sprang auf die kleine Gangway. Aus dem Inneren des Schiffs ertönte ein Schrei, der in einen lang gezogenen Klagelaut mündete und Henri die Haare zu Berge stehen ließ. Er drehte am Knauf der Tür, er rüttelte daran, aber es passierte nichts. Keinen Moment dachte er an etwas Anderes als Brandstiftung. Jemand hatte Feuer gelegt und Bernd von außen eingeschlossen. Er untersuchte das Schloss. Ein Stück des Schlüssels steckte noch. „Scheiße!", entfuhr es ihm, während er sich nach einem Werkzeug umsah, um die Tür aufzubrechen. Bernd hatte sichtbar aufgeräumt. Die leeren Flaschen und die Müllberge waren verschwunden. Henri entdeckte nichts, was als Hebel verwendbar war. Er drehte sich zu den gaffenden Leuten am Ufer um. „Ich brauche einen Hebel! Einen Kuhfuß oder ein Brecheisen!" Einige der Umstehenden lösten sich aus der Menge. Henri drehte sich wieder zur Tür. Er würde zunächst allein zurechtkommen müssen. Beißender, nach Plastik stinkender Qualm drang durch den Türspalt in Henris Mund und Nase. Die Sirenen der herannahenden Einsatzfahrzeuge waren so laut, dass Henri auf ihr schnelles Eintreffen hoffte. „Bernd? Halte durch, ich bin es, Hinnerk. Die Feuerwehr ist gleich da. Halte durch, alter Kumpel."

Er hustete, während er sich mit Schwung gegen die Tür warf. Hinter sich hörte er Ina schreien. Erneut prallte er gegen die Tür. Die qualvollen Schreie aus dem Innenraum waren leidvollem Stöhnen gewichen. Henri hustete. Mit einem Seitenblick erkannte er die sich nähernden Rettungskräfte. Er sammelte sich noch einmal und warf sich mit voller Kraft gegen die Tür. Mit einem lauten Krachen zerbarst sie. Er ignorierte den Schmerz in der rechten Schulter und holte noch einmal tief Luft, bevor er in die Kajüte stürmte. Hitze schlug ihm entgegen. Durch die Sauerstoffzufuhr der geöffneten Tür loderten die Flammen auf, knisternde Funken sprühten durch die Luft. Der Qualm, der sich schwer auf seine Bronchien legte, brannte unerträglich in seinen Augen und brachte sie zum Tränen. Bernds Bett konnte er hinter prasselnden Flammen und schwerem Rauch nicht erkennen. Die hölzerne Einrichtung zu seiner Rechten stand in Flammen. Brandbeschleuniger, dachte Henri. Schweiß brach ihm aus allen Poren. Fast hätte er das Gleichgewicht verloren, da er auf eine herumrollende Flasche getreten war. Er fasste an den Schrank, um nicht zu fallen, und griff ins Feuer. Mit einem Schrei zog er die Hand zurück. Schwer atmend und fast blind vom beißenden Gestank nach Chemikalien und verbranntem Fleisch tastete er sich in die Richtung von Bernds Bett. Plötzlich hörte er schwere Schritte hinter sich. Henri stöhnte vor Schmerz auf, als ihn jemand energisch an der schmerzenden Schulter zog.

„Sind Sie lebensmüde? Raus hier, Mann, bevor die Kiste in die Luft fliegt."

„Der Besitzer ist noch hier", keuchte Henri. „Das Bett ist links. Der Brandherd ... Ich glaube ...", er hustete, „er liegt darauf."

Henri wurde von den Feuerwehrleuten zum Anleger geschoben. Er ließ es geschehen und überließ gerne den Profis in Schutzausrüstung und mit CO_2-Löschern das Feld. Er taumelte die Gangway hinunter. Der Schweiß lief ihm in die Augen. Bevor ihm die Beine wegsacken konnten, setzte er sich ins Gras. Stumm nahm Ina neben ihm Platz.

„Er ist noch drin, Ina. Er ist noch drin." Henri legte die Ellenbogen auf die Knie und stütze seinen Kopf darauf.

„Ich habe es gehört." Sie schrie auf. „Du bist verletzt."

Er keuchte und legte sich auf den Rücken. „Nicht der Rede wert. Mach mir nachher deine Pferdesalbe drauf." Er rollte sich zur Seite und hustete erneut.

Zwischenzeitlich hatte die Feuerwehr die Schläuche an die Hydranten geschlossen. Stumm sahen sie zu, wie die Feuerwehrleute den Brand unter Kontrolle brachten.

„Sie schon wieder?"

Henri hob den Kopf und blinzelte nach oben. Ilja Seeburg stand breitbeinig und mit überraschtem Ausdruck vor ihm. Henri streckte ihm stumm die linke Hand entgegen und Seeburg zog ihn hoch.

„Was ist passiert?" Seeburg musterte abwechselnd Henri und Ina, die keinen Ton von sich gab. Unterbrochen von Hustenanfällen schilderte Henri kurz das Wenige, das er wusste. Inzwischen wimmelte es vor Polizisten in Uniform, Sanitätern, Feuerwehrleuten und, wie Henri vermutete, Polizisten in Zivil. Sein Blick fiel auf den Jugendlichen, der schon vor seiner Ankunft gefilmt hatte. „Kümmern Sie sich doch mal um den jungen Mann dort. Der filmt ununterbrochen. Vielleicht ist etwas Verwertbares zu sehen."

Ilja Seeburg wandte sich an eine junge Frau, die neben ihm stand. „Katrin?"

Die Kollegin nickte und ging auf den jungen Mann zu. Seeburg richtete seine Aufmerksamkeit auf Henri und Ina. „Mit Ihnen hatte ich nicht gerechnet, Martensen. Und Sie sind?" Sein nachdenklicher Blick ruhte auf Ina, die ihn nicht beachtete, sondern gebannt auf Bernds Schiff blickte.

„Meine Freundin Ina Malm. Sie ist übrigens die Nachbarin Ihrer Exfrau."

Inas Blick huschte zu Seeburg und wieder zurück zum Boot.

Ina griff nach Henris Hand, als die Notärztin und zwei Sanitäter das Schiff betraten. Das Feuer war gelöscht, aus dem dunkelgrauen Qualm hellgraue Rauchwölkchen geworden. Der Wind hatte leicht gedreht und trieb die Schwaden von ihnen fort. Henri unterdrückte den Hustenreiz und rieb sich die schmerzende Schulter. „Bernd Kampmann ist der Eigner des Schiffs. Er ist ein ehemaliger Klassenkamerad und Zeuge von damals. Ihm war noch einiges von früher eingefallen. Leider war er nicht nüchtern. Ich wollte ihn noch mal befragen. Ina ging ebenfalls mit uns zur Schule, er mochte sie gern. Wir haben gehofft, er würde sich an noch mehr Details erinnern."

Seeburg musterte ihn über die Brille hinweg. „Sie scheinen wirklich jeden zu kennen."

„Das ist Zufall." Henris Blick schweifte über die Menschenmenge, die schweigend das Geschehen verfolgte. Nur der junge Mann mit dem Handy diskutierte lautstark mit der jungen Kriminalbeamtin. Henri erkannte auch den Mann mit dem Foxterrier unter den Zuschauern.

Die Feuerwehrleute halfen den Sanitätern, die Trage vom Schiff zu transportieren. Ina krallte sich an Henris schmerzende Schulter. Er stöhnte auf.

„Er lebt, Henri, sieh doch. Sie haben einen Zugang gelegt, er hängt am Tropf. Das ist doch ein gutes Zeichen?"

Henri zweifelte, sagte aber nichts.

„Wir wissen nicht, ob es Bernd Kampmann ist." Die junge Kollegin von Seeburg, die eben zurückgekehrt war, trat neben sie. Henri wandte sich zu ihr. „Bernd Kampmann ist 45 Jahre alt, zirka 1,75 bis 1,80 Meter groß, kahlköpfig, tätowiert, auch im Gesicht. Schlechter allgemeiner Zustand. Sie finden ihn in den Akten. Einbruchdiebstahl mit Todesfolge, Verstoß gegen das Betäubungsmittelgesetz. Das ist nur eine kleine Auswahl. Er hat auch eingesessen. Soll ich ihn mir ansehen?"

Die Kriminalbeamtin sah ihn mit hochgezogenen Brauen an, wechselte einen Blick mit ihrem Kollegen, zückte ihr Handy und trat ein paar Schritte zur Seite. Seeburg nickte. „Warten Sie hier", sagte er zu Ina und begleitete Henri zum Rettungswagen.

Henri hatte schon viele Tote gesehen. Missbrauchte, geschundene, zu Tode gefolterte Menschen. Aber diesen hier kannte er. Und Bernd lebte. Das machte die Sache fast noch schlimmer. Er hatte bereits elend ausgesehen, als sie sich von ein paar Tagen getroffen hatten. Trotzdem fiel es Henri schwer, in diesem apathischen, von Brandblasen übersäten, rußgeschwärzten menschlichen Wrack Bernd zu erkennen. Henri betrachtete ihn eingehend. „Er ist es. Eindeutig. Wie steht es mit ihm? Wird er durchkommen?"

„Er hat schlechte Karten", sagte die Ärztin kurz. Unmittelbar nachdem Henri den Wagen verlassen hatte, wurde die Tür geschlossen. Mit Blaulicht und Sirene setzte sich der Krankenwagen in Bewegung. Ina stand wieder neben ihm und wandte den Blick vom abfahrenden RTW und folgte Seeburg mit den Augen. „Woher kennst du den Mann?"

Henri klärte Ina darüber auf, dass es sich bei dem Kollegen um Anitas Exmann handelte. Ohne den Blick von Seeburg zu wenden, bemerkte Ina, Anita hatte einen schlechten Tausch gemacht. Dann verfielen beide in Schweigen und beobachteten restlichen Tätigkeiten der Hilfskräfte.

Henris Blicke waren starr auf das kleine Schiff gerichtet. Wieso wurde Bernds Schiff angezündet? Jahrelang lebte Bernd mehr oder weniger friedlich auf dem Wasser und nun, so kurz nach seinem Besuch, stand alles in Flammen? Konnte das ein Zufall sein? Henri betrachtete die umstehenden Menschen, hielt Inas Hand weiterhin in seiner und zog sie mit zu dem Mann mit dem Foxterrier.

„Ich kenne Sie. Sie waren doch neulich bei dem Penner." Der Mann zog den Terrier, der ansetzte Henri zu beschnüffeln, von ihm fort.

Henri überging die beleidigende Äußerung. „Wissen Sie, ob Herr Kampmann heute das Boot verlassen hat?"

Der Mann nahm die Leine in die andere Hand und zog den Hund weiter fort. „Das ist ein Schiff, kein Boot. Kampmann? Heißt der Penner so? Den habe ich heute noch nicht gesehen. Das ist aber nicht ungewöhnlich, der kommt selten vor dem Nachmittag raus."

„Es ist schon Abend", erwiderte Henri. „Trotzdem war er nicht draußen? Sie gehen hier doch oft vorbei, schon wegen des Hundes", fügte er wegen des misstrauischen Blicks des anderen zu. „Haben Sie heute jemanden gesehen, vielleicht einen Besucher oder jemanden, der sich für das Schiff interessiert hat. Eine Person, die hier einfach gestanden hat, die Sie noch nie gesehen haben?"

„Nein, nur Sie neulich. Warum fragen Sie? Sind Sie von der Polizei?"

„Ja. Sagen Sie mir bitte Ihren Namen, falls meine Kollegen noch Fragen haben."

Ungefragt zeigte der Mann Henri seinen Ausweis. „Zuhl, Matthias Zuhl ist mein Name. Ich wohne da drüben auf dem Caravanstellplatz." Er zeigte in eine unbestimmte Richtung. Ina stand neben Henri und sah ihn mit aufgerissenen Augen an, während er die Daten des Hundehalters im Handy notierte.

„Er machte immer einen apathischen Eindruck, wirkte immer irgendwie zugedröhnt, war aber harmlos", sagte Matthias Zuhl. Henri bemerkte, dass sein Gesprächspartner in die Vergangenheitsform übergegangen war. Er sah Henri an. „Nachdem Sie neulich gegangen sind, hat er sogar damit angefangen auszumisten. Er war ewig damit beschäftigt, Flaschen in den Glascontainer zu werfen. Das war ein Gescheppere!" Er deutete vage den Weg entlang. „Er war umringt von einem Pulk von Fliegen. Es sah aus wie ein Heiligenschein." Er lachte kurz auf, bemerkte Inas entsetzten Blick und hüstelte verlegen. „Er hat auch noch andere Sachen weggeschmissen. In den Papiercontainer und in die Mülleimer hat er auch etwas geworfen. Er hat den Müll richtig getrennt", fügte er Ina zugewandt lobend hinzu.

Henri nickte. Nicht, weil er von der Mülltrennung angetan war, sondern weil er den Zeugen richtig eingeschätzt hatte. Der Mann war ein Nachbar, wie man ihn nicht gerne neben sich wohnen hat. Ein Mann, der alles beobachtet, registriert und die Leute danach beurteilt, ob sie den Müll richtig trennen. Henri war aber auch ehrlich zu sich selbst, Bernd Kampmann wäre ihm als Nachbar in dem Bootsliegeplatz auch nicht angenehm gewesen. Trotzdem war der Hundehalter als Zeuge nicht zu unterschätzen.

„Na los, lauf nach Hause Frido." Zuhl löste den Hund von der Leine, der sich sofort mit einem Haken in die Büsche schlug. Der Mann sah ihm seufzend nach. „Er hatte sich mit einer Frau unterhalten. Sie hielt auf dem Parkplatz. Der Penner, ich meine der Herr ... äh und die Frau schienen sich zu kennen."

Henri und Ina wechselten einen Blick.

„Es war nicht seine Freundin?"

„Um Himmels willen nein! Das war eine dicke Schlampe ... ich meine eine korpulente Dame mit blau gefärbten Haaren; die Dame vom Parkplatz dagegen hatte Klasse!"

„Was haben die beiden dann gemacht?"

„Die Frau ist in ihr Auto eingestiegen und weggefahren."

„Wie sah sie aus?"

Zuhl wickelte nachdenklich die Hundeleine um sein Handgelenk. „Schwer zu sagen. So dicht dran war ich auch wieder nicht. Mittelgroß. Schlank. Rote Haare hatte sie. Ja und sie trug eine riesige Sonnenbrille."

„Rot?", entfuhr es Ina.

Henri stieß sie warnend an. Sie verstummte.

„Ja, wieso?"

„Nichts. Und können Sie sich an die Farbe des Wagens erinnern? Oder sogar an das Kennzeichen?"

Der Gefragte kniff die Augen zusammen und starrte in den Himmel. „Nein. An das Kennzeichen erinnere ich mich nicht. Aber es wird etwas Hiesiges gewesen sein. Ein fremdes Nummernschild wäre mir aufgefallen. Die Autofarbe? Nichts Auffälliges. Nichts Rotes oder Gelbes. Die Autos sehen momentan alle gleich aus, finde ich."

„Da kommt Herr Seeburg", flüsterte Ina und krallte sich erneut so stark an Henris Arm, dass der ein Stöhnen unterdrücken musste. Seeburgs Gesichtsausdruck verhieß nichts Gutes. Er zog Henri und Ina so weit zur Seite, bis der Hundehalter dem Gespräch nicht mehr folgen konnte.

„Die Spurensicherung kommt gleich." Er betrachtete Henri. „Was meinen Sie, kann es sich um Suizid handeln?"

Henri schüttelte den Kopf. „Ich hatte jahrelang keinen Kontakt mehr zu ihm und habe nur kurz mit ihm gesprochen. Trotzdem glaube ich nicht an suizidale Absichten. Ich hätte nicht mit ihm tauschen mögen, es ging ihm auch nicht wirklich gut. Dennoch hatte er schon schlimmere Zeiten hinter sich. Er wirkte nicht wie ein Mann, der sterben, sondern wie einer, der leben wollte. Die Kriminaltechnik wird feststellen, dass ein Stück des Schlüssels von außen steckt. Vermutlich ist das Bett der Brandherd. Man hat Bernd sicher betäubt und das Schiff mittels des Bettzeugs oder der Matratze in Brand gesteckt. Dann wurde die Tür von außen zugeschlossen und der Schlüssel abgebrochen. Das dürfte Ihre Selbstmordtheorie entkräften."

Seeburg stieß einen lang gezogenen Pfiff aus.

„Der Herr da drüben, der mit der Hundeleine, hat interessante Beobachtungen gemacht."

„Sie haben ihn vernommen?"

Henri setzte ein harmloses Lächeln auf. „Wie sollte ich, Herr Seeburg? Das ist nicht mein Zuständigkeitsbereich."

Seeburg grinste. „Gucken Sie mal nicht so treuherzig. Sie sind mit allen Wassern gewaschen, oder? Übrigens heiße ich Ilja. Du bist Heinrich, oder?"

Zehn Minuten später hockte Ina weinend und zusammengesunken auf der Bank, auf der Henri einige Tage vorher mit Bernd gesessen hatte.

„Der arme Bernd", schluchzte sie.

Inzwischen waren die Spurensicherung und weitere Streifenwagen eingetroffen. Henri sah zu dem Team hinüber und fühlte sich zur Untätigkeit verdammt.

„Du warst vor einigen Tagen hier?" Henri hatte Ilja Seeburg nicht kommen hören.

„Ja." Er dachte kurz nach. „Ich habe die Türklinke von außen und den Fensterriegel angefasst. Alles andere wird wegen des Brandes unkenntlich sein."

Ina sah mit verweinten Augen aus dem Taschentuch hoch. „Musst du etwa deine Fingerabdrücke abgeben?"

Henri lächelte. „Nein, die sind hinterlegt. Es ist nur besser vorher Bescheid zu geben, um Missverständnisse auszuräumen."

Ina senkte das Gesicht wieder ins Taschentuch. Henri fasste Ina am Ellenbogen. „Komm mit. Wir können hier nichts mehr tun."

Julia und Jan wollten eben Inas Grundstück verlassen, als Henri und Ina auf die Auffahrt bogen. Erschrocken über Inas Aussehen nahm Julia sie in den Arm. „Schatz, was ist mit dir passiert?"

„Du hast rote Haare!"

Irritiert sah Julia über Inas Schulter zu Henri.

„Ich weiß. Das ist doch aber kein Grund zum Weinen! Sag mal Henri, wie siehst du denn aus? Wie ein Schornsteinfeger." Sie schnupperte in seine Richtung. „Du stinkst."

„Julia, warst du bei Bernd in am Wasserwanderrastplatz?"

„Bei wem?"

„Ina, lass Julia in Ruhe."

„Bernds Schiff hat gebrannt. Jemand wollte ihn umbringen. Bei lebendigem Leib." Ina brach erneut in Tränen aus.

„Wer ist Bernd?" Julias Blicke huschten irritiert von Jan zu Henri. „Wieso verbrannt? Das klingt entsetzlich!"

„Meinst du Bernardo?", fragte Jan ungläubig. „Ina, reiß dich mal zusammen, du hast Bernd seit dem Abi nie wiedergesehen. Sein Schiff hat gebrannt? Schrecklich. War er besoffen?"

„Wie kann man nur so gefühllos sein", rügte Julia ihren Bruder scharf. Ungerührt öffnete Jan den Kühlschrank. „Ich habe Hunger Ina, darf ich?"

Ina ließ sich auf die Küchenbank sinken und winkte gleichgültig.

„Das darf doch nicht wahr sein! Du hast Reste ohne Ende von deiner Riesenfeier und nun frisst du Ina den Kühlschrank leer?", fragte Julia empört.

„Ich habe mich mal ein wenig für dich umgehört." Ungerührt hob Jan den Topfdeckel und betrachtete die kalte Tomatensoße. „Ist da kein Fleisch drin?" Er sah neugierig in die Schüssel mit den Spaghetti.

„Man muss nicht immer Fleisch essen, Jan. Bediene dich nur", fügte Ina hicksend hinzu, nachdem Jan sich einen Teller mit Nudeln und Soße gefüllt hatte und ihn in die Mikrowelle schob.

„Ich habe im Geschäft öfter deinen Namen fallen lassen, die von Karsten, Jörg und Palmberg auch." Die Mikrowelle klingelte. Jan holte den Teller aus dem Gerät. „Will noch jemand was? Das reicht für euch alle. Ich glaube, ich habe da was Interessantes für euch."

„Ja und?", fragte Ina mit gerunzelter Stirn.

„Danke." Jan nahm die Gabel entgegen, die Henri ihm entgegenhielt. Er sah Ina an. „Kennst du die Verkäuferin aus der Apotheke am Schuhmarkt?"

„Das heißt PTA, nicht Verkäuferin. Und setz dich beim Essen bitte hin. Du kleckerst meine Küche voll."

„Klein, schlank, langer dunkler Zopf, Anfang vierzig."

Ina, Julia und Jan sahen Henri an.

„Woher kennst du sie?" Ina blickte ihn mit zusammengekniffenen Augen an.

„Ein Idiot hat mir vor ein paar Tagen ein blaues Auge gehauen. Sie hat mir ein Kühlkissen verkauft. Direkt aus dem Eisfach. Eine echte Wohltat."

Jan lachte und hieb die Gabel in die Nudeln. Mandy Ohlendorff sei ihr Name, erzählte er ihnen. Sie sei zusammen mit Jörg und Bernd im Heim aufgewachsen, jedoch deutlich jünger als die beiden. „Du kannst sie besuchen. Sie ist nett und neugierig. Ich habe sehr geheimnisvoll getan." Mit vollem Mund kauend zog Jan einen Zettel aus der Hosentasche. Ina sah über Henris Schulter auf den Wisch. „Das ist nur zwei Straßen weiter", sagte sie. Sein Telefon vibrierte in seiner Hosentasche. Er nickte den anderen zu, trat in den Flur und nahm das Gespräch an.

„Ihr Auto ist fertig, Herr Martensen", hörte er eine triumphierende Stimme. „Wann kommen Sie es abholen?"

Henri warf einen kurzen, schuldbewussten Blick in die Küche. „Heute nicht mehr. Morgen, wenn es Ihnen recht ist."

Der Monteur am anderen Ende schwieg einen Augenblick. „Ich dachte, es wäre so eilig. Aber es ist okay, Chef. Dann bis morgen."

Henri steckte das Handy wieder ein. Heute würde er nicht nach Hause fahren. Das Erlebnis mit Bernds Bootsbrand hatte ihm zugesetzt, in dieser unklaren Situation konnte und wollte er nicht fahren. Außerdem stank ihm sein eigener Geruch nach Rauch, verkohltem Holz, geschmolzenem Plastik und verbranntem Fleisch. Der Wunsch nach einer Dusche wurde übermächtig.

Das heiße Wasser und das schäumende Duschgel hatten den Ruß und den Schweiß von seinem Körper gewaschen. Trotzdem hatte er noch den Gestank nach brennendem Fleisch und Chemikalien in der Nase.

Kapitel 22

Ina hatte kurzfristig mit dem Weinen aufgehört und Henris Hand mit Brandsalbe und die Schulter auf seinen Wunsch hin mit der Pferdesalbe von Ankunftstag eingerieben. „Geiles Zeug", hatte er gesagt. „Davon bekommt man rosarote Träume."

Ina hatte zaghaft geschmunzelt, danach wieder leise geweint. Die Kinder waren überrascht, keine Vorbereitungen für das Abendessen zu finden. Bestürzt sahen sie die verweinte, zusammengesunkene Ina auf der Eckbank sitzen. „Was hast du mit Mama gemacht?", hatte sofort Linns Frage gelautet. Mit wenigen Worten, kurz und sachlich hatte Henri die Situation des Nachmittags erklärt. Er gab ihnen Geld und schickte sie zum Imbiss. Weder er noch Ina waren hungrig. Henri füllte ein Glas mit Saft und stellte es vor sie. „Trink etwas", sagte er sanft, setzte sich neben sie und legte den Arm um ihre Schultern. „Es ist ein schlimmer Tag, Ina."

„Erlebst du so etwa öfter? Wie kannst du das nur aushalten? Warum bist du so ruhig? Du bist kalt wie ein Fisch." Sie brach erneut in Tränen aus.

„Ich erlebe so etwas nicht oft. Wenn ich zu einem Tatort gerufen werde, ist meistens jemand tot."

Sie sah ihn entsetzt an. Sein Handy klingelte erneut. Ilja Seeburg unterrichtete ihn mit knappen Worten von Bernd Kampmanns Tod.

Die Kinder hatten den Abend bei den Nachbarn verbracht. Ina war frühzeitig ins Bett gegangen.

„Kommt, Jungs", sagte er zu den Hunden. Er war noch zu wach, um zu schlafen, seine Schulter und die rechte Handfläche schmerzten. Tausend unruhige Gedanken waberten durch sein Hirn. Wenigstens die heute vernachlässigten Hunde sollten noch etwas Spaß haben. Otto schlug die Richtung zum Schrebergarten ein, aber Henri dirigierte die Hirtenhunde durch die kurze Piepenhägerstraße an die Elde und über die Hohe Brücke. Sobald die Wolken den Mond freigaben, sah er die vertraute Silhouette mit den beiden Kirchtürmen der Georgen- und der Marienkirche. Er blickte sich um. Im Westen türmten sich dicke Schwaden auf. Dort war der Himmel nachtschwarz. Die Luft roch schwer. „Es wird noch Regen geben", erklärte er den Hunden. „Das wird auch mal Zeit, was meint ihr? Lasst uns zurückgehen."

Lange lag er wach auf der Couch. Seine Hände waren am Hinterkopf verschränkt. Die Wolken hatten sich endgültig vor den Mond geschoben. Seine Augen hatten sich an die Dunkelheit gewöhnt. Es war trotz der geöffneten Fenster drückend warm im Zimmer. Die Vorhänge blähten sich auf und fielen wieder in sich zusammen. Es war erst halb eins in der Nacht, teilte ihm sein Blick auf das Handy mit. Hellwach starrte er an die Zimmerdecke. Er atmete die stickige Luft ein und aus. An Schlaf war nicht zu denken. Nachdem er die Decke von sich geworfen hatte, schlüpfte er in Shorts und T-Shirt und zog sich die Laufschuhe an. Er öffnete die Terrassentür, ließ die Hunde in den Garten und schob die Tür behutsam wieder zu. Mit dem schlechten Gewissen eines Gasts und Polizisten, eine Tür in einem fremden Haus nachts offen zu lassen, ging er hinaus. „Passt schön auf, ihr seid Hütehunde", schärfte er den Tieren ein und musste selbst darüber lächeln. Leise schloss er die Gartenpforte und setzte sich in Bewegung. Er wollte nur kurz um den Block laufen, um seine Gedanken zu sortieren. Ohne darüber nachzudenken, verfiel er in ein gemächliches Jogging-Tempo. Er lief durch die sanft beleuchtete Innenstadt den Brook hinauf über den Wiesenweg und fand sich nach kurzer Zeit am dunklen Wockersee wieder. In den unruhig gekräuselten Wellen brach sich das Mondlicht, eine Brise wehte über den See. Es fing an zu nieseln. Henri breitete die Arme aus und unterdrückte den Impuls zu schreien. Alles wollte er aus sich herausbrüllen. Das Verschwinden der Freunde, Katjes Krankheit, die verlorenen Jahre ohne Ina und Lasse, den Bootsbrand, Bernds gewaltsamen Tod, Rückschläge auf ganzer Linie. Was hatte er durch sein Erscheinen hier nur ausgelöst? Dennoch. Das Böse war die ganzen Jahre präsent gewesen. Es hatte unter der Oberfläche gegoren und gebrodelt und war durch ihn zum Vorschein gekommen. Er atmete tief durch und sah sich um. Es war niemand zu sehen. In der Ferne hörte er den Gesang von zwei angetrunkenen Männern. Der Nieselregen schwoll zu einem stärkeren Niederschlag an. „Mecklenburger Landregen" hatte seine Oma dieses Wetter immer genannt. Ruhig kickte er die Schuhe von den Füßen und zog sich komplett aus. Die Kleidung legte er hinter den Stamm einer ausladenden Trauerweide. Völlig nackt stieg er in den sommerwarmen See. Seine Zehen sackten in den schlammigen Untergrund. Er hatte vergessen, wie sich Morast und Schlick eines Natursees unter den Füßen anfühlten. Nach einigen Schritten war er hüfttief im Wasser und warf sich hinein in das vertraute Gewässer. Er fühlte sich aufgenommen wie von einem guten, alten Freund. Der Mond wurde von Wolken verdeckt. Henri orientierte sich an den Straßenlaternen, die ihm die Silhouette der Trauerweide andeuteten. Mit schnellen ruhigen Zügen kraulte er bis zur Mitte des Sees und mit gesteigertem Tempo wieder zurück. Seine schmerzende Schulter versuchte er zu ignorieren, der verbrannten Hand tat das Wasser gut. Keuchend stieg er aus dem See. Es regnete in Strömen. Zum Glück lagen seine Sachen noch unter der Weide, deren schützendes Blätterdach dem Regen noch standhielt. Notdürftig trocknete er sich mit seinem T-Shirt ab. Durch das Laufen und Schwimmen war sein Frust- und Stresspegel gesunken. Er würde alles schaffen, schon deshalb, weil es keine andere Option für ihn gab. Aufgeben stand nicht zur Debatte. Die Probleme musste er einzeln lösen. Er setzte sich in einen gemächlichen

Trab und lief durch die ruhigen, nass glänzenden Straßen. Der eintönige Rhythmus seines Laufs, die Nachtruhe und das gleichmäßige Geräusch seiner Füße auf dem Asphalt beruhigten seine Nerven. Der Regenguss hatte ebenso abrupt geendet, wie er begonnen hatte. Die von seinem nassen Körper und dem Regen durchgeweichte Kleidung klebte an ihm. Eine Wechseldusche, dann auf die Couch. Vielleicht würde sich sein müder Körper auf den wachen Geist auswirken und ihn schlafen lassen. Er öffnete die Pforte und hoffte auf eine Begrüßung der Hunde, die weder die Familie noch die Nachbarn weckte. Otto und Fiete schnarchten leise unter der Markise. Henri lächelte. Behutsam schob er die Terrassentür auf und schlüpfte in Begleitung der gähnenden Hunde ins Haus.

Kapitel 23

Dienstag, 14.08.2018

Ina bemerkte, wie Henri die Konfitüren anstarrte.

„Magst du die Sorten nicht? Ich glaube, ich habe noch Johannisbeere und Pflaume im Keller."

Henri nahm das Glas mit selbstgemachtem Quittengelee in die Hand. „Ich esse gar keine Marmelade. Ist das Apfel- oder Birnenquitte?"

Ina wollte ihr Brötchen zum Mund führen, legte es aber wieder ab. „Macht das einen Unterschied? Keine Ahnung. Das ist von den Bäumen im Garten. Meine Freundin Petra hat das Gelee gemacht. Soll ich sie fragen?" Inas Stimme war leicht verunsichert.

Henri nahm den Blick vom Glas. „Ich rede Unsinn. Natürlich ist das egal."

„Wie habt ihr euch eigentlich kennen gelernt?" Metkes Augen huschten zwischen Henri und Ina hin und her.

„Wir kannten uns schon immer." Henri lächelte Ina an.

„Blödsinn. Ihr wisst doch, dass eure Urgroßmutter, Oma Tilly, nach dem Tod meiner Mutter unseren Haushalt geführt hatte?" Sie fuhr fort, da alle nickten. „Ich saß also zufrieden in meiner Sandkiste und habe schön gespielt, da hat Oma Tilly plötzlich einen pummeligen Blondschopf zu mir in den Sandkasten gesetzt und gesagt: ‚Ina, das ist der Hinnerk. Mit dem spielst du jetzt schön.' Zu Henri sagte sie: ‚Sei lieb zu Ina.'"

„War ich auch", er grinste sie anzüglich an, „ich war immer besonders lieb zu dir. Aua", fügte er hinzu, als sie ihn unter dem Tisch trat. Strafend sah sie ihn an. „Er hat mir mein Schippchen und meine Backförmchen weggenommen. Meinen Eimer durfte ich behalten. Immerzu musste ich Wasser holen. Das fand ich doof. Ihn fand ich auch doof. Alleine hatte es mehr Spaß gemacht."

Er lachte vergnügt. „Schön gespielt? Du hast dich entsetzlich gelangweilt! Du hast da alleine gesessen und mit Backförmchen Kuchen gebacken wie eine Dreijährige." Er sah Linnea und Oscar an. „Wir waren sechs Jahre alt und eure Mutter konnte nicht mal eine anständige Sandburg bauen. Das musste ich ihr zeigen. So richtig mit Türmchen, Zinnen, Schießscharten und Wassergraben. Für den Wassergraben benötigt man Wasser. Und dafür war sie zuständig."

„Du kannst dich erinnern?"

„Klar. Du doch auch. Du fandst mich doof? Das trifft mich tief. Mir jedenfalls gefiel das kleine Mädchen mit der blauen Latzhose und dem gestreiften Pullover auf Anhieb. Du hattest blonde Rattenschwänze und hast so einsam mit den albernen Formen gespielt."

Beide sahen sich an. Seine Lachfältchen an den Augen vertieften sich. Sie hielt seinem Blick stand. „Am nächsten Tag war er wieder da. Ehrlich gesagt, war ich froh, es stimmt, ich war einsam und habe meist allein gespielt."

Sein Lächeln verschwand. „Meine Mutter war berufstätig. Es war in der DDR normal, ein Hortkind zu sein. Ina, obwohl auch im Arbeiter- und Bauernstaat aufgewachsen, war nie in einer Horteinrichtung gewesen. Es muss ein Wochenende gewesen sein. Meine Mutter hatte bestimmt mal wieder einen neuen Liebhaber und wollte mich loswerden. Oder sie war auf Sauftour." Er zuckte mit den Schultern. „Da war dieser kleine blonde Engel mit dem tollen Sandkasten ein Geschenk des Himmels." Die Kinder sahen ihn berührt an.

„Am nächsten Tag stand er wieder da", wiederholte Ina. „Mit einer kleinen Schaufel und einem Eimer. Er sagte: ‚Ina, heute darfst du bauen und ich hole Wasser.' Von da ab hatte ich mich immer gefreut, ihn zu sehen."

„Ich habe dich immer glühend beneidet. Du hattest die Villa, ein gutes Zuhause, eine Sandkiste und sogar ein Pony. Und meine Oma."

Kurz darauf hängte Ina Wäsche im Garten auf und beobachtete dabei Henri, der ein paar Meter entfernt von ihr unter dem Apfelbaum saß. Stirnrunzelnd blätterte er durch sein Notizbuch. Er sieht so erwachsen aus, dachte sie und schalt sich eine Idiotin. Wie sollte ein Mittvierziger auch sonst aussehen? Er sah auf und lächelte sie an.

„Wie kommst du voran?"

Er wiegte den Kopf. „Die Kollegen vom Betrugsdezernat haben sich gemeldet. Tatsächlich ist 1991 und Anfang 1992 ein Betrug aktenkundig geworden. Im September 1991 gab es eine Anzeige." Henri legte sein Notizbuch zur Seite. „Und jetzt rate mal, wer sie damals erstattet hat?" Erwartungsvoll sah er sie an.

Ratlos schüttelte sie den Kopf. „Wer?"

Henri lehnte sich zurück. „Kilian Allwörn."

„Der Lehrer? Wen hat er angezeigt?"

„Es gab eine Anzeige gegen unbekannt." Er beugte sich vor und sah sie aufmerksam an.

Ina kaute nachdenklich auf der Unterlippe. Nach einigen Augenblicken sagte sie langsam: „Ist das nicht unlogisch? Gegen unbekannt? Ich weiß doch, wem ich Geld gebe, oder? Ich gebe mein sauer Erspartes nicht an einen Menschen, dessen Namen ich nicht kenne!"

„Bravo, Ina! Was folgerst du daraus?"

Sie musterte ihn. Seine Lachfalten vertieften sich. Sie spürte ihr Herz klopfen und räusperte sich. „Er wollte keine Namen nennen. Vermutlich, weil es keinen Sinn machte."

Er nickte anerkennend. „Allwörn wollte Palmberg nicht anzeigen. Es wäre sinnlos gewesen, da er schon tot war. Er konnte nur noch hoffen, dass die Drahtzieher gefasst wurden."

„Wurden sie gefasst?"

„Nein. Es gab keine weiteren Anzeigen. Ich glaube, es gab noch nicht viele Geschädigte. Es gibt keinen weiteren Hinweis auf Ponzi. Wenn die Palmbergs den Begriff nicht am Telefon gehört hätten, wäre nie etwas bekannt geworden. Ein einziger Fall. Stand der Betrug erst am Anfang? War Palmberg der Initiator? Oder hat sich sonst niemand zu einer Anzeige durchringen können?"

„Kann der Fall nicht wieder aufgenommen werden? Von Kripobeamten, die …", Ina suchte nach Worten.

„… etwas von ihrem Handwerk verstehen?" Henri nahm die Brille ab und rieb sich die Nasenwurzel. Eine Geste, die Ina schon von ihm kannte.

„So meinte ich das nicht."

„Ich weiß. Ich habe keinen Ermittlungsauftrag. Wenn Julia und Seeburg mir keinen Einblick in die Akten gegeben hätten, wüsste ich noch weniger. Und die Zeugen von damals haben getrübte Erinnerungen oder lügen."

„Gibt es nicht neuerdings so was wie in den USA? So Cold case mäßig?"

Henri lachte. „Das gab es schon immer. Auch hier in Deutschland. Da hieß es nur schlicht Altfall-Bearbeitung. Das klingt natürlich nicht so spektakulär. So oder so, wir müssen morgen nach Hause fahren, Ina. Übermorgen fängt die Schule wieder an. Ich werde aber an dem Fall dranbleiben. Verdammt, das muss doch zu lösen sein!"

„Mitten in der Woche beginnt die Schule?"

„In Hamburg ist der Schulbeginn nach den großen Ferien immer donnerstags. Frag mich nicht, warum. Ich muss auch wieder arbeiten. Ich habe noch nie so lange zusammenhängend Urlaub gemacht wie in diesem Jahr." Er stand auf und reckte sich. „Jetzt werde ich dem guten Allwörn noch mal auf den Zahn fühlen."

„Dann lass dich nicht wieder von ihm abfüllen."

„In vino veritas, meine liebe Ina."

Sie schmunzelte und erhob sich, als sie ein Klingeln hörte. „Das sind Fräulein Flauschig und Wolfgang Amadeus."

„Wer sind die?" Henris Mund stand leicht offen. Sein Kopf war zur Seite geneigt.

„Die alten Herrschaften wohnen drei Häuser weiter." Sie ging zu ihrer Praxistür, gefolgt von dem neugierigen Henri, und öffnete sie für einen älteren Herrn, der zwei fauchende Perserkatzen in einem Transportkorb in den Händen trug.

„Ich habe Amelies Fahrrad hinten angeschlossen. Mit Dank zurück."

Jan wischte sich die Hände in einem Handtuch ab.

„Keine Ursache. Das Mädchen ist fast nur noch mit dem Auto unterwegs." Er sah seinen Freund an. „Das ist wie früher. Du kommst einfach von hinten in den Laden."

„Bekomme ich eine Wurst?"

„Klar." Jan angelte ein Würstchen aus der Theke und reichte es ihm.

Er öffnete die Tür in den Hof und blinzelte in die Sonne. „Wir haben uns doch über Betrügereien unterhalten. Mir ist etwas eingefallen. Du solltest mit meiner Mutter sprechen. Da war etwas. Komm mit."

„Mit deiner Mutter?"

Überraschend wendig zog der massige Mann den überrumpelten Freund am Ärmel und dirigierte ihn die Treppe hinauf.

„Mama?"

Anne Hartmann war eben vom Einkaufen zurückgekommen. Sie packte in der Küche ihre Einkaufstaschen aus. Erfreut und überrascht umarmte sie die beiden Männer. Henris Blick schweifte über den Tisch mit Kartoffeln, Wurzeln, Sellerie, Petersilienwurzeln, Kohlrabi und Bohnen.

„Gemüsesuppe."

Anne Hartmann lachte auf. „Ja, Hinnerk. Du hast schon immer gern gegessen, stimmt's? Ganz wie mein Jan." Sie puffte ihren Sohn an den Bauch. „Wie komme ich zu der Ehre?"

Jan sah stirnrunzelnd auf den beladenen Tisch. „Sag mal, hast du alles zu Fuß herangeschleppt? Wie oft habe ich gesagt, schreib einen Zettel und wir holen es für dich?"

Anne ignorierte es. „Was kann ich für euch tun? Möchtet ihr was trinken?" Beide schüttelten den Kopf.

Jan seufzte auf. „Mama, kannst du dich daran erinnern, als Papa gesagt hat, er würde in ein Projekt investieren? Das war zu der Zeit, als wir das Abitur geschrieben haben. Ihr hattet tagelang gestritten."

Anne Hartmann ließ sich langsam auf einen Stuhl sinken. „Gestritten? Papa und ich? Wir haben nie gestritten."

„Ja, klar, es war immer eitel Harmonie im Haus! Wie oft habt ihr euch gezofft! Und in diesem Fall habt ihr euch gefetzt wie die Kesselflicker. Ich kann gerne Julia dazuholen, die kann sich bestimmt auch erinnern." Er stemmte die Hände in die Hüften und sah auf seine Mutter hinunter. Die nahm einen Kohlrabi in die Hand und betrachtete ihn.

„Tja. Um ehrlich zu sein, da waren mehrere Pläne, in die dein Vater investieren wollte. Er war immer so begeisterungsfähig und leichtgläubig. Zum Glück habe ich unsere Finanzen geführt. Sonst hätte es duster für uns ausgesehen. Da war diese Immobiliensache in Leipzig. Da wollte er auch investieren. Irgendein prominenter Sänger hatte da sein ganzes Geld reingesteckt und war später pleitegegangen. Zum Glück konnte ich es abwenden, dass er investiert. Die Sache mit den Telefon-Aktien konnte ich auch vermeiden, da hatte ein Schauspieler für geworben. Wie hieß der noch? Der spielte einen Kommissar, so einer wie du es bist." Anne Hartmann lächelte Henri an. Dann musterte sie wieder stirnrunzelnd den Kohlrabi und brach nachdenklich die Stiele ab. „Ihr meint aber 1991? Fünftausend D-Mark wollte

Papa investieren. Fünftausend! So viel hatten wir nicht! Er wollte tatsächlich einen Kredit aufnehmen. Das kam gar nicht in Frage! Das Geld, das wir hatten, wollten wir in die Renovierung des Geschäfts stecken. Ich wollte eine neue, moderne Kühltruhe und einen neuen Tresen haben! Außerdem brauchten wir Geld für Jans Studentenbude in Berlin. Da war kein Geld übrig, schon gar keine fünftausend Mark." Sie legte den Kohlrabi zurück auf den Tisch. Henri setzte sich ebenfalls. Der erdige Geruch des Gemüses drang in seine Nase.

„Wofür brauchte er das Geld?"

Sie sah ihn an. „So genau konnte oder wollte er das nicht sagen. Er redete nur von Investition, Dividende, Profit. Das war mir zu windig."

„Wem wollte er das Geld geben?"

„Einem prominenten Mitglied der Stadt. Wir sind nicht Las Vegas, oder?" Sie lachte kurz auf. „Tut mir leid, Jungs, mehr weiß ich nicht. Ich bin heilfroh, dass ich deinen Vater noch zur Vernunft bringen konnte. Hätte ich geahnt, wie oft das noch der Fall sein würde!" Sie schüttelte den Kopf. Mit einem zärtlichen Lächeln sah sie zu ihrem Sohn auf. „Dein Vater war ein toller Mann. Er konnte nur nicht mit Geld umgehen. Zum Glück schlägst du aber in der Beziehung nach mir."

„Jaja, ich sitze auf meinem Geldsack", brummte Jan. Aus dem unteren Stockwerk rief Doreen nach ihm.

„Der Laden läuft, die Chefin ruft. Tschüss, mein Alter!" Jan schlug Henri auf die Schulter und eilte nach unten. Henri blieb sitzen.

„Was war für ihn ein prominenter Mitbürger? Kannst du dir vorstellen, wen er gemeint haben könnte?"

„Ich habe wirklich keine Ahnung, wen er meinte, Namen sind nie gefallen. Er hatte zu große Angst, dass ich bei dem Kerl auftauchen und ihn rundmachen würde. Hans kannte alle und jeden. Das muss man auch, weißt du? Schützenverein, Jäger,

Kegelverein, überall hat er mitgemischt. Das hielt er für wichtig." Henri stand auf. „Das ist immer noch so. Heute nennt man es Networking. Netzwerken. Wann ist dein Mann eigentlich gestorben?"

Sie erhob sich mühsam. „2012. Das Herz." Sie drückte Henri an sich. „Sehe ich dich wieder?"

Er erwiderte den Druck „Ich verspreche es. Bitte bestelle Grüße an Jan und Doreen. Und das Fahrrad brauche ich doch noch mal."

Kilian Allwörn öffnete die Tür mit einem überraschten und erfreuten Gesichtsausdruck. Mit einer schwungvollen Bewegung forderte er Henri zum Eintreten auf und wedelte ihn zum Balkon durch.

„Meine Frau ist wieder da. Sie findet bestimmt, dass es um zehn Uhr morgens zu früh für Rotwein ist." Seine Stimme klang leise und verschmitzt.

Henri lachte. „Keine Sorge, Herr Allwörn. Ich bin nicht zum Frühschoppen hier." Sein Blick blieb am Fensterbrett hängen. Mehrere prachtvolle Orchideen in mehreren Farben boten ein buntes Farbspiel. Die schlaffe Zimmerlinde war nicht mehr am Platz. Frau Allwörn trat ein, wurde vorgestellt und verließ mit einem letzten neugierigen Blick auf Henri den Raum.

„Sie waren nicht ganz aufrichtig zu mir, Herr Allwörn", sagte Henri, während er auf dem Balkonstuhl Platz nahm.

Allwörn war im Begriff einen Sonnenschirm zu öffnen und stutze in der Bewegung. „Ich war nicht ehrlich?" Er rastete den Schirm ein und nahm Platz.

Henri beugte sich ein wenig vor. „Zumindest haben Sie etwas Wichtiges unter den Tisch fallen lassen. Ich meine damit die Anzeige gegen unbekannt wegen des Betrugs. Wir wissen beide, dass Sie Palmberg das Geld gegeben haben."

Allwörn stieß einen langen Seufzer aus. „Ach, die alte Sache. Sie wissen Bescheid?"

Henri nickte. „Da braucht man nur zwei und zwei zusammenzählen. Wie hat er es geschafft, Ihnen sechstausend Mark aus den Rippen zu leiern?"

Allwörn räusperte sich. „Sie sind gut informiert." Er strich mit einer behutsamen Bewegung unsichtbare Krümel von der Fransentischdecke. „Profitgier, Herr Martensen, reine Profitgier. Und blindes Vertrauen. Ich mochte Palmberg. Er hatte mir davon vorgeschwärmt, was er seiner Frau und dem Kind alles bieten wollte. Ein eigenes Haus, ein West-Auto, Reisen ins kapitalistische Ausland …" Er unterbrach sich selbst und lachte verlegen auf. „Das alte Vokabular war noch nicht aus den Köpfen und dem Wortschatz verschwunden. Ich gab ihm das Geld im Mai. Kurz darauf starb er. Natürlich habe ich nicht einen Pfennig wiedergesehen."

„Sie sind nicht an seine Witwe rangetreten?"

Der alte Studienrat schüttelte den Kopf. „Ich wusste von ihm, dass seine Frau nicht eingeweiht war. Frau Palmberg war doch selbst ahnungslos. Ich habe mich geschämt und die Sache als Lehrgeld abgeschrieben. Das Auto, für das der Betrag bestimmt war, konnte ich erst im folgenden Jahr kaufen." Allwörn sah auf die Tischdecke und begann, die Fransen zu flechten. Aus dem Hausinneren hörten sie Geschirrklappern.

Henri sah über die Brüstung auf die gegenüberliegenden Häuser. „Nicht viele Menschen hätten den Anstand gehabt, das Geld in den Wind zu schreiben. Frau Palmberg weiß erst von mir durch den Ponzi-Betrug. Deshalb sind entweder alle betrogenen Parchimer so anständig wie Sie oder, was ich eher vermute, Palmberg hatte nur Sie angeworben."

Allwörn ließ den Fransenzopf aus den Fingern gleiten. „Dann bekomme ich wohl den ersten Preis für den größten Idioten der Stadt. Ponzi, sagten Sie?"

„Das System wurde nach Charles Ponzi benannt, einem Betrüger ersten Ranges. Warum die Anzeige gegen unbekannt?"

Der Lehrer nahm den Zopf wieder in die Hand und dröselte ihn auf. „Ich wollte die Polizei sensibilisieren und auf die Betrüger aufmerksam machen. Das mit dem unbekannten Betrüger hat mir niemand abgenommen." Er seufzte. „Weitaus schlimmer war es, meiner Frau alles zu beichten."

„Das kann ich mir denken." Henri sah auf die Straße. Eine Gruppe Kinder radelte am Haus vorbei. Auf den Gepäckträgern sah er Handtücher und Badetaschen. Seine Gedanken schweiften für einige Sekunden zu seinen Kindern ab, die sich wohl am See befanden. Er stand auf und verabschiedete sich herzlich von seinem ehemaligen Lehrer,

„Die Einladung zu einem Glas Wein gilt noch immer, vorausgesetzt, Sie nehmen es mir altem Esel nicht übel, ein wenig geflunkert zu haben."

Henri nahm die ausgestreckte Rechte des Lehrers und schüttelte sie.

Vor dem Haus überlegte er einen Moment und nahm sein Handy zur Hand. Bei Google gab er die Schlagworte „Biernath" und „Catering" ein. Sofort erschien eine Seite, die ein Cateringunternehmen für Schulen, Kindergärten und Mittagstisch für Firmen bewarb. Der Sitz der Firma befand sich in der Lübzer Chaussee, kurz hinter dem Neuen Friedhof. Kurz entschlossen radelte er los.

Kapitel 24

„Du?", fragte Svetlana gedehnt, als er die Hintertür geöffnet und an den Türrahmen geklopft hatte. Er erkannte sie nicht auf Anhieb, was der weißen Schürze und dem Haarnetz geschuldet war.

„Ja, ich. Hast du ein paar Minuten Zeit für mich?" Ohne Aufforderung trat er in die Großküche. Es roch appetitlich nach Tomatensoße. Auf einigen Herden standen riesige Töpfe, aus denen heißer Dampf entwich. Henri brach sofort der Schweiß aus. Svetlana sah ihn ablehnend an, kein Wunder, hatte er ihr doch gestern ein paar Wahrheiten zu verstehen gegeben. Mit Sicherheit hatte sie kein Bedürfnis, erneut von ihm kritisiert zu werden. Zwei Männer im Hintergrund, ebenfalls mit Kittel und Haarnetz bekleidet, hoben die Köpfe. Der Größere kam auf Henri zu. „Svea, wer ist das?"

„Das ist der Mann von Jans Party. Hinnerk Puvogel, ich habe dir von ihm erzählt."

Svetlanas Mann trat dichter heran. Er war ein breiter hünenhafter Mann, einen Kopf größer als Henri und hielt ein Gemüsemesser in der Hand.

„Sie haben meine Frau eine Petze und Denunziantin genannt?"

Henri bereute, nicht einfach angerufen zu haben. Es war keine gute Idee gewesen hierher zu kommen.

„Ja", sagte er fest. „Das habe ich."

Der Mann warf den Kopf in den Nacken und lachte dröhnend. „Da hat er es dir aber gegeben, Svea. Was für ein Glück, dass ich dich damals noch nicht kannte. Du musst wirklich ein Ekelpaket gewesen sein." Immer noch lachend legte er das Messer auf den Tisch. „Ich gebe Ihnen nicht die Hand", er hob die behandschuhte Rechte. „Bodo Biernath."

„Ich falle gleich mit der Tür ins Haus. Du hast vorgestern etwas gesagt, über das ich nachdenken musste. Deine Eltern haben Geld verloren, sagtest du. Weißt du etwas darüber?"

„Warum interessiert dich das?"

Henri erklärte ihr, wer er war und warum er die Fragen stellte. Svetlana sah ihn überrascht an und blickte dann auf den Fußboden. „An diese alten Dinge sollte man nicht mehr rühren, finde ich."

„Finde ich doch", sagte ihr Mann. „Aber beeile dich bitte, wir müssen ausliefern!" Er nickte Henri freundlich zu und begann damit, Speisen in große silberne Behälter zu füllen.

„Mein Vater hatte zehntausend Mark, West-Mark, fehlinvestiert, wenn ich es so nennen darf." Mit einem verlegenen Grinsen sah sie ihn an. Henri pfiff durch die Zähne.

„Zehntausend Mark?" Svetlanas Vater war ein einfacher Polizist gewesen, ein unbeliebter Kerl, Marke harter Hund. Ein Parteibonze, wie er im Buche stand. Woher hatte er so viel Geld?

Bevor er die Frage laut aussprechen konnte, sagte sie: „Mein Vater hat Parteigelder entwendet. Er hat Stein und Bein geschworen, das Geld zurückzahlen zu wollen, aber das hat ihm niemand geglaubt. Er wollte den Profit einstreichen und neu investieren." Sie seufzte und ein paar Tränen rollten über die Wangen. „Mein Vater war ein Idiot! Es war doch zu der Zeit klar, dass mit der SED alles den Bach runtergehen wird. Er war politisch tot in der wiedervereinigten Republik. Ende 91 hat er sich das Leben genommen. In Berlin hat er sich von einer Brücke vor einen Zug geworfen." Sie weinte jetzt. „Meine Mutter, meine Schwestern und ich sind dann nach Magdeburg gegangen. Da habe ich dann eine Ausbildung zur Köchin gemacht."

Bodo Biernath war wieder herangetreten, zog seine Handschuhe ab und nahm seine Frau in den Arm.

„Du kannst nichts dafür, Svea. Wie oft soll ich dir das noch sagen?!"

„Chef? Wir müssen!", rief eine Stimme.

Biernath küsste seine Frau auf den Scheitel und ging nach hinten.

Svetlana sah ihm nach und wischte sich die Tränen mit dem Ärmel fort. „Wir haben uns in Dresden kennengelernt. Wir haben im gleichen Traditionshotel gearbeitet." Sie lächelte nun. „Er war der Sous-Chef und hat mich regelmäßig zur Minna gemacht. Dass wir ausgerechnet hier wieder gelandet sind, war ein Zufall. Ich meide ein wenig die Kontakte von früher. Ich wollte gar nicht zur Party von den Hartmanns, aber Bodo meinte …" Sie nestelte ein Taschentuch aus der Kitteltasche und putzte sich die Nase.

Henri nickte. Sie war lieber die schwarzhaarige Köchin Svea Biernath als Papis Liebling, die blonde Svetlana Dreyer mit deren trauriger Familiengeschichte.

„Weißt du, wer deinen Vater um das Geld gebracht hatte?", fragte Henri und rechnete schon fast mit dem üblichen Nein.

Sie steckte das Tuch zurück in die Tasche und sah ihn mit großen Augen an. „Natürlich weiß ich das! Du kennst ihn auch! Es war Doktor Lürßmann!"

Henri fühlte sich wie vor den Kopf geschlagen. Lürßmann und Palmberg hatten gemeinsame Sache gemacht! Wie betäubt radelte er den Weg zurück und dachte nach. In seinem Kopf liefen mehrere Filme ab. Lürßmann und Palmberg als gemeinsame Drahtzieher bei einem Betrug. Ein Arzt und ein Lehrer. Bedeutete Palmbergs Tod das Ende des Betrugs? Wollte oder konnte Lürßmann nicht allein weitermachen? Tief in Gedanken versunken ging er die Straßen entlang zu Inas Haus. Dort empfingen ihn Stille und eine Nachricht von Ina.

Henry, du musst nicht immer kochen. Wir müssten noch einige Pizzas in der Kühltruhe haben. Wenn ihr wollt, könnt ihr sie aufbacken. Ina.

Belustigt betrachtete Henri die Nachricht. Inas verschnörkelte Handschrift aus Schulzeiten war einer klaren Schreibweise gewichen. Er war nicht der erste Leser. Das Y in Henry war durchgestrichen und durch ein I ersetzt worden. Darunter erkannte er Metkes Schrift. „Ich nehme Salami oder was mit Huhn. KEIN BROKKOLI!!!"

Weitere Botschaften in verschiedenen Handschriften entzifferte er als: „Keine Ananas", „Salami!", „doch Ananas", „Brokkoli ist eklig", „Mama liebt Pilze", „Igitt" und „Thunfisch geht auch". Das Letztere stammte wieder von Metke.

Er öffnete die Kühltruhe. Durcheinander lagen dort mehrere schlampig eingepackte Pakete, die nicht richtig geschlossen waren. Bei den meisten fehlte die Beschriftung. „Gefrierbrand lässt grüßen", murmelte er in die dunstige Kälte. Ein buntes Päckchen weckte sein Interesse. Vorsichtig zog er den Inhalt heraus. Er hielt das Überbleibsel eines Geburtstagskuchens in den Händen. Die Fragmente „SCA" und der Rest einer Zahl, vermutlich einer 8, waren erkennbar. Überrascht wickelte Henri den Kuchen wieder ordentlich ein. Oscar war doch elf, so wie Jesper? Dann sortierte er die wild in die Truhe geworfenen Pizzapackungen. Die Wünsche der Kinder waren zu erfüllen. Dreimal Salami, je zweimal Margherita und Funghi und einmal Greek Style. Diese Verpackung war mit einem Preisausschreiben versehen. Henri betrachtete stirnrunzelnd das Teilnahmedatum. Sein Blick wanderte zwischen dem Geburtstagskuchen und der Pizza hin und her. Misstrauisch geworden, prüfte er das Mindesthaltbarkeitsdatum. Er entnahm der Kühlung sämtliche Pizzakartons und warf sie in die Mülltonne. In der Küche und der Speisekammer untersuchte er die Vorräte. Die Familie schien hauptsächlich von Fertigjoghurts und Nudeln in allen Variationen zu leben. Henri fand die Reste vom Grillen, Jans Aufschnittplatte und das Gemüse, das er selbst besorgt, aber nicht verarbeitet hatte. Gut. Also Pizza.

Überrascht musterte Ina die beiden Backbleche mit Pizza. „Habt ihr doch welche gekauft? Ich habe doch geschrieben, dass wir noch genug in der Kühltruhe haben."

„Die hat Papa selbst gemacht."

Ina sah Jesper an, dann Henri.

„Wie alt bist du, Oscar?", fragte Henri, ohne den heiteren Blick von ihr zu nehmen.

„Elf, warum?"

Henris Grinsen wurde breiter. Er rückte dichter an Ina heran, damit die Kinder nicht zuhören konnten. „Ich habe da was gefunden, was mich veranlasste, die Haltbarkeitsdaten der Pizzen zu prüfen. Ich verschwende ungerne Lebensmittel, aber drei Jahre drüber sind ein bisschen zu viel. Ich frage mich ernsthaft, ob du die Kühltruhe schon gefüllt gekauft hast. Der Kuchen zu Oscars achtem Geburtstag ist auch noch da. Ich habe ihn dringelassen, vielleicht ist das ja so ein schwedischer Brauch."

„Oh, Gott, du musst mich für eine Schlampe halten."

„Es gibt Schlimmeres", antwortete er und kehrte zu seinen Blechen zurück. „Also wie war das? Alle lieben Brokkoli?"

„Kann man dich als Koch einstellen?", fragte Linnea.

Henri lächelte. „Ich habe Urlaub und muss mich ja in irgendeiner Form als nützlich erweisen, wenn wir schon bei euch wohnen dürfen. Außerdem ist Pizza eine schnelle Resteverwertung. Der Teig ist schnell gemacht, wir hatten noch Gemüse und das Grillfleisch. Ich habe nur noch Hefe, ein paar Champignons für die Dame des Hauses und etwas Käse besorgt. Fertig."

„Woher weißt du, dass ich Pilze mag?"

Henri reichte ihr den Zettel. Ina lachte und strich das Papier glatt. „Du schreibst dich mit I?"

Er zuckte die Achseln. „Das kommt von meinen 18 Monaten in Australien. Heinrich ist ein Scheiß-Name, hier wie dort. Einer hat da Henry draus gemacht, es gab da mehrere, ich habe ein I angehängt, dann konnte man das wenigstens schriftlich unterscheiden. So ist es dann geblieben."

Ina kaute genüsslich an dem für sie mit Pilzen bedeckten Stück. „Wovon lebt ihr eigentlich, wenn ich nicht für euch koche?"

„Nudeln. Joghurt. Cornflakes. Pommes. Ganz normal", antwortete Linnea.

„In Schweden gibt es mehr Ganztagsschulen. Da haben die Kinder erst im Kindergarten und dann in der Schule gegessen. Torben hat im Krankenhaus gegessen und ich, so wie es passte. Seitdem wir hier sind, wursteln wir uns so durch." Ina legte das Pizzastück auf den Teller.

Henri schmunzelte. „Es gibt Wichtigeres."

Sie lächelte ihn an und biss erneut von der Pizza ab. „Was hast du heute noch vor? Ich meine abgesehen von der Speiseplanung für morgen?"

„Morgen fahren wir nach Hause." Seufzend schob Jesper den Teller von sich. „Können wir wenigstens erst morgen Abend fahren?"

Henri strubbelte seinem Sohn durch die Haare. „Ich hole gleich den Wagen aus der Werkstatt. Dann wollte ich zu Frau Ohlendorff. Ich verspreche mir nichts von dem Besuch, aber ich klammere mich an jeden Strohhalm. Über die Abfahrt machen wir uns nachher Gedanken." Er ließ seinen Blick über die Anwesenden schweifen. Alle sahen etwas bedrückt aus, sogar Linnea.

„Macht euch einfach noch einen schönen Tag am Wasser."

„Ich habe bald Schwimmhäute zwischen den Fingern. Ina, darf ich die Pferde striegeln?"

Ina sah Katje überrascht an. „Wenn du das gerne möchtest? Bei der Hitze? Möchtest du nicht lieber schwimmen?"

„Ich kann ja später hinfahren."

Ina nickte. „Wie du möchtest, Kati, vielen Dank." Sie sah Henri an. „Kann ich mitkommen zu dieser Frau Ohlendorff? Ich habe nichts Wichtiges vor. Du musst mir noch den Besuch bei Allwörn schildern."

Henri fragte sich, was sie nach dem gestrigen Erlebnis mit Bernd erwartete. Er wäre lieber allein gegangen, da er sich aber von dem Besuch nichts versprach, stimmte er zu.

Auf dem Weg erzählte er ihr von dem Besuch bei den Allwörns.

Mandy Ohlendorff wohnte im ersten Stock in einem der Häuser, die Henri kurz nach seinem Eintreffen so bewundert hatte, in der Straße Wassergang. Sie bat Henri und Ina auf den Balkon. Die hölzernen Bretter waren dunkel gestrichen. Kästen mit roten und weißen Geranien hingen am Geländer. Schräg unter ihnen glitzerte der schmale Arm der Elde.

„Schön haben Sie es hier." Ina schob die Sonnenbrille von den Augen auf den Kopf.

Mandy Ohlendorff sah flüchtig über die Brüstung auf den Stadtgraben. Sie stellte drei tassenartige Gläser auf den Tisch. Henri fragte sich, welches Getränk er bei der Apothekenangestellten angeboten bekäme.

„Wollen wir uns duzen? Ich bin Mandy." Eine getigerte Katze sprang leichtfüßig auf das Geländer und spazierte gemächlich mit aufgestelltem Schwanz zu Ina. Sie streichelte den Kopf des Katers. „Du bist aber ein ganz besonders Hübscher."

Mandy lächelte. „Eddie ist uns zugelaufen. Wie ist es? Ich habe eine Bowle mit frischen Erdbeeren gemacht, meine persönliche Sommervariante eines Feierabendbiers. Trinkt ihr ein Glas mit mir?"

Sie wartete nicht auf eine Antwort, sondern schöpfte mit einer Kelle Obst und Flüssigkeit in die drei Gläser. Nachdem sie kleine Löffel verteilt hatte, setzte sie sich. „Prost ihr Lieben. Was möchtet ihr von mir wissen? Der Schlachter meines Vertrauens hat mich neugierig gemacht. Irgendwas von Jörg Müller?"

„Wir möchten verstehen, weshalb er damals bei Nacht und Nebel aus dem Kinderheim verschwunden ist. Können Sie sich …, kannst du dich an etwas erinnern?"

Mandy sah von Henri zu Ina und seufzte. Sie nahm ihr Glas und schaute hinein, als handle es sich um eine Wahrsagekugel. Sie fischte eine Erdbeerhälfte heraus und betrachtete sie nachdenklich. „Da war was los! Jörg war weg, spurlos verschwunden. Er ist nicht zum Frühstück erschienen. Erst haben sie sich keine Sorgen gemacht. Jörg war schließlich achtzehn und volljährig, ohnehin wäre er nur noch ein paar Tage geblieben. Im Heim hatten sie sich bereit erklärt, ihn bis zum ersten Oktober zu behalten, die Zeit bis zum Semesterbeginn wollte er mit Reisen verbringen. Mann, war ich neidisch." Sie lachte. Die halbe Erdbeere schwebte noch auf dem Löffel. „Er wollte mit der Bahn Europa erkunden."

Henri nickte. Wie Raik. Mandy führte den Löffel zum Mund und kaute genüsslich. „Lecker, mögt ihr nicht?" Sie zeigte nacheinander mit dem Löffel auf die Gäste. Beide hoben pflichtschuldig die Gläser zum Mund und tranken das kühle Wein-Sektgemisch. „Als ich später alt genug war zum Reisen, bin ich lieber nach Malle zum Ballermann geflogen. Party pur." Sie lachte kurz auf, räusperte sich dann. „Irgendwann wurde sein Freund Bernd losgeschickt, kennt ihr ihn? Alle haben für ihn geschwärmt. Ein toller Typ mit schulterlangen Locken, der hätte als Fotomodel arbeiten können. Was wohl aus dem geworden ist?" Nachdenklich ließ sie eine weitere Erdbeere auf den Löffel gleiten.

„Er war in unserer Klasse", antwortete Henri. Mandy hatte die heutige Zeitung mit dem großen Aufmacher auf der Titelseite nicht gelesen oder nicht mit Bernd in Verbindung gebracht. Sein Blick wanderte über den Stadtgraben zu den Plümper Wiesen. Mandy musste den Brand gestern von hier gesehen haben. „Bernd hat Jörg also gesucht."

„Bernd hat das Haus und die Umgebung abgeklappert. Er war bei seinen Freunden und Klassenkameraden." Sie beugte sich etwas vor, ließ die Erdbeere wieder in das Glas plumpsen und stellte es ab. „Es war eine seltsame Zeit. Ein Lehrer wurde tot aus dem See gezogen. Es sind auch zwei weitere Mitschüler von Jörg verschwunden. Das war alles sehr beunruhigend. Die Polizei wurde eingeschaltet. Dafür hat Bernd gesorgt. Ständig kamen Leute und fragten nach Jörg und den anderen beiden. Die Polizei hat schnell vermutet, die drei jungen Männer wären zusammen gegangen. Das kann aber nicht sein. Der eine war schon seit fast einer Woche weg, der zweite seit zwei Tagen. Jörg ging als Letzter. Er ist verstört gewesen. Dann war er weg. Er hat niemand etwas gesagt. Sein Freund kam auch ein paar Mal, Jan Hartmann, der heute das Geschäft in der Langen Straße hat. Er war immer in Begleitung von Mädchen, entweder einer dicken Rothaarigen oder einer Blonden, die nur geweint hat. Das soll die Freundin eines der anderen beiden Jungs gewesen sein."

Henri warf einen kurzen Seitenblick auf Ina, die in ihrem Glas rührte.

„Was meintest du damit, als du sagtest, Jörg sei verstört gewesen?"

Mandy hatte sich aufgerichtet und winkte zwei Mädchen zu, die mit einem Kajak durch den Stadtgraben am Haus vorbeiglitten. „Meine Tochter und ihre Freundin. Was hast du gesagt? Ach ja, Jörg. Ich habe nichts davon bemerkt, dass er gehen wollte. Außerdem bin ich wesentlich jünger als Jörg, konnte jedoch hören, wie sich zwei der Heimpfleger unterhielten. Beide machten sich Sorgen um ihn. Einer hatte bemerkt, wie Jörg sich eine Reisetasche gepackt hatte. Ich vermute, deshalb hat man auch sein Verschwinden seitens der Polizei nicht ernst genommen."

„Ich habe Peggy Brecht besucht. Kannst du dich an sie erinnern?"

Mandys Lächeln erstarb abrupt. „Brechreiz-Brecht?" Sie deutete mit einem gestreckten Zeigefinger in den geöffneten Mund, als ob sie sich übergeben müsste. „Die anderen Betreuer waren ganz ordentlich. Ich glaube, ich hatte Glück im Unglück mit dem Tannenhof, aber die sozialistische Schnapsdrossel war einfach nur furchtbar. Lebt das Schrapnell noch? Dann stimmt es, was man sagt, Alkohol konserviert. Man hat damals gemunkelt, sie habe einen Brand im Büro gelegt. Oder sie ist mit der brennenden Zigarette eingeschlafen und hat so den Brand verursacht. Sie ist dann ziemlich schnell gegangen worden. In den Neubau ist sie nicht mehr eingezogen." Mandy Ohlendorff grinste verlegen. Dann fügte sie hinzu: „Ich habe zu niemandem Kontakt außer zu meinem Mann."

Henri setzte zu einer Bemerkung an, wurde aber unterbrochen.

„Mandy?", rief jemand aus dem Inneren der Wohnung.

„Wir sind hier, Schatz."

Ein dunkelhaariger bärtiger Mann betrat den Balkon. Mit einem irritierten Gesichtsausdruck gab er den Gästen die Hand. Mandy erklärte ihrem Mann Henris Anliegen. Sein Gesicht wurde sofort ablehnend.

„Ich möchte über diese furchtbare Zeit nicht sprechen. Ich will nicht unhöflich sein, aber ich möchte Sie bitten, jetzt zu gehen." Er wandte sich um. Seiner Frau schoss die Röte in die Wangen. „Ich entschuldige mich für ihn. Mein Mann redet nicht gerne über die Zeit im Heim."

„Ihr Mann ist auch dort aufgewachsen?"

„Ja. Er kam im Gegensatz zu mir erst als Dreizehnjähriger in den Tannenhof, nachdem seine Mutter gestorben war. Ich kam schon als Baby dahin."

„Mandy!"

„Ist ja gut Thorsten!" Mandy erhob sich mit einem entschuldigenden Gesichtsausdruck. Henri und Ina folgten ihr.

„Hatten Sie keine Eltern?", fragte Ina mitleidig.

„Doch. Republikflucht."

Henri fuhr sich mit der Hand durch die Haare. Hatte Mandy das Gleiche durchgemacht wie Jörg? War die Familie bei der Flucht gefasst worden, die Eltern inhaftiert und Mandy ins Heim gekommen?

„Wurdet ihr beim Fluchtversuch erwischt?"

„Nein." Ihr Ausdruck wurde bitter. „Mach dir bitte keine Sorgen um meine Eltern. Sie sind mit meiner älteren Schwester über die Ostsee geflüchtet. Sie sind wohlbehalten in Dänemark angekommen. Ich war erst wenige Monate alt. Erst 1998 haben sie Kontakt zu mir gesucht. Ich war der Säugling, der eventuell geweint und sie verraten hätte. Tja, andere Eltern hätten sich nie von ihren Kindern getrennt und haben ihre Babys mit irgendwelchen Mittelchen ruhiggestellt. Nicht dass ich es gutheiße, Kleinkinder zu narkotisieren, bestimmt nicht. Aber mal ehrlich, so schlimm war es hier nicht für sie. Sie hätten nicht fliehen und die Familie auseinanderreißen müssen. Aber sie wollten unbedingt in den Westen. Lieber haben sie mich bei einer Nachbarin einem ungewissen Schicksal überlassen. Ich bin ins Heim gekommen. Was meine Eltern gedacht haben, was mit mir geschehen wird? Sie schreiben mir alle paar Monate. Thorsten liest die Briefe und wirft sie weg. Offensichtlich haben sie sich mit meiner Schwester überworfen und brauchen Ersatz, so hat mein Mann jedenfalls den Inhalt des letzten Briefs interpretiert. Ich brauche sie aber nicht. Ich habe meine eigene glückliche Familie."

Thorsten Ohlendorff stand in der offenen Balkontür. Er wirkte nicht besonders glücklich, eher zornig. Henri gab ihm freundlich die Hand und verabschiedete sich. Er bemerkte, wie Ina Mandy eine Visitenkarte reichte. „Falls Eddie mal krank sein sollte. Ich bin Tierärztin."

Kapitel 25

„Das war geschickt von dir", lobte Henri. „Meine Karte hätte der gute Thorsten sofort zerrissen ebenso wie die Briefe von Mandys Eltern."

Ina strahlte ihn an. „Das dachte ich auch. Ich kann sie auch noch mal anrufen, wenn du willst."

Er schüttelte den Kopf. „Sie ist zu jung. Trotzdem hat sie etwas gesagt, über das ich nachdenken muss. Wie alt schätzt du den guten Ohlendorff?"

„Ihn? Er ist Anfang vierzig."

„Das kommt hin."

„Was geht dir durch den Kopf?"

Er schwieg. „Ich muss nachdenken", sagte er anschließend.

Ina reckte sich und küsste ihn. „Dann denk mal nach. Ich gehe einkaufen."

Henri sah ihr nach. Langsam setzte er sich auf eine Bank im Schatten der Marienkirche und grübelte. Dann wählte er die Nummer von Peggy Brecht. Henri wollte bereits aufgeben, dann nahm die ehemalige Mitarbeiterin des Heims das Gespräch entgegen. Henri redete nicht um den heißen Brei. Er fragte Peggy Brecht nach einem Heimkind namens Thorsten Ohlendorff. Nach einigem Nachdenken meinte sie, dass es ihrer Erinnerung nach keinen Thorsten Ohlendorff gegeben hätte. Obwohl ihr der Nachname bekannt vorkäme.

Henri nickte. Mit dem eidetischen Gedächtnis der Brecht war es nicht weit her. „Gab es eine Mandy Ohlendorff?"

Die Brecht zögerte. „Möglich. Wir hatten in all den Jahren immer einmal eine Mandy."

Henri dankte ihr und drückte auf den roten Knopf, um das Gespräch zu beenden. Nachdenklich betrachtete er das Telefon.

Dann wählte er erneut eine Nummer. Beate Knauer meldete sich nach dem zweiten Klingeln.

„Nanu, Herr Martensen? Sind Sie noch im Ort oder wieder zu Hause?"

„Ich bin noch hier, Frau Knauer. Ich wohne noch bei Frau Malm. Sie haben übrigens Recht, mein Lasse ist wirklich ein toller junger Mann." Er lächelte in den Hörer.

„Weshalb rufen Sie mich an?" Ihre Stimme klang leicht schnippisch. Sie wusste, dass er Lasses Vater war und er wiederum wusste, dass sein Erscheinen in dessen Leben ihr nicht gefiel. Wie eine Glucke, die ihre Küken beschützt, dachte er. Laut sagte er: „Sie sagten doch, Ingrid Kowaletzkow hätte einen Sohn gehabt. Ist Ihnen der Name des Jungen wieder eingefallen?"

Er hörte sie in den Hörer atmen. „Wenn ich das wüsste. Ist das denn wichtig? Tom? Nein. So heißen die Kinder heute. Timo? Ich könnte schwören, er fing mit T an."

„Hieß der Junge eventuell Thorsten?"

„Thorsten! Natürlich! Thorsten Kowaletzkow! Wie konnte mir das entfallen! Er muss doch zu finden sein, meinen Sie nicht? So häufig dürfte der Name nicht sein. Was wird aus dem Jungen geworden sein?"

Henri atmete durch. „Wenn ich mich nicht irre, ist er hier im Ort geblieben. Es geht ihm gut."

Beate Knauer antwortete etwas. Henri schnitt ihr das Wort ab. „Vielen Dank, Frau Knauer, Sie haben mir sehr geholfen." Er wünschte ihr einen schönen Abend und beendete das Gespräch. Thorsten Kowaletzkow. Ein Junge von dreizehn, vierzehn Jahren, war ins Heim gekommen, weil seine Mutter sich wegen einer unglücklichen Affäre das Leben genommen hatte. Thorsten wurde zur Waise, da Ingrid die verzweifelte Liebe zu einem treulosen Lehrer wichtiger war als die Liebe zu ihrem Kind. Der Mann, den der Sohn sicher für sein persönliches Leid verantwortlich gemacht hatte, lebte weiter und nahm sich sofort die nächste

Geliebte. So, als wäre nichts geschehen und die Liebelei wäre folgenlos geblieben. Für Thorsten hatte sich das ganze Leben verändert. Palmberg hatte einfach weitergemacht. Henri stellte sich nicht die Frage, ob ein Dreizehnjähriger einen erwachsenen Mann von hinten mit einem Ast bewusstlos schlagen und dann ertränken konnte. Er kannte die Antwort.

Thorsten Ohlendorff öffnete ihm die Tür und musterte Henri missbilligend von oben nach unten. „Sie schon wieder? Meine Frau hat Ihnen nichts mehr zu sagen."

„Ich wollte mit Ihnen sprechen, Herr Ohlendorff. Nicht mit Ihrer Frau."

„Worüber wollen Sie mit mir reden? Ich habe kein Interesse an einem Gespräch mit Ihnen."

„Ich möchte gern mit Ihnen über Ihre Mutter sprechen."

Ohlendorff, der im Begriff war, Henri die Tür vor der Nase zuzuschlagen, hielt überrascht in der Bewegung inne. „Meine Mutter? Die ist schon lange tot. Es gibt nichts über sie zu sagen. Was wissen Sie von meiner Mutter?", stieß er bitter hervor.

„Ihre Mutter war Ingrid Kowaletzkow."

Thorsten Ohlendorff stand reglos in der geöffneten Tür.

„Wollen wir ein paar Schritte gehen?"

„Na gut. Wenn Sie uns danach in Ruhe lassen? Warten Sie hier. Ich sage nur kurz Mandy Bescheid."

Wenige Minuten später standen beide auf der Brücke über dem Stadtgraben und sahen ins Wasser.

„Wissen Sie, wie man sich fühlt, wenn man eine manisch-depressive Mutter hat, die sich wegen einer fatalen Liebesbeziehung umbringt?"

„Nein. Ich weiß aber, wie es ist eine alkoholkranke Mutter mit ständig wechselnden Beziehungen zu haben, die ihr Kind nicht wirklich geliebt hat."

„Oh." Ohlendorff sah Henri direkt an. „Tut mir leid."

„Muss es nicht." Henri schüttelte sich. „Sie ist verunglückt. Meine Großmutter hat mich liebevoll aufgenommen. Das war mein großes Glück. Ihnen ging es schlechter."

Ohlendorff löste sich vom Geländer. Die Männer gingen in Richtung Kleingärten.

„Meine Mutter hatte diesen Widerling Palmberg in einer manischen Phase kennen gelernt. Sie hat mich ständig geküsst, ist mit mir durch das Zimmer getanzt und hat unentwegt gesungen. Ich habe mich immer in diesen Phasen von ihr geliebt gefühlt. Sie hat mir immer gesagt, wie ähnlich ich meinem Vater sehe. Den hatte sie auch geliebt. Er ist leider schon an einem angeborenen Herzfehler gestorben, als ich erst zwei war. Ich habe keine Erinnerung an ihn. Großeltern hatte ich auch nicht mehr." Ohlendorff hielt abrupt an und sah in den Himmel. „Sie sagte immer, ich sei ihr Ein und Alles. Aber das hat ihr nicht genügt. Sie hat sich die Pulsadern in der Badewanne aufgeschnitten wegen dieses Mannes. Netterweise hat sie noch dafür gesorgt, dass nicht ich sie finde. Sie hat keinen Gedanken daran verschwendet, was aus mir wird. Alle haben gesagt, ich müsste Verständnis haben. Depression ist eine Krankheit. Darf man darüber ein Kind vergessen, das man angeblich liebt?"

Henri seufzte tief. Er hatte eine Antwort darauf; die würde seinem Gesprächspartner jedoch nicht gefallen. Ohlendorff wartete nicht auf eine Erwiderung, sondern sprach weiter: „In der einen Sekunde fühlt man sich geborgen und geliebt, in der nächsten ist man im Kinderheim."

„Wie alt waren Sie da?" Henris mitfühlender Ton war aufrichtig.

„Dreizehn. Und Sie vermuten sicher, ich hätte Palmberg ertränkt. Glauben Sie mir, ich hätte es gerne getan und ich habe mich aufrichtig über seinen Tod gefreut. Er hat meine Mutter ins Unglück gestürzt. Ich habe nichts getan. Ein Alibi kann ich Ihnen heute nicht geben." Er lächelte zynisch.

„Hatten Sie nach dem Tod Ihrer Mutter noch Kontakt zu ihm?"
Thorsten Ohlendorff hielt überrascht inne. „Na, sicher doch! Er war auf Mamas Beerdigung, der Mistkerl! Er strich mir über den Kopf und nannte mich ‚mein Kleiner'. Er konnte mir kaum in die Augen sehen. ‚Alles wird gut, mein Junge', hat er gesagt." Ohlendorff lachte höhnisch auf. „Wie denn, bitteschön? Ihm war sehr wohl bekannt, dass ich keine Familie hatte. Soweit ich weiß, ist er am selben Tag verschwunden und gestorben." Ein feines Lächeln huschte über seine Lippen.

„Können Sie mir den Todestag Ihrer Mutter nennen?"

„Natürlich!" Empört sah Ohlendorff Henri an. „Kennen Sie nicht die Sterbedaten Ihrer Eltern, falls sie nicht mehr leben?"

Henri zuckte gleichgültig die Schultern. „Ich weiß nicht einmal, wer mein Vater ist. Wenn ich nicht vor ein paar Tagen am Grab meiner Mutter gewesen wäre und auf den Stein gesehen hätte, wüsste ich ihr Sterbedatum nicht aus dem Kopf."

„Am Donnerstag hat sie sich umgebracht, am übernächsten Dienstag wurde sie beerdigt. Sie wurde noch gerichtsmedizinisch untersucht. Das ging aber sehr schnell. Furchtbar." Er schüttelte sich.

Stumm gingen beide den Weg zurück. „Lassen Sie es gut sein", bat Ohlendorff. Henri nickte. Beide gaben sich zum Abschied die Hand. Schweigend bog Ohlendorff in seinen Hauseingang. Henri ging ein paar Schritte zur Marienkirche. Der Flügel einer Tür stand einladend offen. Henri trat ein in das kühle Dunkel. Die Wände schimmerten in einem sanften Rosaton. Er betrachtete die verblassten Malereien an den Wänden und der hohen Decke. Hier könnte man restaurieren, dachte er. Die Marienkirche war seine Taufkirche, fiel ihm ein. Wie fast alle Kinder der DDR hatte er die Jugendweihe empfangen. Er war Jung- und Thälmann-Pionier gewesen und später in die FDJ eingetreten. Nicht freiwillig, aber wie die meisten, hatte er es über sich ergehen lassen. Trotzdem bestand seine Großmutter auf eine Taufe und Konfirmation. Henri hatte damals befürchtet, deswegen Nachteile zu bekommen, doch man drehte ihm keinen Strick daraus. Er setzte sich auf die Bank, die unter seinem Gewicht leicht knarrte. Er schloss die Augen. Wäre Thorsten Ohlendorff, damals noch Thorsten Kowaletzkow, in der Lage gewesen, den untreuen Liebhaber seiner Mutter am Tag deren Beisetzung hinterrücks niederschlagen können? Ganz sicher. Ein dreizehnjähriger Jugendlicher und besonders einer in Rage, voller Wut und Trauer, kann einen Erwachsenen ohne Probleme so zurichten. Und weiter? Henri legte seine Unterarme auf die Lehne der Bank vor ihm und stützte sein Kinn darauf. Wie hätte Thorsten den bewusstlosen Mann zum See bringen und ertränken können? Nicht ohne Hilfe eines erwachsenen Menschen. Ohlendorff hatte den ohnmächtigen Lehrer kaum am helllichten Tag über der Schulter oder in einer Schubkarre durch den Ort transportiert. Sprach das nicht dafür, dass der Tatort und der See nicht allzu weit auseinanderlagen? Hatte es früher Quittenbäume am See gegeben? Henri fluchte laut. Ihm wurde gewahr, wo er sich befand und er drehte sich schuldbewusst um. Er war allein in der stillen, dämmerigen Atmosphäre des alten gotischen Gemäuers. Nur leise drangen die Straßengeräusche der Langen Straße zu ihm vor. Golden flutete ein Streifen hellen Tageslichts durch das geöffnete Portal in die Kirche. Henri drehte sich wieder um und starrte zum Altar. Wo war der Tatort? Wo stand dieser Quittenbaum, dessen Ast Palmberg um das Bewusstsein gebracht hatte? Anett Jäger hatte gesagt, ihr Mann sei nicht nach Hause gekommen. Er sei bei seiner, wie sie es nannte, *Affäre* gewesen. Palmberg hatte sich jedoch nicht mit einer Geliebten getroffen. Einen dunkelblauen Anzug hatte er getragen. Er hatte an Ingrids Beerdigung teilgenommen. Warum hatte seine Frau das nicht gewusst? Es wäre doch eine ganz natürliche Sache gewesen, zur Beisetzung einer Kollegin zu gehen. Hatte Palmberg befürchtet, seine Frau hätte ihn begleiten wollen? Befürchtete er, seine Kollegen würden eine Bemerkung machen, die seine Frau hätte hellhörig werden lassen wegen seines Verhältnisses zu Ingrid? Das erschien Henri plausibel. Was war auf der Beisetzung geschehen? Oder war Sören Palmberg nach der Zeremonie verabredet gewesen? Lohnte es sich, Thorsten Ohlendorff noch einmal zu kontaktieren? Vermutlich nicht. Er war ein verwirrtes Kind gewesen, er hatte kurz davor auf tragische Weise seine Mutter verloren. Henri erhob sich, ging ein paar Schritte zum Altar, sah sich nochmals kurz um und verließ die Kirche. Er ging die Lange Straße entlang, blickte in das Fenster des kleinen Möbelgeschäfts und sah die Treppe, die in das obere Stockwerk führte. Sein Großvater hatte als Tischlergeselle an dieser Stiege gearbeitet. Am Färbergraben blieb er stehen und sah in das schäumende Eldewassser. Er löste sich vom Geländer, überquerte die verkehrsberuhigte Straße und bog in den Mönchhof ein. Was hatte hier früher für ein Gebäude gestanden? Es war ein Eckgebäude gewesen. Es fiel ihm wieder ein, der schöne Spielzeugladen, in dessen Fenstern er lieber geschaut hatte als in die des Möbelladens. Noch vor ein paar Tagen hätte er Hamburg als seine Heimat bezeichnet, jetzt war er sich nicht mehr sicher. Sein Handy klingelte. Ina. Sie war fertig mit dem Einkauf und wollte wissen, wo er sich aufhielt. Er lächelte und fragte, ob sie Zeit hätte, sich mit ihm zu treffen. „Ich komme", sagte sie.

Nach nur wenigen Minuten sah er sie mit wehenden Haaren auf ihrem Fahrrad über den Schuhmarkt radeln. Sie hatte Mühe zu treten, da er den Sattel höhergestellt hatte. Er hob die Hand, um sich bemerkbar zu machen. Er saß an einem Tisch im Schatten und hatte ein Glas Rotwein vor sich stehen. Etwas kurzatmig stellte sie das Rad neben dem Tisch ab und ließ sich auf den einen Stuhl sinken. „Was trinkst du da?"

„Einen sehr schönen Bordeaux, den habe ich neulich getrunken, als ich mit Diane hier war."

„Ach, ist das hier euer neues Stammlokal?"

Er grinste. Diesen zickig-eifersüchtigen Tonfall kannte er noch aus ihrer Jugend.

„Nein, aber eventuell das von uns beiden."

„Ich habe den Keller voll mit Wein. Was glaubst du, wie viele Klienten mich mit Naturalien bezahlen. Zu Hause können wir billiger trinken."

„Es hat auch was mit Genuss zu tun. Ich wollte mal mit dir allein sein. Ohne die Kinder."

„Die sind sowieso nicht da." Trotzdem bestellte sie einen Caipirinha. Henri erwähnte nicht, dass Diane ein paar Tage zuvor das Gleiche gewählt hatte.

„Hör zu, Ina, was ich dir jetzt erzähle, wird dir nicht gefallen. Dein Vater und Palmberg haben meiner Meinung nach den Ponzi-Betrug gemeinsam gemacht."

Ina öffnete den Mund zum Protest, aber er brachte sie mit einer Handbewegung zum Schweigen. Er erzählte ihr von dem Gespräch bei den Biernaths.

„Willst du etwa behaupten, du glaubst der verlogenen Svetlana? Du konntest sie doch nie leiden!"

„Ich mag sie immer noch nicht besonders. Trotzdem sagt sie die Wahrheit. Schließlich kommt ihr Vater bei der Angelegenheit nicht besonders gut weg, oder was meinst du?"

Sie nagte auf der Unterlippe. Der Kellner stellte den Cocktail vor ihr ab. Als er gegangen war, beugte sich Ina zu Henri.

„Palmberg ist nie bei uns zu Hause gewesen! Du hast doch auch bei uns gewohnt! Hast du ihn jemals bei uns gesehen oder meinen Vater von ihm sprechen hören?" Sie lehnte sich zufrieden zurück, als er den Kopf schüttelte. „Svetlana hat mich gestern gesehen, da hat sie sich die Geschichte eben ausgedacht."

„Ich glaube ihr", sagte Henri schlicht.

„Weil sie was gegen meinen Vater gesagt hat! Das ist Wasser auf deine Mühle!"

„Das ist Unsinn!"

„Warum haben sie meinen Vater nicht angezeigt?"

Henri betrachtete den rot funkelnden Wein in seinem Glas. „Dreyer hat Geld der Partei unterschlagen. Von Seiten der Polizei wird er eine Untersuchung und ein Disziplinarverfahren ausgefochten haben. Er hat sich noch 1991 umgebracht. Die Familie ist weggezogen. Sie haben an allen Fronten gekämpft. Ich vermute, die Kraft wird nicht gereicht haben."

Ina war nicht überzeugt. Henri wechselte das Thema und erzählte ihr von dem Gespräch mit Thorsten Ohlendorff.

„Das wirft ein ganz anderes Licht auf die Sache." Ina rieb sich die Oberschenkel mit den Händen. „Der Junge muss ja völlig fertig gewesen sein. Die Mutter ist tot, der Liebhaber streicht ihm gönnerhaft die Haare und er ist allein mit seinen Problemen. Sicher hat er Palmberg gehasst! Er war schuld am Tod seiner Mutter, jedenfalls aus seiner Sicht." Auffordernd sah sie Henri an.

Langsam klappte er das Notizbuch zu, in dem er seine Aufzeichnungen vermerkt hatte. „Trotzdem glaube ich nicht an seine Schuld. Sicher hätte er den Lehrer irgendwo an Land niederknüppeln können. Und dann? Palmberg wurde erst Tage nach der Tat gefunden. Hätte man ihn an den Rand des Sees gebracht, wäre der Leichnam mit Sicherheit nur wenig später entdeckt worden. Der Tote muss weiter in den See gebracht worden sein. Mit einem Boot vermute ich. Kann ein Dreizehnjähriger das ohne Hilfe? Wer sollte das gewesen sein?"

Ina sog genüsslich an ihrem Cocktail. „Hast du schon mal darüber nachgedacht, dass es Jörg gewesen sein könnte? Thorsten war seit einigen Tagen im Heim. Jörg war sehr nett, er hatte sich bestimmt des jüngeren, neuen Mitbewohners angenommen, so wie ich ihn kannte."

„Thorsten Kowaletzkow hat Jörg sein Herz ausgeschüttet und Jörg hat ihm aus Hilfsbereitschaft geholfen, den Liebhaber seiner Mutter zu ermorden? Nein, das ist abwegig."

„War ja nur so eine Idee. Du hast recht, so was hätte Jörg nie getan."

„So kann man das auch nicht sagen. Ich habe schon alles erlebt." Amüsiert betrachtete er Ina, die ihm in einer kurzen weißen Jeans, einem bunten T-Shirt und mit von der Fahrradfahrt zerzausten Haaren neben ihm saß.

„Ja, was nun? Du bringst mich ganz durcheinander. Hat Jörg etwas damit zu tun oder nicht?" Sie rührte in dem Glas herum. „Das Ganze hier besteht fast nur aus Eiswürfeln! Kann ich noch so einen haben? Aber bitte nicht so viel Eis!", rief sie dem Kellner zu.

Henri streckte die Hand aus und strich ihr über die Haare. „Ich weiß es nicht, mein Schatz. Ich wollte sagen, dass man den Leuten nur vor den Kopf gucken kann. Ich glaube aber nicht an Jörgs Mittäterschaft. Er hätte nicht gewartet, bis die Leiche entdeckt wird, sondern wäre früher verschwunden. Wenn diese ganze Tat nicht ausgerechnet so kurz nach dem Mauerfall geschehen wäre, hätte man sicher anders ermittelt. Man hat einfach angenommen, die jungen Leute seien in den Westen gegangen."

„So wie du." Ina dankte der Bedienung mit einem Lächeln.

„Ja. So wie ich." Henri nippte an seinem noch fast vollen Glas. „Wie hast du das damals wahrgenommen?"

„Ich dachte schon, du fragst mich nie! Um ehrlich zu sein, ich habe alles nur am Rande erlebt. Du warst weg, das war alles, was mich beschäftigte."

„Ich bin am Montag gegangen. Dienstag wurde Ingrid begraben und Palmberg ermordet, Kaschi verschwand in der Nacht zu Donnerstag. Jörg war Donnerstag bei den Quandts und verschwand in der Nacht von Freitag zu Sonnabend. Er wird vom Auffinden von Palmbergs Leiche nichts gewusst haben. Das stand erst am Sonnabend in der Zeitung, da war Jörg bereits über alle Berge."

„Ich habe Jan ein- oder zweimal zum Heim begleitet. Ich wollte nicht allein sein. Zu Hause bei meinem Vater war es nicht auszuhalten. Seit ich ihm meine Schwangerschaft gebeichtet hatte, tobte er nur noch. Er machte mir Vorwürfe, dass ich mich mit dir eingelassen hatte, wollte wissen, wie es weitergehen sollte, hatte mich aufgefordert, sofort einen Abbruch vornehmen zu lassen und so weiter. Auch Diane tauchte plötzlich auf und hat auf mich eingeredet. Beide haben dich nur schlechtgemacht. Papa hat gemeint, ich solle dich schnell vergessen, dich kleinen, dicken Habenichts aus dem Domestikenmilieu. Du wärst einfach abgehauen und würdest dich sowieso nie wieder blicken lassen. Bestimmt hättest du von der Schwangerschaft gewusst. Es wäre auch nicht schade um dich. Du würdest es zu nichts bringen, ich sollte mir einen Freund aus besseren Kreisen suchen, aber bitte ohne ein Kind am Rockzipfel. Ich war auch wütend und enttäuscht von dir, aber von den beiden wollte ich nichts Negatives über dich hören. Nur Jan hat zu mir gehalten, obwohl er vor Wut auf dich geschäumt hat. Seine Eltern waren immer lieb zu mir. Sie haben mir sehr geholfen, zu ihnen konnte ich immer kommen. Anne Hartmann hat mich immer unterstützt. Sie war die Einzige, die immer meinte, bei deinem Weggang wäre es nicht mit rechten Dingen zugegangen."

„Ich frage mich, warum Diane plötzlich bei euch auftauchte. Sie ist an allen Brennpunkten erschienen. Bei Kaschi, bei euch. Sie war doch weder mit Melanie noch mit dir befreundet?"

„Sie erschien überraschenderweise oft bei uns. Anfangs dachte ich, sie wollte mir beistehen. Das war es aber nicht, ich vermute, sie hat mein Elend genossen. Sie hat sich Tipps für das Medizinstudium von meinem Vater geben lassen. Um ehrlich zu sein, ich mochte sie noch nie. Und sie kann mich auch nicht ausstehen, egal was sie behauptet. Ich glaube, mein Vater hat sie gegen mich aufgehetzt. Und sie hat es genossen."

Henri betrachtete sie nachdenklich. Obwohl sie über emotional geladenen Vorgängen der Vergangenheit berichtete, blieb sie gelassen. Es war alles lange her. Zu lange. Er sah zum Brunnen. Schuhmarkt. Schuhe. Blitzartig fiel ihm etwas ein. Er atmete hörbar ein. „Als ich vor ein paar Tagen gekommen bin", fragte er langsam, „hast du da jemanden informiert?"

„Ich habe meinen Vater angerufen."

„Wann war das? Was hast du ihm genau erzählt?"

Sie sah ihn mit gerunzelter Stirn an. „Ist das wichtig?"

Er nickte und sie fuhr fort. „Nachdem ich dich und deine Kinder ins Krankenhaus gefahren habe und nach Hause kam, da habe ich Papa angerufen. Ich habe gesagt: ‚Hinnerk ist wieder da. Ich habe seinen Hund behandelt. Er hat zwei Töchter und einen Sohn.' Ich bin natürlich davon ausgegangen, du hättest eine Frau. Leider sei dir ein Foto von Lasse in die Hände gefallen und du würdest ihn sehen wollen. Papa hat geflucht und gemeint, nun werden wir dich nicht wieder los. Dass du im Stadtkrug wohnst, in Hamburg lebst und Sportschuhe vertreibst, habe ich auch erzählt." Sie sah in sein Gesicht. Sein nachdenklicher Ausdruck ruhte auf ihr.

„Wann hast du ihm gesagt, dass ich Kriminalbeamter bin?"

„Gar nicht. Hast du das nicht gesagt?"

„Nein. Hast du auch mit Diane gesprochen?"

„Mit Diane? Die stand doch neulich im Garten, an dem Tag, an dem ihr bei mir eingezogen seid. Du bist doch unmittelbar danach dazugekommen."

„Hm", in seinem Kopf arbeitete es. „Dein Vater und Diane haben sich also damals ausgezeichnet verstanden?"

„Ja, sie schwimmen auf einer Wellenlänge. Sie wäre als Tochter passender gewesen als ich, denke ich manchmal." Ina schlürfte behaglich den Cocktail. Henri trank seinen Wein.

Er nahm einen Geldschein aus seiner Brieftasche und legte ihn unter sein halbleeres Glas.

„Trinkst du das nicht mehr?" Ina erhob sich leicht schwankend.

Er stand ebenfalls auf, nahm das Fahrrad, klappte den Radständer zurück und sah sie auffordernd an.

„He, das ist ungerecht. Ich bin mit dem Rad gekommen!"

„Du wirst auch mit dem Rad nach Hause gebracht", meinte er lächelnd. „Bist du nicht auch gespannt darauf, ob wir das noch können?" Er deutete auf den Gepäckträger.

„Ist das dein Ernst? In unserem Alter? Was sollen die Leute sagen!"

„Stimmt. Das ist ein Riesenproblem." Er lachte laut.

„Ich wiege viel mehr als damals."

„Prima, ich wiege weniger. Das gleicht sich dann ja aus. Wir haben nicht einmal die beiden schweren Schultaschen dabei."

Sie erinnerte sich. Wie oft hatte eines ihrer Fahrräder einen Platten gehabt. Sie waren dann gemeinsam auf dem Rad des Anderen gefahren. Henri im Sattel, sie auf dem Gepäckträger, mit ihrer Mappe auf dem Rücken und seiner auf dem Schoß. Eine Hand hatte seine Tasche gehalten, den anderen Arm hatte sie um ihn geschlungen. Sie hatte es vergessen. Sie sah ihn an und musste schmunzeln. Er zeigte erneut auf den Gepäckträger. „Los, hopp!"

Kapitel 26

„Es wird Zeit, endlich das Auto abzuholen. Der Monteur wird bestimmt ungeduldig. Wir müssen morgen fahren. Ich muss ins Kommissariat, die Kinder müssen zur Schule. Wir sollten noch darüber reden, wir es mit uns weitergeht. Wenigstens haben wir uns wiedergefunden, wenn es mir schon nicht gelungen ist, diesen verdammten Fall aufzuklären. Ich werde Seeburg briefen, der kann es an die Cold-Case-Unit in Schwerin geben." Henri saß auf der Küchenzeile und ließ die Beine baumeln. Er sah Ina zu, wie diese nervös durch die Küche lief und sinnlos Gegenstände hin und her räumte.

„Ina, was ist los?"

Sie faltete ein gebrauchtes Geschirrtuch zusammen, bevor sie es wrang und in die Spüle warf.

„Ich habe noch einen Karton für dich."

„Was für einen Karton?"

„Einen Schuhkarton mit Briefen und ein paar Sachen, die du damals nicht mitgenommen hast. Es sind noch ein paar Sachen von Oma Tilly drin. Du hast auch noch Post bekommen, nachdem du … na ja, als du schon weg warst."

Er legte den Kopf schief. „Du glaubst mir noch immer nicht, dass dein Vater damals die Hände im Spiel hatte?"

Sie nahm das Geschirrtuch wieder aus der Spüle und faltete es erneut. „Er hat mir gesagt, dass du neulich bei ihm warst und Druck auf ihn ausgeübt hast. Er kann sich wirklich nicht an das Gespräch von damals erinnern."

Ina sah ihn an. Sein Gesichtsausdruck war neutral. „Wie außerordentlich bequem, dieser partielle Gedächtnisverlust. Ich kann mich an jedes Wort erinnern, das Gespräch hat sich in mein Hirn gebrannt. Im Übrigen konnte sich dein Vater auch noch daran erinnern. Er hat mir auf den Kopf zugesagt, dass er mich loswerden wollte. Weil ich für dich nicht gut genug war." Er glitt von der Arbeitsfläche. „Aber ich verstehe, dass du ihm glaubst und nicht mir. Trotz allem, was ich dir dargelegt habe. Er ist dein Vater."

Ina wrang das Tuch. „Der Karton steht im Schlafzimmer."

Er ging auf sie zu. „Schlafzimmer klingt gut. Die Kinder sind weg. Wir sollten uns den Karton zusammen ansehen." Er trat auf sie zu. Sie legte ihre Hände auf seine Brust und schob ihn von sich.

„Lass das. Ich will das nicht mehr. Du fährst morgen wieder weg, dann hat das ohnehin ein Ende."

„Wie bitte?"

„Das hat doch keine Zukunft mit uns. Es war schön, aber das war's."

Er starrte sie an. Ina zuckte die Schultern und hängte das Tuch an einen Haken.

„Komm schon, Henri. Es war nett mit uns, aber erzähl mir jetzt nicht, dass du mich liebst. Wir sind erwachsene Leute und hatten unseren Spaß. Du fährst mit deinen Kindern morgen wieder nach Hamburg. Du hast unseren Sohn kennen gelernt. Alles ist doch gut. Vielleicht treffen wir uns mal wieder. Spätestens, wenn du deine Kinder im Herbst bringst."

„Ina, was soll das? Das ist doch nicht dein Ernst?"

„Doch! Und sag jetzt nicht, dass du ohne mich nicht leben kannst oder so einen schmalzigen Unsinn."

Er sah sie eine Weile lang stumm an. Langsam sagte er dann: „Ich kann ohne dich leben. Das hat die ganzen Jahre auch geklappt. Aber ich will es nicht mehr!"

Sie wandte ihm den Rücken zu. Sie nahm erneut das Tuch vom Haken und begann, es zu zwirbeln. Henri packte sie an den Schultern und drehte sie zu sich. Er beugte sich zu ihr und suchte ihren Blick. „Ina, ich meine es ernst mit dir, mit uns. Wir haben eine neue Chance und ich will sie nutzen. Du hast doch auch Gefühle für mich, das merke ich. Du musst keine Angst haben. Ich werde mich nicht sang- und klanglos vom Acker machen. Das ist auch schon schwer wegen meiner vielen Kinder. Ich kann nicht einfach nach Australien verschwinden." Er lachte. Ina lachte nicht. Sie sah ihn an. Er ließ ihre Schultern los.

„Gefühle? Ja, irgendwo schon. Da ist noch was von früher. Diese Tage hatten es wirklich in sich, oder?" Sie lachte kurz und zittrig auf. „Und ich habe ein erwachsenes Kind von dir. Ich bin froh, endlich habt ihr euch kennen gelernt. Wir können auch Kontakt halten, schon wegen der Kinder, die verstehen sich gut. Es sind ja auch Lasses Geschwister." Sie fuhr sinnlos mit dem Lappen auf dem Esstisch herum. Er sah sie stumm an. Ina faltete das Tuch und warf es auf den Tisch.

„Ach so, du meinst, wir können uns zwanglos mal wiedersehen, bei netten Familienanlässen? Eventuell bei Lasses und Sophies Hochzeit in ein paar Jahren?" Er trat ein Stück zurück. Sein Mund stand leicht offen, seine Augen musterten sie ungläubig. „Wir haben in den letzten Tagen viel erlebt. Hat uns das nicht zusammengeschweißt? Zeigt das nicht, dass man die Zeit nutzen sollte? Lass uns keine Zeit mehr vergeuden!"

Sie blickte an ihm vorbei. „Es war nur Sex, Henri. Für dich und für mich."

„Nicht für mich. Ich bin sprachlos. Meinst du das wirklich?"

Sie nickte und sah auf den Fußboden. Er ging langsam zur Terrassentür und starrte in den Garten. „Das muss ich erst mal verdauen."

Sie musterte seinen Rücken. Reglos stand er da. Stumm und mit geballten Fäusten in den Hosentaschen sah er aus dem Fenster. Sie widerstand dem Impuls, zu ihm zu laufen und ihn zu umarmen. Nach einer Weile räusperte sie sich.

„Komm schon. Ich mache es uns beiden leicht."

Er drehte sich wieder zu ihr. Sie schrak zusammen, als sie seinen Gesichtsausdruck sah. Seine Augen waren nur noch

Schlitze, sein Kiefer malmte. Er war leichenblass. Eine Ader pulsierte auf seiner Stirn. Sein eiskalt gewordener Blick musterte sie von oben nach unten. „Es tut mir leid. Ich habe wohl etwas in unsere Beziehung hineininterpretiert. Ich habe mich in dich verliebt. Mein Fehler. Ich dachte, du empfindest auch etwas für mich. Aber anscheinend hat die Witwe Malm nur mal wieder einen Fick gebraucht. Ich werde dich schnellstmöglich von meiner Anwesenheit befreien. Wir fahren sofort." Seine Stimme klang steinhart. Er zog sein Portemonnaie aus der Tasche. „Sag mir bitte noch, was ich dir für Kost und Logis schuldig bin. Ich möchte keine Spuren hinterlassen. Dieses Mal nicht. Eine Schwangerschaft ist ja wohl auszuschließen." Er zog ein paar Scheine heraus und warf sie achtlos auf den Tisch.

„Henri …"

Er nahm sein Handy aus der Hosentasche, wählte die WhatsApp-Familiengruppe, tippte auf das Mikrophon für die Sprachnachricht und bellte: „Meti, Kati, Jessi, ihr kommt auf der Stelle zu Inas Haus. Ihr packt sofort eure Sachen. Wir fahren in einer Stunde nach Hause. Pronto! Keine Ausreden, keine Verzögerung! Ich hole das Auto, dann fahren wir!"

„Henri …"

„Was ist? Du hast schon alles gesagt, deutlicher brauchst du nicht zu werden. Es ist nicht zu fassen, dass ich mich auch nach all den Jahren noch so von den Lürßmanns verarschen lassen kann. Mein Kompliment, dein Vater kann stolz auf dich sein. Du hast doch mehr von seinem Charakter, als ich dachte."

Er stürmte in den Keller, nahm seine Reisetasche und rannte die Treppe mit Riesenschritten hinauf. Ina stand mit hängenden Armen in der Küche. Er beachtete sie nicht, sondern pfefferte seine Sachen in die Tasche.

„Ich hole eben mein Auto. Meine Kinder werden ihr Zeug selbst packen. Du wirst mich nicht wiedersehen. Ich nehme an, das ist in deinem Interesse." Henri drehte sich zu ihr und warf ihr einen vernichtenden Blick zu. „Dass ich dich Witwe Malm genannt habe, tut mir leid. Das war geschmacklos. Alles andere stimmt." Er lächelte kalt, packte die Tasche, rammte die Tür auf und hastete hinaus. Ina sah ihm nach. Was für eine Reaktion hatte sie von ihm erwartet? Erleichterung? Freude? Auf diese Erwiderung seinerseits war sie nicht vorbereitet. Er war bis ins Mark verletzt, enttäuscht und ernüchtert. Warum hatte sie all das gesagt, sie hatte kein Wort ehrlich gemeint. Niedergeschlagen lehnte sie die heiße Stirn an die Scheibe und begann zu weinen. Ein paar Minuten später klingelte ihr Handy. Hoffnungsvoll sah sie auf das Display und schluchzte bekümmert. Er war es nicht. Sie kannte die Nummer. Es war ihr bester Klient, der Betreiber des Reitstalls. Mit dem Handrücken wischte sie sich die Tränen weg. Sie schluckte, atmete durch und meldete sich.

Kapitel 27

„Das darf doch nicht wahr sein!" Wütend schlug Henri die Faust gegen das Garagentor der Werkstatt. „Wegen eines Trauerfalls ist die Werkstatt heute geschlossen." Henri hatte das Bedürfnis, das Schild abzureißen und darauf herumzutrampeln. Er blickte durch das kleine Fenster. Deutlich konnte er sein Auto im Inneren der Halle sehen. Es stand da, ordentlich wieder zusammengebaut. Er sah sich die Haustür neben der Werkstatt an. Neben der Tür waren zwei Klingelknöpfe, je einer für den Betrieb und die Familie. Er zögerte kurz und betätigte beide Knöpfe gleichzeitig. Nichts geschah. Er musterte die Fenster. Es war keine Bewegung hinter den Gardinen zu sehen. Sein Handy klingelte. Er sah auf das Display. Ina. Er ließ es klingeln, bis sie aufgab. Nach einer Weile klingelte es erneut. Er drückte sie weg und schaltete das Handy aus. Noch einmal betätigte er die Klingelknöpfe und schlug mit der Faust gegen die Tür. Nichts. Henri drehte sich um und ging langsam zurück.

Ina hatte die Terrassentür offengelassen. Entgegen seiner Aussage, das Haus nie wieder betreten zu wollen, ging er hinein. Du bist in den letzten Tagen ganz schön wankelmütig geworden, dachte er. Auf dem Esstisch lag ein Zettel.

„Ich muss dringend zum Reitstall. Können wir nachher noch mal reden, Henri? Fahrt bitte noch nicht. Ina"

Henri lächelte den Zettel abfällig an, bevor er ihn zerriss. „Danke, mein Schatz. Du hast mir schon genug gesagt."

Wo waren die Kinder? Henri sah auf sein leeres Handgelenk. Wo war die Uhr? Er schaltete das Handy wieder ein. Ina hatte zwischenzeitlich weitere drei Mal versucht, ihn zu erreichen. Von den Kindern hatte keines auf seine WhatsApp Nachricht reagiert. In Henri kroch weißglühende Wut hoch. Verbitterung auf Ina, die ihn nicht wollte, Gereiztheit auf die Kinder, die ihn ignorierten. Vor allem Wut auf sich selbst. Er unternahm einen neuen Versuch, schickte den Kindern eine weitere Sprachnachricht mit der Ermahnung, sich sofort zu melden. Er füllte sich ein Glas mit Wasser, ließ sich auf die Bank fallen und dachte nach. Dann sendete er den Kindern eine neue WhatsApp mit dem Inhalt, dass sie sich Zeit lassen könnten. Er drehte das Glas zwischen den Händen. Sollten sie doch den Tag noch genießen. Heute kämen sie nicht mehr nach Hause. Das Auto stand unerreichbar in der Werkstatt. Sie würden für die heutige Nacht ins Hotel gehen. Was machte das aus? Ruhig geworden trank er das Wasser. Kurz zog er in Betracht, die Armbanduhr dort zu lassen, wo sie war. Neben seinem Rennrad war sie sein einziger wertvoller persönlicher Besitz. Ina könnte sie ihm nachsenden. Er sagte sich, dass sein Verhalten albern war, und ging hinauf. Er nahm die Uhr vom Nachttisch und band sie ums Handgelenk. Wehmütig betrachtete er das Bett. Nur Sex, hatte sie gemeint. Ihre Blicke und Liebkosungen hatten ihm etwas anderes gesagt. Er zuckte die Schultern und wandte sich zum Gehen. Der Karton auf der Kommode erregte seine Aufmerksamkeit. „HINNERK" stand auf der Schachtel, die größer war als ein normaler Schuhkarton. Der Deckel wurde von einem Gummiband gehalten. Zögernd griff er den Karton und trug ihn hinunter. Er setzte sich auf die Küchenbank und stellte den Kasten auf den Tisch. Sanft strich er über die Buchstaben seines früheren Kosenamens. Was würde das Behältnis enthalten? Nichts, was nach so vielen Jahren noch von Bedeutung sein konnte. Am besten, er begrub die Schachtel ungeöffnet im Mülleimer. Natürlich tat er es nicht. Das poröse Gummiband zerfiel in seinen Händen. Vorsichtig nahm er den Deckel ab.

Obenauf lag eine Brosche. Henri lächelte und strich zärtlich über die grob gearbeitete Schmetterlingsform. Seine Oma hatte sonn- und feiertags diese Anstecknadel am Kleid getragen. Daneben befand sich eine Armbanduhr mit einem winzigen

Zifferblatt. Henri hatte sich schon als Kind gefragt, wie seine Oma die Zeit darauf erkennen konnte. Behutsam legte er beide Schmuckstücke zur Seite. Er entnahm der Schachtel ein Bündel Schriftstücke. Geburts- und Sterbeurkunden seiner Mutter und seiner Großeltern. Einige Postkarten von Bekannten seiner Oma aus dem Thüringer Wald, dem Harz und von der Insel Hiddensee. Ein kleiner Stapel verblasster Fotos. Ein Foto zeigte ihn auf dem Arm seiner Mutter. Sie hielt ihn wie ein Accessoire in die Kamera. Er rümpfte die Nase. Auf weiteren Bildern war er mit seinen Großeltern, dann nur noch mit seiner Oma zu sehen. Auf den folgenden waren Ina und er abgebildet.

„Danke, Oma", sagte er zu sich selbst. „Du warst uns beiden ein wunderbarer Mutterersatz."

Fast alle diese Aufnahmen waren in den Gärten der Lürßmanns entstanden. Sie saßen einträchtig als Sechsjährige in der Sandkiste, so wie er es den Kindern geschildert hatte. Auf dem nächsten hockten sie mit etwa zehn Jahren im Kirschbaum im Schrebergarten. An den Ohren hatten beide die prächtigsten Kirschen wie Ohrringe hängen. Er lächelte. Auf dem nachfolgenden saßen er und Ina am Gartentisch und pulten Erbsen. Henri musterte die frischen, unschuldig wirkenden Gesichter. So jung, und sie hatten schon über einen langen Zeitraum hinweg miteinander geschlafen. „Du meine Güte", murmelte er. Das letzte Foto zeigte Ina und ihn beim Abiball. Sie waren ein gutaussehendes Paar. Ina sah hinreißend aus in dem dunkelblauen Kleid und den hochgesteckten Haaren. Er selbst hatte sich von seinem gesparten Geld zu Inas Freude einen Anzug gekauft. Seinen ersten. Ina hatte ihm einen Schlips im gleichen Farbton ihres Kleids geschenkt. Beides hatte er nie wieder getragen, weder den Anzug noch die Krawatte. Sie hingen zurückgelassen im Schrank, als er fluchtartig und gedemütigt die Villa verlassen hatte. Schön war er gewesen, der Abiball, dachte er. Er lächelte. Fast ausschließlich hatten Ina und er miteinander getanzt. Alle

Freunde waren auf der Feier gewesen. Sie konnten die Musik hören, die sie wollten, der Alkohol floss in Strömen.

„Weißt du noch, dass wir beide und Bernardo den betrunkenen Jan nach Hause geschleppt haben?", fragte er laut. Die Ina auf dem Foto gab ihm keine Antwort darauf.

Ein Umschlag mit der Aufschrift HINNERK lag unter den Fotos. Henri zog einen Bogen karierten Papiers heraus. Dieser Zettel sah aus, wie aus einem Rechenheft gerissen. Die Schrift war schwer zu entziffern, doch Henri erkannte sie. Zum zweiten Mal innerhalb weniger Tage sah er Jörgs Handschrift auf einem herausgerissenen Blatt. Bedächtig schlug er den Bogen auseinander. Ein gefalteter Papierfetzen segelte hinab. Sein Blick flog an das Ende der Botschaft. „Sag mir, was ich machen soll. Jörg", las Henri. Auf dem herausgefallenen Blatt stand in Druckbuchstaben: „Ich habe Sören Palmberg getötet. KQ." Er legte das Schreiben zur Seite und starrte aus dem Fenster. Er holte tief Luft, nahm den ungelesenen Bogen wieder auf und las mit wachsendem Entsetzen. Minuten später stützte er seinen Kopf in seine Hände und grübelte. Erneut griff er nach den Fotos und suchte das mit den Kirschbäumen heraus. Seine Aufmerksamkeit galt weder Ina noch ihm, sondern er musterte mit zusammengekniffenen Augen den Garten im Hintergrund. „Ich Idiot", knirschte er mit zusammengebissenen Zähnen. Henri ließ die Bilder aus seinen Händen auf den Tisch gleiten. Jörg Müller. Was hatte Lasse gesagt? Warum nicht Michael Meier oder Thomas Schmidt oder so ähnlich? Er nahm sein Mobiltelefon wieder auf und schaltete es ein. Es zeigte etliche von ihm nicht angenommene Anrufe. Er ignorierte sie und rief seinen Stellvertreter im Kommissariat an. Brüsk wehrte er dessen launige Nachfragen nach dem Urlaub ab. „Ich bin übermorgen wieder da. Du musst was für mich feststellen. Sofort!" Henri nannte ihm Jörgs Daten und ein paar Vermutungen. „Schick mir sofort eine WhatsApp, wenn du was hast. Danke!" Er legte das Telefon beiseite und reflektierte seine Erkenntnisse.

Lasse fand ihn zusammengesunken am Tisch sitzend vor.

„Ich bin so ein Idiot!"

„Wenn du das sagst, Henri?" Lasse lachte, bis er Henris starren Blick bemerkte. Er hatte seinen leiblichen Vater in den letzten Tagen als selbstsicher und humorvoll kennen gelernt. Nun saß er mit versteinertem Gesicht vor ihm.

Henri zeigte ihm das Foto.

„Das bist du mit Mama? Niedlich."

„Wem gehörte der Schrebergarten neben euch?"

„Den alten Schusters, soweit ich weiß. Jetzt lebt da ein altes Pärchen. Meistens laufen sie nackt auf dem Grundstück herum." Lasse lachte, wurde bei Henris Gesichtsausdruck sofort wieder ernst. „Was ist?"

„Die alten Schusters sind die Eltern von Diane. Sie hatten schon damals das Gartengrundstück neben deinem Großvater. Mit Quittenbäumen."

„Ja, und?"

„Palmberg wurde mit einem Quittenast bewusstlos geschlagen. Von Diane im Garten ihrer Eltern."

„Wie sicher bist du?"

„Todsicher." Er sprang auf und rannte im Zimmer umher. Er griff nach seinem Handy, als es den Ton einer eingehenden WhatsApp-Nachricht von sich gab. Auch Lasses Telefon gab einen kurzen Ton von sich. Beide blickten auf ihre Mobiltelefone und wie aus einem Mund riefen sie: „Scheiße!"

Henris Handy zeigte 17 verpasste Anrufe von Ina und drei von Metke. Beunruhigt wurde er von einer Anzahl von WhatsApp Nachrichten seiner Familiengruppe. Jesper und Metke hatten Katje aufgefordert, endlich zu ihnen an den See zu kommen. Die letzten Mitteilungen waren an ihn gerichtet, mit dem Hinweis, ob er wüsste, wo Kati sei. Die Geschwister machten sich Gedanken über ihren Verbleib. Eine WhatsApp stammte von Ina „GNsekmp schnelll hilde."

Lasse hatte über seine Schulter hinweg gelesen. „Wer ist Hilde?"

„Hilfe. Sie meint Hilfe."

Lasse drehte ihm nun sein Handy hin. „Ruf henri n . Kati." Henri packte Lasses Telefon. Die Nachricht an seinen Sohn war eine Minute jünger.

„Was ist mit meiner Kati? Wo ist sie? Warum ist sie nicht bei ihren Geschwistern?" Dann fiel ihm ihr Angebot vom Mittagessen ein. Sie hatte Ina vorgeschlagen, die Pferde zu striegeln und sie auf die Weide zu führen. Ina hatte dankend angenommen. Hektisch tippte er ihre Nummer. „Hätte ich bloß diese Spy-Software noch auf ihrem Handy! Was hat mich geritten, sie bei einer Dreizehnjährigen zu entfernen!" Das Freizeichen ertönte. Er ließ es klingeln, aber Katje meldete sich nicht.

„Dieses miese Dreckstück."

„Katje?"

„Natürlich nicht. Diane hat was damit zu tun!"

Henri rief wiederholt Katjes Namen und rannte durch das ganze Haus, „Wo ist sie nur!? Wo ist sie hingegangen und mit wem? Hoffentlich hat sie ihre Medikamente bei sich. Lasse? Sie hat meistens eine braune Tasche bei sich. So ein zotteliges Lederteil."

Erneut zerrte er das Handy aus der Brusttasche und wählte abermals ihre Nummer. „Verdammt, sie geht nicht ran."

Er riss die Zimmertür der Mädchen auf und stürmte hinein. Die Unordnung erschwerte ihm die Suche. Fieberhaft durchwühlte er die Kleiderberge und schüttelte die Reisetaschen aus. Keine braune Tasche, keine Medikamente. Er wusste nicht, ob das gut oder schlecht war.

„Henri? Ich habe die Tasche gefunden!"

Henri stolperte den Flur entlang. Lasse hielt ihm Katjes Tasche entgegen, die mehr ein fransiger Beutel war. Am Henkel baumelte ein goldenes „K." Henri entriss ihm den Beutel und fuhr mit der Hand hinein. Er stieß sofort auf den Insulinpen. „Scheiße!"

Lasse sah ihn beunruhigt an. „Kann sie trotzdem ein Medikament bei sich haben?"

Henri schüttelte den Kopf. „Das Zeug muss gekühlt werden. Nur den angebrochenen Pen soll man bei sich tragen. Ich nehme an, dass sich Katje akribisch an die Vorgabe hält. Sie ist sehr genau."

Er ließ sich auf die Treppenstufe sinken und rieb die Stirn. Lasse setzte sich neben ihn. „Lass uns mal logisch denken."

Henri nahm die Brille ab und rieb sich die Nasenwurzel. „Ich fürchte, meine Logik ist aufgebraucht. Ich habe nur noch Angst." Er nahm Katjes Beutel erneut zur Hand und kippte den Inhalt aus. „Kein Handy. Wo hast du die Tasche gefunden?"

„Im Pferdestall."

„Sind die Pferde noch da?"

Lasse nickte. Beide erhoben sich gleichzeitig und stürmten durch den Garten. Im Laufen drückte Henri die Kurzwahlnummer für Katje. Aus der leeren Pferdebox ertönte ein Hüsteln.

„Das ist ihr neuer Klingelton."

Lasse scharrte ein wenig Stroh zur Seite und hob das hustende Telefon auf. Auf dem Boden lagen ebenfalls die Striegel.

„Katje hätte sie niemals so achtlos hingeworfen. Wo lag die Tasche?"

Henri sah auf die Stelle, auf die Lasse deutete. „Sie hätte die Tasche nicht hier liegen gelassen. Nicht mit dem Insulin. Das Handy hätte sie erst recht nicht in die Box geworfen. Sie ist nicht freiwillig gegangen." Henri schlug mit der Faust gegen die Holzwand. Die beiden Pferde reagierten nervös und schüttelten die Köpfe.

„Ist ja gut." Henri streichelte den Hals des aufgeregten Braunen. „Ihr könnt ja nichts dafür. Sie hat dich gestriegelt, nicht wahr? Was ist dann passiert? Wer ist hier gewesen? Sie wurde unterbrochen, aber durch wen?" Geistesabwesend tätschelte er den Hengst, der sich wieder beruhigte. „Deine Mutter war es nicht, ebenso wenig wie die Kinder. Wer kann hier gewesen …", Henri brach abrupt ab, als sein Blick auf den Grund fiel. „Was ist das?"

Drei Buchstaben waren auf dem Boden zu sehen. Lasse trat hinzu. „Sieht aus, wie mit der Schuhspitze in den Sand geschrieben." Er bückte sich. „LA … der dritte könnte ein N sein, oder ein M. Was soll das sein?"

„Nicht LA. Der erste ist ein C, der dritte ein M CAM. Cameron. Sie meint Diane. Scheiße! Ich weiß, wo sie ist. Lasse, wo ist dein Auto?" Henri rannte aus dem Stall.

„Das habe ich Simon geliehen. Was ist mit deinem? Ist es noch in der Werkstatt? Wo ist Mama?"

„Die ist zu einem Notfall gerufen worden! Aber wie es aussieht, ist sie im Gänsekamp! Sie ist im Schrebergarten am Gänsekamp! Das hat sie mit der Nachricht gemeint!" Henri atmete schwer. Wenn er richtiglag, schwebte Katje in Gefahr. Die Puzzlestücke der vergangenen Tage ergaben einen Sinn. Es war, als würde man an einem Kaleidoskop drehen und alle Stücke wanderten auf ihren wirklichen Platz. Henri wurde übel, als er begriff.

„Wo ist das Fahrrad von Amelie?" Henri rannte zur Hauswand, an die er es angelehnt hatte. Es war verschwunden. Stattdessen sah er nur Linneas Rad mit einem platten Hinterreifen in einem Busch liegen. Henri fluchte laut und sah sich suchend um. Lasse öffnete die Pferdebox und führte die Schimmelstute heraus. „Mama hat mal gesagt, dass du ein guter Reiter warst. Weißt du noch, wie man ein Pferd sattelt?"

Henri sah ihn fassungslos an. „Ich habe seit fast 30 Jahren nicht mehr auf einem Pferd gesessen!"

„Dann ist jetzt ein guter Zeitpunkt, um wieder damit zu beginnen. Oder hast du eine bessere Idee?"

Hunderte Gedanken schossen durch Henris Hirn, aber keiner davon taugte etwas. Lasse fixierte zwischenzeitlich den Sattelgurt unter dem Pferdebauch. Henri riss den Sattel des Braunen vom Gestell, legte ihn dem Pferd auf den Rücken und befestigte ihn. Er nahm sich nicht die Zeit, die Steigbügel zu verstellen, sondern schwang sich auf das Tier, als wären keine Jahrzehnte vergangen.

Lasse ritt voran. „Wohin wollen wir?", fragte er über die Schulter.

„Zu eurem Schrebergarten."

An der Schleuse ritten sie rücksichtslos an Fußgängern vorbei, die ihnen hinterher pöbelten. Henri schwitzte. Seine Knöchel wurden weiß vom Druck seiner Finger um die Zügel. Er zwang sich die Knie nicht so fest um das Pferd zu klammern. Die Angst um Katje trieb ihn zu einem schnelleren Tempo. Hinter Ebelings Grab, dem kleinen Park, gab er dem Braunen mit den Hacken den Befehl zum Traben. Der Hengst reagierte sofort. Henri hielt sich dankbar im Sattel. Das gutmütige Tier sprach auf alle seine Anweisungen an. Oder es trabte einfach hinter der Stute her. An der Schrebergartenanlage herrschte Ruhe. Durch die hohen Hecken war nichts zu sehen. Nur aus der Ferne hörte man das Brummen eines Rasenmähers.

„Was machen wir in Opas Schrebergarten?"

Henri schwang sich vom Pferd und ließ die Zügel fallen. „Dein Großvater steckt in der Sache mit drin. Tiefer, als ich mir vorstellen konnte."

„Opa? Du spinnst ja. Der ist ein alter Mann!"

„Gibt es keine alten Verbrecher? Außerdem war dein Großvater schon immer ein Kotzbrocken."

Lasse stieß die Pforte auf. Hinter dem Haus bot sich Vater und Sohn ein beängstigendes Bild. Diane hielt Katje an sich gedrückt.

Beide standen auf dem Holzsteg. Ein Ruderboot dümpelte vertäut am Ende. Katje wirkte benommen.

Katje! Was hatte Diane mit Katje vor? Was hat sie ihr gegeben, dachte Henri. Sie ist betäubt, oder Diane hat ihr eine zu hohe Dosis Insulin gespritzt. Ein paar Meter entfernt lehnte Lürßmann mit hängenden Armen an einem Baum. Er machte keine Anstalten in das Geschehen einzugreifen. Ihnen gegenüber stand Ina mit einem Gewehr, dessen Lauf auf den Boden vor ihr zeigte. Henri wischte sich mit dem Handrücken über die Stirn. Er musterte die Waffe. Das Modell war ihm unbekannt. Ein Betäubungsgewehr, schoss es ihm durch den Kopf. Was hat sie vor, fragte er sich. War Ina in der Lage, auf einen Menschen zu schießen? Und wenn ja, auf wen? Sind hier alle verrückt? Sollte er zu Ina gehen und ihr die Waffe entwenden? Oder zu seiner Tochter, die von Diane gestützt auf dem Steg schwankte? Wie ferngesteuert ging er auf Katje und Diane zu.

„Kati, komm zu mir." Seine Tochter hob langsam den Kopf und blinzelte ihn unsicher an. Sie versuchte, auf ihn zuzugehen, knickte aber in den Knien ein. Diane hielt sie im eisernen Griff umklammert. Ina verharrte mit dem Gewehr. Lasse stand da wie angewurzelt, ebenso wie sein Großvater. Henri fühlte sich, als liefe er durch ein eingefrorenes Bild, nur er bewegte sich durch diese groteske Szene.

„Schatz, komm her."

„Deine Tochter bleibt bei mir." Diane fasste Katje enger. „Wir werden sie beschützen."

„Vor mir?" Henri lachte hart auf. „Lass mein Kind los, du fieses Miststück."

Diane sah von Henri zu Lasse. „Hallo Lasse. Dein Vater hat Palmberg erschlagen und im See versenkt. Karsten und Jörg haben es beobachtet. Du, Hinnerk, oder Henri, wie du dich neuerdings nennst, hast es wohl bemerkt. Die beiden Trottel haben dich daraufhin angesprochen und mussten es mit ihrem

Leben bezahlen." Diane fasste Katjes Schopf und drückte ihn an sich. Dabei lächelte sie ihr gewinnendstes Lächeln. „Dann ist er abgehauen. Ina und Lasse, ihr könnt froh sein, dass er weg war. Wer weiß, was er mit euch gemacht hätte."

„Lass meine Tochter los, du Psychopathin!"

Diane zog Katje weiter auf den Steg. Sie waren nur noch wenige Meter von der Kante entfernt. Was hatte sie vor? Selbst wenn sie Katje in die Elde stoßen würde, käme Diane nicht an ihm oder Lasse vorbei.

„Bleib stehen!" Henri ging auf sie zu. „Das Spiel ist aus, Diane. Lass meine Tochter los!"

„Halt Henri. Bleib stehen!" Ina hatte das Gewehr auf ihn gerichtet. „Ich weiß gerade nicht, was ich denken soll. Ich finde das alles sehr plausibel. Du hast sie ermordet. Immer hast du behauptet, mein Vater hätte dich weggeschickt. Hast du wirklich die Wahrheit gesagt? Hast du Palmberg, Jörg und Karsten ermordet und bist geflüchtet? Jetzt, fast 30 Jahre später tauchst du auf wie die Unschuld in Person? Bist du nur zurückgekommen, um reinen Tisch zu machen?"

„Seid ihr alle irre? Ich war bereits einen Tag vor dem Mord an Palmberg weg!", rief Henri. Mit offenem Mund drehte er sich zu ihr. Inas Blick wanderte zwischen ihm und Diane hin und her. „Das behauptest du! Papa, warum sagst du nichts dazu?"

Lürßmann murmelte etwas Undeutliches.

„Dein Vater und Diane haben seit vielen Jahren ein Verhältnis. Nachdem Palmberg aus dem Ponzi-Betrug aussteigen wollte, haben sie ihn gemeinsam umgebracht und in den See geworfen. Berichtige mich, Diane, wenn ich was Falsches sage." Henris Stimme war schneidend. „Das Verhältnis besteht noch immer. Ina, denk doch nur an das Liebesnest deines Vaters hier im Schrebergarten. Wie armselig ist das denn? Es wäre ein Einfaches gewesen, das Verhältnis öffentlich zu machen, oder nicht?"

Katje wimmerte. Henri trat ein paar Schritte auf sie zu. Diane wich mit Katje zurück. Nun standen sie unmittelbar an der Kante.

„Ich sage es nicht noch einmal. Bleib stehen. Sonst drücke ich ab. Ich kann nicht garantieren, dass du danach wieder aufstehst."

Abwehrend hielt er Ina die ausgestreckte Hand entgegen. „Ina, was machst du da? Leg das Ding weg, ich bin doch kein Rhinozeros!"

Lasse löste sich aus der Erstarrung. „Mama, bist du wahnsinnig geworden?"

Ina schüttelte den Kopf. „Ich war noch nie so klar! Bleib da stehen."

Henri lief der Schweiß in Strömen den Rücken hinunter. Konnte er Katjes Sturz in die Elde noch verhindern? Wollte Diane selbst in den kleinen Fluss springen? Das würde nichts nützen. Er wäre ihr sofort auf den Fersen. Hoffentlich dreht Ina nicht durch, dachte er. Würde sie tatsächlich auf ihn schießen? Lasse wäre mit der Situation allein sicher überfordert. Was würde geschehen, wenn er, Henri, selbst angeschossen am Boden läge und Katje hilflos und betäubt in der Elde um ihr Leben kämpfen müsste? Mit Lürßmanns Hilfe war nicht zu rechnen. Inas Verhalten konnte er nicht einschätzen. Er trat weiter auf Diane und Katje zu. Seine Tochter konnte die Augen nicht mehr offenhalten. Er sah, wie sich ihre Lippen bewegten. Sein Herz krampfte sich bei ihrem Anblick zusammen. Er biss die Zähne zusammen und ballte die Fäuste.

„Diane, was hast du Katje gegeben? Sie braucht Hilfe."

„Die Hilfe bekommt sie doch! Ich bin schließlich ihre Ärztin, schon vergessen?" Diane lächelte ihn an. Ihre Mundwinkel verzogen sich nach oben, aber ihre Augen waren kalt. Sie streichelte Katje die Wange.

„Fass sie nicht an!", brüllte Henri und sprang auf sie zu.

„Henri! Ich schieße, wenn du nicht stehen bleibst!"

Er beachtete Ina nicht. Sollte sie doch schießen, er würde die Gelegenheit, seine Tochter vor einem Stoß in den Fluss zu retten, nicht ungenutzt verstreichen lassen.

Er sah nicht, was hinter ihm geschah. Er hörte Lasse nur: „Mama, nicht!", rufen und vernahm den Schuss.

Henri empfand keinen Schmerz. Entweder hatte sie ihn nicht getroffen oder das Adrenalin pushte ihn. Dann sah er Diane wie im Zeitlupentempo in die Knie gehen. Kati glitt ihr aus den Armen. Henri erreichte die beiden und fing Katje auf. Diane sank auf den Steg. Henri umarmte seine Tochter und bedeckte ihr Gesicht mit Küssen.

Ina ließ das Gewehr fallen, warf sich mit Wucht gegen ihren Vater und trommelte mit den Fäusten auf seine Schultern ein. Lürßmann versuchte, die Schläge abzuwehren, und blinzelte an Ina vorbei zu Diane, die sich wieder aufsetzte und die Wade rieb.

„Ina! Du hast auf Diane geschossen! Diane, Liebling, geht es dir gut?"

„Es ist nur ein Streifschuss. Keine Sorge, sie ist gesund und munter, jedenfalls körperlich." Henri hielt seine Tochter im Arm, ohne Diane aus den Augen zu lassen. „Lasse, nimm das Gewehr an dich."

„Du hast sie Liebling genannt? Diese …? Nur ein Streifschuss? Schade. Was ist los mit dir, Papa? Du hast mein Lebensglück mit Henri absichtlich zerstört? Nur um dich mit dieser bösartigen Schlampe Diane, dieser psychopathischen Mörderin, zu amüsieren? Du hast meinen Freund weggeschickt, weil er dir bei deiner kleinen miesen Affäre im Weg war?" Ina schlug mit den Fäusten auf die Schultern ihres Vaters ein.

Dr. Lürßmann geriet ins Wanken und versuchte Inas erneuten Wutausbruch abzuwehren. „Ich hätte nicht gedacht, dass er wirklich geht. Ich habe doch alles getan, um dich und Lasse zu unterstützen! Dir ist es doch die ganzen Jahre gut gegangen! Sonst hättest du das Studium mit dem Kind nicht geschafft."

„Dafür soll ich dankbar sein? Lieber hätte ich von Wasser und Brot, aber mit meinem Freund gelebt! Ich hasse dich dafür!"

„Ich habe doch versucht Hinnerk zu finden, aber der hatte sich in Luft aufgelöst! So wollte ich das doch auch nicht! Das musst du mir glauben! Ich hätte auch nie zugelassen, dass Diane dir etwas antut. Ina, mein Kind, das musst du mir glauben!"

„Tatsächlich? Aber bis dahin war alles in Ordnung? Den toten Lehrer beseitigen, den armen Kaschi ermorden und was ihr mit Jörg gemacht habt, ist noch immer nicht klar! Katje ertränken wäre für dich auch noch akzeptabel gewesen? Sie ist ein Kind! Sie ist die Schwester deines Enkels! Aber bei mir hättest du die Grenze gezogen?"

Ina ließ von ihm ab und sank weinend auf den Boden.

Lürßmann hockte sich neben seine Tochter und versuchte, sie am Arm zu streicheln. Ina rückte von ihm ab.

„Es war doch alles bestens! Er war nicht gut genug für dich. Es konnte doch keiner ahnen, dass etwas aus ihm wird. Schließlich hattest du Torben. Mit ihm warst du glücklich!"

„Ich wollte mit Hinnerk zusammen sein! Und das wusstest du. Nur wegen deines Egoismus hast du ihn vertrieben! Wegen dieser eiskalten Psychopathin!"

„Ich wollte ihn nicht im Haus haben! Ich habe Diane schon damals geliebt. Sie sollte zu mir ziehen, sie war doch nur pro forma mit Raik zusammen. Hinnerk hat zu viel Zeit im Haus verbracht. Diane meinte auch …" Er rutschte dichter an Ina.

Sie rückte weiter weg. „Fass mich nicht an! Ach, und weil Diane Hinnerk nicht wollte, musste er weg? Wie blöd wart ihr denn? Ein paar Wochen später wären wir weg gewesen. Ich wäre mit Hinnerk und dem Kind nie weder bei dir eingezogen. Ihr hättet nackt durch das Haus rennen können! Aber stattdessen hilfst du bei mehreren Morden. Dann ist alles wahr, was mir Henri über dich gesagt hat. Du hast so viele Menschen auf dem Gewissen. Dann stimmt das mit den Betrügereien auch? Du hast andere Leute um ihr Erspartes gebracht? Ich wollte es nicht glauben, als Henri es mir gesagt hat." Sie nahm die Hand, die Lasse ihr entgegenstreckte. Er zog sie hoch. „Mir ist schlecht, Papa. Was bist du nur für ein Mensch!"

„Ina, Liebling!"

Sie betrachtete ihren Vater verbittert, drehte sich um und schwankte auf Henri und Kati zu, die immer noch umschlungen auf dem Steg saßen.

„Opa, ich werde dich jetzt festnehmen. Dass ich dich mitnehmen muss, das ist dir doch klar?"

Dr. Gerald Lürßmann sah seinen Enkel mit bitterer Miene an. „Du bist ganz wie dein Vater."

Lasse lächelte. „Danke, Opa, das ist das Netteste, was du mir jemals gesagt hast."

Kapitel 28

Minuten später wimmelte es vor Menschen auf dem Grundstück. Ein Ambulanzteam war vor Ort und betreute Katje, die an Unterzuckerung litt, sonst aber keine Verletzungen aufwies. Dianes Streifschuss war kaum mehr als eine Schramme und mit einem kleinen Verband versorgt worden. Ina war zu Katje in den Wagen gestiegen. Henri hatte Ilja Seeburg angerufen, der nur wenige Minuten später mit seinen Kollegen eintraf.

„Du schon wieder. Ich glaube es ja nicht!"

Henri zuckte die Schultern. „Es ist das letzte Mal. Jetzt ist es vorbei." Kurz schilderte er Ilja die Tatsachen. Die Augen des örtlichen Kommissars wurden immer größer.

„Du willst mir sagen, dass du nach all den Jahren den Fall so aus dem Nichts geklärt hast?", fragte Seeburg ungläubig.

Henri zuckte gleichmütig die Schultern. „Ich hätte da eher draufkommen müssen. Aber wenigstens sind die Geschehnisse um Karsten Quandt und Sören Palmberg ans Licht gekommen. Ich komme später aufs Kommissariat. Ich will mich jetzt um meine Familie kümmern."

Seeburg nickte. Henri trat langsam auf Diane zu. Auf die Frau, die gemeinsam mit Inas Vater in sein Dasein eingegriffen und weitere andere Leben zerstört hatte.

„Hast du eine Acht dabei?"

„Klar." Seeburg nestelte an seinem Gürtel und reichte Henri ein paar Handschellen.

Diane lehnte am weiß getünchten Haus und hielt ihr Gesicht mit geschlossenen Augen in die Sonne. Neben ihr stand ein junger Polizist.

„Genieße es, Diane, du wirst lange keine Gelegenheit mehr bekommen, den Sommer auszukosten."

Sie lächelte ihn an. „Ich weiß, lieber Hinnerk. Und das habe ich dir zu verdanken."

„Nicht mir. Das hast du selbst zu verantworten. Du und dein Helfershelfer Lürßmann hättet schon vor Jahrzehnten in den Strafvollzug gemusst. Ihr wärt längst wieder draußen. Außerdem hätte Bernd dann nicht sterben müssen."

Henri hielt die Handschellen hoch. Diane hielt ihm in gespielter Demut die Handgelenke entgegen.

„Muss das sein?"

„Aber sicher. Du wolltest eben meine Tochter umbringen. Nimm es als Entgegenkommen, dass ich sie dir nicht hinter dem Rücken anlege."

Diane hielt ihr Gesicht weiter in die Sonne und schloss erneut die Augen. Henri betrachtete sie. Ihr Make-up war verwischt, das Mascara unter dem rechten Auge verlaufen. Er bemerkte Fältchen und Schweißtropfen an ihrer Oberlippe.

„Was passiert nun mit mir und Gerald?"

„Ihr werdet noch heute dem Haftrichter vorgeführt. Dann geht es ab ins Untersuchungsgefängnis."

„Das freut dich wohl?"

„Ich kann dir gar nicht sagen, wie sehr." Er wandte sich ab.

„Ich muss mal zur Toilette."

Er drehte sich zu ihr. „Nein."

Diane lächelte und zeigte ihre prachtvollen Zähne.

„Bitte, Hinnerk."

„Ich habe nein gesagt. Du kannst auf dem Revier gehen, das ist nicht weit."

„Ich kann sie begleiten", sagte der junge uniformierte Beamte.

„Was ist an ‚nein' nicht zu verstehen?"

„Verstößt das nicht gegen die Genfer Konventionen?", fragte der junge Beamte verunsichert.

„Mag sein. Vielleicht auch gegen das Schengen-Abkommen. Die Frau bleibt hier! Mit Handschellen!" Henri warf dem Kollegen einen drohenden Blick zu.

Er wandte sich um und stieg in den Rettungswagen. Katje lag mit geschlossenen Augen angeschnallt auf der Trage. Ina saß weinend neben ihr und hielt ihre Hand.

„He. Es kann nur eine Begleitperson mitfahren."

Henri beachtete den Rettungssanitäter kaum. Unsanft stieß er Ina beiseite. „Ich bin der Vater, ich fahre mit." Er wandte sich an Ina. „Können Metke und Jesper bei dir bleiben? Danke", fügte er hinzu, als sie nickte. Ihr Anblick rührte sein Herz. Ina saß bleich und zitternd neben Kati. In ihren Augen schwammen Tränen, sie sah ihn mit einem unendlich traurigen Ausdruck an. Sie war ebenfalls ein Opfer ihres Vaters. Vielleicht sollte sie besser Katje begleiten. Schon deshalb, damit sie sich medizinisch untersuchen und ein Beruhigungsmittel erhalten konnte. Sein Widerstand bröckelte angesichts ihrer Verzweiflung. Sanft strich er ihr über die Haare. Schluchzend fiel sie ihm um den Hals. „Es tut mir alles so leid! Bitte lass mich nicht allein."

„Wir reden später, Ina. Fahr du nur mit Katje und lass dich bitte auch untersuchen. Ich komme und hole euch so bald wie möglich."

Katje öffnete die Augen und lächelte ihn müde an. Henri beugte sich, mit Ina im Arm, über seine Tochter und küsste sie. „Ist das in Ordnung, wenn Ina mit dir fährt?" Katje lächelte und nickte. Erneut schloss sie die Augen.

„Bis nachher. Lass dir auch was zur Beruhigung geben." Er strich Ina über die Wange und stieg wieder aus dem Wagen. Er blickte sich suchend um. Gerald Lürßmann saß noch immer mit hängendem Kopf im Schatten der Laube. Seine Hände waren auf den Rücken gefesselt. Henri ließ sich neben ihm ins Gras sinken. „Sind Sie nun zufrieden, Herr Doktor?"

Lürßmann sah ihn an. Henri kam es vor, als sei der um Jahre gealtert. „Nein. Es wäre alles nicht nötig gewesen. Vor allem das mit dem Jungen. Aber Diane war so verzweifelt. Ich musste ihr doch helfen. Ina hat Recht. Ich hätte sie mit dir nach Berlin gehen lassen sollen. Sie wäre nicht mehr zurückgekommen, sondern mit dir und dem Jungen zusammengeblieben. Diane wäre bei mir eingezogen und hätte mich geheiratet." Er musterte Henri, als sähe er ihn zum ersten Mal. „Ich habe auf das falsche Pferd gesetzt. Wer hätte geahnt, dass aus dir was wird?"

„Die Betrügereien mit Ponzi sind auch auf Ihrem Mist gewachsen, oder? Diane hat den Opfern mit ihrem lieblichen Lächeln das Geld aus der Tasche gezogen. Palmberg war vermutlich ein williger Helfershelfer?"

Lürßmann lehnte den Kopf an die sonnenwarme Hauswand und schloss die Augen. Henri drängte sich bei dem Anblick der Vergleich mit einem alten, müden Kater auf.

„Das weißt du auch?" Gerald öffnete die Augen und sah Henri an. „Du bist ein kluger Mann, Hinnerk." Der alte Mann seufzte tief. „Wir hatten es uns leichter vorgestellt. Nachdem Hans-Hagen Dreyer mir Geld gegeben hatte, dachte ich, es wäre ein Kinderspiel. Aber der Idiot hat in die Parteikasse gegriffen. Die Sache wurde mir zu heiß. Zum Glück hat er sich umgebracht, ohne meinen Namen zu nennen. Ich hatte Angst um meinen guten Ruf. Diane hat mich gedrängt, die wohlhabenden Patienten zu werben. Das war das Einzige, was ich ihr abgeschlagen habe. Meine Patienten hätten ihr Geld doch wiederhaben wollen. Das hätte einen Skandal gegeben. Meine Reputation wäre dahin gewesen, ich befürchtete, meine Approbation zu verlieren."

„Ich verstehe. Leute ohne eigenes Risiko zu betrügen, das war das Ziel."

Lürßmann betrachtete seine Füße und seufzte. „Diane war noch Schülerin, aber so pfiffig! Sie hatte Palmberg an der kurzen

Leine, er sollte für sie die Anwerbung machen. Er war ziemlich erfolglos, er hatte nicht genug Biss."

„Oder einfach einen besseren Charakter. Außerdem ist es mit Dianes Intelligenz auch überschaubar. Sie ist in der elften Klasse sitzengeblieben und hat die Hausaufgaben nicht geschafft, ohne mit jemandem ins Bett zu gehen, der ihr hilft oder die Prüfungsaufgaben im Voraus gibt. Hat Sie das nie gestört? Jedenfalls wird sie nie wieder als Ärztin arbeiten."

Lürßmann sah ihn an. Langsam schüttelte er den Kopf. „Die arme Diane. Sie ist noch so jung. Muss sie ins Gefängnis? Und wenn ich alles auf mich nehme?"

Henri starrte ihn an. War das sein Ernst? Er schüttelte den Kopf und erhob sich. Was blieb noch zu sagen? Der alte Mann jammerte tatsächlich dieser eiskalten Psychopatin nach. Er sah sich um. Lasse sprach mit Seeburg und legte eben das Gewehr in den Kofferraum des Streifenwagens, aber wo waren Diane und der junge Polizist? Henri fluchte. Eine weitere Funkstreife und ein Zivilfahrzeug fuhren vor. Henri plante, Gerald und Diane in getrennte Wagen setzen lassen, um weitere Absprachen zwischen ihnen zu verhindern.

Erneut sah er sich im Garten um. Diane war nicht zu sehen. Er hatte ein ungutes Gefühl. Eben trat sie hinter dem schuldbewusst dreinblickenden Kollegen aus dem Gartenhaus. Ihre Arme hingen entspannt mit geöffneten Händen am Körper herunter. Wieso war sie nicht gefesselt? Hatte er dem Kollegen nicht ausdrücklich angewiesen, ihr die Handschellen nicht abzunehmen? Henri fühlte, wie ihm der Schweiß ausbrach, und eilte mit großen Schritten auf sie zu. Ihr herausfordernder Gesichtsausdruck gefiel ihm nicht. Sie lächelte Henri an. Mit einer gleitenden Bewegung holte sie etwas aus ihrem hinteren Hosenbund. Der Gegenstand blitzte silbern in der Abendsonne auf. Henri stürmte auf sie zu. Nur noch wenige Meter trennten ihn von ihr. Seine Gedanken überschlugen sich. Was hat sie vor? Diese Frau gibt nicht auf!

Was hat sie in der Hand? Ein Messer? Um Glück sind Katje und Ina im Krankenwagen in Sicherheit, dachte er. Ihm brach der Schweiß aus. Nur er und Lürßmann waren in ihrer Nähe. Henri wappnete sich auf einen Angriff, aber sie machte eine kleine Bewegung zur Seite, auf Gerald Lürßmann zu. Der hob den Blick zu ihr und sah sie liebevoll an. „Ich liebe dich, Gerald. Es tut mir leid. Ich tue es aus Liebe." Sie stach mit dem glänzenden Teil zu. Nur einen Augenblick später riss Henri Diane von ihm fort, aber zu spät. In Lürßmanns Halsvene steckte ein Korkenzieher. Blut pulsierte mit jedem Herzschlag aus ihm heraus. Der Korkenzieher kippte aus dem triefenden Stich zu Boden. Henri ließ Diane los und bemühte sich, die klaffende Wunde zuzuhalten, während er nach der Notärztin schrie. Henri drückte auf die blutende Verletzung, konnte aber nur dabei zusehen, wie der rote Blutstrahl aus der Ader pulsierend durch seine Finger sickerte.

„Das wird nichts nützen, Hinnerk", sagte Diane sanft. Der Rettungsassistent riss Diane unsanft zur Seite und kniete neben Henri. Der machte Platz für den zweiten Sanitäter und die Notärztin. Schwer atmend wandte er sich Diane zu. Der junge Polizeibeamte legte ihr die Handschellen an und führte sie mit einem geschockten Blick an Henri vorbei Richtung Streifenwagen.

„Warum haben Sie ihr die Acht abgenommen?", herrschte er den leichenblassen Polizisten an und deutete auf die Handschellen, die nun Dianes Handgelenke auf dem Rücken umschlossen. Er wartete nicht auf eine Antwort, sondern suchte den Blickkontakt zu seinem Sohn. Lasse stand wie festgewurzelt noch immer am Streifenwagen und sah zu. Er machte keine Anstalten, auf seinen Großvater zuzugehen. Dann löste er sich aus der Erstarrung und klappte den Kofferraum zu.

„Das Mädchen und die Frau müssen aus dem Wagen", hörte er die Ärztin sagen. „Wir brauchen einen Hubschrauber. Der kann vorne an der Hauptstraße landen."

„Meine Tochter wird nicht für diesen Mörder Platz machen!", rief er und bemerkte, wie ihm Lasse den Arm um die Schultern legte.

„Lass gut sein, Papa. Mama und Kati wird nichts geschehen."

Trotz der bizarren Situation nahm Henri wahr, dass Lasse ihn Papa genannt hatte, und lächelte leicht. Er öffnete die Tür des Streifenwagens, in dem Diane neben dem blassen Polizisten saß.

„Lassen Sie sich nicht noch einmal von ihr einwickeln", warnte ihn Henri. „Ihr Charme ist mörderisch."

„Leider hatte ich bei dir keine Chance." Diane sprach etwas schleppend, aber deutlich. „Du hattest stets nur Augen für die liebe Ina."

„Ja. Immer", sagte Henri schlicht.

„Gerald ist 73. Der kommt zu Lebzeiten nicht mehr aus dem Gefängnis. Und bei mir macht es nichts mehr aus. Ob einer mehr oder weniger. Ich habe alles falsch gemacht." Sie wandte den Kopf und versuchte einen Blick auf Gerald Lürßmann zu werfen, der von der neben ihm knienden Notärztin verdeckt wurde.

„Willst du nicht wissen, wie es damals gewesen ist?"

„Ich weiß es. Leider hatte ich diesmal eine zu lange Leitung. Ich war persönlich involviert, das hat mich abgelenkt."

Diane lächelte süffisant. „Und die liebe Ina."

Er nickte. „Ich war ein Idiot. Schon als ich hörte, Karsten habe ein schriftliches Geständnis abgegeben, hätte es bei mir klingeln müssen. Karsten hat immer mit ‚Kaschi' unterschrieben. KQ hieß nicht Karsten Quandt, sondern Killer Queen. Das warst du."

Diane lächelte. „Das waren Zeiten. Karsten wollte ein schriftliches Geständnis von mir. In seiner Begeisterung hat er nicht mal auf das KQ geachtet, der Trottel."

Henri biss die Zähne zusammen. „Du hast dich mit Palmberg nach der Beerdigung von Ingrid Kowaletzkow getroffen."

„Ja, ich war auch da. Wie kann man nur so blöd sein? Sie hat sich wegen Sören die Pulsadern aufgeschnitten. Sören hatte ein schlechtes Gewissen, als er ihren Sohn gesehen hat. Er meinte, so etwas dürfe nicht wieder geschehen, ab jetzt würde er treu sein, er würde nie wieder einen Menschen so ins Unglück stürzen. Dann hat er mich so seltsam angesehen. Ich wollte mich von ihm trennen, ich hatte nie vorgehabt bei ihm zu bleiben. Die Sache mit uns war mit Unterbrechungen fast ein Jahr lang gelaufen. Und was macht er? Er wollte sich von mir trennen, von mir! Und reinen Tisch machen. Ich hatte meinen Numerus clausus und musste befürchten, dass er mir wieder aberkannt wird, falls die Affäre mit ihm publik werden würde. Er hatte davon gesprochen, seiner Frau alles zu beichten. Er wollte sogar Ingrids Sohn bei sich aufnehmen und hatte gehofft, seine Frau würde ihm verzeihen. Wir hatten auch ein paar Betrügereien am Laufen. Er wollte sich selbst anzeigen." Sie lachte. „Was für ein Idiot? Das konnte ich nicht zulassen. Über kurz oder lang hätte er mich mit hineingezogen. Ich hatte Gerald und noch Raik. Das wuchs mir alles über den Kopf."

„Deshalb hast du ihn ermordet? Weil er sich wie ein anständiger Mensch verhalten wollte?"

Diane sah ihn aufrichtig überrascht an. „Ja, sicher! Ich habe ihm eine Aussprache angeboten, der Schrebergarten eignet sich vorzüglich für diese Zwecke."

Henri verstand. „Du hast ihn mit dem Ast der Quitte bewusstlos geschlagen. Dann hast du ihn mit einem Stein getötet. Also habt ihr keinen Ohnmächtigen transportiert, sondern einen Toten. Es war auch kein Wasser in seiner Lunge, wie ich von meinem hiesigen Kollegen weiß."

Diane lächelte wieder. „Nein. Getötet habe ich ihn nicht. Das war Gerald ganz allein. Natürlich hatte er mich zur Aussprache begleitet und in der Laube meiner Eltern gewartet. Gerald tut alles für mich. Er ist ein Schatz."

„Der Meinung kann ich mich nicht anschließen." Ihm ging etwas durch den Kopf. „Später fiel mir eine Bemerkung meiner ältesten Tochter ein. Sie hat etwas gesagt, das mich zum Nachdenken gebracht hat."

„Was hat deine älteste Tochter mit mir zu tun? Die kenne ich nicht einmal!"

„Sie erfindet Berufe für mich. Sie hat so viel Fantasie, dass sie jede angebliche Tätigkeit nur einmal erwähnt." Henri bemerkte, dass die Hecktür eines zweiten Rettungswagens, in den Katje und Ina gebracht wurden, zugeschlagen wurde. Das Blaulicht wurde angestellt und der Wagen setzte sich ohne Martinshorn in Bewegung. Zum Glück dachte Henri. So bleibt ihr diese Aufregung erspart. Die Besatzung des ersten Wagens kümmerte sich noch immer um Gerald. Er wandte seine Aufmerksamkeit wieder Diane zu. „Sie hatte Ina das Märchen vom Schuhverkäufer erzählt, die hatte es ihrem Vater weitergesagt, sonst aber niemandem. Du hast mir aber, genau wie er, bei unserer ersten Begegnung immer auf die Schuhe gesehen. Du hattest also eine Verbindung zu Inas Vater. Dann der Schrebergarten. Euer Liebesnest. Habt ihr das nötig? Du hast ein großes Haus, er die Villa, die er alleine bewohnt?"

Sie lachte. „Es macht einfach Spaß. Gerald sieht es so wie ich. Er hätte mich auch gerne geheiratet, aber Raiks Eltern haben mehr Geld und der Name klang damals so gut. Der arme Raik. Er war zu anständig, um mich loszuwerden. Jetzt kann er sich guten Gewissens scheiden lassen und mit seiner Geliebten und seinem Kind zusammenziehen." Erstaunt musterte sie Henris Gesicht. „Du bist nicht überrascht?"

„Nein. Ich habe Julia ein paar Mal getroffen. Ihren Sohn habe ich auch kennengelernt. Theo sieht Raik recht ähnlich. Ich wünsche den dreien alles Gute. Anfangs dachte ich, Raik wäre dein Helfershelfer."

Diane schnaubte verächtlich. „Dieser Spießer. Er wollte eine Praxis, eine liebe Frau und Kinder. Ich habe sein Kind abgetrieben. Das von Gerald auch. Richte Ina meine lieben Grüße aus.

Ihre Schwester wäre heute 25." Ein hässliches Grinsen glitt über ihr Gesicht. „Du bist nicht entsetzt?"

„Was hattest du mit meinem Kind vor?"

„Deine kleine Katje? Ich kann es dir nicht sagen. Ich wollte dich treffen, herausfinden, ob du noch an der Sache dran bist, aber keiner war da – außer deiner Katje. Sie hat das Pferd gestriegelt, ich habe ihr was von einer neuen Therapie erzählt und wollte sie überreden mitzukommen. Das kleine Biest hat sich gesträubt. Sie wollte ohne deine Erlaubnis nicht mitkommen. Na ja, ein kleines Handgemenge, eine kleine Injektion und die Sache lief. Glücklicherweise hatte ich meine Arzttasche bei mir. Ich wollte dir ganz einfach wehtun, nicht dem kleinen Mädchen. Ein kleiner Kollateralschaden." Sie lächelte. „Aber wie hast du uns gefunden?"

Henri atmete tief ein und zwang sich zur Ruhe. Der Tod eines seiner geliebten Kinder wäre für Diane nur ein Kollateralschaden gewesen. Er dachte an das CAM, das sie mit der Fußspitze in den Stallboden gekratzt hatte. „Meine Katje ist intelligent. Sie hat mir einen Hinweis hinterlassen!" Sollte sich doch Diane den Kopf zerbrechen. Henri betrachtete sie ruhig. Er wollte ihr nicht zeigen, wie es in ihm brodelte. „Warum Bernd, Diane? Was hat er dir getan?"

„Bernardo? Wieso fragst du das? Der muss doch was gesehen haben!" Diane sah Henri mit einem ehrlich erstaunten Blick an. „Komm schon Hinnerk! Ich bin dir nachgegangen zum Wasserwanderrastplatz. Ich wollte sehen, was du vorhast. Netterweise habt ihr euch auf eine Bank gesetzt. Ich stand dahinter im Gebüsch und konnte vieles, aber leider nicht alles verstehen. Ich habe aber gehört, dass dieser runtergekommene Säufer von mir gesprochen hat. ‚Diane, das geile Luder', habe ich gehört. Ich habe mir den Kopf zerbrochen, was er damals mitbekommen haben kann. Und warum er nie versucht hat, mich zu erpressen.

Wir wären schon mit ihm fertig geworden." Ein feines Lächeln zog sich um ihre Lippen.

„Du niederträchtiges Biest! Er hat von der Auswahl der Unis gesprochen, wer von uns geplant hatte, wohin zu gehen! Er hat nichts gewusst. Du hast ihn völlig umsonst ermordet."

Sie lächelte noch immer. „Kannst du es beweisen?"

„Ich werde es versuchen. Du bist am Nachmittag noch mal gekommen. Du hast dir eine Sonnenbrille aufgesetzt, die Zöpfe von der Pippi-Langstrumpf-Perücke vom Fasching aufgedröselt und aufgesetzt. Bernd hatte Müll entsorgt, als du kamst. Ein Zeuge hat dich gesehen. Er hat dein Kennzeichen notiert." Henri hatte keinerlei Gewissensbisse hier zu lügen. Er sprach nicht offiziell. Diane lachte. Ein verunsicherter Ton schwang darin mit. „Man kann Perücken aufsetzen, wie man möchte, man kann Leuten straffrei beim Mülltrennen zusehen." Sie beugte sich zu ihm. „Er hat mich sofort erkannt und sich gefreut, mich zu sehen. Er wollte mir sein Boot zeigen, das hat entsetzlich gestunken." Sie rümpfte die Nase. „Ich hatte ein Fläschchen Wein mitgenommen und ein Schlafmittel."

„Du hast ihn mit Benzin übergossen und lebendig verbrannt."

„Er wird nicht viel gemerkt haben. Er war narkotisiert. Außerdem: Was hatte er für ein Leben? Drogen, Alkohol und er hatte jemanden umgebracht, wusstest du das? Er war ein Mörder."

„Ach, was bist du? Du und Lürßmann habt ja wohl viel mehr Menschen auf dem Gewissen! Bernd war alles andere als ein Heiliger, aber er hat seine Strafe abgesessen. Es ist kein Grund jemanden zu ermorden, nur weil er nicht in den Benefit HELP-Club passt! Du hast Palmberg ermordet und Bernd bei lebendigem Leib verbrannt, du Miststück. Er ist qualvoll gestorben, seine Schreie waren entsetzlich anzuhören."

Diane zuckte die Achseln.

„Du bist auch nicht davor zurückgeschreckt, dieses bescheuerte Inserat in der Zeitung aufzugeben? Wolltest du Ina belasten?"

„Das war wirklich eine dämliche Idee. Die Anzeige ist außer Gerald niemandem aufgefallen. Er war ziemlich sauer auf mich." Sie verdrehte die Augen und versuchte erneut, einen Blick auf Lürßmann zu werfen.

„Was habt ihr mit Kaschi gemacht? Seine Eltern müssen abschließen können."

Diane seufzte. „Er ist im See. Wir haben uns im Schrebergarten meiner Eltern getroffen. Ich hatte ein kleines romantisches Picknick vorbereitet. Im Wein waren Schlaftabletten. Sörens Tod war ein spontaner Gedanke. Ich hatte noch gehofft, ihn zu Vernunft bringen zu können. Der von Karsten war geplant und nicht schmerzhaft für ihn, eine saubere Sache." Diane lehnte sich zurück und schloss die Augen. In Henri stieg weißglühende Wut auf. Seine Hände auf dem Wagendach ballten sich zu Fäusten. Er zwang sich zu gleichmäßiger Atmung. Diane öffnete die Augen und sah in den Himmel. Henri blickte ebenfalls nach oben. Der herannahende Rettungs-Hubschrauber war zu hören, bevor man ihn sah.

„Gerald hat ihm danach eine Spritze verabreicht. Karsten hat nichts gespürt. Wir sind mit seiner Leiche in Geralds Auto zum See gefahren. Wir haben, wie schon ein paar Tage zuvor, ein Ruderboot entwendet und ihn in die Mitte des Sees geworfen. Es war nicht leicht, aber Übung macht den Meister." Sie lächelte ein wenig. „Offenbar haben wir ihn besser beschwert als Sören."

„Mich interessiert nur noch eines. Was habt ihr mit Jörg gemacht?"

„Mit Jörg?" Diane wollte sich aufrichten, wurde aber vom uniformierten Polizisten gehindert. „Wir haben Jörg nichts angetan. Der hat sich wohl genauso verpisst wie du. Schade, dass du nicht weggeblieben bist. Es war hier schöner ohne dich."

Henri reckte sich. „Ich werde den See absuchen lassen. Wir sehen uns bei deinem Verhör. Ich werde dabei sein, verlass dich drauf."

Er nickte dem Polizisten neben Diane zu, schlug die Autotür zu und klopfte auf das Wagendach. Nachdem der Wagen abgefahren war, gaben Henri und Lasse den Kollegen ihre Personalien und versprachen, sich bei nächster Gelegenheit auf dem Kommissariat zu melden. Der Hubschrauber war zwischenzeitlich gelandet und Minuten später wieder mit dem bewusstlosen Lürßmann abgehoben. Die Rettungskräfte waren abgerückt. Henri und Lasse blieben allein zurück. Erst jetzt bemerkte Henri, wie ihm die Knie weich wurden. Er setzte sich auf den Steg, krempelte die Hosenbeine hoch und ließ die Füße im kühlen Fluss baumeln. Das Blut von Gerald Lürßmann auf seiner Kleidung war bereits getrocknet. Langsam knöpfte er das verkrustete Hemd auf und zog es aus. Lasse setzte sich neben ihn und reichte ihm eine kleine Wasserflasche. „Der Kühlschrank ist voll. Der Lustgreis und seine Massenmörderin haben nur von Sekt, Wein und Selters gelebt." Er setzte sich und tauchte seine Füße ebenfalls ins Wasser.

„Wie geht es dir, mein Junge?"

Lasse zuckte die Schultern. „Mein Großvater wollte tatenlos zusehen, wie meine Halbschwester umgebracht wird. Ich hatte schon bessere Tage." Er sah Henri an. „Meinst du, er überlebt das?"

Henri schüttelte langsam den Kopf. „Ein Korkenzieher hat nur eine kurze Spitze, aber Diane ist trotz allem Ärztin und weiß, wie und wo sie zustechen muss."

„Dann wünsche ich ihm, dass er stirbt." Nach einer Weile fügte er hinzu: „Für die Kleinen wird es schwer. Er war zu ihnen ein lieber Opa. Ganz anders als zu mir. Er nannte mich gerne Bengel und Taugenichts und hat mich abfällig angegrinst. Wenn ich mal etwas angestellt habe, hieß es immer: ‚Ganz wie dein Vater!' Natürlich nur, wenn Mama nicht in der Nähe war."

Henri seufzte. „Ich kenne ihn auch von dieser Seite. Mein armer Junge. Das tut mir alles unendlich leid. Du hast den falschen

Erzeuger gehabt. Wenigstens hattest du einen guten Vater." Es gab ihm einen Stich, während er das sagte.

Lasse nickte. „Er war großartig. Aber ich denke, es ist noch nicht zu spät für uns beide."

Henri lächelte müde. „Was kann ich noch tun? Du kannst bereits Rad fahren und schwimmen. Die blöde Pubertät hast du schon lange hinter dir. Du brauchst keinen Vater mehr. Außerdem würde deine Mutter jetzt sagen: ‚Das ist mein Sohn, nicht deiner.'"

Lasse schmunzelte ebenfalls. „Lassen wir es darauf ankommen, Henri. Papa. Auch mit 26 kann man noch einen Vater brauchen."

Beide schwiegen einträchtig und sahen auf den glitzernden schmalen Fluss. Eine Entenfamilie schwamm vorbei, unbeeindruckt von den Geschehnissen der letzten Stunde. Die Küken waren fast so groß wie die Eltern. Lasse hat Recht, dachte Henri, es ist spät, aber nicht zu spät für uns. Er brach das Schweigen.

„Ich weiß nicht, was ich zuerst tun soll, mein Junge. Zu Kati ins Krankenhaus? Zu Metke und Jesper? Die sitzen bei euch zu Hause und wundern sich. Zum Kommissariat? Zu Kaschis Eltern? Am liebsten würde ich mit dir hier sitzen bleiben."

„Und wo bleibt Mama bei deiner Aufzählung?"

„Die will mich nicht. Sie hat mich vorhin eiskalt abserviert." Henri setzte die Wasserflasche an und trank. Den Rest schüttete er sich über den Kopf.

„Das glaube ich nicht. Gib ihr ein bisschen Zeit."

Henri wollte antworten, als er hinter sich einen nackten Mann auf dem Steg bemerkte. Milde interessiert blickte der Unbekleidete ihn und seinen Sohn abwechselnd an. „Na, was war denn hier eben los? Mir gehört das Grundstück nebenan. Bei mir stehen zwei Pferde im Garten. Gehören die Ihnen? Die fressen meine ganzen Äpfel auf."

Henri und Lasse sahen sich an. Beide begannen im gleichen Augenblick zu lachen.

Kapitel 29

Henri fuhr ins Krankenhaus und holte Ina und Katje ab. Beide waren unverletzt. Katjes Blutzucker war wieder im Rahmen.

„Das ist ja unser Auto!"

Henri lächelte Katje an. „Ja. Der angebliche Trauerfall hat sich als Badetag am See entpuppt. Der Monteur wollte nicht länger auf mich warten. Er ist lieber mit seinen Kindern schwimmen gegangen." Er wandte den Blick auf die Beifahrerseite. Ina saß mit gesenktem Kopf still neben ihm und knetete die Hände.

„Geht es dir gut?"

Sie schüttelte den Kopf. „Nein. Mein Vater hat so viele Menschen ermordet. Oder dabei geholfen. Er ist Arzt. Wie konnte er damit leben? Wie soll es mir gut gehen?"

Er sah sie an. „Du solltest jemand anrufen, Julia vielleicht, jemand, der heute bei dir bleibt."

„Wir sind doch bei ihr."

Henri blickte in den Rückspiegel und sah seine Tochter an. „Nein. Wir sind der Familie Malm zu lange auf die Nerven gegangen. Sie sollte einen Menschen bei sich haben, den sie mag. Ich bin da nicht die erste Wahl. Lasse wird bestimmt für sie da sein."

Später würde er Ina erzählen, dass er vom Garten aus mit ihrem Auto zu ihr nach Hause gefahren war. Dort hatte er sich Lürßmanns Blut vom Körper geduscht und frische Kleidung angezogen. Meti, Jesper, Linn und Oscar waren glücklicherweise nicht im Haus. Lasse und er hatten kurz auf dem Kommissariat ausgesagt und versprochen, am folgenden Tag ausführlich zu berichten. Anschließend war er zu Kaschis Eltern gefahren und hatte ihnen alles geschildert. Sie sollten es nicht am nächsten Tag aus der Zeitung erfahren. Beide reagierten erstaunlich gefasst und hatten sich sogar bei ihm bedankt. Sie versicherten ihm, sofort zu Melanie ins Krankenhaus fahren und sie von dort aus zu sich nach Hause zu holen. Er war froh, dass die Familie wieder zueinanderfinden würde.

Lasse überredete ihn, noch eine Nacht zu bleiben, bevor er mit dem Einwand, dringend wegzumüssen, das Haus verließ. Nur zu gern überließ er Henri die verweinte Mutter und die Geschwister, die die Erwachsenen mit Fragen löcherten. Henri redete sich ein, nur wegen der entkräfteten Katje ein weiteres Mal hier zu übernachten. Ihm war klar, dass Lasse in der Hoffnung gegangen war, Ina und er würden sich aussprechen. Ina hatte ihn ebenfalls gebeten nicht zu fahren. Die Tränen liefen ihr die Wangen hinab. Ihre Stimme hatte resigniert geklungen. Sie hatte nicht mit seinem Bleiben gerechnet. Er selbst fühlte sich nicht in der Lage, neunzig Minuten hinter dem Steuer zu verbringen. Nicht nur sich selbst, auch den aufgelösten Kindern wollte er die Fahrt nicht zumuten. Er konnte nicht weg. Sein verletzter Stolz war nicht so groß wie die Liebe zu Ina und ihrer Familie. Heute brauchten sie ihn. Was morgen sein würde, blieb abzuwarten.

Er saß im Dunklen auf der Bank auf der Terrasse. Katje war nach der Ankunft in einen erschöpften Schlaf gefallen, Henri hatte sie ins Bett getragen. Ina hatte sich in ihr Schlafzimmer zurückgezogen. Bevor sie einschlief, hatte sie ihn gefragt, was mit ihrem Vater geschehen würde.

„Er war schon teilgeständig. Er wurde in die Uniklinik Rostock geflogen, später wird er in die Untersuchungshaft gebracht, dann folgt das Übliche: Anklage, Prozess, Urteil und in seinem Fall sicher eine langjährige Gefängnisstrafe. Sein Zustand ist aber kritisch. Er bleibt erst mal im Krankenhaus." Er fühlte sich außerstande Mitleid zu heucheln.

Metke und Linn hatten die Pferde aus dem Schrebergarten geholt und saßen in Linns Zimmer vor dem Fernseher. Henri hörte das Gemurmel der Jungs durch das geöffnete Fenster über ihm. Seufzend goss er den restlichen Inhalt der Rotweinflasche in sein leeres Wasserglas. Mit dem Glas in der Hand wanderte er durch das Haus. Metke und Linnea lächelten ihn an, wandten ihre Aufmerksamkeit erneut dem Fernseher zu. Dort zog sich eine Frau ihr Kleid aus und hechtete in einen kalten See, um ein paar Manuskriptblätter zu retten. Er schmunzelte. Schon wieder dieser Film. Zwischen den Mädchen stand ein Teller, auf dem er Reste seiner Pizza erkannte. Oscar und Jesper saßen im Dunklen vor ihren Laptops. Beide Gesichter wurden vom blauen Schein der Bildschirme erhellt. Die Jungs hatten sich die übrig gebliebenen Nudeln aufgewärmt. Henri war dankbar über die Selbstständigkeit der Kinder. Oscar fragte ihn, ob der Opa ins Gefängnis müsste, was Henri zögernd bejahte. „Gut so", war Oscars Antwort, bevor er seine Aufmerksamkeit wieder dem Spiel zuwandte. Normalerweise hätte Henri kontrolliert, was Jesper spielte, jetzt unterließ er es. Schlimmer als die Realität würde es heute kaum sein. Sein Handy brummte. Lasse wollte wissen, wie es der Familie ging. Henri lachte in sich hinein. Er vermutete stark, dass Lasse nicht in Berlin, Schwerin oder in weiter Ferne war, sondern sich nur ein paar Straßen entfernt bei seinem Freund Simon aufhielt. Er setzte seine Runde fort. Ina schlief. Henri betrachtete sie und widerstand dem Impuls, sie zu streicheln. Lautlos schloss er die Tür. Katje lag in der gleichen Haltung im Bett, wie er sie hingelegt hatte. Sanft strich er ihr über die Wange. Seine Tochter seufzte im Schlaf. Leise verließ er den Raum. Es nieselte, aber er saß mit hochgelegten Beinen geschützt unter dem Terrassendach und nippte an seinem Wein. Er nahm sein Handy zur Hand und schrieb Lasse: „Alles unter Kontrolle. Deine Mutter und Kati schlafen. Die Mädchen sehen fern, die Jungs zocken. LG Henri."

Die Hunde hatten sich zu seinen Füßen zusammengerollt. Ein Pferd prustete leise. Es war still. Er nippte am Glas und bemerkte, dass es leer war. Aus dem Keller holte er sich eine neue Weinflasche und öffnete sie. An Schlaf war nicht zu denken, ebenso gut konnte er sich betrinken. Das Licht in Oscars Zimmer ging aus, nach kurzer Zeit herrschte Ruhe. Durch Linns Fenster drang ebenfalls kein Lichtschimmer mehr. Er nahm sein Merkheft zur Hand und machte sich Notizen für seine morgige Aussage.

Sein Handy brummte. Henri sah auf die ihm unbekannte Nummer und seufzte leise. Er ahnte, was jetzt kam. Er meldete sich und lauschte der Nachricht.

Er bemerkte Ina, die verlegen in der Tür stand. „Kann ich mich zu dir setzen?"

„Es ist dein Haus, Ina."

„Hast du einen Arm frei für mich?"

Er lächelte und machte eine einladende Geste. „Na, komm schon her."

Sie kuschelte sich an ihn. Er strich ihr leicht über den Arm. „Ihr habt heute ganz schön was mitgemacht."

„Ich komme nicht über Diane und meinen Vater hinweg. Mord. Mordversuch an einem Kind. Betrug. Das Verhältnis zwischen den beiden. Obwohl das noch das Harmloseste war."

„Diane ist ein böses Geschöpf. Sie übt gerne Macht aus und manipuliert Menschen für ihr Leben gern."

„Auch meinen Vater."

„Deinen Vater brauchte man nicht zu manipulieren, der hat einen ähnlichen Charakter. Eines muss ich über die beiden sagen. Sie passen gut zusammen und soweit solche Narzissten zur Liebe fähig sind, lieben sie sich wirklich. Sie sind bereits seit Ewigkeiten zusammen. Als ich mit ihr im Café saß, bekam sie einen Anruf von ‚G'. Ich bin mir sicher, er kam von deinem Vater. Ich fand es naiv von dir zu denken, er würde eine Tochter in ihr sehen. Diane ist mit jedem ins Bett gegangen, der ihr einen Vorteil bieten konnte. Nicht jeder hat abgelehnt wie ich. Deinen Vater liebt sie tatsächlich so, wie er sie."

„Sie hat ihn erstochen. Du hast es gesehen? Sie hat wirklich gesagt, dass sie ihn liebt?" Er spürte, wie sie in seinem Arm zitterte, und wiederholte den Wortlaut.

„Das ist doch krank! Beide sind krank! Deshalb ist sie damals immer bei uns rumgeschlichen. Als du weggegangen bist, kam sie immer, um mich zu trösten, wie sie es nannte. Sie wollte mich immer zu einer Abtreibung überreden. Dabei kam sie zu uns, um meinen Vater zu treffen. Und um sich an meinem Elend zu ergötzen. Als ich mit den Kindern aus Schweden zurückkam, war ich verwundert über seine verhaltene Reaktion über unsere Ankunft. Klar, ich habe ihn gestört", schloss sie bitter.

„Ich hätte viel früher auf deinen Vater kommen müssen. Erinnerst du dich, wie gerne er den Ausdruck ‚Domestikenmilieu' mir gegenüber benutzt hat?!"

Ina nickte beschämt.

„Kein Grund zur Verlegenheit. Du kannst nichts dafür. Es hat mich nicht beleidigt, obwohl dein Vater das beabsichtigt hatte. Meine Oma war eine fleißige Frau, seine Haushälterin. Ich glaube, er schätzte sie wirklich. Sonst hätte ich hier nie wohnen dürfen. Und meine Mutter, lass sie sein, wie sie war, hat immer als Kellnerin gearbeitet. Melanie hat mir mitgeteilt, Karsten hätte gesagt, seine neue Freundin hätte ihren Exfreund aus diesem Milieu für ihn, Karsten, in den Wind geschossen. Das war natürlich Nonsens, aber dieser Ausdruck musste von deinem Vater kommen. Mir war sofort klar, dass er von Diane kam und sie die unbekannte Freundin war."

„Mein eigener Vater! Und ich habe dir kein Wort geglaubt."

Er holte tief Luft. „Ina? Ich muss dir etwas sagen. Ich habe eben einen Anruf bekommen. Dein Vater ist vor einer Stunde gestorben."

Sie sagte nichts und legte ihren Kopf auf seine Schulter.

„Ich würde gerne sagen, es tut mir leid, aber das kann ich nicht."

„Er war immer bösartig, ich habe es nur nicht wahrhaben wollen. Er hat so viel Elend über uns alle gebracht."

„Du hast meine Kati gerettet. Dafür werde ich dir ewig dankbar sein. Wie bist du überhaupt in den Garten gekommen?"

Ina knetete ihre Hände. „Ich war auf dem Weg zum Reitstall. Da kam mir das Auto meines Vaters entgegen. Auf dem Beifahrersitz saß Diane. Und auf dem Rücksitz hing Katje so seltsam im Gurt. Obwohl ich dachte, ich müsse mich geirrt haben, habe ich gewendet und bin hinterhergefahren. Ich habe dich immer wieder angerufen, aber du bist nicht rangegangen."

Sie schwiegen. Dann erzählte er ihr von dem Besuch bei den Quandts. Sie hörte zu und trank aus seinem Glas.

„Hoffentlich finden sie wieder zusammen."

„Ich denke, schon. Wenn es Melanie gelingt, sich von Silvia zu trennen, werden die Eltern ihr sicher helfen. Ich wünsche ihr jedenfalls eine nettere Partnerin. Haben sie dir was zur Beruhigung gegeben?"

„Ja, eine Spritze."

Er nahm ihr das Glas aus der Hand und trank es aus. Sie legte ihren Kopf auf seine Brust und umarmte ihn. „Ich könnte ewig so liegen."

„Kein Wunder, du hast einiges zu verarbeiten."

Sie schwiegen. „Es tut mir so leid", murmelte sie.

„Dir? Was denn?"

„Ich habe dir immer die Schuld daran gegeben, dass du weggegangen bist und ich Lasse allein aufgezogen habe."

Er strich ihr über den Kopf. „Das haben wir doch diverse Male geklärt. Ich bin schuld an allem."

„Nein. Wäre ich nicht so feige gewesen, hättest du mich nicht verlassen."

„Ich verstehe dich nicht. Wieso warst du feige?"

„Ich wusste schon fast zwei Wochen vor dem Besuch bei meiner Tante von der Schwangerschaft. Ich habe mich einfach nicht getraut, es dir zu sagen, da ich Angst vor deiner Reaktion hatte."

Er seufzte auf. „Ich hätte mich gefreut. Rückblickend kann ich nicht genau sagen, was ich getan hätte. Aber dich zu verlassen, wäre mir nicht eingefallen. Mit Bafög und Kellnern hätten wir das irgendwie hinbekommen."

„Meine Tante hatte mir geraten, es dir sofort zu sagen. Und meinem Vater natürlich auch. Als ich wiederkam, warst du weg. Und ich war allein."

„Warum hast du mich nicht gesucht? Ich habe dir in meinem Brief geschrieben, dass ich für ein paar Tage in die Hamburger Jugendherberge an den Stintfang ziehen würde." Er strich ihr erneut über den Kopf. „Ein Hintertürchen, ein Strohhalm, an den ich mich klammerte, so ganz habe ich deinem Vater doch nicht getraut. Ich wusste, du kommst Freitag wieder, bis Montag habe ich gewartet."

Sie richtete sich auf. „Was für ein Brief?!"

„Ich hatte ihn auf den Schreibtisch in meinem Schlafzimmer gelegt."

„Da war keiner. Ich habe die Wohnung auf links gedreht. Ich konnte einfach nicht glauben, dass du ohne eine Erklärung gegangen bist."

Sie sahen sich stumm an.

„Mein Vater hat wirklich alles kaputt gemacht. Er ist ... er war ein schlechter Mensch. Selbst vorhin hat er nicht die Wahrheit gesagt, als er meinte, er hätte dich gesucht." Ina holte tief Luft. Henri wartete auf Tränen. Aber es kamen keine.

„Ich liebe dich."

„Wie bitte? Das kommt jetzt etwas überraschend." Er schob sie von sich, um sie besser ansehen zu können. „Du musst mich mit jemandem verwechseln. Ich bin es. Der alte ‚Zwischen-uns-ist-nur-Sex-Henri'. Ich bin der Mann, der deinen Vater in den

Knast bringen wollte! Du hast mir vorhin ganz was anderes an den Kopf geknallt. Du musst deine Meinung nicht ändern, nur weil ich der Held des Tages bin."

„Ich dachte vorhin, bevor du das mit uns beendest, mache ich das. Ich wollte nicht wieder von dir verlassen werden." Sie seufzte. „Wegen Stolz und so."

„Vor zirka fünf Stunden hast du ein Gewehr auf mich gerichtet. Wenn das nicht wahre Liebe ist." Sie hörte Belustigung aus seiner Stimme.

„Ich hätte niemals auf dich geschossen. Ich wollte Diane in Sicherheit wiegen, sie ging mit Kati immer weiter auf den Steg."

„Ich weiß."

Sie atmete tief. „Wenn du bloß nicht so weit weg wohnen würdest."

„Ich lebe nicht im brasilianischen Regenwald! Ich wohne knappe 90 Minuten Autofahrt von hier entfernt. Das ist doch kein Problem. Die Frage ist nur, was du willst."

Er wartete gespannt auf ihre Antwort, aber sie war eingeschlafen.

Kapitel 30

Mittwoch, 15.08 2018

Ina erwachte am nächsten Morgen mit nassen Augen. Sie erinnerte sich nicht, jemals im Schlaf geweint zu haben. Die Erinnerung traf sie wie ein Hammerschlag. Ihr Vater war tot. Sie erschrak über sich selbst, wie wenig sie empfand. Wie war sie ins Bett gekommen? Ihr letzter Gedanke an die vergangene Nacht war, als sie Henri ihre Gefühle gestanden hatte. Schnell schlüpfte sie in Jeans und Shirt und fürchtete, dass dieser Tag einer der schlimmsten ihres Lebens werden würde. Zögernd schlich sie die Treppe hinunter. Sie hörte Linn weinen und Metkes Stimme, die tröstende Worte sprach. Henri hatte ihre Schritte bemerkt. Wortlos nahm er sie in die Arme und küsste sie sanft.

„Morgen, Liebling. Hast du gut geschlafen, soweit es möglich war?"

Sie nickte. „Und du?"

Er lächelte. „Erst wollte ich die Nacht mit deinem Weinvorrat durchmachen, aber nachdem ich dich ins Bett getragen hatte, habe ich mich doch lieber auf die Couch gelegt. Irgendwann bin ich kurz eingeschlafen."

Sie strich ihm die zerzausten Haare glatt und sah in sein übernächtigtes Gesicht, das sie voller Mitleid und Liebe betrachtete. Das hast du mir all die Jahre genommen, Papa. Du selbst hast ihn weggeschickt, meine Leidenschaft geopfert, um deine auszuleben. Meine Gefühle waren dir egal, dachte sie grimmig.

„Ich habe es den Kindern gesagt. Sie haben nach deinem Vater gefragt. Ich wollte nicht lügen."

Sie nickte. „Danke. Ich möchte nicht über ihn sprechen. Wie geht es den Kindern?"

„Linnea weint, Oscar zeigt keine Regung. Das kommt noch."

„Ich meinte auch deinen Kindern."

Er legte ihr den Arm um die Schulter. „Denen geht es gut. Metke kümmert sich rührend um Linn. Katje ist am Whats-Appen und hält ihr Umfeld über ihr gestriges Abenteuer auf dem Laufenden. Sie hat mir aber versprochen, keine Namen zu nennen. Oscar und Jesper sind draußen. Sie warten auf Lasse und jemand anderen. Wir haben eine Überraschung für dich. Komm rein. Ich mache dir einen starken Kaffee."

„Ich weiß nicht, ob ich noch eine Überraschung vertrage." Sie versuchte, seinen Arm abschütteln. „Nicht vor den Kindern, Henri."

Er lachte das warme, volle Lachen, das sie so liebte. „Sie sind intelligente Jugendliche und haben Augen und Ohren. Oscar hat mich vorhin gefragt, ob wir heiraten würden."

Der Mann neben dem strahlenden Lasse war etwas kleiner als er. Er hatte schütteres Haar, einen beachtlichen Bauchumfang und ein freundliches Lächeln. Henri hätte ihn auf der Straße nicht wiedererkannt.

„Jörg?"

Der Mann nickte. Henri riss ihn an sich. „Jörg! Ich war gestern Nacht so froh, deine Stimme zu hören. Ich hatte Angst, das Miststück hätte auch dich umgebracht." Henri bugsierte Jörg in den Garten, ohne den Arm von dessen Schulter zu nehmen.

„Ich kann dir gar nicht sagen, wie froh ich bin, dich zu sehen. Ina! Überraschung!"

Henri drückte Jörg auf einen Gartenstuhl. Bis dahin hatte sein Gast noch kein Wort gesprochen. Ina betrat die Terrasse und erkannte Jörg auf der Stelle. Bei seinem Anblick brach sie in Tränen aus und fiel ihm um den Hals. Henri wandte sich an Lasse. „Ruf bitte Jan an, ja?"

„Na, na", war das Erste, das Jörg von sich gab, und tätschelte unbeholfen die weinende Ina.

„Wo kommst du her? Wie habt ihr Jörg gefunden?" Ina ließ schluchzend von Jörg ab.

Jörg lachte. „Jahrzehntelang hört man nichts von euch. Und dann ruft mich erst die Hamburger Polizei an und dann jemand aus Berlin. Sie suchten einen Jörg Müller. Mit meinen Geburtsdaten. Das ging durch Mark und Bein. Dabei habe ich weder eine Bank überfallen noch falsch geparkt. Ich hatte mich noch nicht einmal vom Schrecken erholt, da rief mich nachts um zwei ein Kriminalhauptkommissar Martensen an. Meine Frau war mit den Nerven parterre. Mensch, was macht ihr mit uns?"

Henri lachte. „Meine Kollegen und die von Lasse haben Jörg zeitgleich gefunden. Er heißt nicht mehr Müller."

„Du hast auch den Namen deiner Frau angenommen?" Ina drückte Jörg erneut an sich.

„Nein. Ich heiße jetzt Molitor. Es gibt so viele Müllers auf der Welt. Ich habe meinen Namen ändern lassen und doch wieder nicht." Er lachte über Inas überraschtes Gesicht.

„Molitor ist Lateinisch und heißt Müller", warf Jesper ein. „Es war Papas Idee. Er meinte, Herr Müller hätte vielleicht einen anderen Namen, so wie er."

Henri lachte laut auf, als ihm Jörg schilderte, mit Frau und Tochter ebenfalls in Hamburg-Harvestehude nur zehn Gehminuten entfernt von ihm zu wohnen.

„Dein Vater", Jörg sah Jesper an, „hat mich gestern Nacht angerufen. Da musste ich sofort kommen. Nach den Anrufen konnte ich nicht mehr schlafen und habe mich heute früh ins Auto gesetzt und bin hergekommen."

Jörg wartete, bis Jan und Julia, die alles stehen und liegen gelassen hatten, erschienen, und erzählte seine Geschichte. Es war, wie Henri vermutet hatte. Karsten hatte Jörg gestanden, in Diane verschossen zu sein. Er war ihr einige Male gefolgt und hatte das Verhältnis zwischen ihr und Palmberg bemerkt. In seiner Naivität hatte er gehofft, Diane bewegen zu können, mit dem Lehrer Schluss zu machen. Andernfalls wollte er ihren Eltern von der Liebesbeziehung berichten und Palmberg in der Schule denunzieren. Diane hatte vorgegeben Kaschis Erpressung nachzugeben. Für den Abend hatte sie sich mit Karsten verabredet, ihn aber um Stillschweigen gebeten. Karsten hatte in seiner Vorfreude mit Melanie über das nächtliche Treffen mit der neuen Freundin gesprochen, leider ohne ihren Namen zu nennen. Vor Jörg hatte er mit Diane geprahlt. Er hatte triumphiert, nun hätte nicht nur Hinnerk eine feste Freundin, sondern auch er.

„Ich habe versucht, vernünftig auf ihn einzuwirken. Was soll das für eine Beziehung sein, die auf Erpressung aufbaut? Mit Diane, diesem eiskalten Miststück? Aber er wollte nicht auf mich hören. Er warf mir Neid vor."

Jörg erzählte, wie er damals die ganze Nacht keinen Schlaf fand. Er hatte am Morgen, so wie Melli es berichtet hatte, das Gespräch mit Karsten gesucht. In Kaschis Zimmer hatte er auf dem Schreibtisch unter der Schreibunterlage das mit „KQ" unterschriebene Geständnis gefunden. Glücklicherweise hatte Melanie Diane nicht in Kaschis Zimmer gelassen. Sonst hätte sie es vermutlich vor Jörg gefunden und an sich genommen. Ebenso wie Henri hatte Jörg die Unterschrift „KQ" mit Killerqueen gleichgesetzt. Ratlos hatte er mit Henri sprechen wollen, aber der war verschwunden. Kurz hatte er erwogen, sich an die Polizei zu wenden, sich aber überlegt, dass niemand ihm Glauben schenken würde. Außerdem wusste er nichts Konkretes und hätte er sagen sollen, dass KQ „Killerqueen" bedeuten würde? Man hätte ihn ausgelacht. Selbst wenn Diane vernommen worden wäre, wem hätte man geglaubt? Ihm, dem verstörten, schüchternen Heimkind, oder der kühlen eloquenten Diane? Obendrein hätte er Karsten zusätzlich belastet, es war naheliegender, KQ mit Karsten Quandt als mit Killerqueen zu übersetzen.

„Ich sage es nicht gern, aber Kaschi muss blind vor Liebe gewesen sein", schloss er.

„Nennen wir es Liebe", brummte Jan ein wenig mitgenommen. „Kaschi, das arme Schwein, hat wohl mit einem anderen Körperteil gedacht als mit dem Kopf. Ich weiß, wie früh es ist, Ina, aber hast du was Stärkeres zu trinken als diese Apfelplörre?"

Ina ignorierte Jans Bitte. „Was hast du dann getan?"

„Ich hatte Angst Ina, furchtbare Angst! Du warst auch nicht da. An wen hätte ich mich wenden sollen?"

„An mich! Warum ist niemand von euch zu mir gekommen? Meine Eltern hätten dich mit Kusshand aufgenommen", polterte Jan und sah anklagend von Henri zu Jörg. „Und dir hätten wir auch geglaubt."

Jörg zuckte die Schultern. „Daran hatte ich nicht gedacht."

Ina schlug erschrocken die Hände vor den Mund. „Oh, mein Gott. Was wäre passiert, wenn du zu uns gekommen wärst? Und meinem Vater alles erzählt hättest?"

„Ich bin bei dir gewesen, Ina. Dein Vater hat mich an der Tür abgefertigt. Du würdest erst am Abend wiederkommen. Hinnerk wäre abgehauen, meinte er. Er wüsste nicht, wohin, und ob du, Hinnerk, zurückkämst. Zuerst wollte ich mich ihm anvertrauen. Dann habe ich jemanden im Spiegel gesehen. Diane. Ich dachte, mein Herz bleibt stehen! Sorry, Ina, dein Vater war furchtbar. Das dreckige Lachen von ihm hättest du hören sollen. Zum Glück bin ich gegangen, ohne was zu sagen."

„Opa hätte kurzen Prozess gemacht. Mit Ihnen auch." Lasse sah Jörg an. „Was haben Sie dann getan?"

„Ich bin Jörg, ich muss dich sowieso duzen, du siehst aus wie Hinnerk früher. Nachdem ich einen Brief an Hinnerk geschrieben hatte, wollte ich nur noch schnell meine eigenen Angelegenheiten ordnen." Jörg sah Ina an. „Ich habe den Brief bei der Post aufgegeben, falls Hinnerk zurückkommt. Dein Vater machte auf mich nicht den Eindruck, als würde er persönlich den Briefkasten leeren. Meine Hoffnung war, dass Ina ihn entnehmen würde."

„Das habe ich auch getan. Ich habe ihn im Karton aufgehoben. Später habe ich ihn vergessen."

„Ich habe in der Nacht meine Papiere aus dem Direktionsbüro entnommen und bin per Anhalter nach Hamburg gefahren", fuhr Jörg fort. „Schon auf der Fahrt habe ich nachgedacht. Nach Berlin konnte ich nicht. Dahin wollte Diane zum Studium. Hamburg war nicht weit weg genug. Meine Frau nennt mich immer einen heimlichen Romantiker. Die alten schönen Orte im Westen lockten mich. Ich hatte beschlossen, nach Heidelberg zu gehen. Ich kannte den Ort nur von Postkarten und das Studium dort hat mich nicht enttäuscht. Da würde ich niemandem von euch begegnen. Ich habe Architektur studiert und später Carola kennen gelernt. Sie ist Hamburgerin und wollte gerne wieder in den Norden. Meine Frau hat eine große Familie, ich gar keine, also, warum nicht? In der Presse stand nie wieder etwas über den ‚Mord am Wockersee'. Ich habe mich immer im Internet über Diane auf dem Laufenden gehalten. Sie war in Berlin oder Parchim, ich in Hamburg. Zudem hätte sie mich nie wiedererkannt." Er strich sich heiter den ausladenden Bauch. „Heute geht es mir gut. Ich lebe mit Carola und unserer Tochter Sarah in Harvestehude, wie du, Hinnerk. Ein Wunder, dass wir uns nie über den Weg gelaufen sind."

„Dann sind wie zur gleichen Zeit nach Hamburg geflüchtet. Wären wir uns doch nur begegnet!" Henri schüttelte den Kopf.

Alle schwiegen und hingen ihren Gedanken nach.

„Du wirst feststellen, wie schön es hier ist. Ich hatte es vergessen", sagte Henri nach einer Weile und sah Ina liebevoll an.

„Gibt es denn nun was Stärkeres zu trinken?"

Henri grinste seinen Freund an. „Klar. Ich koche dir einen starken Kaffee. Wenn du was Stärkeres willst, geh zu deinem Schwager. Der hat einen riesigen Kühlschrank voll mit alkoholischen Getränken. Der braucht heute jemanden, der mit ihm trinkt. Du solltest dich mit ihm unterhalten. Der Mann ist heute bestimmt am Boden zerstört." Henris Blick wanderte von Jans Gesicht mit dem verwirrten Ausdruck zu Julia. „Er ist wirklich ein feiner Kerl und er braucht heute ein paar nette Worte und Zuspruch."

„Was für ein Schwager? Was faselst du da, Hinnerk?"

Henri ignorierte Jan und sah Julia fest an. „Lass endlich die Katze aus dem Sack, Julia. Wenn schon nicht deinetwegen oder seinetwegen, mach es für Theo."

Jan beugte sich vor. „Was für ein Schwager? Welche Katze?"

„Ich hasse dich, Hinnerk!" Julia war hochrot im Gesicht.

Henri erhob sich. „Das glaube ich nicht. Geh zu ihm, Julia. Er liebt dich, er hat es mir selbst gesagt. Es wäre schön, wenn es heute ein paar glückliche Menschen mehr gäbe. Du kannst dich später bei mir bedanken. Ich setze den Kaffee auf. Ist noch Kuchen da, Schatz?"

Jan hatte Jörg zu sich eingeladen und versprochen, ihn später zu Ilja Seeburg zu bringen. Jörg und Henri hatten sich für einen der nächsten Abende in Hamburg verabredet.

Endlich waren die Sachen gepackt. Die Jugendlichen und der Hund warteten im Auto. Ina und Henri standen am Gartentor.

„Was für eine Woche. Ganz schön flink, Herr Kommissar. Zwei Morde aufgeklärt, einen Vermissten wiedergefunden, den Opa deines Sohnes überführt und eine alte Liebe wieder ins Bett bekommen."

„Kriminalhauptkommissar, so viel Zeit muss sein. Nicht übel für ein paar Urlaubstage. Ich bin ganz zufrieden." Er fasste sie unter das Kinn und zwang sie zum Blickkontakt. „Wir müssen jetzt fahren. Ich tue es nicht gern, es geht aber nicht anders. Ich will nicht weg von dir. Gerne würde ich dir all die schmalzigen Dinge sagen, die du nicht hören willst. Jedenfalls nicht von mir. Hat sich für dich denn nichts verändert?"

Sie zuckte ratlos mit den Achseln und sah an ihm vorbei in sein vollbesetztes Auto. Die Kinder sahen sie erwartungsvoll an. Nur Fiete hatte kein Interesse an ihr, sondern bemühte sich um eine bequeme Position. Ihre Kinder lehnten ebenfalls am Van und beobachteten sie. Ina fühlte sich wie eine Zirkusattraktion. Warum zwang er sie in solch eine Situation?

„Wenn du die Kinder in den Herbstferien bringst, werde ich nicht da sein."

„Das ist überaus schade. Ich freue mich schon jetzt, denn ich bin mir sicher, dass du da sein wirst. Im Übrigen habe ich keine Lust so lange zu warten. Wir kommen am Wochenende wieder. Genauer gesagt: übermorgen. Leider beginnt morgen die Schule und ich muss morgen wieder arbeiten. Sonst würden mich keine zehn Pferde von dir wegbekommen."

„Es hat doch alles keinen Sinn!"

„Ach, nein?" Er küsste sie. Von den Kindern kamen Kommentare wie „Uh" und „Bravo". Jemand applaudierte.

„Geh, Henri, reiß mir das Herz aus dem Leib. Mal wieder."

„Wirklich? Du lässt uns einfach fahren?"

Sie sah ihn niedergeschlagen an. Eine Träne lief über ihre Wange.

„Wie soll es weitergehen? Für Wochenendbeziehungen bin ich nicht zu haben. Du wirst vier, fünf Mal kommen und deine Besuche werden seltener werden. Ich werde das nicht mitmachen. Und ich kann hier nicht weg. Ich will hier nicht weg", fügte sie fast trotzig hinzu. „Ich habe zu lange gebraucht, um mir etwas aufzubauen. Und die Kinder wollen auch nicht weg." Sie schluckte schwer. „Obwohl es schlimm werden wird, wenn das alles mit meinem Vater die Runde macht."

„Ganz schön viele ‚Unds'." Henri zog Ina fester an sich. „Wir ziehen zu dir. Vorausgesetzt, du und deine Kinder wollen das auch!"

„Zu mir?" Ina löste sich von ihm und sah ihn erstaunt an. „Und die Kinder?"

„Das ist kein Problem." Er lachte in ihren Scheitel. „Meine Kids werden einen Umzug und Schulwechsel gut vertragen. Sie haben mir schon alles andere als diskret angedeutet, dass es ihnen hier gefällt. Sie haben dich sehr ins Herz geschlossen. Ich hoffe, es gelingt mir bei deinen ebenso."

„Aber was ist mit dir?"

„Das ist überhaupt kein Problem." Er zog sie wieder an sich. „Ich kündige und helfe Jan im Geschäft. Oder ich gebe Reitunterricht. Ich bin nämlich gerade im Training. Du könntest mich auch als Hauswirtschafter beschäftigen, du kochst einfach nur grauenvoll, Liebling. Wenn das alles nicht klappt, werde ich um Versetzung nach Mecklenburg bitten. Ihr habt hier auch Polizei, weißt du? Schwerin hat auch ein Landeskriminalamt."

Ina schob ihn erneut von sich und sah ungläubig zu ihm hoch. „Das würdest du tun?"

„Warum nicht? Wir haben viel zu viel Zeit verloren. Aber nur unter einer Bedingung. Das mit dem Kratzen, Beißen, Treten, Kneifen und In-den-Grill-Schubsen hört mit sofortiger Wirkung auf!"

„Ich habe dich noch nie gebissen!" Sie lächelte unter Tränen.

Er fasste sie enger und küsste sie, bis Lasse ihnen auf die Schultern tippte.

„Es ist ja ganz schön, wenn Mama und Papa miteinander rumschmusen, aber die Kleinen könnten verstört sein."

„Sie werden sich daran gewöhnen müssen." Ina ließ den Blick nicht von Henri. „Sie kommen wieder und bleiben hier."

„Herzlichen Glückwunsch. Fünf minderjährige Kinder, ein erwachsenes und zwei Hunde. Patchwork vom Feinsten."

„Es kann ja auch klappen."

Lasse lachte. „Warum auch nicht?"

„Kinder! Ina will uns alle behalten! Leute, bleibt im Auto, wir müssen jetzt los", fügte er erschrocken hinzu, denn die Kinder jubelten und machten Anstalten, wieder auszusteigen. „Mit dem Umzug müssen wir leider etwas warten, da sind noch kleine Hindernisse wie Schule und Arbeit." Jesper, der begeistert aussteigen wollte, zog enttäuscht die Tür ins Schloss.

„Und dann reitet ihr gemeinsam in den Sonnenuntergang", spottete Lasse. Henri fasste ihn an den Schultern und zog ihn an sich. Zum ersten Mal im Leben spürte er den Herzschlag seines ältesten Sohnes „Sprich nicht vom Reiten, ich glaube, mein Hintern ist grün und blau." Er wandte sich zum Auto. „Lasse?"

Sein Sohn lächelte ihn an. Henri ging das Herz auf. „Schließ den Hochdruckreiniger weg. Deine Mutter braucht ihn nicht mehr."

– E N D E –

Danke.

Ich danke euch: Meiner Mutter Gisela Lüssow, die aus dem Ort der Handlung stammt und mit dem Ausspruch: „Schreib doch mal einen Parchim-Krimi" den ersten Anstoß gab. Meinem Mann Ralf, meinem Sohn Nicolai. Meiner Tochter Isabelle und Schwiegersohn Lukas Krämer danke ich besonders für die Hilfe bei der Erstellung der Website und dem Internetgedöns. Besonderer Dank gilt der Autorin Sandra Dünschede für Coaching und Erstlektorat. Danke auch an die Autor*innen Sabine Zuhl, Matthias Asteroth, Sarah Fischer und Astrid Rott, die Henris Entstehung mitbegleitet haben. Das Bildungsministerium MV hat mir hinsichtlich schulischer Fragen in Mecklenburg-Vorpommern im Jahr 1991 geholfen. Frau Wartenberg und Herrn Schroll danke ich, dass Henri und Familie im Stadtkrug wohnen und essen durften. Ich habe versucht, mich an die Topographie Parchims zu halten; einige Abwandlungen sind meiner Fantasie geschuldet. Den Tannenhof hat es nie gegeben.

Danke in memoriam an Henry, dessen Namen ich in leichten Abwandlungen für meinen Protagonisten wählte.

LESETIPP!

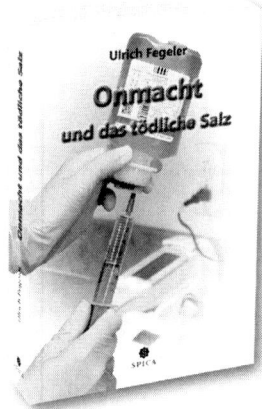

Ulrich Fegeler
Onmacht und das tödliche Salz

380 Seiten
13,5 x 20,5 cm
Softcover mit Klappen
ISBN 978-3-98503-009-5
14,90 € (D)

Im Kaiser August Viktor Klinikum herrscht Aufregung: Ein Patient und eine Krankenschwester sterben aufgrund einer Kaliumvergiftung. Wurden Infusionszusätze verwechselt? Waren vielleicht sogar Infusionsampullen fehletikettiert? Oder war es Absicht?

Prof. Dr. Otto Norbert Macht, kurz Onmacht genannt, und sein Leitungsteam der postoperativen Intensivstation beginnen eine gründliche Ursachenrecherche und stoßen auf Ungereimtheiten und Vertuschungen. Der örtliche Pharmariese hat kein Interesse, nähere Erkundungen am Ablauf seiner Abfüllanlagen zuzulassen. Andrea Zorn und ihre Kollegen vom Dezernat für Gewaltkriminalität ermitteln ein programmloses Programm. Der Krankenhausapotheker Dr. Wöst hat kein Interesse an gründlichen Medikamentenprüfungen. Prof. Gewaltig, der von Onmacht gefürchtete und verhasste Chef der Intensivstation des 2. Großklinikums der Stadt, sinniert über Chaos und Verwechslungen, entwickelt aber keine Theorien zum Ablauf der Kaliumvergiftungen. Erst 13 verborgene Stufen hinab in die Vergangenheit zeigen, wie einfach die Wahrheit sein kann, wenn alles gleichzeitig so ist, wie vermutet, und trotzdem völlig anders ...